베르길리우스의 죽음 1

세계문학의 숲 021

Der Tod des Vergil

베르길리우스의 죽음 1

헤르만 브로흐 지음
김주연, 신혜양 옮김

시공사

일러두기
1. 이 책은 1945년 미국 뉴욕의 판테온 출판사에서 처음 출간된 헤르만 브로흐의 《베르길리우스의 죽음(Der Tod des Vergil)》을 우리말로 옮긴 것이다.
2. 번역은 독일 프랑크푸르트암마인의 주어캄프(Suhrkamp) 출판사에서 발행한 〈헤르만 브로흐 전집(Hermann Broch Kommentierte Werkausgabe)〉 4권 《Der Tod des Vergil》(1980년)을 대본으로 삼았다.
3. 본문의 주는 모두 옮긴이의 주이다.

스티븐 허드슨*을 추억하며

*브로흐의 미국 망명 시 많은 도움을 주었던 영국의 소설가 시드니 시프(Sydney Schiff)의 필명. 《베르길리우스의 죽음》이 발표되기 1년 전인 1944년 사망했다.

차례

1부 물—도착　11
2부 불—하강　105
3부 흙—기대　332

……운명에 쫓겨서……
—베르길리우스, 《아이네이스》 제1장 2행

……"그대의 오른손을 잡게 하소서
오오 아버지시여 저의 포옹을 피하지 마소서."
이렇게 말하며 그의 얼굴은 흠뻑 눈물에 젖었노라.
세 번 그는 아버지의 목을 안으려 했으나,
세 번 덧없는 그림자 팔에서 빠져나갔네,
마치 가벼운 바람처럼 또 날개 달린 꿈처럼.
—베르길리우스, 《아이네이스》 제6장 697~702행

이리하여 이끄시는 스승과 나는 숨겨진 길을 더듬어
　세계의 밝은 쪽을 향해,
　잠시의 휴식도 없이,
스승은 앞을 서고 나는 뒤따라 나아가니,
　마침내 둥근 구멍을 통해 하늘이 떠받든
　아름다운 것이 보였도다.
별을 보려고 우리는 굴에서 걸어 나왔네.
—단테, 《신곡》 지옥 편, 제34장 133~139행

1부 물—도착

강철과도 같이 푸르고 가볍게, 거의 감지할 수 없을 만큼 가벼운 역풍에 흔들리면서, 아드리아 해의 파도는 황제의 함대를 향해 밀려들었다. 차츰 눈앞에 다가오는 칼라브리아 해안의 완만한 언덕을 왼쪽에 바라보면서 함대는 브룬디시움 항구를 향해 다가가고 있었다. 반짝이는 햇살을 받으면서도 죽음을 예감하고 있는 바다의 쓸쓸함은 다시 그 모습을 바꾸어 인간의 활동이 자아내는 평화로운 기쁨으로 출렁였고, 가까이에 있는 인간의 생활로부터 부드러운 빛을 받아 온화하게 빛나는 바다 위엔 함대와 마찬가지로 항구로 향하는 배, 혹은 반대로 항구에서 빠져나오는 배, 그러한 갖가지 들고나는 선박들이 무리 지어 모여들었다. 갈색의 돛을 단 고깃배가 석양 무렵의 고기잡이를 위해 이곳저곳을 누비려고 흰 물보라를 뿜는 기슭을 따라 늘어선 수많은 촌락과 정박지의 방파제를 벗어난 지금, 바다는 거울처럼 매끄러웠다. 그 위에는 진주 빛깔로 반짝이는 하늘의 조개가 입을 벌리고 있었다. 황혼은 다가오고, 망치질 소리나

고함 소리 등 잡다한 생활의 소음이 바람에 실려 올 때마다 아궁이에서 타는 나무 냄새가 주위를 감돌았다.

맞닿을 듯이 열을 지어 나아가는 상갑판을 깐 일곱 척 중에 군선(軍船)이라고는 선두와 후미에 선 두 척뿐으로, 두 척 다 충각(衝角)*을 비죽이 내민 아름다운 펜타르메스**였다. 나머지 다섯 척은 속력은 느리지만 한층 더 위용을 갖춘 10단이나 12단의 배로서 그야말로 아우구스투스의 왕정에 어울리도록 화려하게 만들어졌고, 중앙에 있는 황동으로 덮인 뱃머리와 난간 밑 둥근 고리를 물고 있는 사자의 머리가 금빛으로 빛나고 있었다. 돛대를 받치고 있는 밧줄에는 갖가지 빛깔의 긴 깃발이 펄럭였고, 유난히 장려한 배의 갑판에는 자줏빛 돛 아래 엄숙하고 거대한 황제의 막사가 마련되어 있었다. 그러나 그 바로 뒤를 따르고 있는 배에는 《아이네이스》의 시인이 타고 있었다. 그의 이마에는 죽음의 그늘이 드리워져 있었다.

뱃멀미에 시달리며, 언제 치밀어 오를지 모르는 구토를 두려워하면서, 그는 종일토록 꼼짝도 하지 않았다. 그를 위해서 배의 중앙에 마련해둔 침상에 누운 채이기는 했지만 지금 그는 자기 자신을, 좀 더 정확하게 말하면 벌써 오랫동안 자기의 것이 아닌 것처럼 느껴지기만 하는 자신의 육체와 육체의 활동을, 편안한 휴식을 얻고 나서 맛보는 유일한 회상처럼 느끼고 있었다. 조용한 기슭의 바다에 당도했을 때 이 휴식이 바닷물처럼 그를 적시었다. 만일 상쾌하게 힘을 북돋아주는 해풍

---

*적선을 들이받아 파괴하기 위하여 선두에 장치한 뾰족한 쇠붙이.
**노 젓는 단이 다섯 층으로 되어 있는 고대 그리스의 군선.

의 작용에도 아랑곳없이 새로운 기침이 발작해서 그를 괴롭히거나 발열 이후의 탈진 상태, 불안이 밤마다 찾아오지만 않았다면, 바닷물처럼 찰랑찰랑 밀려들어 부드럽게 사람의 마음을 쓰다듬는 이 피로는 그야말로 더할 나위 없는 행복으로 변했을지도 모른다. 이 같은 상태로, 《아이네이스》의 시인인 푸블리우스 베르길리우스 마로는 누워 있었다. 희미해진 의식 속에서 자신의 무력함을 거의 치욕처럼 느끼고 이러한 운명에 거의 분노에 가까운 감정을 품으면서 그는 진주처럼 빛나는 둥근 하늘을 물끄러미 바라보았다. 어째서 그는 아우구스투스의 강청에 굴복했는가? 어째서 그는 아테네를 떠났는가? 맑고 깨끗함으로 충만한 호메로스 세계의 하늘이 《아이네이스》의 완성에 다정하게 사랑의 손길을 뻗쳐줄지도 모른다는 희망은, 지금 사라져버리고 말았다. 그것이 완성된 날에 시작될 무한히 새로운 생활에의 희망, 그때는 예술에서 멀어지고 시로부터도 해방되어 플라톤의 도시에서 철학과 과학의 탐구에 마음껏 몰두해보리라던 희망, 이오니아의 땅에 모처럼 발을 들여놓아보리라던 희망, 아아 인식의 경이와 인식의 치유를 기다리던 희망들은 모두 사라져버리고 말았다. 어째서 그는 단념했던가? 자신의 의지였던가? 아니다! 그것은 마치 피할 수 없는 삶의 여러 가지 힘에 의해 명령된 것과도 같았다. 흔적도 없이 사라지는 일은 결코 없으며, 때로는 눈에도 보이지 않고 엿볼 수도 없는 지하의 세계에 잠적하더라도 노상 헤아릴 수 없는 위협을 인간에게 가하고, 인간은 피할 도리 없이 그 힘에 굴복하지 않으면 안 되는 저 불가피한 운명의 여러 갈래의 힘에 끌려간 것 같았다. 그것은 운명이었다. 그는 운명이 이끄는 대로 농락당했다.

그리고 운명은 그를 막다른 데까지 내몰고 있었다. 그의 인생은 언제나 이런 모습이지 않았던가? 이와 다른 형태로 산 적이 한 번이라도 있었던가? 진주 빛 조가비 같은 하늘이, 봄의 바다가, 산의 노랫소리와 그의 가슴속에 꿈틀거리는 노랫소리가, 신이 불어대던 피리 소리가 여러 영역을 감싸 안는 그릇처럼 이윽고 그를 받아들여 무한 속으로 싣고 가는 현상 이외의 일이 일찍이 있었던가? 그는 시골 사람이었다. 현세의 평화로운 생활을 사랑했고, 농촌의 소박하고 견고한 공동생활이 어울리는 인간이었다. 그의 태생으로 말하자면, 농촌에 머물며 오히려 그렇게 사는 것이 당연한 인간이었다. 그러나, 고향과의 인연을 잃지는 않았지만, 보다 높은 운명의 힘이 그에게 그곳에 언제까지나 안주하는 것을 허용하지 않았다. 그는 내몰렸다. 공동사회로부터, 더할 수 없이 노골적이고 사악하고 야만스러운 군중 속의 고독으로 내몰렸다. 본연의 소박한 세계에서 쫓겨나 점점 더 복잡해지는 아득한 공간으로 추방되었다. 그리고 이 일로 해서 뭔가가 크게 넓혀졌다고 한다면 그것은 본래의 생활로부터의 거리뿐이었다. 사실상 그 거리만이 점점 더 벌어지고 있었던 셈이다. 그가 걷고 있던 곳은 다만 자기 경작지의 언저리, 그가 살고 있던 곳은 다만 자기 인생의 언저리에 지나지 않았다. 그는 마음의 평정을 잃고 죽음으로부터 도피하면서 죽음을 추구했고, 일을 원하면서 일로부터 도피했고, 사랑하면서 그러나 끊임없이 초조해하며 안팎의 갖가지 정열에 현혹되었다. 그는 자신과 자기 인생의 나그네였다. 그리고 오늘, 심신의 정력도 바야흐로 바닥이 나고, 도피하고 추구하는 일도 종말에 이르러 각고 끝에 고별의 준비가 갖추어진 오늘, 각고 끝에 마지막 고독을 감수하고 그 고독으로의 은밀한 귀로에 오를 각오를 다진 오늘, 운명은 가차 없는 힘을 떨쳐 다시 한 번 그를 짓눌러 그가 소박하고 근원적인 깊이에 도달하는 것을 거부하고 있었다. 또다시 그의 귀로를 뒤틀어 복잡한 외계에의 길로 돌려놓고, 그의 일생에 그림자를 던지던 재난으로 돌아가도록 강요하고 있었다. 마치 운명이 그를 위해서는 단 하나의 소박한 길밖에 남겨놓지 않은 것처럼—죽음의 소박함, 다만 그것밖에는. 머리 위에서는 돛의 활대가 밧줄과 스치며 삐걱거렸고, 그 소리에 섞여 돛폭이 펄럭이는 소리가 희미하게 들렸다. 미끄러지는 듯한 뱃길에 거품이 이는 소리, 노를 들어 올릴 때마다 흩어지는 은빛 물보라, 노걸이의 묵직한 삐걱임, 노가 다시 물을 가를 때의 철썩이는 소리를 들으면서, 수백 개 노 무리의 박자에 맞추어서 규칙적으로 미끄러지듯 배가 나아가고 있음을, 그는 느꼈다. 흰 물결로 윤곽을 이루는 해안선이 이동하는 광경이 보이고, 샛바람이 불어 울컥 악취가 풍기자, 그는 천둥 같은 소리가 울리는 배 밑바닥에 쭈그리고 앉았을 말 없는 노예들의 사슬에 묶인 육체를 떠올렸다. 노의 박자에 따라 은빛 물보라를 날리며 그늘에 묻혀서 울리는 그 소리는 앞의 배에서도 뒤의 배에서도 또 저쪽 배에서도 울려왔다. 그것은 전 세계의 바다를 건너서 전파되고, 전 세계의 바다로부터 응답을 받는 메아리 같았다. 왜냐하면 도처에서 배는 이렇게 항해하고 있었으니까. 인간을 싣고, 무기를 싣고, 호밀과 밀을 싣고, 대리석, 올리브유, 포도주, 향료, 비단을 싣고, 다시 노예를 싣고, 교역선은 모든 바다를 두루 항해한다. 그 항해는 많고 많은 세상의 배덕 중에서도 가장 꺼림칙한 것 중 하나이다. 지금 운반되는 것은 말할 것도 없이 상품이 아니라 탐식하는 자들의 무리, 말하자면 조신(朝臣)들이었다. 배 뒷부분은 고물에 이르기까지 온통 그들의 식사로 점거되어, 이른 아침부터 술잔과 쟁반 소리가 울려 퍼졌다. 왕성한 식욕을 자랑하는 무리들은 지금까지도 연석을 둘러싸고 침상의 자리가 하나라도 비지는 않는가, 비기만 하면 앞을 다투어 사람을 밀어내고라도 그 자리를 차지하려고 호시탐탐 노려보며, 요행히 길게 누워서 몇 번이라도 식사를 할 수 있을 때가 오기를 안타깝게 기다리고 있었다.* 민첩한 시중꾼들은 예쁘게 멋을 낸 젊은이들로 그들 중에는 미소년도 적지 않았는데, 지금 그들은 일에 쫓겨 땀투성이가 되어 숨을 돌릴 겨를조차 없었다. 눈꼬리에 차가운 시선을 드러낸 채 팁을 받으려고 공손히 손을 내밀며 줄곧 미소를 띠고 있는 급사장은 이곳저곳으로 젊은이들을 내몰며 스스로도 급한 걸음으로 갑판을 이리저리 뛰어다녔다. 향연의 시중 외에 그 패거리를 돌보는 일도 못지않게 중요했기 때문이다. 그 패거리란—정말 기묘하게도—이제는 배가 불렀는지 다른 만족을 찾고 있는 자들을 말한다. 두 손을 배나 엉덩이에 겹쳐놓고 일대를 어슬렁거리는 자가 있는가 하면, 허풍스러운 몸짓 손짓으로 변설을 늘어놓는 자도 있고, 그런가 하면 토가**로 얼굴을 가리고 침대 의자 위에서 졸거나 코를 고는 자, 앉아서 장기를 두는 자도 있었다. 그들에게는 노상 주의를 기울여 가벼운 간식을 낼 필요가 있었다. 간식은 큰 은쟁반에 담겨 갑판

---

*로마인들은 보통 세 사람이 누울 수 있는 침상에 누워서 식사를 했다.
**옛 로마 시민이 입던 넉넉하고 긴 겉옷.

위를 차례로 돌면서 그들 앞에 내밀어졌는데 언제 다시 새로이 눈뜰지도 모르는 그들의 허기, 물릴 줄을 모르는 그들의 식욕에 대비한 것이었다. 뚱뚱한 자나 야윈 자, 느긋한 자나 날쌘 자, 걷고 있는 자나 앉아 있는 자, 일어나 있는 자나 누워 있는 자, 그 어떤 자를 막론하고 그들 모두의 얼굴에는 지울 수 없이 선명한 이 치열한 욕망이 나타나 있었다. 그것은 때로는 아로새겨지고, 또는 반죽처럼 개어져 있다고 해도 좋았는데 혹은 날카롭거나 부드럽게, 혹은 악의나 선의에 차서 늑대, 여우, 고양이, 앵무새, 말, 상어의 표정을 드러내 보이면서 언제나 하나의, 그것 자체로서 완벽한 듯한 무서운 향락을 노려 잠시도 쉬지 않는 소유에의 갈망으로 불타고 있었다. 물건, 돈, 지위, 명예를 어떻게 하면 쉽게 손에 넣을 수 있을까, 소유에서 출발한 바쁜 무위의 생활에 어떻게 하면 도달할 수 있을까 하고 천 갈래 만 갈래로 마음이 찢겨 있는 꼴이었다. 어디를 보나 무언가를 입속에 넣고 우물거리는 사내의 모습이 보였고, 도처에 뿌리도 없는 덩굴손으로 휘감아서 모든 것을 삼켜버리려는 뜨거운 욕망이 꿈틀거리고 있었다. 거기에서 피어오르는 독기는 가물가물 흔들리면서 갑판을 건너가 노의 박자에 맞추어 앞으로, 앞으로 실려 나갔다. 피할 재주도 없고 지워버릴 방법도 없었다. 배 전체가 가물거리는 탐욕 속에 갇혀 있는 형국이었다. 아아, 이 꼴은 한 번쯤 정확하게 묘사될 가치가 있을 텐데! 이 패거리에게 탐욕의 노래가 빠져서도 안 되겠지! 하지만 그런다고 무슨 의미가 있겠는가! 시인에게는 아무런 힘도 없다. 어떤 재난도 물리칠 힘이 없다. 세계를 찬미하면 사람들은 시인의 소리에 귀를 기울이지만, 있는 그대로의 세계를 묘사하면 듣는 사람은 하나도 없다. 명예를 가져다주는 쪽은 허위이지 인식은 아니다! 과연 《아이네이스》는 그것과는 다른, 좀 더 좋은 반향을 불러일으킬 수 있을까? 아아, 물론 사람들은 이 작품을 찬양하리라. 지금까지 그가 쓴 것은 모두 찬양을 받았으니까. 이 작품에서도 오로지 입에 단 부분만이 읽힐 테니까. 경고는 사람들의 귀에 들어갈 우려도 가망도 없으니까. 아아, 그는 자신을 기만할 수도 타인의 기만에 놀아날 수도 없었다. 그는 독자들에 대해 너무나도 잘 알고 있었다. 인식의 무거운 짐을 진 시인 본래의 영위에 그들의 주의를 돌리게 할 수가 없음은, 노를 젓는 노예들의 고통으로 쓰라린 사정과 꼭 같았다. 그들에게 있어서는 시인의 일도 노예의 일과 다름이 없는 것, 즉 수익자에게 바치는 공물로서 아무런 이의도 없이 받아들여지고 거두어들여지는 것이다! 그런데 아우구스투스가 엄청난 식객이 주변에 우글거리는 것을 관대하게 보지 않을 수 없었던 이유는, 지금 여기에서 노상 자빠져서 입맛을 다시고 있는 패거리가 결코 단순한 식객이 아니었기 때문이다. 아니, 그들 중 많은 자들은 갖가지 공적을 쌓고 유익한 사업을 해내기조차 했다. 하지만 뱃길의 무료함이 겹침에 따라 그들의 평소 모습은 그야말로 향락적인 자기 폭로에 의해 거의 사라져 있었다. 남아 있는 것은 다만 몽롱한 욕망과 욕망에 넘친 어스름에 싸인 그들의 맹목적인 오만뿐이었다. 아래에는, 사람이라고는 생각되지 않는 꼴로 사슬에 묶인 노잡이들이 장대하게, 야만스럽게, 짐승처럼, 노를 젓고 있었다. 그들이 한 번씩 저을 때마다 배가 앞으로 나아갔다. 저 아래의 패거리는 그를 이해하지 못했고 신경조차 쓰지 않았다. 그리고 이 위의 패거리는 그에 대한 존경을 입에 담았고 스스로 존경한다고 생각하기까지 했다. 그들의 거짓된 취미가 그의 작품을 사랑하고 있는 듯한 착각을 일으켰든 혹은, 그에 못지않은 기만이지만, 그가 황제의 친구이기에 그에게 경의를 표했든, 어쨌든 그, 푸블리우스 베르길리우스 마로는 운명의 힘에 의해 이 지경까지 내몰렸을망정 이 패거리들과는 아무런 공통점이 없었다. 그들을 보고 있노라면 속이 메스꺼렸다. 막 가라앉으려는 태양에게 인사를 보내는 해변의 산들바람이 불어오지 않았다면, 이 미풍이 연석과 주방의 악취를 날려버리지 않았다면, 그는 또다시 뱃멀미에 시달렸을 것이다. 《아이네이스》의 초고를 넣어둔, 곁에 있는 고리짝이 누구의 손길도 닿지 않은 채 무사한 것을 확인하고는 서쪽 하늘 낮게 가라앉는 거대한 천체를 눈을 가늘게 뜨고 바라보면서 그는 턱밑까지 외투를 끌어올렸다. 추위를 느꼈기 때문이었다.

그래도 때로는 선미에서 떠들고 있는 군중 쪽을 돌아보며 대체 무엇을 하고 있는지 들여다보고 싶어질 때도 있었다. 그러나 그는 그렇게 하지 않았다. 그렇게 하지 않는 편이 좋았다. 아니, 그렇게 뒤를 돌아보는 일은 금기라는 심정이 점점 더 강해졌다.

그는 꼼짝도 않고 누워 있었다. 브룬디시움의 좁은 강 같은 항구에 도착했을 때는 막 내리기 시작한 황혼의 빛이 밝게 하늘에 번져 부드럽게 세계를 뒤덮고 있었다. 공기는 서늘함을 더해갔고 온화함도 한층 더했다. 바닷물의 내음은 다시 짙은 육지의 숨결과 뒤섞였다. 선단은 지금 속력을 떨어뜨려 차례로 수로 속으로 들어가는 참이었다. 포세이돈의 세계는 철회색으로, 납빛으로 변했고 잔물결 하나 일지 않았다. 수로의 좌우에 우뚝 솟은 성곽의 흉벽에는 황제에 대한 공경을 나타내기 위해 수비대의 병사들이 배치되어 있었다. 아마도 그것은 생일을 축하하는 최초의 인사를 담고 있기도 했을 것이다. 그 축제를 위해서 옥타비아누스 아우구스투스가 귀국했으니까. 이제 이틀만 지나면, 그러니까 모레에는 로마에서 축제가 벌어질 것이다. 바로 앞 배에 타고 있는 옥타비아누스는 이제 마흔셋이 되는 것이다. 병사들의 굵직한 환호가 기슭에서 터져 나왔다. 중대의 양쪽 날개에 서 있는 기수들은 환호 소리에 맞추어 빨간 군기가 달린 장대를 빙글빙글 돌리며 일제히 높이 쳐들었다가 지면에 비스듬히 뉘어 통치자 앞에 깃발을 조아렸다. 간단히 말하면 그것은 군대의 규율대로 행해진 힘차고 무취미한 경례법이었고, 어디까지나 병사다운 그 거칢도 규율대로의 것이었다. 그럼에도 불구하고 이 경례에는 기묘하게 온화하고, 기묘하게 초저녁다운 풍치가 있었다. 꿈꾸는 듯한 풍치라고 해도 좋았다. 낙조의 장엄한 빛 속에서 환호성은 그토록 아련하게 사라져갔고, 다 타서 차츰 연한 회색으로 변하는 하늘의 그늘 밑에서 넘칠 듯한 가을의 풍정을 담은 군기의 붉은빛은 시들어갔다. 빛은 대지보다 크고 대지는 인간보다 크다. 그리고 인간은 고향을 향해 숨 쉬지 않는 한 결코 살아나갈 수 없다. 대지로 돌아가고, 대지로의 회귀를 통해 빛으로 돌아가고, 지상의 존재답게 이 지상에서 빛을 받아들여 다만 빛으로 변하는 대지를 통해서만 빛에게 받아들여진다. 이 영위가 없이는 결코 살아나갈 수가 없다. 그리고 초저녁과 새벽에 찾아드는 어스름한 시간만큼 대지가 다정하게 빛에 다가가고 빛이 대지에 정답게 기대는 순간은 없다. 밤은 아직도 바닷속 깊은 곳에 잠들어 있었지만, 소리도 없이 흔들리는 잔물결과 함께 조용히 스며 나오고 방울져 떨어지기 시작했다. 아래위를 분명하게 구별할 수도 없는 거울 같은 바다 곳곳에서 비로드처럼 은밀한 밤의 물결, 제2의 무한한 물결이, 태어나고 또 번져나가는 무한한 물결이 모습을 드러내어 낙조의 광채에 살그머니 정적의 숨결을 불어넣기 시작했다. 빛은 이제 위에서 오는 것이 아니라 그 자신의 내부에서 흔들리고 있었다. 흔들리면서도 여전히 빛나고는 있었지만 비출 힘은 이미 없었으므로 그 밑에 가로누운 풍경도 그저 이상한 발광체로만 보였다. 수도 없이 울어대는 귀뚜라미, 더욱이 그 소리는 다만 하나의 지속적인 가락이 되어 귀에 젖어드는 듯하면서도 한결같음에서 오는 정적을 담고 있어 고조되지도 잦아들지도 않았다. 이 귀뚜라미 소리가 짙어가는 황혼의 육지에 넘쳐 있었다. 그것은 언제 그칠지 알 수 없었다. 성채 밑, 돌을 쌓아 올린 기슭에 이어진 경사면에는 얼마 안 되는 풀이 나긋나긋하게 돋아 있었다. 아무리 적은 양이라 해도 싹이 튼다는 일은 평온의 표지였다. 사라져가는 빛 아래에 번지는 밤의 고요, 뿌리의 어둠, 대지의 암흑의 표지였다. 그러나 육지의 풍경은 거기에서 다시 갖가지 사물로 장식된 다양한 색채로 변했고 이윽고 울창한 숲도 모습을 나타냈다. 그리고 언덕 위에 있는 농가의 정방형 돌담 사이로, 소리 없이 감도는 한숨처럼 아련한 회색 연무 같은 올리브나무들이 짙어가는 황혼 속에 먼저 모습을 드러내기 시작했다. 아아, 눈앞에 있으면서도 한없이 먼 그 기슭에 손을 뻗쳐, 숲의 어둠 속에 손을 찔러 넣어 대지에서 싹터 나온 나뭇잎을 손가락 사이로 느끼고 싶었다. 언제까지나 그것을 단단히 움켜쥐고 싶었다. 그런 소망이 걷잡을 수 없이 끓어올라 그의 손안에서 떨렸다. 푸른 잎을, 나긋나긋한 줄기를, 날카로우면서도 부드러운 잎의 언저리를, 단단하고 억센 잎사귀를 원하는 끝없는 욕구로 손가락은 푸들푸들 떨렸다. 눈을 감자 동경은 현실의 감촉을 가져다주었다. 그야말로 감각적인 동경이었다. 농가에서 태어난 사내답게 마디진 그의 주먹처럼 소박하고 다부지며 그러면서도 여자처럼 날씬한, 그 주먹의 섬세함처럼 남김없이 감각의 기쁨을 맛보고자 하는 기다림이었다. 오오, 풀이여, 오오, 잎이여, 오오, 매끄러운 줄기와 거친 줄기여, 발아의 눈부심이여, 내부에서 스스로 가지를 치고 입체적인 두께를 이루어나가는 대지의 암흑이여! 오오, 손이여, 느끼고 더듬고 집어 들고 감싸 쥐는 손이여, 오오, 거칠고 우아하며 부드러운 손가락과 손끝이여, 싱싱한 살결이여, 들어 올린 두 손아귀 속에서 열린, 영혼의 어둠을 감싼 표층이여! 지금까지 언제나 그는 이 기묘한, 말하자면 화산 같은 충격을 두 손에 느끼곤 했었다. 기묘하게 개별적인 두 손의 생활을 둘러싼 예감이 언제나 그를 따라다녔다. 그러나 이 예감이 지각의 문턱을 넘어서는 일은 단단히 금지되어 있었다. 마치 어두운 위험이 그러한 지각 속에 숨어서 기다리고 있기라도 한 것 같았다. 그리고 바로 지금처럼 정교하게 세공된 반지, 너무나도 정교하여 약간은 사내답지 못한 인상까지 주는 오른손 손가락의 인장 반지를 습관대로 뱅글뱅글 돌리면, 그런 주술에 의해 저 어두운 위험이 제거되고 두 손의 동경이 가라앉고 일종의 자제로 인도되는 듯한 느낌이 들었다. 두 손의 불안, 동경에 찬 농부의 손의 불안을 누그러뜨릴 수 있을 듯한 느낌이 들었다. 이 손은 이미 가래도 곡식 알

갱이도 움켜쥘 수가 없었다. 손에 잡을 수 없는 것을 잡는 방법을 익힌 것은 그 때문이었다. 대지를 빼앗긴 이 손의 형성 의지에 남은 것이라고는, 걷잡을 수 없는 만유의 한가운데서 위험에 노출되고 위험을 저지르는 자율적인 생활뿐이었다. 그 삶은 너무나도 깊이 무(無) 속에 침투하여 자신과 자신의 위험에 너무나도 위협받고 있었으므로 자기 스스로를 초월하여 고조된 불안의 예감은 인간 생활의 통일을 확보하고, 인간적인 동경의 통일을 유지하고, 이 영위를 통해 사소한 것밖에 동경하지 않고, 더욱이 그 힘도 미약한 국부적인 생활의 형태로 통일이 해체되어버리는 것을 피하려는 격렬한 노력으로 모습을 바꾸었다. 왜냐하면 두 손의 동경도, 눈의 동경도, 귀의 동경도 불충분한 것이므로. 충분한 것은 다만 상호보완적인 심정과 사고의 동경, 보고 듣고 포착하고 이중의 숨결로 된 통일 속에서 숨을 쉬는 무한한 내면과 외계가 빚어내는 동경의 총체뿐이므로. 다만 이 총체에만 불안에 찬 개체의 음울한 절망적인 맹목을 극복하는 힘이 부여되어 있고, 다만 그 속에 있어서만 존재 인식의 뿌리로부터의 이중의 발전이 성립되므로. 이 사실을 그는 예감하고 있었다. 지금까지 언제나 느끼고 있던 것이었다— 오오, 언제나 나그네일 뿐인, 언제나 나그네일 수밖에 없는 자의 동경, 오오, 인간의 동경—그는 언제나 변하지 않는 예감에 넘쳐서 귀를 곤두세우고 숨을 쉬고 생각을 이어나갔다. 바닷물처럼 넘치는 우주의 빛 속에, 만유에 대한 도달하기 어려운 지각 속에, 만유의 무한으로 접근하려 하는 성취될 까닭이 없는 시도 속에 이 경청과 호흡과 사고는 엮어 넣어져 있었다. 무한은 그 언저리의 끝자락에조차 도달하기가 어렵고, 애타게 내미는 손도 감히 이것을 만질 수가 없다. 그런데도 불구하고 그것은 접근의 시도였다. 의연한 접근의 시도였다. 그리고 그의 사고는 의연히 숨을 쉬면서 그러한 경청의 자세를 취했다. 포세이돈과 불카누스 두 신이 다스리는 이중의 지옥에 귀를 기울이면서 그의 생각은 양자를 하나로 결부시켰는데, 그것은 두 영역이 모두 주피터의 하늘 아래 있었기 때문이다. 호흡조차 만져질 듯한 황혼의 빛이 흐르듯이 번지고 있었다. 배의 용골이 헤치고 나가는 바닷물만큼이나 매끄러웠다. 내부와 외부가 하나로 용해되는 목욕, 삼키고 뱉는 숨을 차안에서 피안으로, 피안에서 차안으로 떠내려 보내는 황홀한 영혼의 목욕이 지각의 문을 여실히 드러냈다. 물론 이것은 지각 그 자체는 결코 아니었으나 이미 그것을 예감하고 있었다. 그 입구를, 길을, 어스름 속을 헤쳐 나가는 항해를 아련하게나마 예감하고 있었다. 뱃머리에서는 악사인 노예가 노래를 부르고 있었다. 아마도 그곳에 모여 있던 패거리(그들이 내는 소리는 밤의 고요 속으로 빨려 들어가고 있었다)가 그 소년을 끌어들인 것이리라. 그들조차도 귀향한다는 사실에 마음이 흔들리고 있었다. 하프의 가락에 맞추어 호흡을 가다듬고 나서 노랫소리가 터져 나왔고, 이름도 없는 소년의 이름도 없는 노래가 이쪽으로 흘러왔다. 밤하늘에 펼쳐진 무지개의 일곱 빛깔처럼 그 노래는 부드러운 빛을 내면서 숨결보다도 가볍게 맴돌았고, 상아처럼 포근하고 부드러운 빛으로 하프 소리가 울렸다. 노래는 인간의 행위이고 하프도 인간의 솜씨였지만, 그 기원을 훨씬 초월하여 인간계를 멀리 벗어나 인간을 해탈하고 고뇌를 해탈하고 있었다. 그것은 저절로 연주되는 천상의 맑은 숨결이었다. 주변은 점점 어두워져 사람들의 얼굴은 희미해지고 기슭은 창백해지고 배의 모습도 분간하기 어렵게 되었다. 다만 노래만이 남아 있었다. 점점 카랑카랑해지고 압도적이 되어 마치 배와 노의 박자를 지휘하려는 듯했다. 그것은 육성이라는 스스로의 본질을 잊고 있었으나, 여전히 한 소년 노예의 압도적인 목소리였다. 이 노래에는 길을 가리키는 힘이 있었다. 자기 자신 속에 쉬고 있으면서 또한 바로 그렇기 때문에 길을 가리키며 영원을 향해 열려 있었다. 왜냐하면 조용히 가라앉아 있는 것만이 길잡이를 할 힘을 갖고 있고, 무수한 사물이 흐르는 강에서 주워 올려진, 아니 건져 올려진, 단 일회성의 것만이 영원을 향해서 열리는 것이므로. 다만 확보된 것만이—아아, 그 자신이 이토록 진실의 길을 가리키는 확인을 지금까지 단 한 번이라도 성취한 일이 있었던가?—다만 참된 의미에서 확보된 것만이 비록 수백만 년의 대해 속 한 찰나일망정 시간을 모르는 지속으로 변하고, 방향을 지시하는 노래가 되고, 인도하는 힘이 되므로. 오오, 확대되어서 전체가 되고, 전체를 인식하는 범주가 되고, 무한을 향해서 열리는, 단 하나의 삶의 순간이여. 빛나는 노래 위 드높이, 빛나는 황혼 위 드높이 하늘은 숨 쉬고 있었다. 하염없이 맑은 이 하늘의 가을다운 아름다움은 수십만 년 이래 그대로 되풀이되어왔고 앞으로도 수십만 년 그대로 되풀이되어 나타나리라. 그러나 이 하늘의 숨결은 지금 이곳의 단 한 번뿐인 것이었다. 그리고 밝은 비단 같은 그 하늘의 광휘는 마침 시작되려는 밤의 적막에 포근히 잠겨 있었다.

물론 노래는 그리 오래 계속되지는 않았다. 수로의 양쪽 기슭 사이를 누비며 전진하는 항해는 이윽고 끝이 났고, 노래는 갑판 일대에 번진 술렁임 속에 사라지고 말았다. 눈앞에서 내항(內港)의 후미가 열렸고 납덩이같은 그 거울 면은 이미 검게 빛나고 있었다. 저녁 안개 속에 무수한 불빛이 하늘의 총총한 별들처럼 반짝이는 가운데 내항을 부채꼴의 반원형으로 에워싼 거리가 보이기 시작했다. 갑자기 따뜻한 기운이 감돌았다. 황제가 타고 있는 배를 선두에 내세우기 위해 함대가 정지했다. 그리고 지금—영구히 변하지 않는 아련한 가을 하늘 아래서 행해지는 이 작업도 단 한 번뿐인 무한으로 정착되지 않으면 안 되었는지도 모른다—도처에 정박하고 있는 쪽배, 돛배, 어선, 외돛배, 전마선 따위의 사이를 무사히 빠져나가기 위한 신중한 항로 선택이 시작되었다. 앞으로 나가면 나갈수록 자유롭던 뱃길은 점점 더 좁아지고 주위의 배는 점점 더 밀집하여 돛대, 돛줄, 끌어 내려진 돛이 점점 더 어지러이 얼크러졌다. 죽음 같은 경직 상태로 보이기도 하고, 살아 있는 것의 휴식처럼 보이기도 하는, 암울한 지하의 뿌리처럼 어지러이 얼크러진 기묘한 덩어리들이, 기름처럼 검게 빛나는 해면으로부터 의연한 저녁놀의 하늘로 음산하게 솟아 있었다. 아래의 수면에 그림자를 비추고 있는, 사면의 갑판에서 터진 환영의 고함 소리와 함께 흔들리는 거친 횃불 속에서 떨리고 있는, 항구도시의 장려한 불빛을 정면으로 받고 있는 그것은 요괴스러운 인상을 주는 나무와 천으로 된 시꺼먼 거미집이었다. 항구의 집들은 처마 밑과 다락방에 이르기까지 창문이라는 창문엔 모두 불을 밝혔고, 주랑 밑에 늘어선 술집들도 집집마다 불을 켰으며, 횃불을 든 병사들은 광장을 가로질러 늘어서 있었다. 투구를 번쩍이며 늘어선 이 병사들은 부두에서 거리까지의 연도 경비 임무를 수행하고 있는 것이었다. 방파제 옆에 있는 세관과 그 창고도 횃불에 환하게 밝혀져 있었다. 인간의 육체로 차고 넘치는 찬란하고 거대한 이 공간, 격렬하고 터무니없는 기대를 간직한 이 거대한 그릇은 포석 위를 미끄러지고, 질질 끌고, 짓밟고, 발을 구르는 수십만의 발로 가득했다. 그런 술렁임으로 끓어넘치는 이 거대한 투기장에는 높아지는가 하면 어느새 낮아지는 초조의 검은 신음 소리가, 미쳐 날뛰는 초조가 가득 차 있었다. 그러나 황제의 배가 열두 개가량의 노가 조종하는 대로 완만한 곡선을 그리며 제방에 도달하여 미리 정해진 위치에—그곳에는 횃불을 든 병사들의 방진 중앙에 이 도시의 고관들이 기다리고 있었는데—소리도 없이 옆으로 대어지자 초조한 신음 소리는 뚝 그치고 숨 막힐 듯한 긴장이 차올랐다. 그 자리에 답답하게 웅크리고 있던 군중이라는 동물들이 환호성을 지르기 위해 기다리고 있던 순간이 찾아든 것이다. 마침내 환호성이 폭발했다. 잠시도 그치지 않고 언제 끝날지도 모르게, 승리를 자랑하며 감동적으로, 한없이 두려움을 자아낼 만큼 장려하면서도 스스로를 낮추고, 한 인물을 빙자한 자기 자신을 우러러보면서.

말하자면 군중은 그 순간을 위해 살아온 황제의 군중이었다. 이 군중을 위해 황제는 자신의 삶을 바쳤다. 그들 때문에 제국이 만들어졌고, 그들 때문에 갈리아 지방이 정복되어야 했고, 그들 때문에 파르티아가 점거되고 게르마니아와 싸움이 벌어진 것이었다. 이 군중을 위해 아우구스투스는 위대한 평화를 이루었고, 평화를 지향하는 그 일을 위해서 그들을 또다시 국가의 규율과 질서에 복종시키고, 신들에 대한 신앙과 거룩한 동시에 인간적인 도덕에 복귀시킬 필요가 있었다. 또한 이 군중 없이는 어떤 정치도 영위되지 않았고, 아우구스투스조차 자신의 권세를 유지하려면 그들의 지지를 얻어야 했다. 아우구스투스에게 다른 희망은 없었다. 그렇다, 그들이 바로 국민이었다. 그 정신과 그 영광을 그가, 푸블리우스 베르길리우스 마로가, 만투아 근교의 안데스에서 태어난 진정한 농부의 아들이, 비록 묘사하지는 않았지만 찬미하고 미화하려고 애를 썼던, 그 로마 국민이었다! 찬미했으나 묘사를 하지 않은 것, 그것은 잘못이었다. 오오, 여기에 있는 저들이 《아이네이스》의 이탈리아인이었다! 재앙이, 거센 파도처럼 부풀어 오르는 재앙이, 말로는 다할 수 없는, 헤아릴 수 없이 끝없는 재앙이 거대한 그릇과도 같은 이 광장에 들끓고 있었다. 5만, 아니 10만의 입이 재앙을 소리 높여 외치고 서로 울부짖었다. 그들 스스로는 그 소리를 듣지 못하고 재앙에 대해서 아는 바도 없고 더욱이 지옥에서 울려 나오는 듯한 신음 속에서, 소요와 아비규환 속에서 그 재앙을 눌러 짓밟고 지워버리려 하고 있었다. 이것이 도대체 무슨 생일 인사인가! 이 진실을 알고 있는 자는 그 한 사람뿐이었던가! 대지는 돌처럼 무겁고 바닷물은 납덩이처럼 무거웠다. 그리고 여기에는 불카누스 자신의 손에 의해 열린 악마적인 재앙의 분화구가, 포세이돈의 영역에 맞닿은 소요의 분화구가 노출되어 있었다. 이것이 생일 인사치고는 얼토당토않은 것임을 아우구스투스는 모르는 것일까? 애절하기 이를 데 없는 동정심이 그의 마음에 끓어올랐다. 옥타비아누스 아우구스투스에 대해서와 마찬가지로 여기에 운집한 군중에 대해서도, 즉 지배자와 피지배자 양쪽 모두를 향한 동정이었다. 그 동정에는 그에 못지않게 괴로운, 그야말로 견디기 어려운 책임감이 뒤따르고 있었다. 그 책임이 어떤 것인지 설명할 수는 없지만, 다만 이것은 황제가 짊어진 무거운 짐과는 거의 공통점이 없는, 오히려 완전히 다른 의미의 책임이라는 사실만은 그도 알고 있었다. 황혼 속에서 들끓고 있는 미지의 비밀로 가득 찬 이 재앙은 어떤 국가의 방책도, 아무리 강대한 지상 권력도, 어쩌면 신들도 감당하기 힘겨운 정도였기 때문이다. 어떤 군중의 고함 소리도 이 재앙을 덮어버릴 수는 없었다. 재앙을 덮을 수 있는 이 있다면 그것은 오히려 재앙을 예감하면서도 마음의 위안을 주는 구원까지도 알려주는 노래라고 불리는 희미한 영혼의 소리일 것이다. 인식을 예감하고 인식을 잉태하고 인식을 가리키는 것은 참된 노래이므로. 시인의 책임, 인식의 책임. 그러나 이것을 짊어지고 성취하는 힘이 영원히 주어지지 않았다. 오오, 예감을 넘어 참된 지각으로 돌진하는 재주가 어째서 그에게는 주어지지 않는 것일까? 구원은 다만 그런 지각으로만 가능할 텐데! 어째서 운명은 그를 강제로 이곳으로 귀환시켰는가? 여기에 있는 것은 다만 죽음, 죽음, 죽음 말고는 아무것도 없었다! 두려움에 가득 찬 눈으로 그는 반쯤 몸을 일으켰으나, 다시 벌렁 누워서 침상에 몸을 묻었다. 전율, 동정, 고뇌, 책임감, 불안, 허탈감으로 맥이 빠져서. 군중에 대해 그가 느끼는 감정은 증오가 아니었다. 모멸도 혐오도 아니었다. 지금까지 그는 자신을 민중과 구별하겠다는 생각을 해본 적도, 하물며 민중을 업신여겼던 적도 없었다. 하지만 지금 눈앞에 나타난 현상은 지금까지와는 다른, 뭔가 새로운 양상이었다. 그는 지금까지 접촉했던 어떤 민중도 결코 알고자 한 적이 없었다. 물론 지금까지 그가 지낸 곳 어디에서나, 나폴리든 로마든 아테네든, 그것을 알 수 있는 기회는 얼마든지 있었지만. 그런데 그것이 이제 이곳 브룬디시움에서 불시에 닥쳐온 것이다. 그 정체를 여실히 드러낸 민중의 끝 모를 재앙, 인간의 대도시 천민으로의 전락, 거기에 따르는 반인간적인 것으로의 역전이. 삶이 공허해지고 그 뿌리를 잃은 것, 뿌리로부터 절단되어 단순한 표층의 본능적인 생활로 전락한 것이 그 역전의 원인이었다. 그 결과 재앙을 잉태하고, 죽음을 잉태하고, 신비로운 저승에의 종말을 잉태한 음울한 순수 외계의, 내부와 절연된 위험한 고립 생활 외에는 아무것도 존재하지 않게 되었다. 정신없이 엉클어진 현세의 큰 가마솥 속으로, 그 다양성 속으로 돌아가도록 그가 강요당했을 때 운명이 그에게 가르치려 한 것은 이것이었던가? 이것이 예전의 그의 맹목에 대한 복수인 것인가? 군중의 재난을 이처럼 생생하게 경험한 적은 아직까지 한 번도 없었다. 하지만 그는 지금 싫든 좋든 그것을 보고 그것을 듣고 자기와 자기 삶의 궁극에 이르기까지 탐색하기에 이른 것이다. 맹목이란 그 자체가 재앙의 일부분이기 때문이다. 거듭, 자기도취에 빠진 불쾌한 환호가 울려 퍼지고, 횃불이 휘둘러지고, 명령하는 소리가 배 안 구석구석까지 메아리치고, 아련한 그림자처럼 육지로부터 던져진 한 가닥의 밧줄이 갑판을 덮은 널빤지 위로 날아왔다. 재앙이 외치고 고뇌가 외치고 죽음이 외쳤다. 깊이 숨어들면서, 그러나 도처에 모습을 나타내고 있는 재앙을 잉태한 비밀이 외쳤다. 수없이 오가는 바쁜 걸음 속에서 그는 꼼짝도 않고 누워 있었다. 자칫 날치기라도 당하는 일이 없도록 원고를 넣어둔 고리짝의 손잡이를 단단히 움켜쥔 채. 그러나 소음에 지치고, 발열과 기침에 지치고, 여행에 지치고, 이윽고 다가올 것에 지친 그에게는 이 도착의 시간이 임종의 시간으로 바뀌는 것은 그다지 어렵지 않을 것 같았다. 그는 죽음을 바라고 있었다고 해도 좋았는데, 어쩌면 죽을 때가 아직 오지 않았음을 그 자신이 잘 알고 있었기 때문인지도 모른다. 그렇다, 만일 여기에서 숨을 거둔다면 그것은 기묘하게 스산하며 기묘하게 시끄러운 죽음이 될 테지만, 그럼에도 불구하고, 혹은 바로 그렇기 때문에 그는 죽음을 바라고 있었다. 여기에서 죽는다는 일은 그야말로 불편하겠지만 다름 아닌 그 이유 때문에 바람직하게 생각되기도 했다. 지옥의 불을 보고 활활 타오르는 그 소리에 귀를 기울이도록 강요당하고 있는 그로서는, 저승에서 그을리고 있는 인간의 야수성을 깨닫는 일밖에 달리 어쩔 도리가 없었으니까.

가능하다면 실신하여 실려 나가고 싶었다. 이 소음에서 벗어나, 잠시도 쉬지 않고 언제 끝날는지도 모르게 나태한 물결처럼 광장에 떠돌고 있는 화산이나 지옥 같은 군중의 포효와 깨끗이 인연을 끊을 수만 있다면 얼마나 좋을까. 그러나 그러한 도피는 금지되어 있었다. 하물며 도피의 결과가 죽음에 이르는 일은 꿈에라도 있어서는 안 되었다. 시간의 아무리 작은 부분도, 발생하는 일의 아무리 작은 조각도 단단히 포착하여 기억 속에 아로새기라는 명령은 너무나도 엄격했다. 온갖 죽음을 초월하여 그것들이 영원히 기억과 함께 살아남도록 확보하지 않으면 안 되었다. 그는 단단히 의식에 매달렸다. 현세 최고의 의의가 눈앞에 다가왔음을 느끼며 그것을 놓치게 되지나 않을까 전전긍긍하는 인간처럼 힘을 기울여 바싹 의식에 매달렸다. 그리고 의식은 눈을 뜬 불안에 의해 깨인 채로 그의 의지에 따랐다. 어느 하나도 그의 마음에서 빠져나가지 않았다. 아우구스투스의 명령을 받들어 그의 곁으로 온 밋밋한 얼굴의, 몹시 멋을 부린 의사의 젊은 조수가 싹싹한 손놀림을 하거나 무의미한 말을 조잘대는 것도, 병들어 쇠약해진 그를 망가지기 쉬운 귀중품처럼 실어 나르려고 갑판으로 가마를 메고 온 인부들의 아둔하고 불쾌한 표정도 그는 놓치지 않았다. 그는 모든 것을 가슴에 새겼다. 모든 것을 확실하게 포착하지 않을 도리가 없었던 것이다. 내부에 갇힌 듯한 인부들의 시선, 네 명이서 짐을 들어 올리며 서로 내뱉는 불쾌한 말투, 그들의 육체에서 풍기는 거칠고 공격적인, 사악한 땀 냄새, 그것들을 그는 마음속에 간직했다. 또한 그는 그가 놔두고 온 외투를 급히 달려가서 들고 뒤따라오는, 까만 머리칼을 풍성하게 만 순진해 보이는 소년도 놓치지 않았다. 말할 것도 없이 외투는 원고를 넣어 둔 고리짝에 비하면 별로 중요한 것은 아니었고, 그 고리짝을 든 두 사람의 인부에게는 가마 곁에 바짝 붙어서 걸으라고 명령해놓고 있었다. 그렇기는 했지만 약간의 주의력을 외투에 쏟는 것도 잊지 않았다. 문득문득 졸음을 오게 하는 피로가 아무리 절박하게 몰려와도 그는 주의력을 집중시킬 의무를 느꼈고, 또한 실제로 그 의무에 따르고 있었다. 이 소년은 어디서 나타난 것일까. 여행 중에 한 번도 본 일이 없었는데, 지금은 기묘하게 다정한, 낯익은 얼굴처럼 생각되었다. 이목이 수려하다고는 할 수 없는 농가 출신 같은 무뚝뚝한 젊은이로 아무리 보아도 노예는 아니었고, 종복 중의 한 사람도 아니었다. 곳곳에서 통행이 막혀 기다리지 않으면 안 되었는데, 그때마다 소년다운 갈색 얼굴에 눈을 반짝반짝 빛내면서 난간 옆에서 서성거리곤 했다. 서성거리면서 가끔 슬쩍 눈을 들어 가마 쪽을 엿보다가 들켰다고 생각되면 곧 상냥하고 즐거운 듯이 수줍은 태도로 시선을 돌리는 것이었다. 눈의 유희? 사랑의 유희? 병든 이 몸을 어리석고 사랑스러운 삶의 애절한 유희 속에 다시 한 번 끌어들이려는 것일까? 누워 있는 이 몸을 서 있는 자들의 장난 속에 다시 한 번 끌어들이려는 것일까? 오오, 이 직립의 자세로, 그들은 스스로의 눈과 얼굴에 죽음의 그림자가 떠돌고 있음을 깨닫지 못하고 있다. 깨닫기를 거부하고 다만 서로를 유혹하며 서로 뒤얽히는 장난만을 계속하려 하고 있다. 어리석고 사랑스럽게 눈과 눈을 마주 보면서 입맞춤에 앞선 유희를 계속하려 하고 있다. 사랑하기 위해 몸을 뉘는 것은 죽기 위해 몸을 뉘는 것과 같다는 것을 그들은 모르고 있다. 그러나 이미 어쩔 수 없이 몸을 눕힌 채로 있는 인간은 그것을 알고 있다. 한때는 자기도 직립하여 활보하고 있었다고 생각하면, 한때는 자기도—그것은 언제의 일이었던가? 먼 옛날의 일인가, 아니면 불과 몇 달 전의 일인가?—사랑스럽게 아련하고 어리숙하게도 눈이 먼 삶의 장난에 관여했다고 생각하면 거의 수치심까지 느껴진다. 그렇다, 지금은 이미 장난의 세계로부터도 소외되고 의지할 곳 없는 신세가 되어 누워 있는 그에게, 장난에 사로잡힌 자들은 모멸의 눈길마저 보내지만 그 모멸이 그에게는 거의 찬양처럼 여겨지기도 한다. 왜냐하면 눈의 진실이란 달콤한 유혹은 아니므로. 그렇다, 눈물을 글썽일 때 비로소 눈은 보이게 된다. 고통 속에서 비로소 그것은 시력을 가진 눈이 되고, 스스로 눈물을 글썽일 때 비로소 세계의 눈물로 충만해지고, 모든 존재를 망각하는 물에 잠기게 되어서야 진실로 가득 차게 되므로! 오오, 눈물에 젖어서 눈을 뜰 때 비로소, 유희에 사로잡힌 자들이 그곳에 머물러 집착하는 차안의 죽음의 세계가 죽음을 꿰뚫어 보고 일체를 꿰뚫어 보는 삶으로 변하게 된다. 바로 그렇기 때문에 저 소년은—그나저나 그는 누구를 닮았는가? 먼 옛날인가, 아니면 극히 최근에 본 얼굴인가?—눈을 돌리지 않으면 안 되는 것이다. 기분풀이로서도 이미 적절할 때가 아닌 유희를 계속하려고 해서는 안 되는 것이다. 나와 내 육체가 죽음에 둘러싸여 있는데, 그 운명을 넘어서 이 눈길이 미소를 보낼 수 있음은 너무나도 부조화스러운 일이었다. 길게 누워 있는 인간에게 이 우러러보는 눈길이 보내진다는 건 부조화였다. 누워 있는 인간의 눈은 이미 대답할 수가 없다. 아니 그보다도, 아아, 이미 대답하기를 원치 않고 있으니. 이 어리석음, 사랑스러움, 애처로움은 맹목적 행동으로 가득하고 사람들이 우왕좌왕하는, 인간성이 쇠진한 소란스런 불의 지옥 한가운데와는 너무나도 어울리지 않았다. 세 개의 다리가 배에서 수제(水制)로 걸쳐졌다. 선미에 걸쳐진 것은 승객용이었는데, 갑자기 조바심을 내며 밀고 밀리는 사람들을 물론 한꺼번에 처리할 수는 없었다. 다른 두 개는 화물이나 고리짝을 내리기 위한 것이었다. 하역을 명령받은 노예들은 길게 열을 지어 늘어섰고 개중에는 개처럼 두 사람씩 칼에 씌워져 사슬로 묶여 있는 자도 있었다. 갖가지 피부색에, 눈에는 품위의 그림자도 깃들어 있지 않았다. 아직도 인간 같기는 했으나 이미 인간이라고는 할 수 없는, 다만 이리저리 끌려다니고 내몰리는 비참한 짐승들 같았다. 찢어진 넝마를 두른 그들의 그림자나 반라(半裸)의 모습이 거친 횃불 아래서 땀으로 번들거리고 있었다. 오오, 소름 끼치는 그 지긋지긋한 무서움이여. 노예들이 그러한 모습으로 중앙의 다리에서 갑판으로 뛰어오르고 거의 직각이 될 만큼 몸을 수그려 상자나 자루나 고리짝을 등에 지고 뱃머리에 걸린 다리를 따라 다시 배에서 내리고 있을 때, 감독을 맡은 갑판장은 양쪽 다리 판 위에 한 사람씩 서서 지나가는 육체에 짧은 채찍을 마구 휘둘러댔다. 누구에게라고 할 것 없이 그저 무턱대고 아무런 구속도 받지 않는 힘의 무의미한, 잔혹하다고 표현할 수조차 없는 그런 잔혹함으로 본래의 목적이고 뭐고 잊어버리고 내리치는 판이었는데, 그렇지 않아도 숨 가쁘게 바쁜 노예들은 자기 몸에 무엇이 내리쳐지는지 이미 감각조차 없어서 가죽끈이 휙 하고 들어 올려져도 목조차 움츠리지 않고 오히려 히죽히죽 이를 드러내 보이는 것이었다. 마침 그를 태운 가마가 갑판에 올라섰을 때 얼굴을 마주친 몸집이 작은 까만 피부의 시리아인은 잔등의 긁힌 자국에 전혀 신경을 쓰지 않으며 쇄골 부분에 될 수 있는 대로 찰과상이 생기지 않도록 칼 밑에 받친 넝마를 침착하게 다시 꾹 밀어 넣으면서 그저 히죽이 웃을 뿐이었다. 그러고는 가마를 향해 비웃는 듯한 웃음을 던지는 것이었다. "거기에서 내리시지, 대왕님, 내려보시지. 그럼 우리들이 먹는 음식 맛도 알게 될 텐데!" 이 말에 대한 답례로 다시 한 번 채찍이 들어 올려지자 곧 사태를 깨달은 꼬마 녀석은 냉큼 비켜섰는데 순간 쇠사슬이 팽팽해지면서 그 서슬에 앞으로 휙 끌려 나간 그의 짝의 어깨 위에 사정없이 채찍이 내리쳐졌다. 채찍을 맞은 이는 다부진 몸집에 솜털 같은 턱수염을 기른 빨간 머리칼의 파르티아인으로, 놀란 듯이 고개를 돌렸는데 아무래도 포로 같아 보였다. 뒤를 돌아보는 얼굴 반쪽의 난잡하게 엉클리고 퇴색한 상처 중앙에, 빨갛게 피에 물들어 물끄러미 응시하듯이 꿰뚫리고 쥐어뜯기고 도려내어진 하나의 눈이 있었다. 그 눈은, 아무것도 볼 수 없음에도 놀란 기색이 역력했다. 실제로도 놀랐던 것이, 사슬을 철커덕거리면서 전진하는 대열에 의해 뒤로부터 떠밀리기 전에, 채찍이 그의 머리 둘레에서 바람을 가르며 귀에 피투성이 상처를 만들었기 때문이다. 이러한 모든 일은 겨우 심장이 한 번 고동치는 순간에 일어났으나 그럼에도 그 고동을 딱 정지시킬 만큼 길었다. 그런 상황을 방관할 뿐 그 속으로 뚫고 들어가려는 노력을 조금도 하지 않고 있는 것은, 그러한 시도를 꾀할 힘도 없거니와 애당초 꾀하려고도 하지 않은 것은 부끄러운 노릇이었다. 이 사실까지 영원히 아로새겨두려는 것은 부끄러운 일이었다! 그런 그를 아무것도 기억하지 않는 자그마한 시리아인은 비웃었던 것이다. 억압 밑에 찌든 현재 외에는 아무것도 존재하지 않는 것처럼, 미래도 없고 따라서 과거도 없고, 이후도 없고 따라서 이전도 없고, 사슬에 묶인 두 사람에게는 청춘의 비옥한 들에서 노닐던 소년 시절 따위는 없었던 것처럼, 고향에는 산도 목장도 꽃들도, 저녁에 아득한 골짜기에서 망설이듯 조잘대는 냇물조차도 없었던 것처럼, 기억을 상실하여—오오, 스스로의 기억에 연연하여 기억을 묶어두려고 노력하고 그 유지에 전념한다는 일은 부끄러운 노릇이었다! 오오, 기억이여. 끝이 없는 기억이여, 물결치는 보리 이삭에 넘치고, 들에 넘치고, 가지를 맞부딪치며 술렁이는 서늘한 벽과도 같은 숲에 넘치고, 청춘의 나무들에 넘친 기억이여. 신선한 이른 아침을 맞는 두 눈의 기쁨, 저녁을 맞는 마음의 기쁨, 몸을 떨며 떠오르는 녹색이여, 사라져가는 회색이여. 오오, 스스로의 내력과 귀로에 얽힌 지식이여, 화려한 기억이여! 하지만 패자는 채찍질을 당하고, 승자는 환호성을 지르고, 그 자초지종이 이루어지는 공간은 돌로 변하고, 눈은 타오르고, 장님이 된 눈은 타오르고—이때 아직도 보지 못한 그 어떤 존재를 위해 마음의 눈을 뜨고 있을 필요가 있었던가? 어떤 미래를 위해 아직도 기억을 찾아, 말로 다할 수 없는 고생을 거듭하는 것인가? 어떤 미래에 아직도 기억을 전달하려는 것인가? 도대체 미래가 아직도 존재하고나 있단 말인가?

신중하게 보조를 맞춘 인부들의 어깨에 메여 가마가 건너갈 때 다리의 널빤지가 몹시 흔들렸다. 아래쪽에선 검고 육중한 선체와 검고 무거운 부두 벽 사이에 낀 검은 물이 무거운 소리를 내고 있었다. 스스로를 뱉어내고 쓰레기, 야채 잎, 썩은 멜론, 거기에 곤죽처럼 괴는 온갖 오물을 뱉어내는, 쉽게 용해되지 않는 매끄러운 원소이며 무겁고 달짝지근한 죽음의 숨결인 나른한 물결, 부패해가는 삶의 물결이었다. 그것은 돌 사이에서 영위될 수 있는 단 하나의 삶으로서, 다만 부패로부터의 재생이라는 희망에만 매달려 가까스로 연명하고 있었다. 아래쪽은 대개 그런 상태였다. 한편 위쪽은 어떤가 하면 나무랄 데 없이 정교하게 만들어지고 금빛으로 아름답게 장식된 가마 채가, 인간의 모습을 한 짐승, 인간의 음식을 부여받고, 인간의 말을 구사하고, 인간처럼 잠을 자고, 인간처럼 생각하는 짐승의 어깨에 메여 있는데, 나무랄 데 없이 정교하게 만들어지고 조각이 되어 있는 등과 측면에 금박 별을 박은 가마 의자에는 이미 부패가 때를 노리며 자리 잡고 있는 오욕에 물든 한 사람의 환자가 깊숙하게 몸을 파묻고 있었다. 이런 모든 일은 형편없이 조화를 깨뜨리는 것들이었다. 모든 것 속에 은밀한 재앙이, 인간 자신이면서도 인간보다 더욱 완벽한 사건이 완고하게 굳어진 모습으로 숨어 있었다. 비록 부두 벽을 구축하고, 새기고, 두들기고, 가죽끈을 엮어서 채찍을 만들고, 사슬을 구워 만들어내는 일 등은 다름 아닌 인간 자신이 하고 있지만. 이런 일에 대해서 눈을 감는다는 것은 불가능했다. 잊는다는 것은 불가능했다. 설사 잊고자 해도 끊임없이 새로운 현실의 모습으로 다시 찾아왔다. 새로운 눈이 되고, 새로운 소음이 되고, 새로운 채찍질이 되고, 새로운 경직이 되고, 새로운 재앙이 되어 되돌아왔다. 그 하나하나가 자기 고유의 영역을 요구하고 가공할 만한 접촉 속에 상대방의 영역을 서로 좁히고 위압하면서 더할 수 없이 이상한, 부자연스런 형태로 모든 것이 풀기 어렵게 뒤엉켜 있었다. 사물과 사물 사이의 접촉과 마찬가지로 시간의 경과도 조화를 잃었다. 각각의 시간은 서로 어울리려고 하지 않았다. '지금'이 이처럼 선명하게 '이전'과 분리되어 있는 일은 예전에는 없었다. 어떤 다리도 걸쳐놓을 수 없는 깊은 심연이, 이 '지금'을 어떤 자립성을 갖춘 것으로 만들고 그것을 '이전'으로부터, 배 여행과 그 밖의 모든 이전의 것으로부터 결정적으로 차단하여 그를 그 이전의 생활과 분리해놓았다. 그렇기는 했으나 그는 가마의 희미한 흔들림 속에서 아직도 여행이 계속되고 있는지 아니면 이제 정말로 상륙한 것인지 도무지 알 수가 없을 지경이었다. 무수한 인간들의 머리가 빚어낸 바다를 그는 바라보았다. 인간의 물결에 둘러싸여 그는 머리들의 바다 위에 떠돌고 있었다. 이 물결의 저지를 뛰어넘으려는 시도들은 지금까지 모두 실패로 끝났으므로, 다만 인간 바다의 가장자리에서 서성이고 있을 뿐이었다. 이곳 호위선의 상륙 지점 경비원들의 연도 경비는 저쪽의 아우구스투스를 맞이하는 장소에 비하면 훨씬 느슨했다. 비록 배에서 내린 몇몇 사람이 우격다짐으로 돌진하여 다행히도 저쪽으로 가는 길을 열 수가 있었다고 해도, 인파를 차단한 속에서 대열을 짜고 황제를 시내의 궁전으로 안내하게 될 엄숙한 행렬에 이럭저럭 가담할 수가 있었다고 해도, 가마를 타고 있는 몸으로 그런 일을 하는 것은 도저히 불가능했다. 이 초라한 동행자를 호위하고 안내하고 말하자면 감시하기 위해 붙여진 황제의 종복은, 우격다짐으로 인파를 헤치고 나가기에는 너무나도 늙고 뚱뚱하고 나약했으며, 또 어쩌면 너무나도 호인이었다. 그에게는 어떻게도 할 힘이 없었다. 어떻게도 할 수가 없었으므로 그는 다만 천민들의 혼잡을 단속하지 않는 경찰에 대해 불평을 하며 하다못해 적절한 수의 호위를 자기에게 붙여줘야 하지 않겠는가고 투덜댈 뿐이었다. 그래서 마침내는 어디를 지향해서가 아니라 광장 위를 무턱대고 이리 밀리고 저리 밀리며, 때로는 꼼짝도 할 수 없이 지그재그로 제자리걸음을 하면서, 이곳 혹은 저곳으로 밀쳐지고 들볶이는 것이었다. 소년이 동행하고 있다는 사실이 이때 뜻하지 않은 마음의 위안이 되었다. 그야말로 기묘한 일이지만 소년은 원고를 넣은 고리짝의 중요성을 어디에서 듣기라도 한 것처럼, 고리짝을 운반하는 인부가 항상 가마 바로 곁에 붙어 있도록 신경을 썼고, 자신도 가마에서 잠시도 떠나지 않았으며, 외투를 어깨에 걸치고 군중의 떠밀림에 한 치도 양보

하지 않는 기세를 보이면서 때로 밝고 맑은 눈을 위로 치키며 즐거운 듯 깜박였다. 집집의 문간에서, 골목에서 숨이 막힐 듯 한 무더위가 밀어닥쳤다. 폭넓은 파장으로 밀어닥쳐 언제 끝날 는지도 모르는 울부짖음에, 헐떡이는 짐승 같은 군중의 신음과 성난 외침에 몇 번씩이나 차단됐지만 그 열기는 좀처럼 사라질 기세가 아니었다. 그것은 물의 입김이며 식물의 입김이며 거리의 입김이었다. 마름돌 속에 갇힌 삶과 부패해가는 그 거짓된 생기에서 솟아나는 단 하나의 무거운 증기, 존재의 부식토가, 해체에 접근하면서 과열된 돌의 갱구로부터 끝없이 피어올라 차가운 돌 같은 별들의 세계로 솟아올랐다. 그 별들이 이제 아주 온화한 암흑으로 차츰 변해가는 하늘의 구석구석을 뒤덮기 시작했다. 삶은 헤아릴 수 없는 심연에서 싹트고, 바윗덩어리를 헤치고 자라나는 도중에 일찌감치 소멸한다. 한창 자라날 때 쇠퇴하고 부패하고 냉각되어, 일찌감치 스스로를 불사르고 만다. 그러나 헤아릴 수 없는 높이에서 불변의 그 무엇인가가, 가라앉으면서 어둡게 빛나는 숨결이 차가운 돌처럼 내려앉는다. 스치는 것 모두를 압도하고 응고시켜 깊숙이 묻힌 돌이 되고, 마치 그것이 이 세상의 궁극적인 현실이기라도 한 듯이 위도 아래도 사방이 돌 또 돌이다. 그리고 이러한 흐름과 역류 사이에, 하늘의 밤과 땅의 밤 사이에, 아래에서는 빨갛게 작열하고 위에서는 밝은 섬광을 뿜는 이 이중의 밤 한가운데 흔들리는 쪽배와도 같은 가마에 흔들리면서, 그는 식물과 동물의 정기가 밀어 올리는 물결 위에 몸을 띄우고 불변의 냉기의 입김 속으로 드높이 들어 올려져 거대한 수수께끼와 미지의 바다를 향해 운반되어 가고 있었는데, 그것은 이미 되돌아가는 것과 다름없었다. 왜냐하면 끝없는 물결의 이랑, 그가 탄 배의 용골이 이미 헤치고 나온 넓은 범위, 기억의 파도의 넓이, 바다 물결의 넓이, 그것들은 아직 투명해지지는 않았기 때문이다. 그 속에 감추어진 그 무엇도 아직 정체를 드러내지 않았기 때문이다. 다만 수수께끼만이 남아 있었다. 수수께끼에 가득 찬 채 과거가 그 기슭을 뛰어넘어 현재에까지 밀려들고 있었다. 송진내가 물씬거리는 횃불의 자욱한 연기, 찌는 듯한 거리의 열기, 야수처럼 어둡게 숨을 쉬는 육체에서 피어오르는 증기 속에서, 아는 사람 하나 없는 이 광장의 한가운데에서 분명히 감지되는 바다의 냄새를 맡고 거대한 불멸의 바다의 존재를 느낀 것은 그 때문이었다. 그의 배후에는 배가, 기묘한 미지의 세계의 새들이 진을 치고 있었다. 그곳으로부터는 지금도 여전히 호령 소리가 울려왔고, 나무로 만든 운반기의 삐걱이는 소리가 단속적으로 들려왔으며, 낮에 울리는 징 소리가 바다에 가라앉은 태양의 마지막 반향처럼 울려 퍼졌고, 그 울려 퍼지는 저쪽에는 넓게 퍼지는 바닷바람이, 흰 관을 쓰고 수천 수만 번 부서지는 바다의 소요가 있고, 포세이돈의 미소, 신이 그 말을 내뿔 때는 당장 울부짖는 듯한 웃음으로 표변하는 미소가 있으며, 그리고 바다 저쪽에는 이 바다를 에워싸고 기슭을 물결에 씻기는 나라들이 있었다. 모두 그가 답사한 나라들이었다. 그곳의 바위, 그곳의 흙 위를 걸으면서, 그곳의 식물과 인간과 동물의 세계에 관여하면서 모든 것 속에 휘말려들어, 너무나도 엄청난 미지 앞에 손쓸 겨를도 없이, 그것들을 제어할 힘도 없이 그는 다만 사상(事象)과 사물에 휘말려 그 속에서 방황했을 뿐, 나라들과 그 숱한 도시 속에 얽혀 들어 헤매고 다녔을 뿐이었다. 사물, 나라, 도시, 그것들은 모두 아득히 가라앉아버렸지만 또 얼마나 가까이에 있는가. 배후에, 혹은 주위에, 혹은 스스로의 내부에 숨어 있으면서 모두 얼마나 그 자신의 것이 되었는가. 햇살이 만드는 그림자의 깊이, 술렁이는 밤의 풍경, 친숙하면서도 수수께끼 같은 아테네, 만투아, 나폴리, 크레모나, 밀라노, 브룬디시움, 아아, 그리고 안데스―그 모든 것은 여기까지 운반되어 왔다. 이곳 항구의 불빛이 타오르며 흩어지는 속에서 숨 쉴 여지가 없는 독기의 자욱함, 무엇을 외치는지도 모르고 떠들어대는 거친 목소리 속에서 모든 것은 단 하나의 총체로 집약되었다. 이 집약 속에서는 먼 곳은 아주 쉽게 가까워지고, 가까운 곳은 아득히 멀어지고, 그 위를 넘어서 떠돌던 그는 거친 광란에 둘러싸여 마치 부유하는 듯한 깨달음에 도달할 수가 있었다. 마치 저승처럼 불타는 광경을 가까이에서 생생하게 목격하면서도, 동시에 그는 자신의 삶을 의식하고 있었다. 과거와 미래가 교차하는 밤의 흐름과 역류에 실려 스스로의 삶이 흘러가고 있음을 깨닫고 있었다. 불에 잠기고 불에 둘러싸인 이 교차점, 이 선창의 현재, 그리고 과거와 미래 사이에, 바다와 육지 사이에 스스로의 삶의 운명이 깃들어 있음을 그는 알고 있었다. 그 자신으로 말하면 마치 자기 자신의 중심으로, 자기가 속한 여러 세계들의 교차점으로, 자기 세계의 중심으로 실려 온 것 같았다. 운명에 의해. 하지만 그것은 단지 브룬디시움의 상륙 지점에 지나지 않았던 것이다.

그리고 만일 이 지점이 세계의 중심이라 하더라도, 그렇다면 더욱더 이곳에 머물 이유는 없었다. 입구에 열렬한 환영 문구가 쓰인 아치가 세워져 있는 골목골목은 갈수록 많은 군중을 광장에 뱉어냈고, 그에 따라 가마를 둘러멘 사람들은 또다시 광장 한쪽 구석으로 밀려났다. 여기에서부터 병사들이 울타리를 만든 저쪽까지 가서 팡파르가 울려 퍼지는 가운데 이미 행진을 시작한 아우구스투스의 행렬에 가담하는 일은, 지금으로선 완전히 불가능했다. 게다가 지금은 음악까지 합세하기 시작해 끓어오르는 소음이 이만저만 아니었다. 고조되는 소음에 따라 혼잡의 횡포와 방자함도 증대되어 거의 혼잡 자체가 본래의 목적이요 자기만족인 듯 변해가는 것 같았다. 그러나 이 모든 횡포에도 불구하고 그 자신을 사로잡고 감싸며 떠도는 듯한 각성의 아무렇지도 않은 듯한 가벼움은, 말하자면 제2의 조명처럼 광장 전체에 전파되어 나갔다. 그것은 눈에 생생하게 비치는 제1의 조명에 숨어들지만, 아른거리는 그림자를 흩뜨리는 그 강한 눈부심은 변화시키지 않았다. 오히려 그 눈부심을 한층 강화시켜 눈에 비치는 사물의 현존 속에 제2의 존재와의 연관성을 드러내고, 더할 수 없이 분명하고 직접적인 근처에 이르기까지 가까운 일대에는 모두 깃들어서 먼 곳의 꿈결 같은 존재와의 연관을 또렷이 밝혀주고 있었다. 이 제2의 연관성을 자명하게 다시 확증하려는 듯이 갑자기 동행인들의 선두에 선 소년이 보였다. 어느새 그곳까지 온 것일까. 소년은 곁에 있는 누군가의 손에서 빼앗은 듯한 횃불을 장난처럼 휘두르면서 그것을 무기 삼아 군중 사이로 길을 열려고 애썼다. "베르길리우스님이 나가신다!" 하고 낭랑한 목소리로 사람들의 면전에 대고 외쳤다. "당신들의 시인이 나가신다!" 사람들이 이때 길을 튼 것은 황제에게 봉사하는 사람이 가마에 타고 있었기 때문인지도 모르고, 혹은 환자의 누렇게 뜬 거뭇한 얼굴에 반짝이는 열띤 눈이 무서웠기 때문인지도 모른다. 어쨌든 사람들의 주의를 불러일으켜 가마를 전진시킨 것은 작은 인도자의 공적이었다. 물론 외투를 들고 가는 이 소년의 사람을 깔보는 듯한 침착성과 활활 타는 횃불로도 해결할 수 없는 혼란이 있기는 했다. 그럴 때는 환자의 무서운 몰골도 아무런 도움이 안 되었다. 오히려 가마가 멈출 때마다 처음에는 다만 달아날 자세로 외면하던 무관심한 동작이 이윽고 무시무시한 광경에 대한 노골적인 혐오감으로, 반은 겁먹고 반은 공격적인 수군거림으로 변해갔다. 마침내는 거의 위협적인 분위기로까지 고조되었는데, 어떤 입이 험한 사내가 신바람이 난 듯 가시 돋친 어조로 "마술사다, 황제의 마술사다!" 하고 외친 소리는 그 분위기의 정확한 표현이었다. "이 멍청한 놈아, 당연하지." 소년이 되받아 외쳤다. "너 같은 건달은 이런 마술사를 한 번도 만나보지 못했을 거다. 우리나라에서 가장 훌륭한, 누구보다도 훌륭한 마술사님이시니까." 소년의 사악한 시선을 피하려는 듯 몇몇은 손가락을 펼친 손을 공중으로 들어 올렸다. 얼굴에는 분을 바르고 정수리에는 금발의 가발을 비스듬히 얹은 한 창녀가 가마를 향해서 쇳소리를 냈다. "사랑의 마법을 나한테 주지그래!"—"주고말고. 사타구니 사이에다가 말야, 잘 들을 거다!" 거위를 닮은, 볕에 그을린 젊은이가, 분명히 선원이었는데, 흉내 내는 가성으로 이렇게 말하며 파란 문신을 새긴 두 팔로 사뭇 즐거운 듯이 깽깽거리는 여자를 뒤에서 껴안았다. "그런 마법이라면 나도 얼마든지 기꺼이 내줄 테다, 듬뿍 말이다!"—"마술사님이 나가신다, 길을 비켜라!" 소년은 명령하듯 외치고는 팔꿈치로 힘껏 거위 같은 선원을 옆으로 밀어붙이며, 갑자기 결단을 내린 듯, 사람들의 허를 찔러 오른쪽 광장 끝을 향해 방향을 바꾸었다. 원고가 든 고리짝을 운반하는 인부들이 바로 뒤를 따랐고, 감시 역을 맡은 하인이 마지못해 그 뒤를 따랐으며, 다시 가마와 다른 노예들이 뒤따랐다. 모두가 눈에 보이지 않는 사슬에 묶여 소년의 뒤에서 끌려가는 것 같았다. 소년은 이들을 어디로 데리고 가는 것일까? 어느 먼 곳에서, 어느 기억의 심연에서 그는 떠오른 것일까? 어떤 과거, 어떤 미래에 의해서 그는 좌우되고 있는가? 어떤 비밀에 찬 필연성에 의해서 좌우되고 있는가? 또한 그 자신은 어떤 과거의 비밀로부터 어떤 미래의 비밀로 실려 가는 것일까? 이것은 차라리 헤아릴 수 없는 현재 속에서 끊임없이 헤매고 있음이 아닐까? 그의 주위에는 게걸스럽게 먹어대는 입이 있고, 짖어대는 입이 있고, 노래를 부르는 입이 있고, 놀라서 질린 입이 있고, 난해한 얼굴 속의 벌어진 입이 있었다. 입은 모두 열리고 벌어진 채 빨갛거나 갈색이거나 잿빛인 입술 뒤에 이빨을 늘어놓고 혀로써 호위되어 있었다. 그는 가마를 둘러멘 노예들의 이끼나 양모에 덮인 듯한 둥근 머리를 내려다보고, 그들의 턱과 여드름투성이인 볼을 옆에서 바라보았다. 그들의 내부에서 고동치는 피, 그들이 삼키지 않으면 안 되었던 침을 그는 알고 있었다. 볼품없고 거칠고 방종한 이들 식욕 왕성한 근육의 기계 속에 감추어진 갖가지 생각을 그는 알고 있었다. 그 생각들은 목표도 없고 덧없는 것이기는 했으나 영원히 상실되는 일 없이, 온화하고 답답하게, 투명하고 어둡게, 한 방울씩 방울져 떨어져내리는 것이었다. 그것은 영혼의 한 방울 한 방울이었다. 아프도록 황량한 격정이나 육욕 속에서도 가라앉지 않는 동경, 저 거위 녀석이며 창녀며 모든 인간에게 주어진 지울 수 없는 동경을 그는 알고 있었다. 결코 무(無)로 돌아가는 일이 없고, 고작 악의와 적의에 찬 모습으로 일그러지는 수는 있을망정 여전히 동경임에는 틀림없는 그런 동경을 그는 알고 있었다. 아득히 멀어지면서도 그러나 형용할 수 없이 접근해 와서 각성 속에 떠돌고, 그러나 모든 답답함 속에 휩쓸려 들어 정액을 내뿜고 정액을 삼키는, 얼굴이 없는 둔감한 육체를 그는 보았다. 그 육체의 꿈틀거림과 사지의 경직을 보았다. 그 우연한 정욕의 기복 속 은밀함, 그 화합이 가져오는 둔감한 전사 같은 거친 환호, 그 노화에 따르는 쇠약에서 오는 조락(凋落)을 그는 보았다. 이러한 모든 것, 이러한 지식의 모든 것은 마치 코를 통해서 전해지는 것 같았다. 보이는 것, 들리는 것 모두를 감싸고 있는 마비적인 독기와 함께 인간 짐승들의 냄새, 그들이 나날이 거두어 모으고 나날이 소화하는 먹이의 복잡한 냄새와 함께 그것은 흡수되었다. 그러나 지금, 그 엄청난 육체들 사이로 가까스로 길이 열려 광장 끝 쪽을 향함에 따라 차츰 줄어드는 불빛처럼 마침내 인적도 드물어지고, 끝내는 어둠 속에 흩어져가는 지금, 군중의 냄새는 타다 남은 희미한 연기처럼 사그라지고, 대신 흘러온 것은 부두에 인접해 있고 저녁 무렵이면 한산하기만 한 어시장의 번득번득 빛나는 매끄러운 생선의 썩은 냄새뿐이었다. 그에 못지않게 부패하고 달착지근한 기운을 풍기는 과일 시장의 냄새도 이 썩은 냄새에 보태졌다. 발효되어 발그스름해진 포도, 밀랍처럼 누르스름한 자두, 금빛의 사과, 지옥처럼 까만 무화과의 냄새가 공동적인 운명의 부패 속에 분간할 수 없이 용해되어 있었다. 진흙발로 짓밟히고 문질러진 포석은 미끈거리며 빛났다.

지금은 광장의 중심도 아득히 뒤로 멀어지고 수제에 정박한 배도, 바다도 아득한 저쪽에 있었다. 남김없이 사라졌다고는 할 수가 없었으나 아득한 저편에 있었다. 군중의 포효는 이제 먼 곳의 웅성거림에 지나지 않았고, 팡파르도 들려오지 않았다.

  이 고장 일이라면 구석구석까지 알고 있다는 듯, 소년은 짐짓 자신만만한 태도로 일행을 인도하여 시장의 판잣집 사이를 빠져나와 창고와 조선소가 있는 지역으로 들어갔다. 불빛도 없는 음산한 건물이 늘어선 시장에 인접한 곳으로, 어둠 속이라 고작 희미하게 보일 뿐이었지만, 아래쪽까지 훤히 열려 있었다. 또다시 냄새가 달라졌다. 이 나라의 모든 산물, 이곳에 준비된 막대한 양의 식량 냄새가 났다. 제국 안에서의 교역을 위해 준비되고, 어디에서든 매매가 이루어진 뒤에는 인간의 육체와 뱀처럼 구불구불한 그 내장을 통해 곤죽 같은 찌꺼기가 될 운명의 식량이었다. 삽으로 퍼내지기를 기다리면서 곡창 앞에 드높이 쌓인 곡물이 마르는 달착지근한 냄새, 보리, 밀, 귀리, 스펠트 밀 자루 등에서 나는 먼지 낀 건조한 냄새, 올리브유 통이나 함지에서 나는 새큼하고 부드러운 냄새, 수제를 따라 늘어선 술 곳간의 짜릿하고 떫은 냄새가 풍겼다. 목공장 냄새도 났고, 어느 어둠 속에 저장된 결코 썩는 일 없는 떡갈나무 더미 냄새도 났다. 나무껍질은 말할 것도 없고 그 속에서 스며 나오는 냄새도 만만치 않게 강렬했다. 목수가 일을 끝낸 후 도끼를 꽂아놓은 채 내버려두고 갔을 통나무 냄새, 보기 좋게 대패질을 한 새 선박용 판자나 대팻밥의 냄새와 함께, 산더미처럼 쌓여서 불태워질 운명을 기다리는, 꺾이고, 희끄무레한 녹색의, 끈적끈적하고 곰팡내가 나는, 조가비가 다닥다닥 붙은 낡은 목재가 내뿜는 퀴퀴한 냄새도 코를 찔렀다. 영위되는 생성의 순환이었다. 끝없는 평온이, 그런 냄새를 무겁게 간직한 노동으로 지새는 밤으로부터 흘러나왔다. 그것은 부지런히 일하는 국토의 평온이며, 밭과 포도 농장, 숲과 올리브 밭의 평온이며, 농부의 아들로서 그 자신이 태어난 농가의 평온이며, 끊임없는 그의 향수와, 대지와 연결되고 대지를 향해 대지처럼 변함없는 그의 동경의 표적이 되는 평온이며, 이미 오래전부터 그의 노래가 지향해온 평온이었다. 오오, 도달할 길이 없는 동경의 평온이었다. 이 도달하기 어려움을 여기에서도 반영해야 하듯이, 어디에서나 모든 것이 그 자신의 모사화가 되지 않으면 안 되듯이, 이 평온 역시 돌 사이에 가두어지고 억압되어, 야심이나 이익, 시장가치나 조급함, 외면성이나 예속, 그리고 평온을 깨뜨리는 다툼을 위해 남용되고 있었다. 내계와 외계는 같은 것이며, 상(像)과 그 모상(模像)인데도 아직 하나의 총체는 아니었다. 그 총체야말로 지식인데도. 어디에서나 그는 자기 자신을 발견했다. 그는 모든 것을 파악하지 않으면 안 되었고 또 파악할 수 있었다. 세계의 다양성을 포착하는 일, 그에게는 의무이자 충동이었다. 비몽사몽의 상태에서 세계의 다양성에 몰입하면서 그는 아주 쉽게 거기에 귀속하여 그것을 자기의 것으로 만드는 일에 성공했다. 그러나 이는 세계의 다양성이 처음부터 그의 것이었기 때문에, 정탐하거나 노리거나 느끼거나 하기 이전부터 그 자신의 것이었기 때문이었다. 추억과 파악이 스스로에게 상기된 자기 자신, 상기된 스스로의 과거 이외의 것이었던 적은 한 번도 없었기 때문이었다. 그 과거 속에서 그는 아직 올리브유도 포도주도 목재도 존재하기 전에 포도주를 마시고 목재를 만지고 올리브유를 맛보았을 것임에 틀림없다. 즉, 그것은 미지의 것이면서 일찍이 만난 적이 있는 것과의 재회인 셈이었다. 넘칠 만큼 많은 사람들의 얼굴이나 얼굴이라고도 할 수 없는 이상한 얼굴, 그것은 그 위에 떠오르는 색정이나 욕망이나 육욕, 또는 탐욕스러운 냉정함이나 동물 같은 육체적인 존재 방식, 나아가서는 또 그 거대한 밤의 동경까지도 포함하여 그 자신의 것이 되어 있었다. 그가 일찍이 그런 것을 본 적이 있든 없든, 그런 것이 현실적으로 존재했든 안 했든, 그 얼굴들은 모두 그의 삶이 시작된 이후 지금까지, 그 자신의 존재의 혼돈된 근원의 부식토로서, 그 자신의 육욕으로서, 그 자신의 색정으로서, 그 자신의 욕망으로서, 그 자신의 이상한 얼굴로서, 또한 그 자신의 동경으로서 그와 하나가 되어 있었다. 지상의 편력을 계속하는 동안에 그의 동경은 두드러지게 변화되어 인식으로 향했다. 시간과 함께 고통스러워져서 마침내는 동경이 아닌, 동경에의 동경이라고도 부를 수 없을 만큼 몹시 변했다. 이 사실은 처음부터 추방과 은거라는 형식으로 운명에 의해 정해져 있었다. 추방은 재앙을 낳고 은거는 행복을 싹 틔우는 것이지만 인간으로서는 거의 견딜 수 없다는 점에서는 마찬가지였다. 그럼에도 불구하고 타고난 것은 상실되는 일이 없었다. 존재의 근원적인 부식토는 사라지지 않았다. 그것은 추억이 그것을 양식으로 삼아 거기에 되돌아가는 인식과 재인식의 토양이며, 행복과 불행 양쪽에 대한 방벽, 견디기 어려운 것에 대한 방벽이며 궁극적인 동경이었다. 설사 인식에 넘친 동경이라 하더라도 기억의 심연에 몰입하려는 모든 시도에 거의 육체적으로, 이것이 최후라는 식으로, 그러면서도 끊임없이 공명하는 동경이었다. 의심할 것도 없이 그것은 육체적인, 사라지는 일이 없는 동경이었다. 손가락을 잡아당기듯이 깍지를 끼자 반지가 피부와 살에 단단히 박혀 드는 것이 느껴졌고, 손뼈의 돌 같은 단단함이 느껴졌고, 체내의 피가 느껴졌고, 스스로의 육체가 가진 추억의 깊이가 느껴졌다. 먼 과거의 아득한 심연은 현재에 접근하여 현재를 비추는 그 빛과 하나가 되어 있었다. 그는 안데스에서 지낸 어린 시절을 생각해냈다. 집이나 가축우리나 곳간, 그리고 나무들을 생각해냈고, 언제나 웃음을 잃지 않고 부풀린 검은 머리칼을 말아 올리고 집안일에 열중하던 어머니의 약간 그을린 얼굴에서 빛나던 맑은 눈을 생각해냈다—어머니의 이름은 마야였다. 어떤 이름도 이 이상 여자다운 울림을 주지는 못했을 것이다. 이보다 더 그녀에게 어울리는 이름은 없었다—그리고 그는 생각해냈다. 즐겁게 일을 하면서 어머니가 주위의 모든 것을 얼마나 포근하게 감싸고 있었던가를. 난로 옆에 앉아만 있던 할아버지의 시중을 들며 하루 종일 이런저런 일로 부름을 받아도, 또 그에 못지않게 빈번한 어린 것들의 겁이 날 만큼 맹렬한 투정이나 뼈에 사무치는 노인의 아우성을 달래지 않으면 안 될 때에도, 어머니는 조금도 지친 표정을 보이지 않았고 명랑함을 잃는 일도 없었다. 할아버지는 때를 가리지 않고 위안을 얻으려고 그토록 소리를 질렀다. 반은 거만하고 반은 인색한 백발의 마구스 폴라는 가축이나 곡물을 팔거나 사고 와서, 상인들에게 속았다고 생각될 때면 어김없이 그랬다. 오오, 이 소음이 기억 속에서 얼마나 세차게 울렸던가. 그럴 때마다 들뜬 듯한 명랑함으로 어머니가 집 안에 되돌려주던 그 안온함은 기억 속에서 얼마나 정겨웠던

가. 그리고 그는 아버지를 생각해냈다. 아버지는 결혼 뒤에 비로소 착실한 농부가 될 수 있었는데, 결혼 전에 종사했던 도공이라는 직업은 아들에게는 보잘것없는 것으로밖에 생각되지 않았다. 그러면서도 해 질 녘에, 동그란 술 항아리나 우아한 곡선의 기름병을 어떻게 만들었는가를 들려주는 아버지의 추억담에 귀를 기울일 때는 즐거웠다. 아버지는 찰흙을 빚는 엄지 손가락, 주걱, 윙윙거리는 물레, 불을 때는 방법 등에 관한 아름다운 이야기들 사이사이 몇 곡인가 옛 도공의 노래를 부르기도 했다. 또한 시간 속에 우연히 정지하고 있는 그때그때의 얼굴이여, 오오, 어머니의 얼굴이여, 언제나 젊은 시절의 모습으로 회상되고, 증발하여 심연으로 사라지고, 죽음 속에서 이미 얼굴의 형상을 넘어서 마치 변하지 않는 풍경과도 같아진 어머니의 얼굴이여. 오오, 아버지의 얼굴이여, 처음에는 생각해낼 수조차 없었으나 이윽고 순식간에 살아 있는 모습 그대로의 초상이 되고, 마침내는 죽음 속에서 갈색으로 경직된 딱딱한 찰흙이 되고, 다정하고 강직하게 임종의 미소를 띠고 있는, 이미 두 번 다시 사라질 수 없는 모습으로 화해버린 잊을 수 없는 아버지의 얼굴이여. 추억 속에 뿌리박고 있지 않은 것은 무엇 하나 현실에서 성숙할 수가 없다. 청춘 시절의 숱한 모습에 뒤덮여서 처음부터 주어져 있지 않았던 것은 무엇 하나 인간의 손에 포착되지 않는다. 왜냐하면 영혼은 항상 그 발단에서 서성이고, 그 발단의 커다란 각성을 향해 서 있는 것이므로. 종국에 이르러서도 영혼은 발단의 위엄을 갖추고 있으므로. 한 번이라도 영혼의 금선(琴線)에 닿은 노래는 어느 하나 사라지는 일이 없다. 흔연히, 그리고 항상 새로이 준비를 갖추면서 영혼은 그

자신 속에 지난날에 울려 퍼졌던 가락을 모조리 간직하고 있다. 그 가락은 옮겨 갈 줄을 모르고 항상 되풀이하여 복귀한다. 지금 여기에서도 그것은 다시 울리고 있었다. 그리고 그는 가끔 열린 채로 있는 곳간의 문으로부터 시꺼멓게 솟아오르는 흙으로 만든 가벼운 독이나 쌓아 올려진 나무통의 서늘한 냄새를 포착하고 숨을 깊이 들이쉬어 병든 폐 속으로 들이켜려 했다. 물론 그런 뒤에는 어떤 유해한 일, 혹은 금지된 일이라도 한 것처럼 기침을 하지 않으면 안 되었다. 그러는 동안에도 가마를 멘 인부들의 징 박은 구두는 길을 재촉했고, 돌이 깔린 길 위에서는 딸깍 소리를, 자갈이 깔린 길에서는 절그럭 소리를 냈다. 젊은 인도자는 가끔 뒤돌아보며 가마 위로 미소를 보냈고, 그 손에 든 횃불은 일행의 선두에서 깜박거리다가는 다시 반짝 빛나곤 했다. 이제는 행진도 제법 궤도에 올라 꽤 속력을 내고 있었다. 궁정살이의 안일함에 오랫동안 젖어서 뚱뚱해질 대로 뚱뚱해진 늙은 하인에게는 너무 빠를 정도여서 그는 지금 뒤뚱뒤뚱 가마 뒤를 쫓으면서 눈에 띄게 헐떡거리고 있었다. 혼잡하게 늘어선 창고나 곳간의 지붕이 뾰족하게 혹은 납작하게, 혹은 비스듬히 경사져서 아직 밤이 되지 않았는데도 어느새 무수한 별이 반짝이는 하늘을 향해 솟아 있었다. 기중기나 나무 울타리가 지나가는 불빛을 받아서 위협하는 듯한 그림자를 던지는 가운데 짐을 실은 수레나 빈 수레가 그 옆을 지나노라면 몇 마리의 쥐가 길을 가로질렀고, 나방 한 마리가 가마 속에 날아들어 의자의 팔걸이 위에 꼼짝도 않고 앉아 있었다. 또다시 피로와 잠이 가만히 찾아들 것 같았다. 나방에게는 다리가 여섯 개 있었다. 그리고 가마를 멘 인부들, 귀중하고 망가지기 쉬운 물건이라도 되는 듯 그를 나방과 함께 어깨에 메고 있는 인부들에게는 헤아릴 수 없을 정도까지는 아니지만 다리가 엄청나게 많았다. 그는 당장 고개를 돌려서 뒤에 있는 인부들의 머릿수와 그들의 다리를 세어보리라 생각했다. 그러나 미처 다 세기도 전에 두 채의 오두막 사이 좁은 통로로 들어섰다. 그러자 매우 놀랍게도 일행은 다시 거리의 집들 앞에 서 있었다. 꽤 가파른 언덕이었고, 매우 좁은 데다 여러 해 동안 비바람을 견디어낸, 아무 데나 세탁물이 걸려 있는 셋집들이 늘어선 골목 입구였다. 사실 일행은 거기 그냥 서 있었다. 예의 소년이 급한 걸음으로 전진하고 있던 인부들을—그런데 지금 세어보니 그들은 처음과 마찬가지로 네 명이었다—느닷없이 제지했기 때문이었다. 이 갑작스러운 정지가 뜻하지 않은 광경과 결부되어 재회의 기쁨 비슷한 기분을 자아냈다. 그것도 불시에 당한 놀라움이었기에 그들은 모두, 주인도, 하인도, 노예들도 한꺼번에 큰소리로 웃었다. 이 웃음에 기운을 얻은 소년이 가볍게 몸을 숙이고는 자랑스럽게 안내하는 동작을 취하며 골목 안으로 모든 사람을 끌어들였을 때 웃음소리는 한층 더 높아졌다.

그러나 실은 마음이 들뜰 이유는 거의 없었다. 우선, 무엇보다도 이 협곡 같은 골목이 그런 쾌활한 기분의 계기가 될 까닭이 없었다. 완만한 경사를 이루고 층계가 이어져 있는 그 어두운 길에는 갖가지 환상 같은 존재들이 무리 지어 있었다. 우선 눈에 띈 것은 어린아이들의 무리로서 벌써 완전히 해가 졌는데도 아직 층계를 시끄럽게 뛰어오르고 뛰어내리고 있었으며, 다시 가까이 다가가서 보자 그러한 환상 같은 두 발 달린 녀석에

네 발 달린 녀석도 가담하고 있음을 알 수가 있었다. 사방의 벽을 따라서 다소의 차이는 있었지만 한결같이 짧은 밧줄로 말뚝에 매인 염소들이 있었다. 유리창도 없을 뿐 아니라 태반은 쇠살문도 없는 창문이 시꺼멓게 협곡을 내려다보고 있고, 어두운 동굴 같은 지하의 가게도 시꺼멓게 줄지어 있었는데, 그 가게에서는 잡다한 싸구려 물건들이 요란하게 악을 쓰고 있었다. 초라한 물건들, 잠시 동안의 필요를 충족시킬 뿐 다음 날에는 거의 쓸모가 없어지는 싸구려 물건들이었다. 그 옆에는 두들기고 소리를 지르고 울리는 초라한 가내공장이 있어서, 그림자의 도움을 받고 그림자에 떠받들어져 가련한 소음을 내며 작업을 계속하고 있었다. 어쩐지 그 작업을 위해서는 불빛이 전혀 필요 없는 듯싶었고, 램프나 촛불이 반짝거리고 있었음에도 사람들은 그림자 속으로 기어 들어가 있었다. 어떤 외부와도 차단된 비참하기 이를 데 없는 빈민가의 일상생활이었다. 황제를 위한 축제도 이 골목에서는 몇 마일이나 멀리 떨어져 있는 것처럼, 다른 구역에서 지금 무슨 일이 일어나고 있는지 아랑곳할 필요가 없다는 듯이 거의 시간을 초월한 생활이 영위되고 있었다. 그런 까닭에 갑자기 모습을 나타낸 가마의 일행도 그들에겐 별로 놀라운 대상이 되지 못했다. 오히려 아주 불쾌한, 더 정확하게 말하면 적의에 찬 방해를 유발시켰다. 우선 유령 같은 장난이 시작되었다. 그것은 물론 어린아이들의 습격인데 거기에 염소까지 가담하여 그 양편이 다 인부들의 걸음을 방해하며 좀처럼 흩어지려 하지 않았다. 네발짐승은 매애매애 울어대고, 두 발 달린 무리는 쇳소리를 지르며 사방의 어두운 구석에서 튀어나와서는 다시 어둠 속으로 달아나는 것이었다. 그들은 젊은 인도자의 손에서 햇불을 빼앗으려고 했으나 물론 완강한 저항에 부딪쳐 성공하지 못했다. 하지만 가장 골치 아픈 일은 이것이 아니었다. 비록 느린 걸음이긴 해도 어쨌든 전진은 하고 있었다―한 단계 한 단계 이 빈민가의 골목을 올라가고는 있었으니까. 정작 골치 아픈 것은 여자들이었다. 창문에서 몸을 내밀어 문턱에다 유방이 납작해질 정도로 가슴을 찰싹 붙이고, 드러낸 팔을 뱀처럼 아래로 늘어뜨려, 그 끝에 달린 뱀의 혀를 닮은 손가락을 꿈틀거리는 여자들이 무엇보다도 고질적인 방해꾼이었다. 또한, 그녀들이 가마의 일행을 발견하자마자 그때까지의 잡담을 순식간에 집어치우고 저마다 욕지거리를 퍼붓는, 무슨 영문인지도 모르고 미친 듯이 떠들어대는 악담 역시 대단히 골치 아픈 것이었다. 그것은 그대로 짖어대는 광기였고 모든 광기와 마찬가지로 거창했다. 그리고 그 광기는 고조되어 고발이 되고 진리가 되기도 할 그런 것이었다. 왜냐하면 그것은 욕지거리였으니까. 열어젖힌 문에서 동물적인 배설물의 악취가 풍겨 나오고 비바람에 바랜 이 수로 같은 집들 틈새로 가마 위에 높이 떠받들려서 지나가노라니 초라한 실내가 들여다보였다. 아니, 싫어도 저절로 눈에 들어왔는데, 미쳐 날뛰며 뜻도 모르고 면전에다 퍼부어대는 여자들의 저주를 받아들이고, 어느 집에나 반드시 있는 넝마에 누운 가냘픈 젖먹이의 울음소리를 받아들이고, 금이 간 벽에 매단 햇불에서 솟아오르는 자욱한 연기를 받아들이고, 주방과 그곳에 있는 헐어빠진 기름투성이 쇠냄비의 맥 빠진 냄새를 받아들이고, 시커먼 구멍 같은 집 안 곳곳에 웅크리고 앉아 나체나 다름없는 모습으로 우물우물 입을 놀리고 있는 노인들의 소름이 끼치는 광경을 받아들인 지금, 절망이 그를 엄습하기 시작했다. 이곳, 해충이 둥지를 튼 구멍 사이로 극단적인 영락과 비참하기 이를 데 없는 부패가 일어나고 있었다. 극도로 현세적인 갇힌 실상을 앞에 놓고 사악한 출산의 진통과 말기 환자의 고통이 보이는 죽음의 자리, 삶의 발단과 종말이 밀접하게 한데 묶여 양쪽 다 어두운 예감이 되어 때를 모르는 재앙의 그림자 같은 꿈속에서 모두 형용하기 어려운 것이 되는 이 자리를 앞에 놓고, 무릇 입에 담을 재주도 없는 이 밤과 외설의 한가운데서 그는 비로소 얼굴을 가리지 않으면 안 되었다. 그리고 그대로 그는 한 단계 한 단계 빈민가의 골목, 계단을 넘어서 운반되어 갔다.
 "건방진 놈이야, 가마 따위에 올라타고!" "저놈 그래도 우리들보다 잘난 인간이라고 생각하고 있겠지?" "돈푼이나 벌었다고 잔뜩 도사리고 있는 거지." "돈이 없어봐, 이리저리 뛰어다니지 않으면 안 될 놈이!" "업혀 가지고 일하러 가는 건가!" 하고 여자들이 제각기 떠들어댔다.
 ─그의 머리 위에 우박처럼 퍼부어지는 이런 수작들은 아무런 의미도 없었다. 무의미, 한없이 무의미하면서도 그러나 정당했고, 경고였고, 진리였고, 진리로 굳혀진 광기였다. 퍼부어지는 비방 하나하나가 그의 영혼에서 한 조각씩 오만을 뜯어내고, 마침내 영혼은 젖먹이 아기나 넝마 위에 웅크린 노인처럼 벌거숭이가 되고, 어둠과 기억상실과 죄과 앞에 나신을 드러내어 분별할 수 없는 벌거숭이로서 도도한 물결 속으로 몰입되어 갔다.
 ─한 계단 한 계단 밟아 오르고 계단마다 지체하면서 일행은 빈민가의 골목을 빠져나갔다.

―숨 쉬는 대지 위에 펼쳐지고 낮과 밤이 교체되는 동안에 숨 쉬는 하늘 밑으로 뻗고, 수백만 년에 걸쳐 불변의 기슭에 둘러싸인 벌거숭이 피조물인 물결, 존재의 부식토에서 흘러 떨어지고, 이윽고 도도한 대하가 되고, 다시 부식토 속으로 흘러드는 벌거숭이 삶의 군중, 온갖 피조물의 빠져나갈 재주도 없게 된 뒤얽힘.

"너도 뒈지면 다른 사람들처럼 썩은 냄새가 날걸!" "이것 봐요, 송장을 둘러메고 있는 양반들, 그 따위 짐은 끌어 내려버려요, 송장 따위는 팽개쳐버려요!"

―시간의 봉우리, 시간의 골짜기, 오오, 그 봉우리와 골짜기를 넘어서 영겁에 의해 실려 나가고, 어스름한 물결의 한가운데서 일체를 포함한 무한한 물결의 한가운데로 노상 되풀이되어 실려 가는 엄청난 피조물이여. 그러한 피조물의 어느 하나도 불멸의 영혼으로서 영원한 무시간의 세계 속을 떠도는 듯한 생각을 하지 않는 것이 없고, 또한 미래에도 없을 것이다. 무시간의 자유 속을 가볍게 떠돌며 물결의 흐름에서 몸을 빼고, 혼잡에서 멀리 벗어나 이제 전락하는 일도 없고, 이제 피조물도 아니며, 별들에까지 자라서 얽혀 올라가는 쓸쓸하고 투명한 한 송이 꽃, 홀로 아득히 멀어지며 눈에는 보이지 않는 덩굴에 피는 투명한 꽃처럼 떠는 마음.

―빈민가의 욕지거리가 퍼부어지는 가운데 한 계단 한 계단 실려 가는 지금,

―오오, 무엇보다도 중요한 것은 이 무시간성의 환각이다. 그리고 그의 삶이다. 이름도 없는 밤의 혼돈에 싸인 부식토에서 뻗어 오르고, 피조물의 덤불에서 자라고, 무수한 곡선을 그

리는 덩굴을 뻗쳐 이곳저곳에 엉켜들고, 더러운 것에도 깨끗한 것에도, 변모하는 것에도 불멸의 것에도, 사물에도 소유에도, 끊임없이 모습을 나타내는 인간들에게도, 언어에도 풍토에도 달라붙으며 거듭 경멸당하면서 거듭 살아남은 이 삶이다. 그는 이 삶을 남용했다. 그것을 남용함으로써 스스로를 뛰어넘고, 스스로의 위에 높이 도사리고, 일체의 한계를 넘어 모든 시간의 제약을 초월하려 했다. 마치 그에게는 어떤 전락도 있을 수 없다는 듯이. 시간 속으로, 현세의 유폐 속으로, 피조물의 운명 속으로 귀환할 필요는 전혀 없다는 듯이. 그의 앞에는 그 어떤 심연도 입을 벌리고 있지 않다는 듯이.

"아가야!" "기저귀가 흠뻑 젖었군그래!" "엿이나 먹어라!" "장난이 심해서 업혀 돌아오는구나!" "요강에 올라앉아서 관장이라도 해달라지!" 웃음소리가 창문마다에서 빗발처럼 쏟아졌다.

―골목 안에는 여자들의 비웃음 소리가 메아리치고 있었으나 달아날 수는 없었다. 다만 한 계단 한 계단 극히 완만하게 전진할 뿐.

―하지만 지금 여기에서 가장 그럴듯한 조소를 그에게 퍼붓고 그의 불모의 망상을 폭로한 것이 실로 그 여자들의 목소리였을까? 여기에 울려 퍼지는 소리는 현세의 여자들의 소리, 현세의 인간들의 소리, 광기에 사로잡힌 현세의 피조물들의 소리보다 더 강렬한 것이 아니었을까? 아니, 비웃듯이 그를 부른 것은 시간 그 자체였다. 온갖 목소리의 다양성을 내포하고, 시간에, 다만 시간에만 고유한 흡인력의 모두를 싣고서 도도히 흘러넘치는 불변의 시간의 흐름이었다. 시간이 여자들의 목소리로 변신하여 그들의 욕지거리로 그의 이름을 지우려 한 것이다. 이름

도 영혼도 일체의 노래도, 노래에 숨겨진 무시간의 마음 떨림도 박탈되고, 그가 형용하기 어려운 밤과 존재의 부식토 속으로 돌아가도록, 지워진 기억의 마지막 잔재인 저 한없이 가혹한 치욕을 그가 당한 좌절 속에서 되씹도록 꾀한 것이다.

―시간의 소리를 알고, 운명의 덫에서 도주하는 것이 불가능함을 알고, 아아, 그 목소리들은 알고 있었다. 그 또한 불변의 것으로부터 빠져나갈 수 없었음을, 한 척의 배가 있어서 온갖 망상에도 불구하고 마침내 그도 승선하지 않으면 안 되었음을. 그리고 그 배가 운명이 시키는 대로 그를 다시 데려왔음을. 아아, 그 목소리들은 피조물의 도도한 흐름을 알고 있었다. 그것이 어떠한 배도 다니지 않고 어떠한 식물도 돋아나지 않는, 태초의 진흙으로 가득 찬 벌거숭이 기슭 사이에서 벌거벗은 채 나른하게 전진하고 있음을. 그 모두가 분명한 망상이면서 그러나 운명으로서의 현실이었고, 눈에 보이지 않는 망념의 현실이었다. 또한 목소리들은 알고 있었다. 인간은 모두 운명이 정해주는 대로 다시 이 흐름에 몸을 가라앉히지 않으면 안 된다는 사실을, 그 가라앉는 자리와 일찍이 거기에서 떠올랐다고 생각하는 자리를 구별하는 것은 불가능하다는 사실을. 왜냐하면, 귀환은 운명의 고리를 닫지 않으면 안 되는 것이므로.

"이봐 붙잡아버릴 테다. 이 바보, 이 얼간이 같으니!" 하고 욕지거리가 날아왔다.

―그러나 그것은 여자들의 목소리에 지나지 않았다. 마치 그가 말 안 듣는 개구쟁이이기라도 하다는 듯이 조소하는 목소리였다. 헛된 자유를 쫓다가 이제 몰래 집으로 돌아오려는 어린아이, 아니 그보다는 위험하기까지 한 갖가지 우여곡절을 거

쳐 집으로 데려오지 않으면 안 되게 된 어린아이이기라도 하다는 듯이. 재앙을 불러올 그러한 행동 때문에, 그렇다, 다만 그것만으로도 그는 호되게 비난받지 않으면 안 되었던 것이다. 그러나 이 시간의 암흑에 찬 어머니들의 무거운 목소리는 설사 욕지거리였다 하더라도 운명의 길이 빚는 고리가 무의 심연을 둘러싸고 있음을 알았다. 모든 절망한 자들, 길을 잃은 자들, 지친 자들을 알고 있었다. 때 아닌 행로의 중단을 강요당하자마자 그들이 손쓸 방법도 없이 중심의 심연으로 떨어진다는 것을 알고 있었다―아아, 누구나가 행로의 중단을 강요당하고 있었던 것은 아닐까? 행로의 끝까지 갈 수 있었던 인간이 일찍이 한 사람이라도 있었음은 아닐까?―미쳐 날뛰는 그 욕지거리 속에는 한없는 불안이 잉태되고, 영원한 모성으로서의 소망이 이루 말할 수 없는 공명음을 울리고 있었다. 어느 자식이나 모두 언제까지나 태어난 그대로의 발가숭이로 있어주었으면, 최초의 은신처에 발가벗은 채 갇혀서 도도히 흐르는 대지의 시간 속에, 피조물의 도도한 흐름 속에 뉘어져서, 운명이란 없다는 듯, 그 흐름 속에서 부드럽게 안아 올려졌다가, 또 부드럽게 그 흐름 속으로 사라져주었으면 하는 모성의 소망이.

"벌거숭이, 알짜 벌거숭이야 너는, 진짜 벌거숭이."

―모성으로부터 벗어날 길은 없다―무엇이 인도자인 소년에게 이 길을 택하게 했는가? 이제는 어떻게도 손을 쓸 수가 없는 것이 아닌가? 모성의 부름에 끌려서 이제 영원히 전진을 금지당한 것처럼 일행은 정지했다. 소름 끼치는 기다림 속에 정지해 있었다. 그런데도 또다시 얽매임에서 풀려나자 전진이 시작되는 것이었다. 한 단계 한 단계 빈민가의 골목을 기어오

르면서.

—그렇다면 부름 소리에 깃든 모성의 힘은 영원히 구속하기에는 충분치가 않은 것일까? 마치 주문을 걸듯이 사로잡았던 자를 다시 풀어주지 않으면 안 될 만큼 그 목소리의 힘은 불충분하고 엉성한 것이었던가? 오오, 모성의 무력함이여, 탄생 그 자체인 어머니는 바로 그렇기 때문에 재생에 대해서는 아무것도 모르고, 알려고도 하지 않는다. 탄생이 정당화되기 위해서는 재생을 원하지 않으면 안 된다는 점, 그러나 탄생과 재생 양자는 모두 만일 그 옆에서 무(無)가 생기지 않았다면, 만일 무가 종국의 생식력으로서 영원불변하게 양자의 배후에 서 있지 않았다면 결코 생길 수 없다는 점을 이해할 수가 없다. 그렇다, 소리가 아닌 소리의 속삭임 속에 맺어지는 존재와 비존재의 이 풀기 어려운 맥락 속에서 비로소 그 본래의 위대함으로 시간을 초월한 것이 빛나게 된다는 사실, 그것은 모성으로서는 이해하기가 너무나 번거로운 사실이다. 시간을 초월한 것이란 인간 영혼의 자유이며, 그것이 노래하는 영원한 노래에는 이미 그 어떤 거짓도 없으며, 환각도 오만도 아니다. 그러나 그렇다고는 쳐도 인간의 운명을 우롱하는 것은, 인간의 숙명적인 가공할 장려함을 우롱하는 것은 용납되지 않는다.

—오오, 항상 새로이 재생에로의 길로 인도되는 것은 인간에게 잠재하는 신의 운명, 신들의 운명 속에서 감지되는 인간성, 신과 인간 모두에게 움직일 수 없는 숙명이다. 다시 한 번 순환의 험한 길을 뚫고 나가 이후가 이전이 되고, 행로상의 모든 지점, 일체의 과거와 일체의 미래가 스스로의 내부에서 통합되기를 바라는 것은 신과 인간 쌍방의 마음속에서 끊기는 일

이 없는 운명의 희망이다. 그때 모든 지점은 한 번뿐인 현재의 노래 속에 정지되고, 완벽한 자유의 순간을 스스로 지니게 될 것이다. 인간이 신으로 변하는 순간, 무의 시간이기는 하지만 그럼에도 불구하고 만유를 마치 시간을 초월한 유일한 기억처럼 포괄하는 순간을.

―미쳐 날뛰는 재앙의 골목은 언제까지나 끝날 것 같지 않았다. 아마도 욕지거리나 죄나 저주를 모조리 뱉어버릴 때까지는 이 길에 끝이 있어서는 안 되는 것이리라. 점점 더 걸음을 늦추어 한 단계 한 단계 밟아 나가면서 일행은 골목을 빠져나갔다.

―벌거숭이 죄의 폭로, 벌거숭이 진리의 광란.

―오오, 하강하지 않으면 안 된다는, 신 속에 숨은 움직일 수 없는 인간의 운명이여, 현세의 유폐 한가운데로, 악과 죄의 한가운데로 하강하여, 우선 현세에서의 재앙이 모조리 끝이 나고, 우선 현세에서의 순환이 완결되고, 규명되지 않는 무를, 규명되지 않는 탄생의 근원을 둘러싸고 점점 더 밀접하게 순환이 이루어지기를 기원하지 않으면 안 된다. 어느 날엔가 신과 인간이 그 사명을 성취했을 때 이 근원은 비로소 만유 재생의 자리로 변하게 되리라.

―오오, 신을 위해서 기꺼이 길을 열지 않으면 안 된다는 움직일 수 없는 인간의 의무여, 그것은 이미 우롱을 용납하지 않는 길이며, 신과 인간이 모성의 손을 떠나 손을 마주잡고 그 획득을 위해서 노력하는, 시간을 초월한 재생의 길이다.

―하지만 이곳은 한 단계 한 단계 층계를 밟아 올라가는 빈민가의 골목이었다. 이곳에는 저주의 공포가 있었다. 빈곤에

서 내뱉어진 정당한 조소의 공포가 있었다. 아아, 그리고 그는 그 빈곤에 눈앞이 캄캄했고 그 저주에 눈앞이 캄캄했다. 얼굴을 단단히 감싸 쥐었으나 그래도 귀에 들려오는 것은 어떻게도 할 수가 없었다. 어째서 그는 이곳으로 데려와졌는가? 순환을 마칠 수 있는 행복이 그에게는 주어지지 않았음을 절실하게 깨달아야만 했던 것일까? 인생의 호(弧)를 그저 턱없이 앞으로 앞으로 펼쳐 나갈 뿐, 중심에 숨겨진 무를 축소하기는커녕 오히려 그것을 확대해버렸다는 사실을 뼈저리게 깨닫지 않으면 안 되었던가? 그러한 무한의 가상(假象), 무시간의 가상, 고독의 가상에 현혹되어 지향하는 재생으로부터는 멀어만 지고 증대한 것은 전락의 위험뿐이었다는 것을 깨닫지 않으면 안 되었던가? 지금 이곳에서 들려온 소리는 경고였던가? 아니면 이미 위협이었던가? 혹은, 어느새 종국적인 전락이 찾아온 것인가? 너무나도 엄청나게 펼쳐진 그의 궤도의 절정은 덧없는 가상의 신성뿐이었다. 어리석은 미혹 속에서 환희와 도취로, 권력과 영광의 크나큰 체험으로 길은 추진되었는데, 추진하는 그 힘은, 그가 어리석은 미혹 속에서 자기의 시작, 자기의 인식이라고 불렀던 것들이었다. 끝을 모르는 현재의 강렬한 기억, 끝을 모르는 신성한 유년 시절의 항상성을 획득하기 위해서는 다만 일체를 확보하기만 하면 된다고 생각하던 것이 그의 미혹이었다. 그리고 지금, 다름 아닌 이것이 유치한 가상의 신성성, 추잡한 신성성에의 야망으로서 정체를 드러낸 것이다. 온갖 웃음에, 여자들의 적나라한 홍소, 속으면서 결코 속지만은 않는 모성의 홍소에 노출되어 있었다. 어머니들의 감시에서 벗어나기에는 그는 너무나 약했다. 그러나 특히 약했던 것은 유치한 신들의 장난에 도취되어 있을 때였다. 아아, 그 무엇도 벌거숭이의 홍소에 대항할 수는 없다. 이쪽에서 되받아 웃는다고 해도 비웃음을 이겨낼 도리는 없다. 겨우 가능한 일이라고는 그 앞에서 스스로의 알몸뚱이를 가리는 것, 노출된 스스로의 얼굴을 가리는 일뿐이다. 그리고 그는 얼굴을 가린 채 가마 속에 누워 있었다. 마침내 일행은 모든 장애에 앞길을 저지당하면서도 한 단계 한 단계 전진을 계속한 끝에 모든 예측을 뒤엎고 이 지옥의 골짜기 같은 골목, 지옥 같은 홍소의 광야에서 탈출했는데, 그때도 여전히 그는 얼굴을 들려고 하지 않았다. 가마의 흔들림이 완화된 것으로 보아 그때까지보다는 평탄한 길을 가고 있음을 깨달았다.

골목을 빠져나왔다고 해서, 물론 갑자기 전진의 속도가 빨라진 것은 아니었다. 여전히 한 발짝마다 소걸음이어서 어쩌면 아까보다도 더 느릴는지도 몰랐다. 곧 그것을 느낄 수가 있었다. 하지만 이는 악의에 찬 방해 때문이 아니라 이곳에 군중이 다시 붐비기 시작했기 때문에, 더욱이 점점 더 혼잡해져 갔기 때문이었다. 그것은 수군거림이나 체취, 또는 안개처럼 짙어지는 체온으로 똑똑히 알 수가 있었다. 하지만 빈민가 골목의 소음이 들리는 범위에서는 이제 꽤 멀어졌는데도 여전히 그 째지는 듯한 욕지거리가 귓가에서 울리고 있는 듯한 느낌이 들었다. 마치 그만을 원수로 여겨 쫓아다니고, 복수의 여신과도 같이 그를 야수처럼 몰아대며 괴롭히고 있는 것 같았다. 뿐만 아니라 황제의 축제장에 다시 가까이 온 듯, 주변에서 일어나는 군중의 소음이 급속히 높아졌는데, 골목의 소리는 이 소음과 하나가 되어 모든 환희, 권력, 도취의 술렁임과 동화되어 몰리고 있다는 고통은 조금도 힘을 잃지 않고 지속되도록 꾸며져 있는 것으로 생각되었다. 안팎의 엄청난 소리는 막을 길이 없었다. 이 격렬한 고통은 거의 그를 실신케 할 정도였는데, 그러는 한편에서는 빛도 소리와 마찬가지로 가차 없이, 견디기 어려울 정도로 떠들썩하고 견디기 어려울 정도로 눈부셔져서, 아직도 감은 채인 눈꺼풀을 통해 거리낌 없이 침입해서는 다짜고짜 눈을 깜박이게 했다. 눈꺼풀은 처음에는 원치 않는다는 듯이 깜박이기를 주저했으나 곧 커다랗게 뜨여서 소름이 끼치는 광경을 바라보게 되었다. 지옥의 업화(業火)와도 같은 무서운 번쩍임이 그의 면전에 있었다. 그 번쩍임은 군중이 머리와 머리를 맞닿을 듯이 밀고 밀리며 이동해 가는 꽤 넓은 거리의 입구로부터 뿜어져 나와 소름이 끼칠 만큼 번쩍번쩍 눈 안에 스며들고, 그 자리의 모든 움직임을 끝없이 흘러가는 자기운동(自己運動)으로 변화시켜버리는, 말하자면 일종의 마술적인 광원(光源)이었다. 가마조차도 그 움직임과 하나가 되어서 자체적으로 떠도는, 아니 그보다는 오히려 떠밀려 간다고나 할 상태여서 이미 어깨에 메여 있다고는 볼 수 없는 그런 기분이었다. 한 걸음씩 앞으로 미끄러지듯이 움직일 때마다 저 비밀에 찬 재앙을 잉태하는 무의미하고 장대한 유인력이 점점 더 뚜렷이 느껴졌고, 공포의 도를 더하여 절박하고 집요해졌으며, 심장에 점점 더 접근하여 고조되고 팽창하면서 마침내 갑자기 그 전모를 드러냈다. 메여 있던 가마가 높이 올려져 헤엄치듯 밀리고 끌리며 뜻하지 않게 거리의 출구에 당도한 바로 그 순간, 여기 불을 화환처럼 둘러치고 소음에 둘러싸여 빛을 가릴 것도 소음을 막을 것도 없이 빛과 소리의 어지러움 속에 노출된 번쩍이는 왕궁이 느닷없이 시야에 들어왔다. 그것은 반은 저택, 반은 요새풍의 건축으로서 저승의 화산에서 뿜어 올리는 듯한 광채를 받으며 방패 모양으로 융기한 원형 광장의 중앙에 솟아 있었다. 이 광장은 온갖 피조물의 특성을 모아서 하나로 밀어내는 물결이며, 응결하여 형태로 변하고 또 형태로 변하면서 거품을 일구어 끓어 넘치는 인간의 부식토이며, 반짝이는 눈과 반짝이는 눈길, 정욕에 불타고 그림자도 없이 찬연히 빛나는 유일한 목표를 지그시 바라보면서 그 밖의 모든 것은 눈에 보이지 않는다는 듯한 눈길의 범람이며, 이 불길에 싸인 기슭에 옮겨 붙으려고 호시탐탐 노리는 인간들로 만들어진 불의 물결이었다. 횃불의 물결에 씻기며 거역할 수도 없을 만큼 유혹적으로 솟아 있는 왕궁은, 거역할 수도 없이 유인되어 돌진하며 헐떡이고 발을 구르는 대군중에게 그들의 방자한 동경 비슷한 의지에 의미를 부여하는 목표물이며, 이 목표를 향해 전진하는 그들의 꼬삐 풀린 욕망의 종착점이며, 또한 그렇기 때문에 공포를 불러일으켜 음울하게 흩어지면서 결코 분명하게 확인할 수가 없는 수수께끼 같은 힘의 상징이기도 했다. 이 동물들, 이 인간들 한 사람 한 사람으로서는 이해할 재주가 없는 수수께끼, 아아, 너무나도 불가해해서 불의 성관에 갇혀 거기에서 광채를 내뿜는 이 거대한 매혹이, 과연 어떤 뜻을 가지며 어떤 근거를 가지는가 하는 의혹이 누구의 가슴에나 걷잡을 수 없이 일어나고 그 해답을 기다리면서 꿈틀거리고 있는 수수께끼였다. 설사 어느 누구도 진실한 해답을 줄 수는 없었다고 하더라도 아주 미미하고 불충분한 대답까지도 기대에 부응해주는 듯이 보였다.

의식의 구제, 인간성과 영혼의 구제, 자랑스럽게 알릴 만한 가치가 있는 존재에 대한 구원이 될 듯한 생각이 들었다. "술이다" 하는 소리가 들렸다. "한턱내는 술이다." "근위병이다" 하는 소리가, "황제의 말씀이 계시다" 하는 소리가 들렸다. 갑자기 누군가가 숨 가쁘게 외쳤다. "벌써 돈이 뿌려지고 있어!" 그토록이나 왕궁은 그들에게 유혹적인 빛을 던져주었고, 이 커다란 유혹이 의심스러운 것이 되지 않게 하려고 그들은 스스로를 일깨워 서로서로 격려의 말을 퍼붓는 것이다. 동경이 지향하는 신비로운 성벽의 언저리에는 분명 환멸이 기다리고 있었으나 환멸에 대한 불안이 거친 욕구를, 이익의 분배에 한몫 끼려는 치열한 동경을 위축시키는 일이 절대로 없도록 그들은 서로를 격려하는 것이었다. 그토록 엄청난 희망에 비해서는 그야말로 값싼 대답, 값싼 부름, 값싼 격려였으나 소리가 질러질 때마다 군중 속에는 한 차례 세찬 충격이 일어났다. 육체를 꿰뚫고 영혼을 꿰뚫고 황소처럼 외설스럽고 거역할 수도 없이 공통의 목표를 향해 음울하게 전진하는, 한 무리로 변한 포효와 발 구르는 소리, 활활 타오르는 무로의 전진 또 전진이었다. 그리고 군중의 머리 위에는 횃불의 연기가 자욱하게 덮이고, 진한 군중의 냄새가 감돌았다. 연기는 타올라서 숨조차 쉴 수 없을 만큼 가슴을 막히게 하고 기침을 유발시켰다. 짙은 갈색의 독기가 나른하게 겹쳐 쌓여서 꼼짝도 않는 대기 속에 층층으로 누워 있었다. 아아, 이것이야말로 가를 수도 꿰뚫을 수도 없는 무거운 지옥의 안개 층이었다. 지옥의 안개가 만들어내는 덮개였다! 어디에도 탈출구는 없었던가? 달아날 길은 없었던가? 아아, 되돌아갈 수만 있다면, 배로 돌아가서 그곳에서 조용히 죽을 수만 있다면! 소년은 어디에 있는가? 그가 돌아갈 길을 가르쳐줄 텐데, 가르쳐주지 않으면 안 될 텐데! 누가 그런 결단을 내리면 좋겠는가? 아아, 군중과 그 움직임의 중간에 끼어서, 그곳엔 이미 결단의 여지는 없었다. 결단을 불러일으키고자 하는 소리는 이미 소리가 되어 나오지 않았다. 목소리는 꽉 잠겨 있었다! 그러는 동안에도 소년은 마치 침묵의 외침이라도 들은 듯이 미소를 가마 위로 던져 보냈다. 명랑한 해명과 명랑한 확신에 차고, 명랑한 위로에 넘친 눈의 미소인 그 위로는, 이제는 이미 모든 결단이 소용없어졌다는 것, 그때그때의 결단이 그대로 정당한 것이 되리라는 것을 일러주고 있었다. 이제 곧 눈앞에 나타나는 사실이 아무리 두려움을 내포한 것이라 하더라도 이것은 마음을 동요시키기에 충분했다. 주위에 보이는 것이라곤 온통 얼굴 또 얼굴, 일상의—라고는 하지만 물론 이미 극도로 부풀어 오른 상태에, 음식에 대한 욕망으로 가득 찬—일상적인 얼굴의 물결이었다. 그리고 이 부풀어 오른 상태는 스스로를 더욱 높이면서 문자 그대로 피안적인 정욕으로, 동물적인 피안으로 변하고 있었다. 일체의 일상적인 것을 아득한 등 뒤로 내버린 채 이 피안은 지금 밖에 타오르는 강대한 목표 외에는 아무것도 모르고, 격렬하게 목표를 동경하고 구하고 도전하면서 이 현재라는 순간이 군중의 생활 전체의 연결을 지키고, 저 왕궁 안에 있는 단 한 존재의 권력, 신과 다름없는 높이, 위대한 자유, 무한성에 그들도 참여시키기를 바라고 있었다. 단속적으로, 물결이 흔들리듯이 잘게 떨리고, 몹시 긴장하여 폭발적으로 헐떡이면서, 군중은 전진했다. 그 움직임은 마치 어떤 탄력성을 가진 저항에 부딪친 것 같았는데, 비슷한 단속적인 역파(逆波)가 이 움직임을 맞이하고 있음을 보면 저항의 존재는 의심할 여지가 없었다. 그리고 이 강렬하고 무참한 전진과 후퇴가 한창인 이곳저곳에서 넘어지고 밟히고 다친 자들의 울부짖음이, 나아가서는 빈사 상태인 중상을 입은 자들의 비명까지도 들려왔으나 인정사정없이 무시되고 혹은 조롱되었다. 고함 소리가 질러질 때마다, 그것은 환호하는 만세 소리에 지워지고, 미쳐 날뛰는 아우성에 압도되고, 탁탁 튀기는 불에 의해 끊기고 있었다. 소름 끼치는 현재가 이곳에 걸려 있었다. 무한히 다양화되고 군중의 포효로부터 드높이 내던져진, 말하자면 군중의 현재, 술렁임 속으로 전락하면서도 동시에 그 속에서부터 굴러 나오는 현재가 광란해 정신을 잃은 광인들에 의해 드높이 던져지고, 영혼의 상실 탓으로 의미를 박탈당하고도, 전체로서는 모든 과거와 모든 미래가 그 속에 병합되어 있을 만큼의 의미의 고양 상태가 되고, 모든 깊이에서의 추억의 혼란을 자기 속으로 받아들이고, 가장 아득한 과거와 미래를 그 술렁임에 숨기고 있었다! 오오, 인간 다양성의 위대함이여, 인간 동경의 광활함이여! 그리고 각성 속에 떠돌면서, 포효하는 얼굴들 위에 떠도는 듯이 메여서 미쳐 날뛰는 브룬디시움의 환호의 겁화(劫火) 위에 떠받들려서, 현재의 떠도는 순간 속에 내밀어지면서, 그는 움직일 수 없는 힘이 만들어내는 순환 속에서 시간의 흐름이 무한히 단축됨을 느꼈다. 모든 것은 그의 소유가 되고, 그와 하나가 되고, 그에게 귀속됐다. 마치 모든 것이 애당초부터 그에게 속해 있어서 영원한 동시성을 지니고 있었던 것처럼 보일 정도였다. 그의 주위에서 불타고 있는 것은 트로이였다. 결코 꺼질 수 없는 세계를 휩싸고 있는 겁화였다. 그리고 그 이불 위에 떠도는 자신은 안키세스*였다. 장님이면서 보는 힘을 지녔고, 한없는 추억의 어린아이이고, 동시에 노인이며, 아들의 어깨에 업혀 있던 안키세스, 아니 아틀라스의 어깨, 거인의 어깨에 업힌 그는 다름 아닌 세계의 살아 있는 구현이기도 했다. 이리하여 일행은 한 걸음 한 걸음 왕궁으로 다가갔다.

  왕궁 근처는 한 떼의 경비병들로 에워싸여 있었다. 창을 수평으로 꼬나들고 늘어선 무장병들이 밀물처럼 몰려드는 군중의 습격을 가로막고 있었는데, 바로 이것이 광장의 언저리에서 느꼈던 저 파도치는 물결의 역류 속에 되풀이되어 일어났던 탄력적인 저항의 원인이었다. 경비병의 배후에는 근위대가 의장병의 대열을 펴고 있었다. 근위대가 로마에서 이곳으로 파견되었다는 것은 분명히 예사로운 사태가 아니었다. 당당한 거구의, 보기에도 무서운 근위병들은 별로 무엇을 하는 것도 아니고 그저 언제라도 싸움에 임할 태세를 갖춘 채 순찰병을 배치하고 화톳불을 지피고 주보(酒保)의 천막을 넓게 둘러치고 있었다. 천막에서는 그야말로 그럴듯한 주연이 베풀어진다는 희망과 향기가 어정쩡하게 감도는 눈치였고, 누구나가 그것을 의심할 여지없이 확실한 것이라고 믿고 싶어 했다. 여기까지는 구경을 좋아하는 무리들의 시야에도 들어왔으나 그 안을 엿볼 수는 없었다. 그리고 바로 여기가 마치 생사에 관한 일체의 결단인 것처럼, 생사 쌍방을 포함하는 인생의 1초 1초인 것처럼, 무섭도록 긴장한 채 희망과 환멸이 서로 대치하여 균형을 유지하는 지점이었다. 불이 일으키는 열기가 소요 위를 스치고 지나

---

*트로이의 왕자. 여신 베누스와의 사이에서 아이네이아스를 얻었다.

가며 투구에 단 높은 깃털 장식을 흩트리고 금빛의 갑옷을 번쩍였을 때, "물러서라!" 하고 소리치는 경비병의 싸늘한 쉰 목소리가 밀어닥치는 소란스러운 군중에게 던져졌을 때, 무엇에 홀린 듯한 이 광란은 가늘고 날카롭게 뿜어대는 불길처럼 숨막히는 긴장 상태에 도달했다. 바싹 마른 입술을 자꾸만 혀로 축이고 있는 얼굴들은 심술궂고 탐욕스러운 표정을 지으며 순간순간 명멸하는 불멸의 불꽃을 응시했다. 때는 바야흐로 위기의 절정에 있었다. 말할 것도 없이 왕국의 현관 앞이 최고의 무질서 상태에 놓인 이유는, 황제가 안으로 들어간 뒤 그를 여기까지 경호하고 인도해 온 두 줄의 사람 울타리가 분별없이 곧 해산을 해버려서 둑이 무너진 듯한 혼란을 제지할 수 없게 되었기 때문이었다. 소용돌이에 휩쓸려 질서도 규율도 아랑곳없이 모두가 점액질의 흐름 속으로 휩싸여 양쪽에 빈틈도 없이 횃불을 늘어놓은 불을 뿜는 입과도 같은 왕궁의 문 안으로 빨려 들어가고, 흘러 들어가고, 멈추었다가는 다시 되밀려 나오고, 외치고, 이를 부득부득 갈고, 난폭해지고, 발을 구르고, 욕망에 미쳐 날뛰었다. 별궁 앞이 아니라 원형 투기장의 입구가 아닌가 생각될 만큼 그렇게 혼잡했고, 입장 제한에 거역하여 일어나는 실랑이는 거의 광기를 띠었으며, 아무런 권능도 없는 무리들이 경비원들을 속여서 밀어내려는 수단도 가지각색이었고, 권능을 가진 자들의 고함 소리는 격렬했다. 그러나 이 무리들에게 권능이 있다고는 아무도 믿지 않았다. 오히려 부당하게 오래 기다리게 되는 것은 그들 자신의 탓이라고 믿었다. 그런 판국에 저 늙은 황제의 시종, 그의 수행의 이점이 지금 여기에서 비로소 명백해졌는데, 그 시종의 한마디로 곧 일행이 문

안으로 안내되었을 때, 신분이 낮아 번거로운 수속에 매여 있던 자들의 분노는 당장 비등점에 달했다. 자신들이 뒤로 돌려진 것을 그들은 모욕이라고 느꼈다. 그들은 인간과 관계된 모든 것이, 인간이 행하는 모든 조치가 모멸적인 것이라고 느꼈다. 한 인간이 예외의 취급을 받았고, 또 그렇게 될 수 있다는 사실에 그들은 모멸감을 느꼈다. 그것이 거의 죽어가는 환자와 죽음 때문에 마련된 예외에 지나지 않는다는 점은 이 경우 조금도 문제가 되지 않았다. 옆에 있는 사람에 대해 모멸감을 품지 않은 사람은 하나도 없었다. 노상 되풀이하여 열렸다가 닫히는 이름 붙일 수도 없는 이 모멸의 혼잡 속에서 인간은 인간성에 도달할 수는 없다는 의식이, 스스로에게 부여된 품위를 인간은 결코 자기 것으로 만들 수 없다는 불안이 희미하게 감돌았다. 출입구의 좁은 열기를 머금은 소용돌이 속에서 모멸과 모멸이 불꽃을 튀기고 있었다. 그래서 그곳을 떠나 안뜰에 당도하여 소용돌이치는 욕망의 싸움에서, 지옥처럼 강렬한 색채를 뿜는 빛의 소용돌이에서 가까스로 벗어났을 때, 골목에서도 광장에서도 집요하게 따라붙던 욕지거리로부터 그가 완전히 벗어났다고 생각했다고 해서 조금도 이상할 것이 없었다. 그때의 마음 편안함은 뱃멀미가 가라앉았을 때에 맛본 그것과도 같았다. 그렇다고 해도 그가 지금 상륙한 지점은 아무리 보아도 휴식의 장소로는 어울리지가 않았고 오히려 혼잡함으로 터질 지경이었지만. 그러나 어쨌든 그것은 허울뿐인 혼잡에 지나지 않았다. 이런 종류의 사태에는 익숙했던 황제의 시종들은 철통같은 규율을 조금도 늦추지 않았다. 빈객 명단을 손에 든 궁정 신하 한 사람이 신참자를 맞이하기 위해 총총히 다가와서 안내역의 시종이 귀띔하는 그의 이름을 조용한 표정으로 듣고는 들은 이름을 조용히 명단에서 지웠다. 고명한 시인에 대한 영접치고는 무례하다고 할 수밖에 없는 조용함이며 무관심이었다. 시종의 신고를 확인하고 강조하지 않으면 안 되겠다고 그가 느꼈을 만큼 무례했다. "그렇소, 푸블리우스 베르길리우스 마로, 그것이 내 이름이오" 하고 그가 말했다. 이 말에 대해서도 정중한 동작이기는 했지만 간단하고 무관심한, 아까와 다를 바 없는 인사가 돌아왔을 뿐이었고, 한마디 해줄 것으로 기대했던 소년조차 입을 열지 않고 다만 온순하게 수행하는 모습을 보았을 때 그는 뱃속이 뒤집힐 것만 같았다. 일행은 그 신하의 신호에 따라 주랑에 둘러싸인 제2의 안뜰을 향해 이동해 갔다. 물론 분노는 오래가지 않았고, 지금은 분명 신참자의 신변을 감싸기 시작한 고요 속에서 사라지고 말았다. 분수에서 내뿜는 물 소리를 제외하고는 완전한 정적에 지배되고 있는 이 안뜰로 가마는 메여 들어왔고, 황제가 빈객의 숙박용으로 지정해둔 건물 앞에 내려졌다. 현관에는 이미 이곳의 노예들이 마중을 나와 있어서 가마를 메고 온 인부들은 더 이상 할 일을 잃고 쫓겨났다. 소년도 마찬가지였다. 외투가 그의 손에서 회수되었는데도 그가 좀처럼 떠날 생각을 않고 그냥 미소를 띤 채 그 자리에 서 있자 궁정 신하가 큰소리로 꾸짖었다. "뭘 꾸물거려? 냉큼 나가지 못하고!" 소년은 여전히 그 자리에서 움직이지 않았다. 애교스러운 개구쟁이 같은 표정으로 여전히 미소를 띤 채 거기에서 물러나지 않았다. 이처럼 무례한 형식으로 선도에 대한 사의가 표명되었기 때문인지 아니면 노고가 수포로 돌아간 것이 가슴 아파서인지. 그 노고를 생각하면 이 자리에서 그를 섭

1부 물—도착

게 물리칠 수는 없었다. 하지만 소년이 그 자리에서 움직이지 않는다고 해서 무슨 의미가 있었을까? 과연 그것은 바람직한 일이었을까? 이 소년을 상대로 해서 그가, 고독이 절실히 요구되는 지쳐버린 병자가 새삼 무엇을 시작하면 좋단 말인가? 그래서 혼자 있어야 한다고 생각하면서도 또한 기묘한 불안에 사로잡히는 것은 어찌된 일인가? 젊은 인도자를 지금은 내보내야 한다고 생각하니 야릇한 불안이 엄습해왔다! "내 서기요." 그가 말했다. 거의 자기의 뜻과는 달리 불쑥 나온 말이었다. 그의 내부에 숨은 뭔가 낯선 존재가 입을 열게 한 것 같았다. 보지도 못한, 그러면서도 이상하게 친밀한 그 자신의 그것보다도 더욱 큰 의지, 의지를 갖지 않은 의지, 그러면서도 거역할 수 없는 강대한 힘, 밤, 그것이 그의 내부에서 입을 열게 한 것 같았다. 밤 속에서 퍼져나가는 은밀하고 강대한 욕구. 조용한 뜰, 남모르는 꽃들의 한숨, 조용히 설레는 두 개의 분수. 가을인데도 마치 봄날의 초저녁 같아서 어둡고 희미한, 은밀한 습기를 머금은 향기가 화단 위에 차갑고 섬세하게 감돌았고, 그 향기에 섞여 아련하게 나부끼는 엷은 깁(紗)처럼 앞 건물에서 음악이 흘러들고 가까워지는가 하면 다시 아득히 멀어지기도 했다. 그 음악 소리가 엮어내는 엷은 깁의 한 폭 한 폭에 심벌즈의 울림이 점점이 수놓아지고, 저쪽 옥내의 향연에서 넘쳐흐르는 사람 목소리의 회백색 안개가 겹겹이 쌓이는 엷은 깁을 적셔주고 있었다. 그곳에서는 흡사 귀청을 찢을 듯이 울려 퍼지는 섬광을 뿜는 소음이, 이곳에서는 다만 조용한 소리의 안개가 되어 거대한 밤의 공간 저쪽으로 살랑살랑 울려서 사라지고 있었다. 안뜰 위에 펼쳐진 네모꼴의 하늘에는 다시 별 그림자가 비쳤다. 숨을 쉬듯이 깜박이는 빛을 던지면서 그 밑을 흐르는 자욱한 안개에 가려졌다가는 나타나고 나타났다가는 가려지곤 했다. 그러나 이 안개조차도 조용하게 술렁이는 소리의 안개에 남김없이 적셔져서, 안뜰에 가득히 넘쳐 만물을 감싸면서 떠돌다가는 사라지는 안개의 속삭임에 스며들어 있었다. 물체와 향기와 소리는 하나로 융해되어 하늘의 밤의 고요 속으로 퍼져나갔고, 저쪽 성벽의 언저리에는 딱딱한 인피질의 줄기를 어렴풋이 드러내며 처마의 높이까지 정정하게 치솟아 까만 부챗살처럼 의연한 가혹과 거부의 몸짓을 보이는 종려나무가 서 있었다. 이 나무 또한 밤을 무겁게 머리 위에 이고 있었다.

오오, 별이여, 오오, 밤이여! 오오, 지금은 밤, 가까스로 찾아온 밤이었다! 아픈 가슴에 그가 깊숙이 빨아들인 것은 밤의 소리가 자아내는 깊고 습기 찬 암흑의 숨결이었다. 하지만 언제까지나 그 자리에 머물러 있을 수는 없었다. 가마에서 내릴 채비를 하지 않으면 안 되었다. 배에서는 예의 그 성가신 의사를 일부러 보내주었던 황제의 배려가 여기에까지 미치지 않고 있는 것은, 그가 얼마만큼 쇠약해져 있는가를 누구 한 사람도 모르고 있음이라 생각하니 약간 불쾌했다. 《아이네이스》를 담은 고리짝은 이미 왕궁 안으로 운반되어버렸으므로 급히 뒤를 따를 필요가 있었다. "좀 도와다오" 하고 소년을 부르면서 그는 몸을 일으켜 소년의 어깨에 매달려 입구의 층계를 두세 층 오르려고 했다. 그러나 말할 것도 없이 심장도 폐도 무릎도 뜻대로 되지를 않았고, 자기의 힘을 과신했다는 것을 그가 깨닫기까지 그리 많은 시간이 걸리지 않았다. 두 사람의 노예가 그를 떠메지 않으면 안 되었다. 빈객 명단 두루마리를 마치 지휘봉처럼 허리에 찬 그 냉정한 궁정 신하를 앞세우고 짐을 든 노예들의 흐트러진 발걸음을 뒤에 거느린 채 그는 4층까지 운반되었다. 준비가 갖추어진 통풍이 잘되는 객실에 도착했을 때, 그 방이 탑 모양을 한 왕궁의 서남쪽 한 모퉁이라는 사실을 곧 알 수 있었다. 거리의 집들보다 훨씬 높은 곳에 있는 열어젖힌 원형 아치의 창문을 통해 서늘한 미풍이 살랑였고, 잃어버린 육지와 잃어버린 바다에의 서늘한 추억이 살랑였고, 바다와 대지의 향기를 실은 밤의 미풍이 방 안으로 살랑였다. 방 중앙부 꽃무늬로 장식된 가지가 많은 촛대에서는 촛불이 바람을 받아 비스듬히 흔들렸고, 벽감에 마련된 분수에서는 부드럽고 얇은 깁의 부채처럼 뿜어 오르는 물이 분수 위쪽의 대리석 층계로 넘쳐 떨어졌으며, 모기장 안에는 침대가 놓여 있었고, 그 옆의 테이블 위에는 식사와 술이 준비되어 있었다. 무엇 하나 부족한 것은 없었다. 바람벽에 낸 창문 옆에는 전망용 안락의자가 있었고, 방 구석에는 하인을 위한 걸상이 있었다. 짐은 꺼내기 편리하도록 쌓여졌고, 원고를 넣어둔 고리짝은 특별히 명령하여 침대 옆으로 옮겨졌다. 모든 것이 병자를 위해서는 더할 나위 없이 잘 정돈되었고 소리 하나 내지 않고 일이 진행되었다. 그러나, 보나마나 이것은 이미 아우구스투스의 은혜는 아니었다. 어느 한구석 나무랄 데 없이 운행되는 거대한 궁정 조직의 형식적인 배려에 지나지 않았다. 거기에는 섬세한 마음 씀이 결여되어 있었다. 주어지는 것을 잠자코 받아들이고 용인하는 수밖에 없었다. 병(病)이 그렇게 하도록 강요하는 것이었다. 병의 강요, 불쾌하고 씁쓸한 생각을 낳게 하는 강요였다. 더욱이 이 울분은 육체의 쇠약 그 자체를 향하기보다 오히려 아우구스투스에게 향해졌는데 그것은 분명, 모든 감사하는 마음을 깨부수고 마는 재능을 황제가 갖추고 있었기 때문이었다. 아우구스투스에 대한 불만—그것은 애당초 처음부터 존재하고 있었던 것이 아닐까? 확실히 모든 것은 그의 은혜를 입고 있었다. 평화도 질서도 일신상의 안전도. 다른 누구도 그것을 성취할 수는 없었으리라. 만일 그가 아니라 안토니우스가 패권을 잡았더라면 로마는 결코 평화를 회복할 수가 없었으리라. 그것은 분명 사실이다. 그러나, 그렇다, 그러나! 그러나 이 인물에 대한 불신은 사라지지 않았다. 이미 마흔의 고개를 넘었으면서도 실은 조금도 늙지 않고 스물다섯 살 이후 조금도 변하지 않은 사내, 언제나 똑같은 싹싹함과 교활함으로 옛날과 다름없이 지금도 정치의 실마리를 능란한 솜씨로 풀어나가는 사내—모든 것에 그 은혜를 입고 있는 이 나이 든 청년에 대한 씁쓸한 불신감은 전혀 이유가 없는 것이었을까? 그를 두드러지게 하는 특징은 싹싹한 원활성 이외의 아무것도 아니었다. 매끄러운 미모, 매끄러운 친절, 그 친절을 우정이라고 생각하고 싶은 마음은 태산 같았으나 아무리 생각해도 그것은 우정이 아니라 언제나 다만 이기적인 목표를 노리는 수단에 지나지 않았다. 그리고 누구나가 그의 술수에 빠졌다. 매끄러운 덫에 걸린 것이다! 그리고 지금 또다시 이 우정을 표방한 허위, 기만—그런데 이건 또 무슨 연고로 이 위선자가 한 병자를 자기의 대오에 가담시켜 이탈리아로 데려오기를 고집했는가? 아아, 여기에 누워 있느니 차라리 배 위에서 죽어버리는 편이 나았을 것을. 어느 한구석 나무랄 데 없는 이 매끄러운 궁정 안에 누워 있기보다는. 너무나도 완벽한 보살핌, 그리고 저쪽 황제의 축제장에서는 번쩍이는 불빛과 울려 퍼지는 음악 속에서 기괴한 청년 황제가 떠들썩하게 축복을 받고 있었다. 먼 이상한 울림으로 변하여 멋대로 부풀어 올랐다가는 또 낮아지면서, 그 소음은 저쪽에서부터 밀려와 밤의 대기를 흔들어놓았다.

그러나 밤의 대기 속에서는 모든 것이 하나가 되었다. 축제의 술렁임과 산의 고요와 바다의 번쩍임, 과거와 현재, 그리고 미래, 그 하나하나가 다른 것 속으로 흘러 들어가 하나로 용해되고 있었다. 그는 다시 안데스로 돌아갈 수 있을까? 여기는 브룬디시움, 집들은 즐비하고 거리에는 휘황한 불빛이 켜져서 바람벽에 난 창문 밑 멀리로 퍼져 있다. 그 창문 앞으로 몸을 끌고 가서 안락의자에 앉았으나 이곳은 브룬디시움에 지나지 않았다. 그는 어둠 속에 귀를 모으고 아득한 과거로, 달콤한 죽음이 찾아오게 되어 있었던 그곳으로 귀를 기울였다. 아니, 이곳에 오는 것이 아니었다. 무엇보다도 우정의 흔적과는 거리가 먼, 정중하게만 꾸며진 이 객실에 오는 것이 아니었다. 비스듬히 바람을 받으며 타고 있는 촛대의 양초에는 모두 그 한쪽으로 촛농이 한 방울 또 한 방울씩 떨어져 붙어서 꺼끌꺼끌한 촛농의 사다리가 순식간에 만들어져 갔다.

"베르길리우스님……." 궁정 신하가 그의 앞에 서 있었다.

"이젠 볼일이 없소."

그 신하는 소년을 가리켰다. "저 사람의 잠자리를 어떻게 할까요? 그 생각은 미처 못했는데요……."

하기는 이 불쾌한 사내가 말하는 대로였다. 미리 예정한 일이 아니었던 것이다.

"하지만 저 사람을 곁에 두기를 희망하신다면, 다른 일은 제쳐놓고라도 원하시는 대로 조치할 생각입니다만······."

"그럴 필요는 없소······. 저 애는 아마 거리로 나갈 거요."

"그리고 여기에 있는 이 사람이," 궁정 신하가 노예들 중 한 사람을 가리켰다. "밤새 옆방에 대기하면서 분부를 받들 것입니다."

"좋소······. 하지만 특별히 부를 일도 없을 거요."

"그럼, 이만 실례하겠습니다······."

"좋도록."

빈틈없는 절차도 이미 그 도를 지나치고 있었다. 초조하게 손을 비틀고 초조하게 인장 반지를 돌리면서 그는 이 냉정한, 직무에 충실한 사내가 부하들과 함께 방에서 나가주기를 기다리고 있었다. 그러나 겨우 그들 일행이 물러갔을 때 예상과는 달리 궁정 신하가 가리킨 그 노예, 엄숙한 하인 표정을 한 동양인처럼 도톰한 코를 가진 사내였는데, 그 노예만은 다른 사람과 함께 물러가지를 않고 마치 그렇게 지시라도 받은 듯이 문간에 서 있었다.

"저 사람을 돌려보내세요." 소년이 말했다.

노예가 물었다. "해가 뜰 무렵에 깨워드리면 될까요?"

"해가 뜰 무렵에? 어째서?" 그 순간 밤인데도 태양이 하늘에서 사라진 것은 아닌 듯한 느낌이 들었다. 서쪽 구석에 몸을 숨기고는 있으나 여전히 변함없이 그곳에 있는 듯한 느낌이 들었다. 밤을 이기고 밤을 제압한, 자기를 자궁에 간직하고 있던 그 어머니보다도 강대한 헬리오스가.

그럼에도 불구하고 하명을 기다리는 노예에게 그는 이렇게 대답하지 않으면 안 되었다. "깨우지 않아도 좋아. 나는 분명히 잠이 깨어 있을 테니까……."

대답이 들리지 않았는가, 문득 그렇게 생각될 지경이었다. 사내는 한 발짝도 움직이지 않았다. 이것은 어떻게 된 영문인가? 무슨 꿍꿍이속일까? 깨워달라고 하지 않는 인간에겐 새로운 하루가 밝지 않는다고 말하고 싶은 걸까? 지금은 밤이었다. 어머니처럼 부드러운 밤, 온화한 그 숨결, 이런 밤이 영원히 계속된다는 것을 생각만 해도 마음은 포근한 부드러움에 감싸이는 것이었다. 아니, 이 노예한테는 질렸다. 깨움을 당하는 것은 말할 것도 없고 도대체가 이 사내 자체가 지겨웠다.

"이제 그만 돌아가서 쉬지그래……."

"겨우 끝났군요." 노예가 방을 나가고 문을 닫았을 때 소년이 말했다.

"겨우 끝났구나, 정말……. 하지만 이번에는 네 얘긴데, 꼬마 길잡이야……. 대체 너는 이곳에 아직 무슨 볼일이 남았느냐? 무슨 부탁이라도 있나? 만일 그렇다면 어떻게 해서든지 들어주고 싶다만……."

조그만 안내자는 두 다리를 벌린 채 서 있었다. 통통하고 어딘가 무뚝뚝한, 안됐지만 어느 쪽이냐 하면 추남이라고밖에 할 수 없는 농가의 젊은이가 고개를 약간 수그리고, 물론 어느 정도 기분이 상한 표정으로 아랫입술을 비죽 내밀고는 더듬거리면서 이렇게 말했다. "저까지도 옆에서 물리치려고 생각하시는 것 같습니다만……."

"다른 자들은 돌려보냈지만 너더러 나가라고는 하지 않았다……. 다만 궁금해서 물어보는 것뿐이야……."

"저를 곁에서 물리쳐서는 안 됩니다……." 목쉰, 여린 소년의 목소리가 정답게 울렸다. 그 독특한 농민다운 울림은 거의 고향을 연상케 할 정도였다. 그 목소리는 마치 아득한, 생각해 낼 수도 없는 묵계 같았다. 밝혀낼 수도 없이 아득한, 어머니와도 같은 과거 속에서 주고받은 묵계, 소년의 동그란 눈의 반짝임은 그가 이 묵계를 알고 있다는 반증이었다.

"너를 내쫓으려고 한 것은 아니야. 하지만 다른 사람들과 마찬가지로 너도 황제의 축제에 나가고 싶어 하리라고 생각해서……."

"축제 같은 건 저하고 아무런 상관도 없어요."

"사내애라면 누구나 축제 소동을 좋아하는 법이야. 그렇다고 조금도 부끄러워할 건 없어. 너의 안내에 대한 내 고마운 마음이 그것으로 덜어지는 것도 아닐 테고……."

두 손을 뒤에서 마주 쥐고 소년은 잠시 눈을 어디에 고정시켜야 할지 몰라 하는 것 같았다. "하지만 가고 싶지 않은걸요."

"네 또래였다면 나는 틀림없이 갔을 거야. 아니, 팔다리만 멀쩡하다면 오늘만 해도 갔을 거다. 하지만 만일 네가 내 대신 가준다면 나는 내가 축제에 참가한 것 같은 기분이 될 거야……. 다른 사람들 틈에 끼어서 아주 재미있게……. 이봐, 여기에 꽃이 있어. 이것으로 화환을 엮어서 쓰고 가는 게 좋겠다. 틀림없이 너는 아우구스투스의 마음에 들 거야."

"가고 싶지 않아요."

"그건 유감이군……. 대체 어떻게 하고 싶다는 거지?"

"여기에, 곁에 있고 싶습니다."

축제의 자리에 소년을 섞여 들게 해서 아우구스투스를 만나게 하려던 공상은 깨졌다. "내 곁에 있고 싶다고……?"

"네, 영원히."

영원히 계속되는 밤, 모성이 이 밤을 지배하고 자식은 불변의 것 속에 잠들어 어둠에서 어둠으로 암흑의 잠을 계속한다. 오오, 변하지 않을 "영원"의 감미로움.

"누군가 찾고 있는 건가?"

"네, 당신을."

소년은 잘못 생각하고 있다. 우리가 찾고 있는 것은 저 멀리로 사라져버렸다. 우리는 그것을 찾아서는 안 되는 것이다. 왜냐하면 그것은 모습을 드러내 보이지 않고 우리를 다만 비웃을 뿐이므로.

"아니, 내 작은 길잡이야. 너는 나를 안내는 해주었어. 하지만 나를 찾고 있는 것은 아닐 텐데."

"당신의 길이 저의 길입니다."

"어디에서 왔지?"

"당신은 에피루스에서 배를 타셨습니다."

"거기에서부터 나하고 함께?"

미소로써 그는 이 물음에 답했다.

"에피루스에서…… 그리스에서…… 하지만 네가 쓰고 있는 것은 만투아 말인데?"

소년은 다시 미소를 지었다. "당신의 말입니다."

"내 어머니의 말이지."

"그 말이 당신의 입속에서 노래가 된 겁니다."

노래―인간세계의 모든 것을 초월하여 스스로를 노래하는 천상의 대기. "배 위에서 노래를 부른 게 바로 너였구나?"

"저는 듣고만 있었습니다."

오오, 밤을 꿰뚫고 울려 퍼지는 모성의 밤의 노래여, 먼 옛날에 울리기 시작하여 밤이 샐 때마다 찾아 나서게 되는 노래여. "지금 너 정도의 나이였어. 아니 좀 더 어렸을지도 몰라. 내가 시를 쓰기 시작한 것이 말이야. 그야말로 이것저것 뒤범벅을 한 것이었지……. 그래, 그 무렵은 그랬어. 나는 나 자신을 발견하지 않으면 안 되었어……. 어머니는 이미 이 세상에 안 계셨고, 다만 그 목소리의 울림만은 기억에 남아 있었지……. 다시 한 번 물어보마. 너는 누구를 찾고 있는 거지?"

"당신이 이미 찾으셨는데 제가 새삼스럽게 찾을 필요는 없습니다."

"그렇다면 나는 네 대리인가? 너는 내 대신 축제에 가달라는데도 가지 않으면서? 그런데 내가 그랬던 것처럼 너도 시를 쓰고 있을 테지?"

정다운 소년의 얼굴에 장난기 어린 부정의 표정이 나타났다. 코의 밑뿌리 근처에 주근깨가 퍼져 있는 모습도 그야말로 정다운 느낌이었다.

"그럼 시는 쓰고 있지 않다? ……나는 진작부터 의심하고 있었지, 네가 자신이 쓴 시나 극본을 나한테 읽어주려는 친구들 중의 하나가 아닐까 하고 말야……."

소년은 무슨 뜻인지 모르는 것 같았다. 그렇지 않다면 그의 말에 조금도 신경을 쓰지 않았거나 말이다. "당신의 길은 시입니다. 하지만 당신의 목표는 시의 저편에 있습니다……."

목표는 어둠의 저쪽, 모성에 의해 지켜진 지난날의 광야 저편에 있었다. 목표니 어쩌니 하고는 있지만 소년이 그걸 이해할 수 있을리 없었다. 그것을 이해하기에는 그는 너무 어렸다. 안내는 해주었지만 목표를 위해서는 아니었다. "어쨌든 네가 나한테 온 것은 내가 시인이기 때문이겠지? ……내 말이 틀리는가?"

"당신은 베르길리우스입니다."

"그건 그래……. 그러고 보니 너는 저 아래 선창가에서 여러 사람에게 그걸 큰소리로 외치고 있었지?"

"하지만 별로 도움은 안 되었습니다." 소년은 얼굴에 명랑한 표정을 띤 채 눈을 깜박이며 그야말로 우스꽝스럽게 코에 주름살을 모았다. 코의 밑뿌리에 번진 주근깨의 띠는 좁혀 들어 엄청나게 작은 주름이 되고, 드러난 희고 가지런하고 아주 튼튼한 이는 촛불을 받아 반짝반짝 빛났다. 아래의 광장에서 시인 베르길리우스를 위해 길을 열려고 하던 그때와 똑같은 명랑함, 먼 과거로부터 전해져 오는 그것과 똑같은 명랑함이었다.

무언가가 말을 계속하라고 강요했다. 비록 소년이 이해하지 못하더라도 말을 하라고 강요했다. "이름이란 의복과 같아서 우리의 것은 아닌 거야. 이름 아래 우리는 발가숭이지. 아버지가 잠자리에서 안아 올려 이제부터 이름을 지으려고 하는 갓난아기보다도 더 발가숭이인 거야. 우리가 이름을 실재로 채우면 채울수록 그것은 우리로부터 소원해지지. 말하자면 독립적인 존재가 되지. 그리고 우리 자신은 점점 더 고독해지고. 우리들에게 붙여져 있는 이름은 차용물, 우리가 입에 넣는 빵도 차용물, 애당초 우리 자신이 발가숭이인 채 역겨운 세계 속에 밀어 넣어진 차용물인 거야. 다만 일체의 화려한 차용물을 벗어던진 인간만이 목표를 볼 수가 있지. 목표에로 부름을 받고 마침내는 자기 자신의 이름과 합일할 수가 있지."

"당신은 베르길리우스입니다."

"한때는 그랬었지. 또 어쩌면 다시 그렇게 될는지도 모르고."

"아직은 아니지만, 그러나 이미 그러하십니다." 소년의 입술에서 마치 확인이라도 하듯이 이 말이 새어 나왔다.

그것은 위안의 말이었다. 물론 어린아이나 달랠 수 있는 정도의 위안으로서, 충분한 것은 아니었다.

"이곳은 차용물인 이름을 위한 집이야……. 어째서 너는 나를 이곳으로 데리고 왔지? 이곳은 방문객을 위한 집인데 말야."

또다시 묵계의 미소가 얼굴에 떠올랐다. 순진하고 장난스러우며 그리고 한없이 큰, 말하자면 시간을 초월한 친밀감에 넘친 미소였다. "저는 당신 곁에 온 것입니다."

그러자 기묘하게도 이제 이 대답으로 충분했다. 마치 그것이 더할 나위 없는 위안이기라도 하듯이. 더욱이 그것은 그다음의 질문에까지도 딱 들어맞는 대답이었다. 다음 질문이란, 아마도 더욱 기묘한 일이지만, "너는 안데스에서 왔단 말이지? 나를 안데스로 데려다줄 건가?" 하는 것이 될 것이었다. 그 어쩔 수 없는 의미에 있어서도 기묘했다. 이 질문을 정말로 입 밖에 냈는지 어떤지 그는 알 수가 없었다. 다만 자기가 그 대답을 듣고 싶지 않다는 것, "네"라는 대답도, "아니오"라는 대답도 듣고 싶지 않다는 사실만은 알고 있었다. 왜냐하면 이 소년은 안데스 태생이어서는 안 되었고, 다른 나라의 태생이어서도 안 되었기 때문이다. 안데스 태생이라면 너무나도 놀라운 일이었고, 그렇지 않다면 너무나도 무의미한 일이 될 것이었다. 아니, 대답은 필요 없었다. 대답이 없음은 다행스러운 일이었다. 그러나 소년을 이 자리에 머물게 하고 싶다는 바람은 터무니없이 컸다. 호흡하고 싶다는 바람, 숨을 쉬면서 휴식과 예감의 세계로 뚫고 들어가고 싶다는 바람으로 절실했다. 아아, 소망은 그 자체가 예감이었다. 부드러운 미풍을 받아 촛불이 비스듬히 들리고 있었다. 바람은 차갑고 다정하고 힘찬 동경처럼 흘러들었다가는 흘러 나가고, 밤 속에서 찾아왔다가는 밤 속으로 사라졌다. 침대 곁에 매달린 은으로 된 램프는 긴 철사 끝에서 미미하게 흔들리고, 창밖에서는 기와지붕 너머로 거리의 열기가 잔잔하게 떨리면서 사라져갔다. 짙은 감색과 검은색이 난해하게 물결치는 세계 속으로 보랏빛으로 빛나면서 용해되어갔다.

  호흡, 휴식, 기다림, 침묵. 밤 속에서 찾아와 밤 속으로 흘러들면서 침묵이 조수처럼 흐르고 있었다. 그가 그 침묵을 깨기까지 적잖은 시간이 지나갔다. "이리 와서 내 곁에 앉거라" 하고 그는 소년을 불렀다. 그러나 소년이 그의 곁에 와서 쭈그리고 앉았을 때도 침묵은 여전히 계속되고 있었다. 두 사람은 침묵에 싸인 채 잠잠한 밤 속에 깊이 파묻혀 있었다. 아득히 멀리에서 미친 듯이 떠드는 소리가 들려왔다. 흥분한 구경꾼이 미쳐 날뛰고, 축하연의 소요가 미쳐 날뛰고, 피조물의 운명이 들끓고 있었다. 저승처럼 어둡고, 빠져나갈 재주가 없는 유혹이 손을 뻗치고, 음란하면서도 거역하기 어렵고, 난폭하면서도 동시에 포만하고, 보이지 않는 눈으로 응시하는 피조물의 운명이. 군중은 발을 구르며 횃불과 화톳불의 그림자도 없는 거짓된 빛 속에서 무의 재앙을 잉태한 나락으로 돌진하고 있었다. 만일 이 광란 속에조차—귀를 기울임에 따라 점점 더 똑똑히 들을 수 있었다—침묵의 노래가 숨겨져 있지 않았다면 군중은 거의 구제하기 어려운, 제도(濟度)하기 어려운 존재가 되어버렸을 것이다. 침묵의 노래는 이미 그 안에 내포되어 있었다. 아니, 항상 변함없이 존재하고 있었다. 침묵의 종소리가 고조되어서는 밤의 청동의 울림이 되고, 온갖 인간 집단의 울림이 되었다. 군중의 밤은 은은하게 노래하고, 거대한 잠 속에서 군중은 깊이 숨을 쉬었다. 존재의 부식토 밑바닥에, 술렁이는 그림자에 싸여서 어린 시절로 숨어들고, 운명에서 해방되고, 우연에서 해방되어 어떤 외설로부터도 벗어난 채 밤이 안주하고 있다. 그 속에서, 밤의 정기의 술렁임에 흠뻑 잠겨서 잠에 의해 수태하고, 온갖 다정한 샘으로부터 영원한 결실을 약속받아 피조물이 싹을 틔운다. 형용할 수 없이 서로 뒤얽히고 서로 동화하면서, 식물과 동물과 인간이 밤 속에서 싹을 틔우고 서로가 서로에게 그림자를 던진다. 왜냐하면 귀환의 저주가 잠의 축복 속에 숨어 있기 때문에, 그리고 피조물이란 존재의 포근한 덮개, 무 위에 펼쳐진 무의 꿈이기 때문이다.

오오 지상의 것들이여! 영기(靈氣)의 세계와 밤의 세계는 끊임없이 숨 쉬며, 깊은 그림자와 눈부신 광채의 이중의 유혹 사이에서 떠돌며, 밀려왔다가 빠져나가는 변천의 때는 시간을 지양하는 두 개의 극, 즉 동물의 무시간성과 신의 무시간성 사이에서 언제나 변함없이 포위되어 있다. 오오, 지상의 것들의 모든 맥박 속에서, 대지에서 싹튼 모든 것 속에서 밤이 상승한다. 끊임없이 각성과 의식으로 변화되면서 동시에 내부와 외부가 되고, 무형의 존재를 암흑으로 채워 그림자를 감춘 형체로 빚어낸다. 그리고 무와 존재 사이의 이러한 표류를 거치면서 세계는 암흑과 빛으로 변한다. 그림자와 빛 속에 그 모습을 드러낸다. 희미하게 혹은 소리 높이, 그러나 결코 지워져버리는 일은 없이, 항상 영혼 속에서 밤의 종이 울려 퍼진다. 군중의 종소리, 반짝이는 밝음 속에서 모든 것을 떨게 하는 대낮의 사자의 포효, 피조물을 씹어 삼키는 황금의 폭풍이. 오오, 인간의 인식이여, 아직 인식이라고는 할 수가 없고 이미 지혜는 아니며, 존재의 부식토에서, 생의 근원에서, 모성의 지혜에서 싹터 오르고, 빛나는 저편, 생의 저편의 소름 끼치는 밝음 속으로, 타는 듯한 부성의 인식으로, 한랭한 기운 속으로 고조되어 가는 인식이여. 오오, 뿌리를 내릴 겨를도 없이 영원히 흔들리며, 위에도 아래에도 자리를 잡지 못하고 밤과 낮의 중간 영역인 어스름 속에서 언제까지나 떠도는 인간의 인식이여. 별들이 빛나는 중간 영역에서 안도의 숨을 쉬는 호흡, 밤의 군중의 삶과 광휘에 싸인 고독한 죽음 사이에서, 침묵과 또다시 침묵으로 돌아가는 언어 사이에서 숨 쉬는 호흡이여. 대지에 태어난 모든 것들에게 잠을 버리게 할 수는 없다. 그리고 잠 속에 숨은 밤을 결코 잊지 않는 자만이 순환의 장을 마무리할 수가 있다. 시간을 모르는 발단에서 시간을 모르는 종말로 귀환하여 항상 새로이 순환으로의 행진을 시작할 수가 있다. 그 자신은 끊임없이 흐르는 시간 속의 별이 되고, 어스름에서 피어올라 어스름 속으로 사라지고, 어둠 속으로 녹아 들어가는 밝은 낮에 깃들고, 밤을 숨긴 낮에 잉태되어 밤 속에서 되풀이하여 태어난다. 그렇다, 밤은 이러했다. 그의 생애의 모든 밤, 방황하던 밤, 뜬눈으로 지샌 밤, 밑에서부터 위협하는 심신에 대한 불안에 넘치고, 위를 덮치는 그림자 없는 밝음에 대한 불안에 넘쳐 있던 밤, 판*에 대해 거역을 하는 것은 아닌가 하는 불안, 이중의 무시간성의 위험을 알기에 불안에 넘쳐 있던 밤. 그렇다, 그 밤들은 이러했다. 이중의 이별의 문턱에 꼼짝없이 못 박힌, 달리 어찌 할 수 없는 부동의 우주의 잠인 밤들이었다. 광장에도 골목에도 술집에도, 도처의 거리에 애초부터 달리 어떻게 할 수도 없는 상태로 온갖 시간의 아득함에 듣기 어려운 울림을 전하고, 더욱이 그 때문에 한층 더 강렬한 인상을 주면서 인간들이 미쳐 날뛰고 있었다. 하지만 이것도 잠의 하나에 지나지 않았다. 곳곳의 연회석에서 횃불과 음악이 떠들썩한 가운데 수많은 얼굴로부터 웃음 세례를 받고, 엄청난 육체의 애원의 표적이 되고, 스스로도 미소를 띠고 애원하면서 세계의 권력자들이 축복을 받고 있었다. 하지만 이것도 잠의 하나에 지나지 않았다. 화톳불은 왕궁 앞뿐 아니라 아득한 전장에서도, 국경에서도, 캄캄한 밤의 강가에서도, 밤기운을 안고 술렁이는 숲의 언저리에서도, 어둠에서 나타난 번족(蕃族)의 요란한 아우성 속에서도 타오르고 있었다. 하지만 이것도 잠의 하나에 지나지 않았다. 끝없는 잠, 악취를 내뿜는 동굴 속에서 각성의 마지막 잔재마저 떨쳐버릴 듯이 잠에 곯아떨어진 발가벗은 노인들의 그것 같은, 탄생의 비참에서 미래 생활의 어렴풋한 각성 속으로, 꿈꾸는 일도 없이 그러나 꿈꾸는 듯한 기분으로 헤치고 들어가는 갓난아기들의 그것 같은, 무감각한 구더기처럼 배 위의 벤치나 널빤지나 돛줄 위에 뻗어 있는 사슬에 매인 한 무리의 노예들의 그것 같은 잠. 끝없는 잠, 끝없는 군중, 그것은 평원에서 쉬는 밤 언덕의 아득한 기복과도 같아서 식별할 방법도 없

*그리스 신화의 목축의 신. 밤과 암흑을 지배하는 신이기도 하다.

는 원초의 토양에서 떠올라 영원한 모성의 나라로 가라앉는다. 아직 시간에서 유리된 것은 아니지만 그러나 대지의 밤마다에 무시간의 세계를 새로이 낳는 영원한 회귀 속으로 가라앉는다. 그렇다, 밤은 이러했다. 지금도 여전히 그러하며 지금의 밤도 마찬가지이다. 아마도 미래영겁에 걸쳐서 밤은 무시간과 시간의 분수령인 절정에, 이별과 귀환의, 군중 속으로의 몰입과 한없는 고독의, 불안과 구제의 경계에 가로누워 있다. 그리고 그는 이 경계에 갇혀서 밤마다 이곳 밤의 언저리가 뿜는 희미한 빛을 받으며 세계의 언저리의 어스름에 갇혀서 눈마저 흐릿해진 채 기다리고 있었던 것이다. 밤이 어떻게 찾아오는지를 잘 알고 있던 그가 부동의 존재 속으로 고양되어 스스로 하나의 모습이 되자 거꾸로 위쪽인 시의 세계로 빠져들었다. 지상의 인식이라는 중간 영역으로, 모성과 지혜와 시의 중간세계로, 꿈속으로 빠져들었다. 그 꿈은 무릇 꿈의 피안을 넘어서 재생에 접근하고 있었다. 도피는 우리들의 목표인 시와 만나고 있었던 것이다.

도피, 오오, 도피! 오오, 밤이여, 시의 시간이여. 왜냐하면 시란 어스름 속에서 눈을 부릅뜨고 기다리는 것이므로. 시란 어스름을 예감하는 심연, 문지방 옆에서의 대기, 연대성을 가지면서, 동시에 고독하고, 교합하면서 또한 교합을 두려워하는 것이므로. 교합하면서도 음란하지는 않고 잠에 떨어진 군중의 꿈처럼 음란의 그림자조차 간직하지 않고, 더욱이 그러한 음란을 두려워하고 있으므로. 그렇다, 시란 기다리는 것이다, 아직 출발은 아니다, 그러나 영원한 이별이다. 그는 자기의 무릎에 웅크린 소년의 어깨가 살그머니 닿는 기척을 느꼈다. 소년의 얼굴은 보이지 않았으나 그것이 자기 그림자 속에 깊이 가라앉아 있는 모습은 느낄 수가 있었다. 헝클어진 까만 머리칼에 촛불의 빛이 가물거리는 것을 보면서 그는 저 무서운, 행복했던 또 불행했던 하룻밤의 일을 생각해냈다. 그날 밤 그는 운명이 내모는 대로 사랑에 불타는 애절한 마음으로 플로티아 히에리아를 찾아가 쭈그린 채 겨울처럼 단단히 마음을 닫고 그러나 겨울처럼 기다리고 있는 그녀에게 다만 시를 읽어주었을 뿐이었다. 그것은 마술을 부리는 여자의 노래, 아시니우스 폴리오의 소망과 위탁에 따라서 지은 저 노래*였는데, 만일 플로티아를 향한 그리움이, 여성에의 동경과 불안한 희구가 거기에 엉겨 있지 않았다면 결코 그렇게 훌륭한 구성을 보이지는 못했을 것이다. 또한 그 노래가 성공한 이유는 그가 문턱을 넘어서 완전한 합일의 밤 속으로 들어갈 운명이 자기에게는 결코 주어지지 않는다는 사실을 애초부터 알고 있었기 때문이었다. 아아, 도피하고자 하는 의지에 일찍부터 사로잡혀 있었기 때문에, 그는 그 노래를 들려주지 않을 수가 없었던 것이다. 그리하여 두려움과 기대는 두 가지 다 성취되었다. 그것이 플로티아와의 이별이 된 것이었다. 나중에 와서 다시 한 번 더욱 장대한 형태로 아이네이아스가 체험한 것도 그것과 똑같은 이별이었다. 수수께끼 같아서 풀 수가 없는 시의 운명이 이끄는 대로 아이네이아스는 디도**를 버리고 되돌아올 길 없는 세계로 배를 몰고 도피해 갔던 것이다. 디도의 옆에 눕고 디도와 함께 사냥을 하

---

*《전원시》 제8장.
**티로스의 왕 벨로스의 딸로, 카르타고를 건설한 인물. 방랑하던 아이네이아스를 돌봐주었으나 후일 버림받고 자살하였다.

는 기쁨을 영원히 단념하고, 현실의 달콤한 그림자, 정욕의 달콤한 그림자였던 그녀에게 영원한 이별을 고하고, 태풍의 밤 사랑의 동굴에 영원한 이별을 고하면서.* 그렇다, 아이네이아스와 그, 그와 아이네이아스, 그들 둘 모두는 시의 집요한 고별 속에서뿐 아니라 현실의 출발 속에서도 도피한 것이다. 삶이 있는 자에게는 아무런 쓸모도 없다는 듯이 시의 중간 영역에서 도피한 것이다. 실은 그것이 사랑의 영지이기도 했는데 말이다. 이 도피는 어디를 향하고 있었는가? 어머니인 신 주노**의 지시에 대한 이 두려움은 어떤 깊이에서 연유되는 것인가? 아아! 사랑이란 이미 밤의 거울 바닥으로의 하강, 밤의 근원으로의 침전이다. 그 근원의 언저리에서 꿈은, 스스로의 경계 밑으로 가라앉으며 시간을 떠나고, 기회만 있으면 태풍 같은 파괴력을 발휘하려고 호시탐탐 노리고 있는, 형태가 없는 보이지 않는 존재의 근원으로 변한다. 다만 한낮에는 양상이 달라진다. 다만 낮에만은 시간이 흐른다. 대낮의 한가운데서 움직이는 것들에서 시간은 똑똑히 눈에 띈다. 하지만 그와는 반대로 밤의 눈은 크고 의연하게 부릅뜨고 있다. 그 밑바닥에 사랑을 간직하고, 별빛 속에서 공허하게 불타서는 응고하고, 밤마다 밤마다 끝도 없고 변하지도 않고, 일체의 시간을 초월하여 대지의 무시간성을 스스로의 내면에서 갱신하는 눈은—그 끝없는 깊이에서 세계를 낳고 세계를 사로잡고, 이미 그 무엇도 볼 수 없고, 눈부신 무의 섬광 외의 아무것도 아닌 이 밤의 눈은, 온갖 눈을 흡수한다. 사랑하는 자의 눈, 깨어 있는 자의 눈,

---

*《아이네이스》 제4장.
**그리스 신화의 헤라에 해당하는 로마 신.

죽어가는 자의 눈, 사랑에 흐려지고 죽음에 흐려지고 무시간성을 들여다보기 때문에 흐려지는 인간의 눈을.

도피, 오오, 도피! 낮이 형성해내는 영위, 온갖 형태의 밤의 휴식, 그 모든 것이 무시간적인, 소리 없는 생성을 향해 전진하고 있다! 촛대의 양초는 녹았다가 차츰 응고하고, 그 주위를 사악하고 단조로운, 이상하게 딱딱한 날갯소리를 내면서 잠시도 쉬지 않고 모기가 날아들고, 잠시도 쉬지 않고 벽의 분수에서 물이 떨어지고 있었다. 이 물의 방울지는 낙하는 마치 말로 표현할 수 없는, 시간을 벗어나 불변의 대양처럼 흘러가는 그 자신의 일부 같았다. 벽에 가로 댄 나무에 새겨진 어린아이 모습을 한 사랑의 신들은 부동의 유희를 계속하며 응고된 채, 한없는 평온과 정적의 광경을 보여주고 있었다. 이미 하나의 형상이라고는 할 수가 없고, 오히려 광대한 우주에 퍼져서 의연하게 노호하는 피안의 밤의 정적에 녹아들어 그 영구불변의 모습의 일부가 되는 평온이며 정적이었다. 그 불변의 밤은 그림자를 낳고 그림자에 잠기고 꿈의 간만의 숨결에 닿아 일대를 완전히 에워싼 동굴처럼 버티고서, 구름 한 점 없는 밤하늘의 별 밑에서 소리도 없이 술렁이는 뇌조(雷鳥)들의 날개에 숨겨진 형체 없는 침묵이었다. 그것은, 밤 속에서의 휴식은—평온을 삼키고, 서로를 삼키며, 그림자의 맥박에 꿰뚫리고, 서로 그림자를 던지며, 영혼과 바싹 기대고, 남편과 아내는 하나로 맺어지고, 소녀는 젊은이의 팔에 안기고, 소년은 애인의 팔에 안기고—, 모든 밤 속에서의 일은 더욱 큰 밤의 암흑에 관여하는 암흑의 반영이므로. 어둡게 떨리는 밤의 전광의 모사화, 꿈의 덮개가 찢겨진 곳에 생생히 드러나는 태풍의 심연으로의 전락이므로. 밤의 태풍으로부터 보호를 호소하며 아무리 울며불며 어머니를 불러보아도 어머니는 너무나 멀리 기억에서 사라져서, 다만 때때로 어린 시절의 전율이 이곳으로 불어닥칠 뿐 이미 위안도 없고 보호도 없으며, 고작 오래전에 사라진 고향의 그립고도 낯선 숨결, 태풍에 앞선 안식의 숨결이 감돌 뿐이다. 그렇다, 밤의 미풍은 따뜻하고 부드럽게, 창문을 통해서 상쾌하게 흘러들고 그 오고감 속에 온갖 지상의 것을 감싸고 있었다. 육지와 바다를 하나로 만드는 단 하나의 밤의 입김처럼, 올리브 숲이나 보리밭, 포도 동산이나 어촌의 해변을 감싸고 불어와서 부드러운 바람의 손에 그 결실을 얹고는 하나로 혼합하고 있었다. 다정하게 불어오는 그 손은 온화하게 거리와 광장을 쓰다듬고, 얼굴을 식히고, 자욱한 연기를 흩날리고, 사납게 일어서는 욕망을 달래주었다. 뿐만 아니라 밤의 모습을 그 맨 위의 표층에 이르기까지 채워주고 있는 이 입김은 밤을 넘어서 뻗어 올라 떨리는 중천의 연산(連山)으로 변할는지도 모른다. 이미 붙잡을 방법도 없고 이미 외부가 아닌 스스로의 내면 깊숙이, 마음보다 깊은 마음속, 영혼보다 깊은 영혼 속, 스스로도 밤으로 변해버린 우리들의 가장 깊은 자아 속에 도사린 연산으로—아아, 그러나 이러한 모든 일이 존재하고 발생한다고 해도 그것은 아무 소용이 없었다. 이미 늦은 것이다. 이미 헛된 일이었다. 군중의 잠은 여전히 재앙을 내포하고 있다. 대지의 소요는 조금도 진정되지 않는다. 불은 여전히 타오르고, 사랑은 번쩍이는 무의 번개에 노출되고, 밤의 동굴 위에는 시간을 모르는 태풍이 진을 치고 있다.

도피, 오오, 도피! 어머니는 부르는 소리에 귀도 기울이지 않는다. 우리는 군중의 뿌리 근처에 버려진 고아이다. 꿈속에서는 어떤 이름도 불릴 수 없다. 완벽한 융합 속에서 통용되는 이름은 하나도 없는 것이다—그리고 너, 인도자로 나와 동행해준 조그마한 밤의 반려여, 내가 너의 이름을 부르는 일이 정말로 아직 가능한 것일까? 너는 너의, 아니 나 자신의 운명이 명령하는 대로 내게 보내진 것일까, 내가 너에게 말을 걸 수 있도록? 무시간성의 위협을 너도 느끼고 있는 것인가? 무시간성은 너의 밤 속에도 숨어 있는 것인가?—네가 나에게로 온 것은 그 때문이었는가? 오오, 마음 놓고 기대거라, 내 작은 쌍둥이 형제여, 어서 내게 기대거라. 나는 위협에서 눈을 돌려 너에게로 집중한다. 황량한 고독에서 벗어날 수 있지 않을까, 이미 알 수 없게 되어버린 고향처럼 내 내면에 구축되어 있는 어두운 궁륭 속으로 너와 함께 돌아갈 수 있지 않을까 하는 마지막 희망을 걸면서. 오오, 나와 함께 이 은밀함 속으로 돌아가는 것이 어떠냐, 무릇 생소하고 그러면서도 다정하게 내 혈관을 순환하는 이 은밀함을 나는 너에게도 맛보게 하고 싶은 것이다. 그러면 그 무엇보다 더 생소한 것, 즉 나 자신도 나에게는 이미 생소한 존재가 아니게 될는지도 모른다. 오오, 바싹 다가앉거라, 조그마한 내 쌍둥이 형제여, 나에게로 바싹 다가앉거라. 만일 네가 잃어버린 어린 시절을 슬퍼한다면, 지금은 세상에 없는 어머니를 애도한다면, 내가 그들과 대면케 해주마. 나는 너를 품에 끌어안고 따뜻하게 지켜주고 있으니까. 한 번만 더, 다만 한 번만 더, 흔들리는 밤의 동굴 속으로 몸을 감추자. 그리고 함께 밤과 그 꿈의 표류에 귀를 기울이자. 비록 중간 영역에 지나지 않는 것이기는 하지만 그 현실의 감미로움에. 아직도 너는 모르고 있다, 어린 동생아. 우리 내부 얼마나 깊은 곳에서 밤의 희망이 피어오르는지 어린 너는 아직도 모르고 있다. 불변의 상태 속에서는 일체를 포용하고, 일체의 영혼에 철철 넘치고, 궁지에 내몰려도 여전히 다정하게 은밀한 동경을 약속하는 희망, 그 목소리에 귀를 기울이는 데는 오랜 시간이 걸린다. 이 희망과 그것이 내포하는 불안은 마치 메아리치는 연산처럼 우리를 둘러싸고 있다. 메아리치는 벽 또 벽, 마치 미지의 풍경 같은, 그러면서도 우리 자신의 마음의 부름 같은—그렇다, 그럼에도 불구하고 마치 먼 배후의 과거의 모든 잔광(殘光)이 다시 한 번 새로이 광채를 뿜는다고 생각될 만큼 강압적인, 모든 최종적인 고지(告知)가 그 속에 내포되어 있는 것처럼 확신적인—오오, 어린 동생이여, 나는 그것을 경험했다. 왜냐하면 나는 노인이 되었으니까. 어쩌면 나이보다도 늙어 모든 괴멸과 부패를 몸속에서 느껴보았기 때문에 나는 그것을 경험했다. 왜냐하면 나는 이미 종말에 가까웠으니까. 아아, 죽음에의 갈망 속에서 비로소 사람은 삶을 동경한다. 그리고 내 속에서는 죽음에의 갈망이 계속되는 한 잠시의 휴식도 없이, 끊임없이 맥박 치면서 구멍을 뚫고 관절을 풀어 헤치는 작업을 줄기차게 계속하고 있다. 삶의 불안과 죽음의 불안, 수많은 밤과 밤의 문턱에 서성이면서, 내 곁을 술렁이며 지나가는 밤과 밤의 언저리에 서성이면서 나는 끊임없이 두 가지의 불안을 동시에 느끼고 있었다. 술렁임에 따라 이 불안을 둘러싼 지식이 부풀어 오르고, 결별을 둘러싼, 어스름과 함께 시작되는 이별을 둘러싼 지식이 부풀어 올랐다. 그것이 죽음이었다. 내 곁을 흘러가고 차츰 수위를 더하면서 나를 건드리고 나를 적시고 나를 사로잡고, 밖에서 왔으면서도 안에서 태어난 내 죽음이었다. 죽음을 앞두고 비로소 사람은 타인과의 화합을 알게 되고, 사랑을 알게 되고, 중간 영역을 알게 된다. 어스름과 이별의 한가운데서 비로소 우리는 잠이 지닌 끝없이 어두운 화합에는 음란의 그림자조차 없다는 사실을 알게 되고, 이제 우리의 출발에는 귀환이 뒤따라서는 안 된다는 사실을 알게 되고, 귀환 속에 숨은 음란의 싹을 알게 된다. 아아, 조그마한 내 밤의 반려여, 너도 언젠가는 이러한 것을 알게 되리라. 너도 언젠가는 기슭에 앉게 되리라, 너의 중간 영역의 기슭, 이별과 어스름의 기슭에 앉게 되리라. 그리고 너의 배도 도피할 준비를 갖추게 될 것이다, 그곳으로부터의 귀환은 있을 수 없고 각성이라는 이름의 저 자랑스러운 도피를 위해. 꿈, 오오, 꿈이여! 시를 쓰는 한 우리는 떠나가지 않는다. 밤의 중간 영역에 머무는 한 우리는 서로 온갖 꿈의 희망을, 온갖 동경의 화합을, 온갖 사랑의 희망을 주고받는다. 그렇다, 그러기 위해 어린 동생이여, 다름 아닌 이 희망, 이 동경을 위해 이제 나에게서 떠나지 말아다오. 나는 네 이름 같은 것은 알려고 하지 않는다. 이름은 그림자를 던져줄 뿐이다. 출발을 위해서도 귀환을 위해서도 나는 너를 불러 세울 생각은 없다. 부르는 소리는 들리지 않더라도, 부름을 받지 않더라도 사랑이 언제까지나 마지막 고지 속에 숨어 있듯이 내 곁에 있어다오. 어스름 속에서, 강가 기슭에서 내 곁에 있어다오. 그 강을 우리 바라보자꾸나. 마음까지 거기에 위탁하지는 말고, 원천으로부터도 멀리 떨어지고, 하구에서도 멀리 벗어나고, 근원의 암흑을 담은 원초의 융합에도, 그림자 없이 세상에 흩어진 아폴로의 마지막 빛에도 손상되는 일 없이—오오, 서로 지키고 지켜주면서 나와 함께 있어다오. 나도 언제까지나 네 곁에 있을 생각이니까. 다시 한 번 사랑이 찾아오게. 내 말이 들리느냐? 내 소원이 네게는 들리느냐? 운명에서 벗어나고 고뇌에서 벗어나서 나 자신의 말에 귀를 기울이면서, 내 소원은 지금도 너의 대답을 들을 수가 있을 것인가?

혹은 이미 너무 늦은 것인가?

아득히 그리고 가까이, 보이는 것은 모두 끄떡없이 밤은 조용하기만 했다. 바로 눈앞의 공간에 둘러싸인 밤은 다시 광활한 공간으로 펼쳐지고, 손을 뻗으면 미칠 정도의 가까이에서 점점 더 멀리 확대되고, 산을 넘고 바다를 건너 끊임없이 흐르면서 마침내는 도달할 길 없는 꿈의 하늘까지 뻗어나간다. 그러나 이 밤의 조수는 마음에서 흘러나와 하늘의 언저리에서 물보라를 뿜고, 다시 마음으로 돌아오면서 동경의 물결 또 물결을 펴내고, 나아가서는 동경 그 자체까지도 하나씩 지워버린다. 그 동경의 태초의 어스름 속에 흔들리고 있는 별의 요람을 정지시키고 만다. 그리고 밑으로부터의 어두운 번개, 위로부터의 밝은 번개가 번쩍이는 가운데 빛과 어둠, 암흑과 광명으로 나뉘고, 구름은 두 빛깔로 물들고, 근원은 이중으로 변하고, 태풍을 무겁게 잉태하여, 소리도 없이, 공간도 없이, 시간도 없이―오오, 크게 입을 벌린 내계와 외계의 동굴이여, 오오, 성큼성큼 걸음을 옮기는 대지여!―밤은 별안간 갈라지고 존재의 잠은 파열했다. 어스름과 시는, 그 영지는 침묵 속에 떠밀려 내려가고, 메아리치는 꿈의 벽은 산산이 부서지고, 추억은 침묵의 소리에 조소를 받고, 죄를 짊어지고 희망도 좌절되고, 넘치는 물결이 떠미는 그대로 삶의 거대한 요청은 덧없는 무 속으로 가라앉는 것이었다. 이미 너무 늦어 있었다. 달아나는 것 외에는 길이 없었다. 배는 준비되고 닻은 올려졌다. 이미 때는 늦었다.

그는 아직 기다리고 있었다. 밤이 다시 한 번 모습을 나타내어 마지막 위안을 그에게 속삭이고 찰랑찰랑 소리 나게 흐르면서 다시 한 번 그의 동경을 일깨워주기를 기다리고 있었다. 그것은 아직 희망이라고는 할 수가 없고 오히려 희망에 대한 희망이며, 아직 무시간성으로부터의 도피라고는 할 수가 없고 도피로부터의 도피였다. 삶을 위해서나 죽음을 위해서나 이미 시간도 없고 동경도 없고 희망도 없었다. 이미 기대는 없고 다만 초조를 기다리는 초조가 있을 뿐이었다. 두 손을 깍지 껴 모으자 왼손의 엄지손가락이 반지의 돌에 닿았다. 가만히 앉은 채 그는 자기의 무릎에 기댈 듯이 다가와 있으면서 그러나 기대고 있지는 않은 소년의 어깨의 따스한 기운을 느꼈다. 할 수만 있다면 깍지 낀 손가락을 점점 더 심해지는 경련에서 해방시켜 살그머니 눈치 채지 못하게 눈 아래에 있는 밤처럼 까맣게 헝클어진 소년의 머리칼을 애무하고 싶었다. 밤처럼 부드럽게 바스락거리는 얇은 깁의 밤 같은 싹 틔움, 밤 같은 인간다움, 동경에의 밤 같은 동경으로 가슴을 채우면서 손가락 사이로 미끄러지게 하고 싶었다. 하지만 실은 그는 꼼짝도 하지 않았다. 마침내 마음은 내키지 않았지만 경직된 기대를 깨기 위해 그가 말했다. "너무 늦었구나." 소년은 천천히 얼굴을 들었다. 마치 무슨 책이라도 읽어주는 것을 듣고 있다가 그걸 계속 듣고 싶어 하는 듯한, 영리한, 뭔가 묻고 싶은 듯한 표정이었다. 이 물음에 답하듯이 자기의 얼굴을 소년의 얼굴에 정답게 접근시키면서 그는 아주 낮은 목소리로 되풀이했다. "이젠 너무 늦었어." 그 말엔 아직도 기대가 담겨 있었을까? 아니면 밤이 이제는 조금도 흔들리지 않기 때문에 낙담한 것인가? 소년이 꼼짝도 하지 않고 다만 회색의 순진한 눈동자가 뭔가 묻고 싶은 듯이 자신에게 향해졌을 뿐이기 때문에 낙담한 것인가? 찾아오길 염원하고 있던 초조가 이때 갑자기 끓어올랐다. "그래, 이젠 늦었어……. 황제의 축제에 가는 게 좋겠다." 갑자기 그는 자기가 몹시 늙었음을 느꼈다. 생생한 현실이, 잠 속에 용해되어 들어가려는 욕구와 함께, 무의식 속에 가라앉아 이미 방법이 없음을 잊고 싶다는 바람과 함께 모습을 나타냈다. 아래턱이 쇠약해짐과 함께 그것은 나타났고, 다시 거기에 그야말로 불쾌한 기침의 발작이 더해졌으므로 누구에게도 보이지 않게 혼자 있고 싶다는 바람을 억제할 수 없을 지경이 되었다. "축제에 가거라……. 자, 어서." 가까스로 그는 목쉰 소리를 짜내고는 손바닥을 위로 향한 채, 물론 단지 떨어진 거리에서의 지시에 지나지 않았지만, 쭈뼛쭈뼛 물러가는 소년을 문 쪽으로 밀어냈다. "가거라……, 가." 다시 한 번 숨을 몰아쉬면서 그는 콜록거렸다. 그리고 마침내 바람대로 혼자 있게 되었을 때 그의 가슴속엔 검은 번갯불이 번쩍하는 것 같았다. 기침이 가슴에서 터져 나왔다. 밤의 피가 섞이고, 분명한 형태도 없고, 흔들려서는 부서져 응고되고, 입을 짝 벌려서는 찢어지고, 거의 의식을 잃을 정도의 나락의 언저리에서 나오는 격렬한 경련이었다. 이때 나락의 밑바닥으로 떨어지지 않은 것은, 위기를 다시 한 번 벗어나서 분수가 졸졸 흐르고 촛불이 타서 튀는 소리를 다시 들을 수 있게 된 것은, 나중에 돌아보니 기적으로밖에 생각되지 않았다. 그는 안간힘을 다하여 가까스로 안락의자에서 침대까지 가서는 그대로 침대 속에 쓰러져 꼼짝도 않고 누워 있었다.

두 손을 깍지 끼자 또다시 반지의 돌이, 루비에 새겨진 날개 달린 정령의 모습이 손가락 끝에 느껴졌다. 이것은 죽음으로 향하는 길인가, 아니면 삶으로 향하는 길인가, 조심스럽게 살피면서 그는 기다리고 있었다. 그러나 천천히 제정신이 돌아왔다. 아주 천천히, 가까스로 살아났다는 느낌으로—다시 숨을 쉴 수가 있게 되었고 안식과 침묵이 찾아왔다.

2부 불—하강

그는 누운 채 조심스럽게 살피고 있었다. 각혈은 차츰 뜸해지고 새롭게 시작되지는 않았지만 그래도 거듭 발작이 엄습해왔다. 옆방의 노예를 불러서 의사의 진찰이라도 받아야 하는 게 아닐까, 처음에는 그렇게 생각했을 정도였다. 그러나 소리를 내어 부른다는 것도 몹시 힘든 일이었고, 의사에게 이런저런 시달림을 받는 것도 견디기 어려운 노릇이었다. 그는 혼자 있으리라 결심했다. 되풀이하여 모든 존재를 자기 속에 집결시켜 가만히 귀 기울이기 위해서는 혼자 있는 것이 무엇보다도 긴요했다. 이것이 무엇보다 긴급한 일이었다. 그는 다리를 조금 들어 올려서 몸을 뒤척였다. 머리는 베개 위에 있었고, 허리는 요 속에 깊이 파묻혔고, 무릎은 두 개의 이질적인 존재처럼 겹쳐졌고, 그 한참 아래에 복사뼈가 있었고, 뒤꿈치가 있었다. 아아, 벌써 몇 번을 그는 이렇게 눕는다는 동작에 주의를 기울였던가! 이 어린애 같은 습관을 떨쳐버릴 수 없음은 정말 창피한 일이었다! 자신에게 있어서 더할 수 없이 기묘한 뜻을 지닌 그날 밤을 그는 지금 생생하게 되살리고 있었다. 그날 밤 처음으로 그는—여덟 살 때였는데—단지 눕는다는 일에도 주의를 기울일 가치가 있음을 깨닫게 되었다. 크레모나에서의 일로 계절은 겨울이었다. 그는 자기 방에 누워 있었다. 조용한 안뜰로 통하는 여닫이 문의 경첩이 낡아서 여기저기 틈이 벌어져 약간 건들거렸다. 어쩐지 으스스한 느낌이었다. 밖엔 바람이 밀짚을 덮은 화단 위를 스치며 술렁거렸고, 어디에선가, 아마도 출입구에 걸려서 흔들리는 등불이었겠지만, 시계추처럼 규칙적으로 흔들리는 희미한 불빛이 방 안으로 스며들고 있었다. 몇 번이나 되풀이하여, 마치 끝없는 물결의 마지막 메아리처럼, 끝없는 시간의 흐름, 끝없이 먼 눈의 마지막 메아리처럼 살그머니 흘러드는 것이었다. 그야말로 속절없이 띄엄띄엄, 아득한 두려움을 띠고 아득함을 간직한 그 정경은, 그대로 나와 내 육신이 실로 존재하는지 묻지 않고는 배기지 못하는 하나의 도전이었다. 그때와 꼭 마찬가지로, 물론 그 뒤 밤마다의 반복에 의해 보다 의식적으로 명확한 형태를 취하고는 있었지만, 그때와 똑같이 자신의 육체가 실재하는지 살피면서 그는 오늘도 다시 침대에 닿는 육체의 각 부분들을 자세하게 감지했다. 그때와 똑같이 그러한 부분들은 '그'라는 배가 속력도 빠르게 전진하며 넘어가는 물마루이며, 그 사이에는 헤아릴 수 없을 만큼 깊은 파도의 골짜기가 입을 벌리고 있었다. 이런 일은 아무래도 좋았다. 지금 그가 혼자 있으려 한 것은 어린애 같은 관찰을 계속하기 위해서가 아니었다. 만일 그랬다면 저 어린 밤의 반려자가 곁에 있어도 아무런 지장이 없었을 것이다. 문제는 보다 본질적인, 보다 궁극적인 것과 관련되어 있었다. 거대한 현실성, 시와 그 중간 영역의 현실성조차 넘어서지 않으면 안 될 만큼 거대한 현실성을 갖춘 그 무엇, 밤과 어스름보다도 더욱 현실적인 그 무엇과 관련되어 있었다. 또한 현실적일 뿐 아니라 더욱 지상적이기까지 한, 그것을 위해서는 모든 존재를 자기 속에 응집시켜도 좋을 그 어떤 것과 관련되어 있었다. 기묘한 점은 다만 극히 지엽적인 어린애 같은 행동을 더 근본적으로 억제하지 못했다는 것, 그것이 낳는 환상이 여전히 그대로 존재하고 있었다는 것, 우리를 연결 짓고 있는 기억의 연쇄 중에서 최초의 몇 개 고리만을 가장 중요한 부분으로 간주하고, 다름 아닌 그 부분이야말로 최고의 현실성을 지닌 듯이 생각하지 않으면 안 되었던 점이었다. 우리가 도달할 수 있는 최종적이고 가장 실재적인 현실이 단순한 기억의 영상에 지나지 않는다는 것은 거의 있을 수 없는, 아니 그보다도 허용될 수 없는 일처럼 생각되었다. 그럼에도 불구하고 인간의 생활이란 영상의 축복과 영상의 저주 아래 영위되는 것이다. 다만 영상에 의해서만, 인생은 스스로를 파악할 수가 있다. 영상을 추방할 수는 없다. 그것은 집단생활이 시작된 이후 인간 속에 숨어들어 있다. 그것은 이중의 꿈-기억이며 우리 자신보다도 강대하다. 여기에 누워 있는 그, 그 역시 그 자신에 대한 영상이었다. 눈에 보이지 않는 파도 위를 가볍게 미끄러지면서 가장 실재적인 현실을 향해 진로를 돌리는 배의 영상이 바로 그 자신의 영상이었다. 그 자신이, 암흑에서 나타나 암흑을 향해 전진하고 암흑 속으로 사라져가는, 엄청난 크기의 배인 동시에 무한대의 화신인 그 배였다. 그 자신이 이 무한대를 지향하는 도망이었다. 달아나는 배인 동시에 그 목표이며, 스스로도 무한대로 퍼지고, 헤아릴 수도 없고 규명할 방법도 없이, 무릇 사유의 한계를 넘어 그의 육체는 그야말로 육체가 빚어내는 무한한 풍경, 어마어마하게 펼쳐진 밤의 지하세계의 영상이었다. 통일된 삶도 일체를 이룬 동경도 상실되어, 이미 그는 스스로를 제어할 힘이 자신에게 있으리라고는 믿을 수조차 없었다. 무한을 넘어서 유일하게 뻗어 있는 자아를 토막 내고 분리시키는 모든 지구나 영역을 알고 있었다. 수많은 마령들이 그를 대신하여 그러한 지역의 관리를 떠맡고 각기 분담을 정하여 일에 임하고 있음을 그는 알고 있었다. 아아, 그것은 파헤쳐지고 갈아엎어진 않는 폐의 영역이며, 무릇 정체를 알 수 없는, 빨갛게 작열하는 깊이에서 끓으면서 피부로 올라오는 기분 나쁜 열의 영역이며, 한이 없는 내장의 영역이며, 가공할 성기의 영역이었다. 내장에도 성기에도 뱀의 무리가 뒤얽혀 득실거리고 있었다. 나아가서는 각기 제멋대로의 생활을 영위하는 사지의 영역, 좀처럼 무시할 수 없는 손가락의 영역, 마령들이 지배하는 이 모든 영역들 중에서 어떤 것은 그에게 가까이, 어떤 것은 멀리에 위치하고 있었다. 또한 서로의 관계에 있어서도 그에 대한 관계에 있어서도, 어떤 것은 우호적인, 어떤 것은 적대적인 태도를 나타내고 있었는데—가장 가까이 가장 강하게 그 자신의 지배 아래 있는 것은 여전히 감관(感官)이었다. 눈과 귀와 그 영역이었다—육체와 그것을 초월한 이런 모든 영역, 돌 같은 골격의 엄격한 현실, 그것들을 그는 그 완전한 이질성, 그 썩어 무너져가는 취약성, 그 동떨어짐, 그 적의, 걷잡을 수 없는 무한성에 있어서 감각적으로나 초감각적으로나 잘 알고 있었다. 왜냐하면 그것들은 모두, 마치 묵계처럼 그 자신까지도 포함하여 모든 인간계와 대양계를 덮어버리는 저 거대한 바닷물 속에 잠겨 있었으니까. 저 장엄하게 물결치면서 밀려왔다가는 빠져나가는 조수, 귀환할 때는 언제나 마음의 기슭에 부서져서 물보라를 일으키고 끊임없는 고동을 불러일으키는 조수, 그것은 영상의 현실인 동시에 현실의 영상이며, 바다를 알 수 없는 그 파도 깊은 속에서는 아무리 토막 난 것이라도 하나로 모이고, 아직 하나로 합쳐지지는 않았으나 그러면서도 미래의 재생을 향해 일체가 되어 있는 것이었다. 오오, 인식의 기슭에 부서지는 물보라여, 온갖 위안과 희망의 싹을 풍부히 간직하고 영원히 고조되는 조수여, 오오, 밤에 넘치고 싹에 넘치고 공간에 넘치는 봄의 조수여. 강대하기 이를 데 없는 이 자아의 영상을 포착하면서 그는 마령의 도량을 어떤 현실의 보증에 의해 억제할 수 있다고 생각했다. 그 현실의 영상은 이름 지을 방법도 없는 영역에 누워 있었지만, 그러면서도 이미 세계의 합일점을 포괄하고 있었다. 영상은 현실로 넘칠 정도가 되어 있다. 왜냐하면 현실이란 항상 단지 현실에 의해서만 다시 상징화되므로—수없이 많은 영상, 수없이 많은 현실이 고립되어 있는 한 그것들은 모두 결코 참된 현실성을 갖출 수 없다. 그러나 그 어느 것이나 인식 불가능한 최후의 현실, 즉 그것들의 총체에 대한 상징이다. 오랫동안 그는 시간이 흐름에 따라 점점 더 탐욕스러워지는 호기심을 불태워 자기 육체의 내부에서 진행되고 있는 붕괴와 궤멸을 추구해왔다. 이 기묘하고 갈피를 잡을 수 없는 호기심 때문에 병환과 고통의 불쾌함도 기꺼이 받아들였다. 그렇다, 그는—그런데 인간이 무슨 짓을 하든, 그것이 그에게 있어서 명료하든 불명료하든 모두 상징으로 변하는 것이다—좀처럼 의식에는 떠오르지 않지만 그러면서도 초조하고 절박한 소망을 항상 마음에 간직해왔다. 종국에는 일시적인 것에 지나지 않게 될 그 육체의 통일이 빨리 해체되어버렸으면 좋겠다, 빠르면 빠를수록 좋겠다, 그런 뒤에 심상치 않은 결과가 생기고 해체가 구원으로 변하고 새로운 통일로 변하고 궁극적인 의미로 변했으면 하는 소망. 이 모든 소망이 아주 어렸을 때부터 그에게서 떠나지 않고 따라다녔다. 적어도 저 크레모나의 어느 날 밤 이후로는. 그러나 어쩌면 안데스에서 지낸 어린 시절부터 이미 그랬을 것이다. 처음에는 그저 장난기 비슷한, 어린애 같은, 아무렇지도 않은 불안이었을지도 모르고, 기억을 잃게 할 만큼 숨 막히는 두려움이었는지도 모른다. 이제 와서는 어느 쪽도 마음에 되살릴 수가 없었다. 하지만 그것은 그렇다 치고, 그와 동시에 이러한 일이 과연 어떤 의미가 있을까 하는 의문도 그의 마음에서 떠나는 일이 없었다. 밤마다 그것을 기다리며, 예측하고 예감하는 그의 모든 영위에 이 의문이 내포되어 있었다. 그리고 옛날의 그, 안데스의 어린아이, 크레모나의 소년이 침대에 누워 있을 때와 똑같은 모습으로, 무릎과 무릎을 맞붙이고 이윽고 찾아올 꿈속에 어느새 마음을 두고, 정신도 육체도 모두 스스로의 존재의 배에 싣고 광막한 대지를 향해 번져서, 스스로 산이 되고 들이 되고 대지가 되고 배가 되고 대양이 되어 그는 내부와 외부의 밤을 지그시 살피고 있었다. 이렇게 살피며 기다리는 일이 일생을 바쳐서 이룩해야 할 인식의 성취를 위한 중요한 행위라는 사실을 예감하면서. 옛날과 똑같은 현상이 지금 여기에서, 오늘이라는 이 시점에서 그의 몸에 다시 일어나고 있었다. 예로부터 노상 되풀이하여 일어나고 그때마다 더욱 분명하게 드러난 일이 일어난 것이었다. 이것은 일생을 통해서 되풀이되어 온 일이었다. 그러나 지금 그는 그 의문에 대한 해답을 알고 있었다. 즉, 자신이 마음을 기울여 기다리고 있는 것의 정체는 죽음이라는 사실을.

그렇지 않다고 할 수 있을까? 인간은 직립한다. 인간만이 직립한다. 하지만 잠잘 때와 사랑할 때와 죽을 때는 조용히 몸을 눕는다—몸을 누이는 이 세 가지 경우에 있어서도 인간은 다른 모든 존재와 다르다. 직립하여 성장하는 운명을 짊어진 채 인간의 영혼은 존재의 부식토 속에 숨겨진 암흑의 뿌리, 그 심연으로부터 빛이 찬란한 하늘의 별세계까지 뻗어 오른다. 포세이돈과 불카누스의 지배를 받는 그 어두운 근원을 위로 떠받들고, 아폴로가 소유한 그 목표의 투명함을 아래로 거느리면서. 상승의 결과 광채가 선명한 형상이 되면 될수록 나무처럼 가지를 벌리며 뻗어나가고, 깊은 그림자를 던지는 형상이 되면 될수록 영혼은 점점 더 그 가지가 만들어내는 잎 그늘 속에서 어둠과 밝음을 하나로 용해할 수가 있게 된다. 그러나 잠을 자기 위해 사랑을 하기 위해 죽기 위해 몸을 뉘었을 때, 스스로 아득히 펼쳐진 풍경으로 변했을 때, 상반되는 것을 하나로 만드는 일은 이미 영혼의 소임이 아니다. 왜냐하면 잠자고 사랑하고 죽을 때는 영혼은 눈을 감는 법이니까. 그때의 영혼은 이미 선도 아니고 악도 아니며, 단 하나의 무한히 계속되는 기다림에 지나지 않는다. 끝없이 넓게 퍼진 영혼, 시간의 둥근 고리에 끝없이 포위되어 한없는 휴식 속에서 일체의 성장을 벗어나고, 그 스스로가 그려내는 풍경처럼 성장을 모르며, 이 풍경과 함께 영혼은 불변의 사투르누스*의 영역이 되어 모든 시대에 걸쳐지고 황금시대에서 청동시대까지, 나아가서는 그것을 초월하여 새로운 황금시대에 이르고 있다. 풍경 속에 용해되어 대지에, 하늘의 빛과 땅의 어둠을 나누는 대지의 광야에 유폐되고, 영혼은 위쪽과 아래쪽의 두 세계 사이에서 양자를 분할함과 동시에 연결시키는 경계선이 되어, 별의 표류와 돌의 무게, 천상의 기운과 저승의 불, 그 양자의 영역에 끊임없이 야누스**처럼 귀속해 있다. 야누스처럼 두 개의 방향을 가진 무한성, 야누스처럼 무한히 퍼져서 어스름 속에 휴식하는 영혼, 엿보고 기다리면서 그것이 획득하는 지식에 있어서는 위도 아래도 하나로 용해되는 일이 없고, 그러면서도 같은 뜻을 지닌 영역들이 될 수 있다. 그러나 반면, 현상 그 자체는 영혼에 있어서는 아무런 뜻도 없고 알아야할 아무런 가치도 없는 것이다. 왜냐하면 그것은 성장이라고 느껴지지도 않거니와 조락 또는 고갈이라고 느껴지지도 않고, 쾌락이나 불쾌라고도 느껴지지 않으며, 다만 부단한 반복, 영혼 스스로의 존재 내부에 있어서의 부단한 반복이라고 느껴질 뿐이었으므로. 일체를 포괄하는 사투르누스 시대의 반복, 그 속에서는 영혼과 대지의 풍경은 한없이 퍼져나가고 숨의 내쉼도 들이킴도, 싹틈도 열매 맺음도, 풍작도 흉작도, 죽음도 부활도, 끝없는 사계(四季)도 모두 판별할 방법이 없고, 영원한 반복에 휩쓸려 영원히 똑같은 존재가 그리는 순환 속에 갇히고, 잠자고 사랑하고 죽기 위해 조용히 몸을 누인다. 풍경과 영혼의 기다림, 황금시대와 청동시대

---

*주피터 이전의 황금시대에 세계를 지배한 농업의 신.
**시작과 종말을 다스리는 두 얼굴의 신.

를 하나로 만든 사투르누스의 세계가 죽음을 벗어나면서 죽어 가는 나와 내 육신에 귀 기울이며 기다린다.

그는 죽음을 엿보면서 기다리고 있었다. 그러지 않을 수가 없었다. 이 사실을 의식하면서도 공포의 감정은 솟지 않았고, 다만 열이 오름에 따라 더욱 뚜렷해지는 저 이상한 명료함이 의식에 뒤따랐을 뿐이었다. 그리고 지금, 암흑 속에 누워 암흑 속에서 엿보면서 그는 자신의 생애를 이해했다. 그것이 얼마만큼 죽음이란 전개에의 부단한 기다림이었던가를 이해했다. 의식은 열리고 애초의 발단부터 모든 삶에 숨어들어 그것을 형성하고 있던 죽음의 싹은 피어난다. 그 하나하나는 다른 데서 나타나 다른 것에 접촉하면서 자신을 전개시켜 나간다. 이중 삼중의 전개, 그 하나하나가 앞서 간 것들의 영상이며, 다름 아닌 그 사실을 통해 선행한 것들을 실현시킨다. 이것이 모든 영상에 숨겨진 꿈의 힘이 아닐까? 하나의 삶을 규정하는 힘을 가진 저 영상 속에까지 숨겨진 꿈이 불러일으키는 힘은 아닐까? 의심스럽게 무시간성의 두려움을 자아내고, 별들을 무겁게 이고 영원을 고지하면서 만유 위에 죽음의 하늘을 펼치는 저 세계의 밤의 동굴의 영상에 대해서도 같은 말을 할 수 있지 않을까? 왜냐하면 일찍이 어린 시절에 순진하고 유치한 죽음의 심상(心像)이었던 것, 즉 시체를 매장하는 무덤이라는 심상이 거대한 동굴의 영상으로까지 발전해 있었으니까. 나폴리의 후미진 바닷가, 저 포실리포 언덕*의 동굴 곁에 세워진 납골당은, 따라서 되풀이되어 나타나는 먼 어린 시절의 심상, 그 이상의

---

*나폴리 남서쪽에 위치한 언덕지대. 이곳에 베르길리우스의 무덤이 있다.

의미가 있었다. 아니 그 건축에 의해, 일체를 덮는 죽음의 하늘이 상징적인 표현을 얻게 되었던 것이다. 지상의 규모로 축소되었기 때문에 아직 조금은 유치한 느낌을 간직하고 있기는 했지만, 그러나 일체를 포괄하는 거대한 죽음의 공간이란 상징임에 분명했다. 그 속에서 그는 목표를 처음부터 알고 있었고, 더욱이 그것을 추구하고 있었다. 길을 찾으면서, 죽음의 하늘 속에서 평생 백일몽에 빠져 있었던 셈이다. 이 목표의 모든 것을 포괄하는 힘 때문에 그는 그리도 오랫동안, 사실 지나치게 오랫동안, 스스로에게 부과된 사명을 추구해왔다. 지식으로는 언제나 알고 있었으나 결코 자각한 일은 없는 이 목표 때문에 그는 어떤 직업에도 만족할 수가 없어서 모두 중도에서 포기하고 말았다. 의사라는 직업에도, 점성사라는 직업에도, 철학자나 철학 교사에도 머무를 수가 없었다. 하물며 거기에 안주한다는 것은 불가능했다. 엄격하게 성취를 요구하는 인식 상(像), 엄숙한 죽음의 인식 상이 반석의 무게를 가지고 그의 눈앞을 가로막고 있었다. 어떤 직업도 그 욕구를 충족시킬 수는 없었다. 모든 직업은 전적으로 삶의 인식에 봉사할 사명을 짊어지고 있으므로. 단 하나의 예외가 있어서 결국 그는 그 길을 택하지 않을 수가 없었는데, 그것은 시라고 불리는, 죽음의 인식에 봉사하는 유일한 직업, 인간의 모든 영위 중에서도 가장 미묘한 영위였다. 이별이란 중간 지점에 살고 있는 자만이—오오, 그 영역은 이미 그의 등 뒤에 있었다. 이제 그곳으로 되돌아갈 방법은 없었다—어스름 속에서 원천으로부터도 하구로부터도 똑같이 멀어져, 언제까지나 강가에서 서성이고 있는 자만이 죽음을 예감하고 죽음의 포로가 된다. 죽음에 봉사하면서 그는 마치 사제와도 같아진다. 위쪽과 아래쪽의 중개라는 개인의 직업을 넘어선 그 임무 때문에 죽음에의 봉사를 의무처럼 부여받고, 동시에 이별의 중간 영역에 거주하도록 강요당하는 사제와도 같은 존재가 된다. 그렇다, 시인의 사명은 그에게는 언제나 사제의 그것과 비슷하게 생각되었다. 어쩌면 그것은 모든 예술 작품의 황홀한 열광에 숨어 있는 저 기묘한 죽음과의 교감 때문이었는지도 모른다. 다만 지금까지는 좀처럼 그것을 인정할 마음이 없었다. 때로는 거부하기까지 했다. 젊은 시절 작품에서 굳이 죽음에 대해 언급하려 하지 않은 것도 전적으로 같은 사정에 기인하는 것으로서, 오히려 그는 존재에 대한 섬세한 사랑이 가진 부드러운 힘에 의해 이미 모습을 나타내고 있는 위협에 저항하려는 노력을 거듭해왔다. 그러나 차츰 그런 종류의 저항을 단념하지 않으면 안 되었다. 왜냐하면 시작(詩作)에 작용하는 죽음의 힘이 순식간에 우위에 서게 되어 한 걸음 한 걸음 거주권을 굳혔고, 이윽고 《아이네이스》에 이르러서는 신들의 명령대로 완전한 지배권을 획득했기 때문이다. 그것은 쟁쟁하게 울리고 피에 물들어서 경고를 해오는 움직일 수 없는 운명의 지배였고, 일체를 극복하는 죽음의 지배였다. 일체를 극복하기 때문에 자기 자신조차도 초월하고 지양하는 패권이었다. 즉, 죽음 속에는 모든 것이 동시에 묻혀 있다. 삶과 시의 동시성이 일체를 지양하는 죽음 속에 영원히 보존되어 있는 것이다. 죽음은 낮과 밤에 넘쳐흐르고, 낮과 밤은 서로 뒤얽히면서 어스름의 두 가지 빛으로 물든 구름으로 변한다. 유일한 것에서 출발한 온갖 다양함이 죽음 속에 넘쳐흐르고, 여기에서 다시 엉기어 새로운 하나가 된다. 죽음은 시원(始原)에 대한 군중의 지혜와 종말에 대한 하나하나의 인식으로 넘치고, 그 쌍방을 존재의 단 1초, 이미 비존재에 속하는 저 1초 속에 응축해버린다. 왜냐하면 추이하는 존재와 죽음은 부단히 서로 접촉하고 흔들리고 있기 때문이다. 죽음 속으로 흘러 들어가고, 죽음에 의해 받아들여지고, 근원을 따라 방향을 바꾸는 시간의 흐름은 끊임없이 기억의 총체로 변화하고, 수없이 많은 세계의 기억, 신의 기억으로 변용된다. 다만 죽음을 받아들인 자만이 지상에서의 순환을 마무리 지을 수가 있다. 죽음의 눈을 추구하는 자만이, 비록 무를 들여다보지 않으면 안 될 경우에 있어서도 장님이 될 우려가 없다. 죽음에 귀 기울이는 자만이 도망할 필요 없이 줄곧 그 자리에 머물 수가 있다. 왜냐하면 그의 기억은 그대로 동시성의 깊이로 변하기 때문이다. 그리고 기억 속에 가라앉는 인간의 귀에는, 지상의 것이 미지의 무한으로 열리고, 무한한 기억의 재생과 부활로 열리는 저 순간의 하프 소리가 들려온다. 그 어린 시절의 풍경, 삶의 풍경, 죽음의 풍경, 불변의 동시성 속에서 그것들은 하나가 되고, 신들의 풍경, 즉 태초와 종말의 풍경을 미리 환기시켜 드높이 걸쳐진 비의 입김에 빛나는 일곱 빛깔 무지개에 싸인 채 영구히 벗어나지 않는다. 오오, 그곳이야말로 어버이들이 거니는 기름진 들판. 기억에 되살아나는 여러 가지 일들도 결국은 다만 죽음을 기다림에 지나지 않았음이 명백해지고, 또 죽음에 어울린다고 생각되었던 많은 일은 다만 기억에 지나지 않는다. 결코 잃지 않으려고 소심하게 지켜온 불안한 동경의 회상에 지나지 않는다. 바다의 미풍이 불어오고, 봄이 어두운 그림자를 던지고, 녹색의 잎들에 덮인 저 포실리포의 동굴 곁 납골당, 거의 장난스러운 기분으로 세운 저 죽음의 집도 사정은 마찬가지였다. 넘칠 듯한 기억, 어린 시절의 기억을 일일이 확인하지도 않고 그는 그 명랑한 정원을 만들었던 것인데, 그 결과 안데스의 생가에서 어린 아이의 눈으로 바라보았던 모든 것이 규모는 작지만 변하지 않은 형태로 그곳에 재현되었다. 생가의 문으로 통하는 차도는 납골당에서는 정원을 가로지르는 주된 길이 되었다. 두 곳 모두 두 개의 모퉁이가 있었는데 왼쪽은 똑같이 월계수 숲으로 둘러싸였으며 오른쪽은 어린아이 놀이터였던 언덕으로 이어져 있었다. 물론 납골당 쪽의 언덕은 올리브 노목의 숲이 아니라 몇 그루 사이프러스가 서 있을 뿐이었지만. 저쪽이나 이쪽이나 똑같이 육중하고 안정된 구조에다 새의 지저귐으로 뒤덮인 집 뒤편에는 느릅나무가 우뚝 서서 옛날이나 지금이나 변함없이 고독과 평화를 지켜주고 있었다. 소년 시절과 마찬가지로 그는 산울타리를 손으로 어루만질 수도 있었다. 그만큼 생생하게 과거의 모든 것을 꿈속에 되살릴 수 있었고, 그만큼 생생하게 어느 시대에나 들어맞을 미래를 꿈꿀 수 있었다. 그것은 죽음과 죽음으로의 걸음을 그리는 꿈, 어린 시절 이후 지금까지의 모든 꿈꾸는 듯 황홀했던 기다림의 목표, 기억의 목표와 원천을 향한 꿈이었다. 그것은 투명하고 결코 사라지는 일이 없는, 인식을 추구하는 꿈이었다. 그렇다고는 하나, 물론 납골당의 영상은 과거의 흐름 속에서 아주 하찮은, 아주 조촐한 기억의 한 조각에 지나지 않았다. 예를 들면 지극히 윤곽이 선명한 하나의 섬으로서, 거의 우연처럼 떠올라 그 조촐한 윤곽을 여실히 드러내 보였는가 하면, 잠시도 쉬지 않는 그의 기다림 속으로 흘러드는 풍성한 조수의 술렁임에 어느새 꺼져버려 그야말로 망각에나 어울릴 것으로밖에 생각되지 않았다. 잠시의 휴식도 없이 거침없는 기억의 물결에 실려서 결코 사라질 수 없는 모습으로 그에게 흘러왔다. 잠시의 휴식도 없이 부드럽고 대범하게, 옛날에 보았던 사물들이 겹겹의 파도가 되어 형용하기 어려운 운치를 담고 지속되는 하프의 화음에 따라 반짝반짝 빛을 내며 밀려들었다. 오오, 남몰래 해방을 기다리는 다정한 청춘의 유폐여, 그것은 마치 과거의 모든 개천과 못이 이 추억의 조수 속으로 흘러든 것 같았다. 향기로운 목장 사이로, 갈대가 흔들리는 녹색의 기슭 사이로 살랑살랑 흘러가는 숱한 사랑스러운 것들의 모습, 그것은 그대로 어린아이의 손이 꺾은 꽃다발이었다. 백합, 오랑캐꽃, 양귀비, 수선화, 금잔화의 꽃다발. 영원히 발자취를 남기고 영원히 시 속에 노래될 풍경 속 어린 시절의 영상, 어디를 헤매어도 항상 찾지 않으면 안 되었던 어버이들의 기름진 들의 영상, 두 번 다시 헤어질 수 없는, 그가 가진 단 하나의 삶의 풍경의 영상이었다. 그 엄청난 밝음, 날카로움, 명랑함, 투명함에도 불구하고, 항상 그를 따라다니던 쇠퇴할 줄 모르는 그 다채로운 광채에도 불구하고, 이 영상은 어떻게도 그려낼 방법이 없었다. 몇 번씩이고 그는 이 영상을 거듭 묘사해보았지만, 그때마다 도무지 표현 불가능할 뿐이었다. 그것의 울림은 다만 말이 이미 미치지 못하는 곳, 말이 그 자체로 지닌 무상의 한계를 뛰어넘고, 입에 올릴 방법이 없는 지경이 되어서 언어 표현을 포기해버린 곳에 있을 뿐이었다. 겨우 운문이라는 틀 속에서 노래하면서, 말은 가슴을 틀어막아 질식시킬 듯한 순간적인 심연을 말과 말 사이에 열어 보이고, 이 침묵의 깊이에서 스스로도 침묵하고, 죽음을 예감하고 삶을 포괄하면서, 만유의 총체를, 영원을 그 속에 간직하고 흐르는 동시성을 열어 보이려 한다. 오오, 모든 시의 목표여, 일체의 전달과 기술(記述)을 뛰어넘어 스스로를 지양할 때 말에 찾아오는 개안이여, 오오, 말이 스스로 동시성 속에 숨어드는 순간이여! 추억이 말에서 솟아나는지, 말이 추억에서 나타나는지 이미 판별할 방법도 없는 순간이여! 어린 시절의 풍경이 꽃피기 시작한 것은 이런 순간이었다. 스스로를 등 뒤로 버리고 스스로와 그 모든 추억을 뛰어넘고 모든 시작과 종말을 넘어 성장하면서, 그 풍경은 황금시대의 소박하고 목가적인 목동 세계의 질서로, 고대 로마 융성기의 풍경으로 침착하게 걸음을 옮기며, 지배하고 또한 봉사하는 신들의 현실로 변용되어갔다. 분명, 아직도 근원의 발단이라고는 할 수가 없고 근원의 질서도 근원의 현실도 아니었으나, 그러한 것의 상징이기는 했다. 아직도 미지의, 말로 다할 수 없을 만큼 이상한, 불변의 한없는 신성에서 울려오는 소리는 아니었으나, 그러나 그 상징이며, 그 존재와 나아가서는 그 확증에서 감지할 수 있는 메아리 같은 예감이었다. 실현적인 상징, 죽음의 면전에서 상징으로 변하는 현실이었다. 울림으로 변한 불사의 순간, 발랄하게 어스름 속에서 뛰쳐나오는 삶 그 자체의 순간, 그것은 죽음의 참된 모습을 가장 순수하게 계시하는 순간이며, 그야말로 드문 은총의 순간이며, 대다수의 사람에게는 알려지지도 않고 그것을 추구하는 자는 다소 있더라도 도달할 수 있는 자는 극소수의 인간으로 한정되는, 완벽하게 자유로운 세상에도 드문 순간이었다. 그러나 그러한 순간을 다행스럽게 확보할 수 있는 몇 안 되는 사람들 중의 하나는, 바쁘게 스쳐 지나가는 죽음의 모습을 포착하여 부단한 기다림과 탐색 속에 죽음을 형상화하는 데 성공한 인간은, 그 형상의 진실성과 함께 스스로의 진실한 형상까지도 발견하게 된 것이다. 자신의 죽음을 형상화함과 동시에 스스로의 육신도 형상화시키고, 그리하여 무형적인 부식토로의 복귀에서 벗어나게 된다. 일곱 가지 빛깔에 신들의 다정함을 간직한 채, 어린 시절의 무지개는 존재 위에 걸려 있다. 날마다 새로이 전망되고 날마다 새롭게 창조되는 인간과 신의 힘을 합친 창작, 죽음을 인식하는 언어의 힘에서 태어나는 창작―그는 이것을 희망하지 않았던가. 그 희망 때문에 그 어떤 안락한 행복도 버리고 번잡한 삶의 고뇌를 짊어지지 않았던가. 그는 이 자포자기와 지금도 여전히 계속되는 단념의 생애를 돌아보았다. 죽음에 대한 거역은 하지 않았지만 연대(連帶)와 사랑에 대해서는 전력을 다해 저항한 생애였다. 강의 어렴풋한 광채, 시의 어렴풋한 광채에 싸인 채 등 뒤에 가로누운 이 이별의 생애를 돌아보면서 지금까지 그런 유례가 없을 만큼 선명하게, 그는 오늘 자기가 이 생애 전체를 받아들인 것은 단지 그 희망 때문이었음을 깨달았다. 그토록 거대한 삶의 요청에도 불구하고 지금까지 조금도 그 희망을 성취하지 못했고, 그가 이루어보려던 사명이 나약한 그로서는 너무나도 컸다는 사실, 그리고 어쩌면 그 사명을 이루려는 데 있어서 시라는 것은 처음부터 그 수단으로 적합하지 않았다는 사실, 이런 깨달음은 그 스스로를 조롱과 모멸의 대상으로 만들기에 충분했다. 그러나 또한 그는 지금, 그런 것은 문제가 되지 않는다는 것도 알고 있었다. 또한 어떤 사명이 옳으냐 그르냐 하는 것은 지상에서 해결되느냐 아니냐와는 관계가 없다는 것, 그 자신의 힘에 버거운지 어떤지, 누군가 좀 더 뛰어난 힘의 소유자가 있는지 어떤지, 시보다 좀 더 나은 해결책이 있는지 어떤지 하는 따위와는 아무런 관계가 없음도 알고 있었다. 이런 모든 것은 하찮은 것이었다. 왜냐하면 그것은 그 자신이 선택한 것이 아니었으므로. 물론 그는 날마다, 하루에도 몇 번씩 자발적인 선택에 의해서 결정하고 행동하기는 했다. 혹은 자발적인 결정이라고 생각하고는 있었다. 그러나 그의 삶의 기본 이념은 자유의지에 입각한 스스로의 선택은 아니었다. 그것은 필연이었다. 존재의 행, 불행에 얽히게 된 필연, 운명에 의해 명령되고 그러면서도 명령을 초월한 필연으로서, 그가 스스로의 형상을 죽음의 형상 속에 구하고, 그 영위를 통해 영혼의 자유를 얻도록 명령되는 것이었다. 왜냐하면 자유란 끊임없이 그 행, 불행을 승부에 거는 영혼의 필연이기 때문이다. 다만 그는 명령에 따를 뿐이었다. 자기 운명의 사명에 순순히 따르고 있었다.

  가슴의 통증을 덜기 위해 그는 침대 속에서 조금 몸을 일으켰다. 거기에 펼쳐져서 그에게는 선명하게만 보였던 그의 자아의 풍경이 혼란에 빠지는 일이 없도록, 가령 일어설 경우에 흔히 있는 일이지만 그것이 지리멸렬해지지 않도록 극도로 신중하게. 그런 다음 그는 곁에 놓인 원고가 든 고리짝에 손을 뻗쳐 거친 가죽으로 된 뚜껑의 표면을 거의 애무하듯이 쓰다듬었다. 뜨겁고 세차게, 일에 대한 감정, 철저한 탐험가의 감정, 여행자와도 같은 거대한 창조의 감정이 그의 마음속에서 눈을 떴다. 만일 동시에 거대한 여행의 불안이 싹트지 않았다면, 길을 잃고 밤의 밀림 속을 방황하는 자의 불안, 온갖 창작에 따르는 이 이상할 만큼 심각한 불안이 끓어오르지 않았다면, 그의 가슴속에 부글거리는 뜨거운 행복감은 죽음을 준비하라고 경고하는 아픔조차도 이겨낼 수 있었으리라. 나아가 호흡의 곤란을 덜어주고 달아오르는 열기와 오한까지도 잊게 해주었으리라. 그리고 그 무엇도 그가 당장 일에 착수하려는 것을 저지하지 못했으리라. 마지막 숨을 거둘 때까지 끝내지 않으면 안 되는, 또한 임종의 마지막 숨과 더불어 비로소 참된 성취를 맞이할 작정이었던 저 사명을 마음에 다지면서 기운을 내어 다시 일을 시작했으리라. 아아 그러나, 그 무엇도 그를 일에서 멀어지게 할 수 없고 그렇게 하도록 허용되지도 않았을 것인데도, 그러나 모든 것이 그를 방해하고 있었다. 그 방해가 너무나도 심해《아이네이스》를 다듬는 작업은 이미 몇 달째 완전히 정지되고, 계속되는 도피 외에는 아무것도 남아 있지 않았다. 이미 익숙해져서 그것을 제어할 방법을 알고 있던 병세나 고통은 방해가 되진 않았다. 그것은 오히려, 도피할 수도 없고 해명할 수도 없는 불안, 막다른 골목에 빠져든 혼미의 어수선한 감정, 항상 거기에 있어서 금방이라도 덮쳐들 것만 같은 압도적인 재앙 때문이었다. 이 재앙의 본질은 확인할 길도 없었고, 그 유래를 따질 수도 없었으며, 그것이 내부에 숨어 있는지 외부에서 노리고 있는지조차 판별할 수가 없었다. 극도로 조심스럽게 호흡하면서 그는 꼼짝도 하지 않고 암흑 속에서 귀를 기울이며 기다렸다. 촛대의 양초는 하나씩 꺼져갔고, 다만 천장에 매달린 램프의 작고 끈덕진 불빛만이 가끔 미풍을 받아 살랑거리는 은사슬 끝에서 살그머니 좌우로 흔들리며 벽에 나비처럼 덧없는, 거미줄처럼 떨리는 그림자를 던지면서 침대 곁에 걸려 있을 뿐이었다. 바깥 거리의 소음도 차차 가라앉아 영문을 알 수 없는 갖가지 광란의 웃음소리나 중얼거림이나 이야기 소리도 해체되었고, 술렁거리던 축연의 소요도 분해되어 만화경을 방불케 하는 소리의 영상 속에 높고 낮은 갖가지 울림을 점점이 흩뿌리고 있었는데, 이때 창문 너머로, 보조를 맞춰서 걸어가는 병사들의 발소리가 저음부의 악기 소리처럼 들려왔다. 경비대의 일부가 병영으로 돌아가는 소리였다. 그런 다음 주위가 고요해졌는데, 말할 것도 없이 그 고요는 곧 잇따른 기묘한 술렁거림으로 활기를 띠기 시작했다. 고요 그 자체가 술렁거림이라고 해도 좋았다. 갑자기 멀리에서, 이곳저곳 사방에서—이 거리 앞에 펼쳐진 들에서인지, 혹은 안데스의 들에서부터인지—귀뚜라미가 울어대는 소리가 들려왔기 때문이다. 엄청난 피조물의 엄청난 소리가 고요 속에서 끝도 없이 무한을 넘어서 퍼져나갔다. 휘황하던 거리 축제의 발그스름한 반사 빛도 차츰 조용히 퇴색하여, 지금 천장은 어두워졌고 다만 램프 바로 위에 밝은 반점이 남아 있을 뿐이었다. 램프는 마치 화필처럼 가볍게 이쪽저쪽으로 미끄러지고 있었다. 창 너머로는 별들이 어둠 속에 빛나고 있었다. 그가 묻고 있는 불안의 근원은 이러한 것이었던가? 어째서 이것이 불안을 자아내는가? 야비한 절망적 소란이 가라앉아 오히려 안도감이 가슴을 적실 만하지 않은가? 아니, 재앙은 사라지지 않았다. 그리고 이제야 비로소 그는 알았다. 알지 않으면 안 되었다—그것은 유폐된 인간 영혼의 재앙이었다. 영혼에 있어서는 어떠한 해방도 다만 새로운 유폐에 지나지 않는다.

 그는 꼼짝도 않고 창문 쪽을 쳐다보았다. 밤은 그 거대한 공간 속에서 선회하고 있었다. 거인 아틀라스의 어깨에 메여 회전하고 있는 반짝이는 성좌를 박아 넣은 원개(圓蓋), 그 무엇도 떨어뜨리지 않는 거대한 밤의 동굴. 그는 밤의 소리에 귀를 기울였다. 그러자 그에게, 자리에 누워 이불 속에서 열로 떠는가 하면 갑자기 뜨겁게 달아오르는 그에게, 그 소리는 맑은 지각 속에서 한층 날카로워져 더욱 생생하게 느껴지는 것이었다. 현재의 영상, 냄새, 소리. 모두가 지금까지 살아온 과거와 경험해야 할 미래의 그것과 하나가 되어 앞과 뒤로 향하는 이중의 연상 속에서 거역할 수도 없고 해명할 수도 없이 음산하게 부풀어 올라 붙잡을 수도 없이 달아났다. 남김없이 드러낸 모습이면서 그러나 비밀에 가득 차 있는 모습이었다. 흥분과 무기력을 동시에 느끼면서 그는 혼돈 속으로, 어지러이 흩어지는 목소리의 수풀 속으로 또다시 밀려 떨어졌다. 거기에서 달아났어야 할 그 무형적인 존재가 또다시 그를 엄습한 것이다. 이번에는 시원을 판별하기 어려운 군중의 모습으로가 아니라 아주 직접적으로, 문자 그대로 손을 뻗으면 곧 붙잡을 수 있을 정도의 생생함으로, 고립과 해체로 끌고 가는 혼돈이 되어서 나타났다. 아무리 기다려도, 단단히 붙잡아도 해체된 것에 다시 통일을 가져올 수는 없었다. 그것이 현재와 과거와 미래 어디에 속하는가를 묻지 않고 일체의 흩어진 목소리와 인식과 사물을 포괄한 마력적인 혼돈. 이 혼돈이 지금 그를 향해 육박해왔다. 이 혼돈의 손아귀에 그는 사로잡히고 말았다. 그렇다, 판별할 수 없을 만큼 들끓는 거리의 소란이 흩어지는 목소리의 수풀로 변한 뒤부터의 상태는 바로 이러했다. 이런 것이었다. 아아, 사람들은 모두 목소리의 숲에 둘러싸여 있다. 누구나가 일생 동안 그 속에서 이리저리 방황한다. 이리저리 방황하지만, 그러나 울창한 목소리의 숲에서 한 발짝도 빠져나올 수가 없다. 어둠 속에 싹트는 것들 속에, 모든 시간과 공간의 저편에 뿌리를 내린 숲의 나무들의 뿌리 속에 누구나가 사로잡혀 있다. 아아, 모두가 사나운 목소리와 그 촉수에 위협받고 있다. 목소리의 잔가지, 큰 가지의 목소리, 그것들이 서로 얽히면서 사람을 휘감아버리고, 따로따로 자라서 일직선으로 뻗어 오르는가 하면 또 휘고 구부러져서 서로 뒤얽힌다. 마령 같은 그 자립성, 마령 같은 그 고립성, 초(秒)의 목소리, 해(年)의 목소리, 영겁의 목소리. 그것들이 엮어져서 세계의 그물, 시간의 그물이 된다. 그 울부짖는 침묵은 이해할 수도 없고, 꿰뚫을 수도 없으며, 전 세계의 고통의 신음에 젖어 있고, 전 세계의 광폭한 환희에 잠겨 있다. 아아, 누구도 근원의 포효에서 벗어날 도리가 없다. 어느 누구도 그것을 모면할 수는 없다. 왜냐하면 인간은 모두 알든 모르든 스스로도 목소리의 하나에 지나지 않으므로. 스스로 목소리의 일부가 되어 풀 수 없고 가를 수 없고 헤아릴 수 없는 위협의 일부가 되어 있으므로. 그러니 더 이상 어떤 희망을 가질 수가 있겠는가! 길을 잃은 자는 수풀 속에 갇혀서 구원을 청할 방법도 없다. 빠져나갈 구멍 하나, 빈터 하나 도달할 길이 없다. 그런 속에서도 그는 계속 희망을 엮고자 할지도 모른다. 더욱 멀리, 더 이상 확대할 수도 없는 무한의 저편에까지 희망을 던져보려고 할지도 모른다. 그 무한 속에서는 모든 목소리의 통일과 질서와 만능의 인식이 예감될지 모른다. 묶였다가 다시 풀리며, 모든 목소리가 울리는 예감에 찬 거대한 화음, 궁극의 공간에 메아리쳐 되울리는 세계의 통일과 질서와 만능의 인식의 화음, 메아리 속에서 풀리는 세계의 사명이. 하지만 죽게 마련인 인간의 이러한 희망은 주제넘은 것이 아닐까? 신들에게는 보기에도 역겨운 것이 아닐까? 그것은 귀먹은 벽에 부딪쳐서 부서지고 목소리의 숲, 인식의 숲, 시간의 숲 속에서 가냘프게 꺼져버리고 말리라. 가냘프게 꺼지면서 임종 때의 한숨으로 변하게 되리라. 왜냐하면 시간의 시원에 숨겨진 목소리의 샘에 도달할 수는 없으므로. 모든 뿌리의 깊이보다도 더 깊고, 모든 목소리와 모든 침묵보다도 더 깊고, 질서와 언어의 통일을 나타낸 성도를 간직한 채 철철 넘치는 숲의 원천인 샘, 그 밑바닥을 헤아릴 방법은 없다. 일체의 상징의 상징을 바라볼 방법은 없다. 왜냐하면 무한한 공간 속에서는 방향도 무한을 뛰어넘을 만큼 여러 갈래로 나뉘고, 흩어진 것의 수도 무한하고, 길과 그 교차점의 수도 무한하므로. 언어와 추억의 방대한 구별까지도, 그 방향의 무한성과 그 자체의 심연의 무한성까지도 실은 극히 사소한, 극히 미약한, 지상의 초라한 영상에 짜 넣어진 어떤 실체의 반영에 지나지 않는다. 그 실체는 어떤 사고에 의해서도 포착되지 않고 그 숨결 속에 온갖 공간을 간직한 채, 동시에 사소한 공간 한 점에까지 숨어든다. <u>스스로를</u> 삼켰다가는 뱉고 <u>스스로를</u> 수렴했다가는 내뿜는 그 상징성 때문에, 말로는 다할 수 없고 기억도 고지도 불가능한 인식의 구제, 스스로가 내뿜는 빛에 의해 그것은 모든 시간의 흐름을 초월하고, 순간적인 시간까지도 무시간으로 변화시킨다. 어느 누구도 도달할 수 없는 모든 길의 교차점, 아득히 꼼짝도 않고 조용하기만 한 영원히 움직일 수 없는 길의 목표! 착잡한 길 그 어느 곳에 진로를 정한다 하더라도, 첫걸음을 내디디는 데는 아무리 서둘러도 평생, 아니 그 이상의 시간이 걸릴 것이다. 다만 순간적인 빈약한 기억을 붙잡아 두는 데도, 언어의 심연 속에 단지 일순간의 시선을 던지는 데도 무한한 삶이 필요할 것이다. 이 언어의 깊이를 엿보면서 그는 죽음을 엿볼 수 있다고 생각했다. 비록 예감의 몽롱한 어스름 속이긴 하나 이미 지상의 인식 밖에 있는 저 한계의 인식을 지각할 수 있다고 생각했다. 그러나 이러한 희망조차도, 메아리치는 심연의 벽에서 울려오는 걷잡을 수 없는 사실을 앞에 놓고는 이미 주제넘은 일이 아닐 수 없었다. 그것은 하나의 섬광이며, 그러나 이미 섬광이라고는 할 수가 없고, 섬광의 추억조차도 아니며, 추억의 반향도 아니었다. 그것은 음악으로 감지하기에는 충분치 않은, 하물며 포착할 수 없는 무한의 예감으로서, 표현한다는 일은 도저히 상상조차 할 수 없을 만큼 막막한, 덧없고 희미한 입김이었다. 아니 지상의 그 무엇도 이 숲을 돌파할 수 없다. 그 어떤 현세의 방책도 인식 저편의 인식을 향해 전진하면서 질서를 발견하고 고지하는 영원한 사명을 수행할 수는 없다. 아니, 이 사명은 전적으로 지상을 초월한 힘과 방책에 맡겨져 있는 셈이다. 모든 지상의 표현을 훨씬 앞지른 표현력, 목소리의 수풀과 모든 지상의 언어의 특성 밖에 존재하고 있어야 할 언어, 음악 이상의 언어, 고동치면서 심장의 고동과 같이 신속하게 존재의 총체적인 의미를 인식하게 하는 언어, 그렇다, 이 사명을 성취하기 위해서는 일찍이 발견된 유례가 없는 새로운, 지상을 초월한 언어가 필요하다. 초라한 운문으로 이 언어의 영역을 침범하려는 노력은 주제넘은 일이었다. 부질없는 노력이며 수치스러운 일이었다! 아아, 영원한 사명, 영혼의 구제라는 사명을 볼 수 있는 요행이 그에게 주어져 있었다. 그리고 그는 그것을 위해 자신의 생애를 낭비해버렸다는 사실은 깨닫지 못하고 있었다. 생애의 낭비, 세월의 탕진, 시간의 허송, 그것은 그의 좌절 때문은 아니었다. 단 하나의 뿌리도 캐내지 못했기 때문이 아니었다. 가래질조차도 무한한 삶을 필요로 하기 때문이며, 또한 자신의 것으로 만든 언어와 미리 알아차린 기억의 도움으로도 죽음을 보충할 수는 없었기 때문이며, 죽음이 모든 영혼을 능가해버렸기 때문이었다. 죽음은 너무나도 강대했다. 너무나도 강대한 숲은 나무를 베어낼 수도 없었고, 길을 잃은 자를 냉혹하게 가둬버렸다. 길을 잃은 자는 그저 멍하니 팔짱을 끼고 있을 뿐, 그 스스로가 다만 어지러이 흩어지는 목소리의 수풀 속에 숨은 의지할 곳 없는 하나의 목소리에 지나지 않았다. 이런 때 아직 어떤 희망을 품을 수 있단 말인가? 이때 인간의 영위는, 그것이 어디에서 어떻게 행해지든 간에, 피조물이 가진 불안의 분출로서, 불안의 영위로서 가릴 수도 없이 그 정체를 드러내는 것은 아닐까? 이 불안의 어둠침침한 감옥에서 탈출하여 도망칠 수는 없다, 숲 속에서 길을 잃은 피조물의 불안이기 때문이다. 어느 때보다도 뼈저리게 그는 이 불안을 느꼈다. 길을 잃은 영혼의 침묵하는 법 없는 소망, 죽음을 이미 아무렇지도 않게 생각하는 시간의 피안을 향한 갈망을, 그는 일찍이 느껴보지 못했을 정도로 분명하게 깨달았다. 일찍이 느껴보지 못했을 만큼 분명하게 피조물 집단이 품고 있는 지울 수 없는 희망을 깨달았다. 저 아래쪽에 모여 있는 군중, 그것 또한 수없이 많은 목소리였지만, 거칠고 절망적으로 노호하면서 그들이 요구하고 있던 것이 무엇이었는지 그는 깨달았다. 스스로의 열광에, 다스릴 수 없는 고집으로 그 천민적인 열광에 필사적으로 매달리는 그들을 그는 이해했다. 수풀 속에 한층 강하게 고조된 거대한 목소리가 나타나주었기를, 아니 나타나지 않으면 안 된다고 생각하며, 그들은 고함을 지르고 또 고함을 삼키고 있었다. 지도자의 목소리, 거기에 가담하기만 하면 그 여광을 입어, 환호와 도취와 신성한 황제의 지엄한 여광을 입어, 거칠게 마지막 숨까지 쥐어짜서 황소처럼 으르렁거리면서 돌진하여, 존재의 속박에서 해방되는 지상의 길을 어쨌든 뚫을 수 있는 것이 아닐까 하고, 그들은 생각하고 있었다. 이 모습을 생생하게 지켜보면서 그는 깨달았다, 이해했다, 일찍이 전례가 없었을 만큼 분명하게 인식했다. 그의 노력은 그 형식과 불손함에 있어서는 미쳐 날뛰는 군중의 천박한, 그러나 그만큼 정직한 폭행의 욕구와는 다른 것이었지만, 의미와 내용에 있어서는 조금도 다를 것이 없었다. 그야말로 같은 강도로 그를 사로잡고 있는 소박한 피조물의 불안을 그는 다만 느끼지 않은 듯 위장하고 있을 뿐이었다. 일체를 인식하는 통일적 질서에의 동경처럼 무익한, 바로 그 때문에 이중으로 의심스러운 기다림과 그 준비처럼 보이게 한 데에 지나지 않았다. 길을 뚫는 위대한 지도자의 목소리에 대한 대망, 무릇 현세적인 이 천민의 희망은 또한 그의 희망이기도 했는데, 다만 그는 그것을 현세의 극한으로 밀어낸 데 지나지 않았다. 그 극한에서 언젠가는 희망이 울려오게 될 테지, 그리고 현세를 초월할 테지, 그는 스스로를 타이르고 있었으나, 그것은 현세에 사로잡히고 일체의 지상의 공허함에 사로잡혀 있던 그의 오만이 낳은 환상에 지나지 않았다―그는 이렇게 인식했다. 아아, 이제야 비로소 그는 인식하게 되었다. 무리를 이룬 동물 같은 그들의 탈출 시도가, 공포에 내몰린 그

시도가 헛되다는 것을. 희망의 고함을 지르고 실망의 침묵에 가라앉으면서 되풀이하여 시도되는 그 도주 기도는 그때마다 시간 속을 헤매다가 거기서 벗어나지 못하고 그림자 하나 없는 무의 경직으로 끝나버리고 만다. 그리고 그는 자신도 같은 운명에 처해 있음을 인식했다. 마찬가지로 모면할 길 없는, 도망칠 길도 없는 무의 경직으로의 전락, 이 무는 죽음을 뚫고 나갈 수 있는 것이 아니라 오히려 죽음 그 자체였다. 아아, 그의 생애는 정처 없는 방황 속에 허비되고 말았다. 그가 걸어온 길은 애당초 막다른 골목이었다. 거기에서 방향을 그르쳤다. 길을 잃었다는 의식만 더해졌을 뿐이었다. 그 길은 처음부터 수풀 한가운데에서의 방황과 모색과 혼미였으며, 거짓된 단념과 거짓된 이별에 찬 삶, 피할 수 없는 실망에 대한 공포를 잉태한 삶이었다. 바로 그렇기 때문에 희망과 마찬가지로 이 실망까지도, 그는 삶과 현세의 극한까지 밀고 갔었다. 실망 외에는 아무것도 남아 있지 않은 지금, 과연 그 극한에 도달한 것일까? 지금 여기에 남겨진 것이라고는 다만 싸늘한 공포뿐, 분명히 확인할 수는 없지만 남몰래 사지의 힘을 뺏고 숨통을 끊는 죽음의 공포, 그러나 더욱 끔찍한 것은 실망이라는 공포였다. 남은 것은 다만 별에 의해서 정해진 신비로운 벌처럼 짓누르고 있는 경직뿐. 그 벌은 돌이킬 수 없는 전생의 숙명에 유래하는 죄, 그가 저지르진 않았지만, 저지르기 이전부터 이미 주제넘다고 규정돼 있던 죄, 영원히 범할 수 없는 것을 범한 죄에 내려진 것이었다. 이 죄가 영원히 그의 등 뒤에 버티고 서서 인식의 영원한 사명과 대립하면서 무겁게 그를 내리누르고, 스스로의 임무와 그 성취를 그가 눈으로 목격하는 일을 금하고 있었다. 눈에 보이지 않는 경직 속에 감추어진 눈에 보이지 않는 벌, 시간과 언어와 기억을 경직시키는 깨어날 줄 모르는 잠의 죄와 벌, 무 속에, 죽음의 광야 속에 경직된 어스름 속 기다림―이러한 경직 상태 속에 한없이 버림받은 채, 그의 육체는 누워 있었다. 병들어 쇠약해지고 늙어서 비칠비칠하며, 그 자신의 존재 영역을 넘어서 뻗어나가 사투르누스 신이 자리한 옛날로 어렴풋이 사라져가고 있었다. 그의 존재 영역은 점점 더 투명하고 희미해져서 마령들에게까지 버림을 받고, 마치 무엇 하나 바라볼 것이 없는 공허한 창문처럼 꼼짝도 못한 채 초라해져갈 뿐이었다. 그 언저리에 머물러 있는 것은 아무것도 없었다. 아무것도 기억할 수 있는 것이 없었다. 그 옛날 그가 삶의 선물이라고 생각하고 있던 것, 한때는 시간을 초월해서 기억에 단단히 새겨져 있던 것, 그것들 모두 그 자신보다 일찍이 늙어버렸다. 조금히 해를 거듭하다 모습을 감추어, 이루지 못한 창조와 경험의 세계로 빠져들고 말았다. 한때는 한없이 밝고 강렬한 빛이 골고루 빛나고 있던 삶의 풍경의 갖가지 영상은 늙어빠져서 시들고, 그 주변에 그가 읽어서 엮어 넣었던 갖가지 시구(詩句)는 말라서 떨어지고 말았다. 갈색의 나뭇잎처럼 모든 것이 바람에 흩날려 이제는 회상조차 할 수가 없고, 다만 그것이 있었다는 사실만이 희미하게 마음에 떠오를 뿐, 계절과 함께 바람에 날리고 계절을 통해 쇠잔해져서 누구 한 사람 돌보는 이 없는 희미한 낙엽 소리―엄청난, 그렇다, 엄청난 것이 한때는 존재하고 있었다. 먼 옛날에 사라진 것, 바로 최근에 사라진 것, 그것들이 수없이 뒤얽히고 흩어진 채 존재하고 있었다. 그러나 그것들이 그에게까지 도달한 적은 끝내 없었다. 총체가 되는 일은 끝내 허용되지 않았다. 기억의 순환이란 여전히 닫히는 일이 없고, 그것들이 그에게로 도달하는 일은 앞으로도 영원히 일어나지 않을 것이다. 이미 체험 속에서 거부되고 이룩되지 않은 채 머물러 있었는데, 그것은 예를 들면 그의 끝없는 사명의 성취가 첫걸음에서 벌써 정지되고 미완인 채로 매몰된 것과도 같았다. 이미 평생에 걸쳐서 계속했는데도 그 첫걸음이 여전히, 아니 오히려 애당초 조금도 내디뎌지지 않은 상태와도 같았다. 사정없이 엄습해오는 소름 끼치는 마비, 집요한 이 마비 속에서는 이미 전진도 후회도 없고, 따라서 이루어지지 않은 첫걸음에 두 번째 걸음이 이어질 수도 없다. 왜냐하면 삶의 1초 1초가 만들어낸 거리는 다리를 놓을 수도 없는 막막하고 텅 빈 공간으로 넓어져버려서, 여기서부터는 걸음을 빨리 하든 늦추든 이미 따라잡을 수는 없기 때문이다. 이미 어떤 지속도 불가능하기 때문이다. 이루어진 것, 이루어지지 않은 것, 마음에 떠오른 것, 떠오르지 않은 것, 이야기된 것, 이야기되지 않은 것, 노래된 것, 노래되지 않은 것, 그 모든 것의 지속이 불가능했기 때문이다. 오오―신들이여!《아이네이스》까지도 미완에 그치지 않으면 안 된다. 그의 생애와 마찬가지로 계속할 수도 없고, 미완으로 끝내야만 하다니! 이것이 정녕 별들이 정해놓은 법도인가? 이것이 정녕 이 시의 운명인가?《아이네이스》의 운명, 그 자신의 운명, 그 모두가 성취될 수는 없다니! 생각할 수나 있는 일인가? 오오, 이런 일을 생각해본 적이나 있었던가? 공포의 무거운 문이 갑자기 열리고 그 등 뒤에는 일체를 포괄하는 강대한 전율의 하늘이 입을 벌리고 있었다. 밖에서 안에서 동시에 그를 사로잡은 가공할 그 무언가가, 한없이 꺼림칙한 미지의 그 무언가가 느닷없이 사납게 날뛰면서 엄청난 비통을 담고 그를 높은 곳으로 낚아챘다. 태풍의 내습을 알리는 최초의 번개와 천둥에 숨어 있는, 마비를 깨고 가슴을 막히게 할 듯이 자포자기에 미쳐 날뛰는 모든 힘을 담은 무언가가 높은 곳으로 그를 낚아챘다. 죽음을 들이밀고 죽음의 위협을 들이밀면서 모질게 그의 내부로 뚫고 들어온 그것은 순간순간을 다시 접근시키고, 그 사이에 가로놓인 텅 빈 공간을 삶이라고 불리는 저 불가해한 요소를 가지고 단 한 번의 번갯불처럼 번쩍이게 했다. 번갯불 속에서 다시 한 번 희망이 번쩍하고 빛난 듯한 느낌이 들었다. 청동의 죔쇠에 끼여서 숨도 가쁘고 눈도 멀어서 높은 곳으로 끌려가는 동안에 희망이 번쩍여서, 게을러 미처 다하지 못한 것을 비록 한순간이나마 되살아난 그 안도의 호흡 속에서 다시 할 수 있을 듯한 느낌이 들었다. 그것이 희망인지 아닌지, 그는 똑똑히 알 수가 없었다. 고통에 멍들고, 공포에 질리고, 마비에 시들어서 그것을 알 수가 없었다. 다만 알 수 있는 것은, 새로이 소생한 삶의 순간순간이 매우 필요하고 중대하다는 사실, 덧없이 사라지든 언제까지나 타오르든 어쨌든 이 삶의 불꽃 때문에 자기가 높은 곳으로 이끌려 가고 있다는, 경직된 잠자리에서 끌어올려지고 있다는 사실. 꼼짝할 수 없이 사방을 에워싼 답답한 공간으로부터 벗어나지 않으면 안 된다, 스스로의 육신에서, 스스로의 존재 영역에서, 죽음의 광야에서 눈을 돌려 다시 한 번 시선을 높은 곳으로 던지지 않으면 안 된다는 사실. 다시 한 번, 어쩌면 마지막으로 단 한 번만, 삶의 온 공간을 뒤덮지 않으면 안 된다는 사실이었다. 아아 다시 한 번, 단 한 번만이라도 별을 바라보지 않으면 안 되었다. 그는 경직된 몸으로 침대 앞에 서서, 자신의 전신을 꿰뚫고 밖으로부터 단단히 움켜쥐고 있는 죔쇠에 옥죄어 굳어진 사지를 움직였고, 꼭두각시가 철사의 움직임에 따라 움직이듯이 미덥지 못하게 뒤뚱거리면서 바람벽의 창문으로 되돌아갔다. 창가의 벽에 지친 몸을 기대고 쇠약한 무릎을 약간 구부리면서, 그러나 여전히 선 채로 팔꿈치를 뒤로 당겨 규칙적으로 심호흡을 하면서 마음껏 대기(大氣)를 맛보려고 했다. 존재가 다시 열리고 그리던 나라, 그 입김의 조수에 잠길 수 있게 되기를 바라고 있었다.

호흡의 필연성, 피조물로서 어쩔 수 없는 호흡에의 욕구가 그를 그곳으로 내몬 것이다. 그러나 동시에 그것은 비육체적인 욕구이기도 했다. 눈에 보이는 것, 눈에 보이는 세계, 눈에 보이는 만유의 확실성 속에서 호흡하고 싶어서이기도 했다. 숨막히는 듯한 느낌에 넋을 잃고 힘 있게 붙드는 손에 의지한 채 그는 창가에 서 있었다. 얼마 동안이나 그렇게 서 있었는지는 알 수가 없었다. 겨우 한순간이었는지도 모르고 몇 시간이었는지도 몰랐다. 시간의 감각은 다만 불완전하게 단속적으로 흘러들 뿐이었다. 세계가 다시 구축되고 지각이 다시 지각되는 것도 다만 단속적인, 질식의 불안과 질식의 고통에 남김없이 짓눌리는 과정에서의 일에 지나지 않으며, 일어난 일을 그가 깨닫게 된 것도 역시 단속적인 것이었다. 무슨 일인가 일어났으며, 그것은 《아이네이스》에만 얽힌 문제가 아니라 이제부터 발견해야할 일에 얽힌 문제라는 깨달음도 단속적으로 서서히 찾아들었다.

조용히, 지금 세계는 그의 앞에 누워 있었다. 아까까지 견디지 않으면 안 되었던 저 소요의 뒤끝치고는 약간 기분 나쁠 만큼 조용했다. 이럭저럭 밤이 꽤 깊은 모양이다. 자정을 넘어선 것 같았다. 별들은 찬란하게 빛나면서 하늘을 돌고 있고, 재회의 안도감에서인지 위로하듯 힘차고 조용한 빛을 던지고 있었다. 그렇다고는 하지만, 물론 구름 한 점 없는 하늘에 뭔가 불안한 그림자가 감돌고는 있었는데, 마치 별들의 공간과 아래 세상의 공간 사이에 꿰뚫을 수 없이 딱딱한, 다만 겨우 시선만이 통과할 수 있는 흐려진 수정의 하늘이 둘러쳐진 것 같았다. 누운 채 엿보고, 엿보고 기다리면서 누워 있던 아까까지 그의 육체는 마령에 의해 여러 갈래로 분리되어 있었는데, 그 분리가 그대로 이 외계로 옮겨진 듯한 느낌이 들었다. 육체의 경우에는 일찍이 느껴보지 못했을 만큼 외계에 있어서의 분리는 엄격하고 헤아릴 수 없는 듯한 느낌마저 들었다. 궁륭에 의해 지상의 공간은 천상의 공간으로부터 스스로를 분리시키고 스스로를 가리고 있었지만, 그 단절이 너무나도 엄격하기 때문에 대망의 미풍이 끝없는 세계로부터 조금도 불어오지를 않았고, 대기를 향한 갈망이 조금도 충족되는 일이 없었다. 바로 전에 거리를 뒤덮은 안개는 밤바람이 불기 시작하고 나서도 조금도 사라지지를 않고 흩어지지도 않았으며, 오히려 일종의 열기를 머금은 투명함으로 변하여 이를테면 지상을 뒤덮은 뚜껑 밑에서 검은 젤라틴처럼 응축되고 말았다. 그것은 어떻게 할 수도 없는 부동불변의 모습으로 공중에 떠서 공기보다도 뜨겁게 이 숨 막히는 실내와 거의 비슷한 답답함으로 호흡을 곤란하게 했다. 호흡이 불가능한 영역은 가차 없이 호흡이 가능한 영역으로부터 차단되고, 그 위에 수정 덮개가 꿰뚫을 수 없는 암흑을 간직한 채 둘러쳐져 있었다. 천상계의 앞뜰, 호흡의 앞뜰, 세계의 앞뜰을 엄격하게 차단하는 경계, 그 앞뜰에 청동의 손에 의해 일으켜지고 받쳐져서, 그는 서 있었다. 예전에는 사투르누스의 평탄하고 기름진 땅에 누워 스스로 위와 아래의 경계선을 형성하고, 양자의 세계에 직접 결부되어 그 일부가 되어 있었지만, 지금은 성숙의 운명을 짊어진 고독한 영혼으로 변하여 그 경계를 뚫고 뛰어넘는 것이었다. 황량한 고립 속에서, 이 영혼은 알고 있었다. 위와 아래의 깊이를 엿보려면 스스로의 깊은 속을 엿보지 않으면 안 된다는 것을. 거대한 천상계에의 직접적인 참여는 지상의 시간과 지상의 인간에 걸맞은 성장의 운명에 맡겨져 있고, 이 두 가지를 선물로 부여받는 것은 거부된다. 다만 시선과 지각에 의해서만 그는 헤아릴 수 없이 분리된 천상계에 침투할 수 있다. 다만 바라보는 눈이 던지는 의문에 의해서만 그것을 연결시키고 포괄할 수 있는 것이다. 의문을 던지는 인식에 입각하고, 또한 그 인식 속에서만 세계의 통일, 동시적인 통일과 그 영역을 회복할 수가 있다. 소용돌이치며 흐르는 의문 속에서만 그는 자기 영혼의 현재 모습을, 그 깊은 곳에 숨은 지상적인 필연을, 발단 이래 지금까지 변하지 않은 인식의 사명을 성취할 수가 있는 것이다.

    시간은 위로 흐르고, 시간은 아래로 흘렀다. 은밀한 밤의 시간이 또다시 그의 혈관 속으로, 별의 궤도 속으로 흘러들었다. 1초 1초가 빈틈없이 이어지고 다시 주어지고 다시 눈뜨는 시간이 거기에 있었다. 운명을 초월하고 우연을 포기하고 추이에서 벗어난 불변의 시간 법칙, 그를 그 내부에 받아들여 영원히 지속되는 현재.
법칙과 시간은
서로 각각 태어나
서로를 소멸시키면서 늘 새로운 탄생으로 인도하고
서로를 비추며 그 반영만을 눈에 띄게 한다.
영상과 그 반사의 연쇄는
시간을 에워싸고 원초의 모습을 에워싸고
그 어느 것도 결코 전체로서 포착되지는 않는다. 그러나
마침내 시간을 떠나고 시간을 초월하여,
이윽고 그 공명의 마지막 메아리 속에
궁극적인 하나의 상징 속에
죽음의 상징은 모든 삶의 상징과 결합된다.
그것이야말로 영혼의 현실 모습,
그 거처와 시간을 초월한 영혼의 현재,
영혼 속에서 성취된 법칙,
그 필연.

　모든 것은 필연 속에서 행해지고 있었다. 안과 밖을 헤아릴 수 없이 불가해한 요소로 용해시키고, 어떻게 판별할 수 없이 분해하고 분리시켜버리는 저 인식의 길조차도 역시 필연의 길이었다. 하지만 거부할 수도 도망칠 수도 없는 이 필연 속에는 존재가 다시 공명하기를 바라고, 사상(事象)의 발생과 발생한 사상이 헛된 것은 아니기를 바라는 희망도 숨어 있는 것 아닐까? 필연 속에서 갖가지 영상은 모습을 드러내고, 필연 속에서 더욱더 현실에 접근한다. 오오, 원초의 상으로의 접근, 오오, 원초의 현실로의 접근, 그는 그 현실의 앞뜰에 서성거리고

있었다. 아득한 하늘에 걸린 수정의 가리개는 이제야말로 갈기갈기 찢기는 것이 아닐까? 이제야말로 밤은 그 최후의 상징을 그의 앞에 드러내는 것 아닐까? 밤이 눈을 뜨면 자신의 눈에서 빛이 사라지는 것을 각오해야 할 텐데도, 그는 눈도 깜박이지 않고 별을 쳐다보고 있었다. 운명에 의해 정해지고, 운명을 정하는 별들의 2천 년 운행은 그 궤도마다 스스로의 운명에 따르고, 씨족의 아버지에서 아들로, 대대로 운명을 전하면서 이윽고 완성될 것이다. 눈에 보이는 것에서 보이지 않는 것으로 퍼져나가고, 또다시 주어진 지각의 빈틈없는 순환을 형성하는 하늘의 현재가 그에게 인사를 보냈다. 아득한 남서쪽의 하늘가에서 다정하게, 그러면서도 으스스하게, 전갈좌가 나타내는 운명의 상이 위험을 안고 꿈틀거리는 몸뚱이를 부드러운 은하의 흐름에 담근 채 그에게 인사를 보내오고 있었다. 안드로메다는 페가수스의 날개 달린 어깨에 머리를 기대고, 결코 꺼지는 일이 없는 북극성은 눈에 보이지 않는 인사의 빛을 내뿜고, 태초의 인간 세상보다도 더 먼 옛날에 구축된 영겁의 세계로부터 열 개의 별을 빛내면서, 옥좌를 잃은 용의 성좌가 인사를 하고 있었다. 거역할 수 없는 법의 상(像)이 감도는 싸늘한 돌의 세계를, 꼼짝도 않고 그는 쳐다보고 있었다. 그곳으로부터는 어둡게 빛나는 숨결이 흐르고, 결코 지상에 강림하는 일 없이 언제나 다만 희미하게 느껴질 뿐인 진실이 인간계와는 관계없는 필연에 업혀서 흘러나오고 있었다. 진실의 상을 바라보며, 그것이 빚어내는 갖가지 영상의 풍성함 속에서 진실을 예감하며, 그는 자기 안에 살랑이는 인식을 자각했다. 이 인식이 우연의 지배에서 벗어났음을, 자신의 인식능력이 초조함에서도 해방되어 조용히 기다리고 있음을 알 수 있었다. 그는 미완(未完) 속에서 필연적인 완성을 맞이할 준비가 되어 있었다. 이때 그를 붙들고 있던 손이 차츰 부드러워지더니 편안한 보호의 손으로 변했다. 거리의 기와지붕 위를, 동녘 하늘에서 쏟아지는 달빛이 녹색을 띤 싸늘한 먼지처럼 뒤덮고 있었다. 지상이 가까운 것이 되어왔다. 공포의 최초의 문에서 떠난 자는 다시 더욱 큰 미지의 앞뜰에 갇히게 마련이므로. 스스로의 문제로 돌아가라, 스스로의 법칙으로 돌아가라고 재촉하는 새로운 의식에 사로잡히고 포위되어서, 그는 또다시 몸을 일으켜 위를 향해 뻗고 자기 자신으로 돌아갈 길을 발견한다. 노를 끌어 올린 그의 쪽배는 주어진 시간 속에서 아무런 기대도 없이 남몰래 흔들리며 그저 저절로 저편으로 떠내려간다. 상륙이 바로 눈앞에 다가오기라도 한 듯이. 우연에서 해방된 궁극적인 현실의 기슭으로의 상륙이.
왜냐하면 공포의 최초의 문에서 떠난 자는
현실의 앞뜰에 발을 들여놓게 마련이므로.
스스로를 발견하고 마치 이것이 처음인 양
스스로를 지향하는 그의 인식은
만유의 필연, 온갖 사상(事象)의 필연을
자기 영혼의 필연으로 이해하기 시작한다.
이러한 경험을 거친 자는
존재의 통일 속으로 불러들여진다.
만유와 인간에게 공통된 순수한 현재 속으로,
둘도 없는 영혼의 부(富),
그 힘을 빌어서 영혼은 표류한다, 필연에 인도되어
위협의 입을 벌리고 있는 무의 나락을 넘어

인간의 눈먼 어리석음을 넘어서 표류한다.
영원히 계속되는 물음 속에 숨은 현재 속으로,
영원히 계속되는 무지에 대한 지각, 인간의 신성한 예지 속으로 그는 불러들여진다.
묻고 또 묻지 않으면 안 되는 데서 오는 무지,
모든 물음에 앞선 데서 오는 지각,
가장 심오한 인간의 필연으로서
처음부터 인간에게만 주어진 신성한 선물,
이 필연 때문에
그는 항상 인식에게 물음을 되풀이하지 않으면 안 되고
항상 인식으로부터의 질문을 받는다.
답변에 떠는 인간, 답변에 떠는 인식,
인식에 얽매인 인간, 인간에게 얽매인 인식,
굳게 맺어진 그 어느 쪽도 답변을 두려워 말고
예지 속에 숨은 신의 현실에
알면서 던지는 물음의 현실적인 힘에 기세가 꺾여 있다.
이 물음에 대한 대답은 어떤 지상의 답변으로도
어떤 지상의 인식으로도 불가능하다. 그러나 그것은
다만 이 지상에서만 답변을 얻을 수가 있고, 얻지 않으면 안 된다.
영혼이 따르는 명령대로
현실은 진실로 변하고 진실은 현실로 변한다.
이중적인 세계 형성의 변동으로 화하여,
이 물음의 필연은
이 지상에서 성취된다.
긴장 속에 물음을 던지는 영혼은

진실의 구원 속으로 불러들여진다.
인식과 물음과 형성이 명하는 대로
확실한 지각과 인식의 힘 사이에 걸쳐져서,
현실을 구하는 진실 속으로.
그와 마찬가지로
원초의 지각의 부름을 받고, 알면서 던지는 그 물음의 부름을 받고
우연을 벗어난 존재의 통일을 아는 그 물음의 부름을 받고
인식에서 태어난 지각으로,
그 실현으로
우연을 떨쳐버린 법칙의 인식, 그 부름을 받아
영혼은 항상 출발의 준비를 갖춘다.
<u>스스로</u>의 본질을 향해서,
법칙의 인식 속에서 우연을 떨쳐버린
<u>스스로</u>의 피조물적 특성, 그 테두리를 넘어선 특성을 향해서.
영혼의 출발점과 도착점은 하나로 맺어지고,
거기에서 비로소 인간은 인간이 된다.
왜냐하면 지각하는 영혼의 인식 밑바닥에,
행위와 탐색, 의지와 사고, 그리고 몽상의
인식 밑바닥에,
인간은 불러들여지므로.
우연을 포기한 무한의 현실에
끝없이 포괄적이고 강대한,
청동처럼 단단하고 그러면서도 부드럽고 한없이 진실된,
그 스스로의 현실의 상징으로 인간은 활짝 열리고

이 상징의 한가운데로의 영원한 귀환을 바라고, 또 성취한다.
스스로의 상징의 현재에 불러들여져서
그것이 항구적인 현실이 되기를 기원한다.
왜냐하면 인간이 불러들여간 세계는
'그런데도 아직' 하고 외치는 그의 부르짖음이니까.
유폐된 자의 부르짖음,
지울 수 없는 자유의 부르짖음,
지울 수 없는 인식에 대한 의지의 부르짖음,
이 불굴의 의지는
완전하게 도달할 수 없는 지상의 운명보다 크고,
스스로를 넘어서 더욱 크게 자라고,
인간성의 밑바닥에서 거인처럼 '그런데도 아직' 하고 외친다.
정녕 인간은 스스로의 인식에 대한 사명 속으로 불러들여지며,
이때는 아무도 그를 납치해 갈 수 없다.
벗어날 수 없는 착오조차도 그럴 힘은 없으며,
착오가 잉태한 우연은 우연을 벗어난
사명 앞에선 덧없이 사라져버린다.

 그야말로 인간은 완전히 도달할 수 없는 지상의 운명 속에 갇힌 몸이 된다―가까스로 창가에 매달려 공기를 찾아 애타게 허덕이고 있는 빈사 상태의 병자도 이 유폐에서 벗어날 수는 없다. 그는 그야말로 실망을 안게 될 운명을 짊어지고 있다. 크고 작은 모든 실망을 경험했고, 모든 노력은 허사로 돌아갔고, 과거의 어떠한 성과도 없으며, 미래에 대한 어떠한 희망의 그림자도 없다. 이 실망이 그를 앞으로 내몰아 초조에서 초조로, 불안에서 불안으로 뛰어다니게 했다. 죽음에서 달아나면서

죽음을 원하고, 일을 찾으면서 일에서 달아나고, 쫓겨서는 사랑의 영위에 빠지고, 또 쫓겨서는 운명이 정하는 대로 인식에서 인식으로 방황하고, 소박한 창조 속에 있었던 그 옛날 고향의 삶으로부터 온갖 지식의 혼돈 속으로 내몰리고, 다시 시(詩)로 내몰리고, 다시 고대의 오묘하기 이를 데 없는 예지의 탐구로 내몰리고, 인식을 찾아서 조바심하고, 진실을 찾아서 초조해하고, 끝내는 다시 시의 세계로 내몰렸다. 시와 죽음의 융화가 최후의 궁극적인 성취를 가져다줄 수 있기라도 한 것처럼— 오오, 이것 또한 실망으로 끝났다. 이것 또한 허망한 길이었던 것이다. 그야말로 모든 것은 허망의 도정 이외의 아무것도 아니었다. 그렇다, 지금까지도 그랬고 현재도 그러하다. 첫걸음을 내디딜까 말까 했을 때에 이미 그 실패가 눈에 보였다. 그야말로 이 생애 전체는 지금 좌절의 조짐을 보이고 있었다. 애초부터 완전히 도달할 수 없는 운명 속에 파묻혀서 영원한 좌절의 저주를 받고 있었다. 왜냐하면 그 무엇도 수풀을 헤치고 나갈 수는 없으므로. 죽게 마련인 인간은 숲을 벗어날 방법도 없고, 절망과 우연의 포로가 되어 방황하면서, 가공할 착오에 못 박혀 있는 것이므로. 아아, 그런데도 아직 무엇 하나도 필연성 없이는 생겨나지 않았다. 무엇 하나도 필연성 없이는 생겨나지 않는다. 인간 영혼의 필연, 인간 사명의 필연은, 허망한 길과 착오에 이르기까지 모든 현상을 통괄하며 지배하고 있다.
왜냐하면 도망칠 수도 없이 갇혀버린
착오 속에서만, 착오의 힘을 빌어서만
인간은 바라는 존재가 될 수 있기 때문이다.
그 본래의 모습,

바라는 인간으로.
인간은 헛됨을 인식하지 않으면 안 된다.
그 인식의 공포, 모든 착오의 공포를
감수하고 인식하면서 마지막 찌꺼기까지 들이마시지 않으면
안 된다.
그는 공포를 지각하지 않으면 안 된다.
스스로를 괴롭히기 위해서가 아니라,
다만 그것을 인지할 때만
공포를 극복할 수 있기 때문에,
공포의 감각 문을 지나
존재에 도달하는 일은
그때에만 비로소 이루어지기 때문에.
그렇기 때문에 인간은 끝없이 불안정한 공간에
불러들여지고 있다. 떠도는 쪽배에 흔들리면서도
그 어떤 배도 이미 그를 싣고 있지는 않은 것처럼.
그렇기 때문에 인간은 스스로의 지각의
수없이 많은 공간에
지각하는 자아의 공간에 불러들여진다.
그것이야말로 인간 영혼의 운명,
하지만 스스로의 등 뒤로
공포의 무거운 문짝을 닫아버린 자는
이미 현실의 앞뜰에 도달해 있다.
그를 싣고 떠돌면서 인식의 실마리도 없이 흐르는 것,
인식의 부재, 그것이 그의 지각의 기반이 된다.
그것은 흐름에 따르는 영혼의 성숙,

성취할 길 없는 미완의 인간의 본질.
그러면서도 자아가 스스로를 지각할 땐
순식간에 확대되어 통일을 이루고,
변할 줄을 모르는 성장 속에 흐르는 만유의 통일이
그에게 지각되며 동시적인 발생이 되어
눈에 비친다. 그 현재의 힘에 의해,
그를 지탱하는 일체의 공간을 단 하나의 공간으로 만든다.
유일한 근원의 공간으로 화하는 동시성 속에.
그것은 또한 이 공간과 함께
자아까지도 스스로의 내부에 감추고, 그러면서도 자아에 의해 받쳐지고
영혼에 안기고 그러면서도 영혼을 끌어안고,
시간 속에 쉬면서 시대를 규정하고,
인식의 법도에 얽매여 있으면서 인식을 창조하고,
흘러가는 그 성장과 함께 떠돌고,
망설이며 성장하는 그 생성과 함께 떠돈다.
이 생성이야말로 현실의 근원,
융합하는 안과 밖이 뿜는 빛은 끝도 모를 피안의 크기를 간직하고,
망설임과 구속, 해방과 유폐는
판별할 수 없이 하나로 녹아서 맑아진다.
오오, 변할 줄 모르는 그 필연,
오오, 끝없는 그 투명한 반짝임,
시선과 시간, 이 둘에만 알려지고,
이 두 가지에만 모습을 비추고 청동처럼 단단하고, 그러면서

따뜻한 손에,
하늘로 향해진 인간의 열려진 얼굴에 모습을 비추고,
시선과 시간, 다만 그것만이 도달하는
닫혀진 저 천상계에,
운명에 싸이고
별들에 싸여서
이에 약속된 선물이, 영위의 헛되지 않은 약속이 불타오른다.
우연에서 풀려난 영원한 선물인 시간,
인식에 알려진 지상의 위안—

 그리고 살랑살랑 쏟아지는 달빛 속에서 위안을 주듯이 다정하게 두 개의 영역이 결합되어 있었다. 하늘의 영역과 땅의 영역이 영원히 결합되어, 달빛에 젖은 만유에서 가슴으로 귀환하는 호흡처럼 위안에 넘치고 무엇 하나도 무효인 것은 없었다. 인식을 위한 영위는 헛되이 행해진 것은 아니었다. 그 필연성 때문에 무효가 된 것은 아니었다고 위안의 말을 보내오고 있었다. 성취할 길 없는 미완의 현상 속에서도 희망이 빛나고, 그 한편에는 《아이네이스》의 완성에 거는 희망이 아주 조심스럽게 도사리고 있었다. 약속을 일러주는 메아리는 지상에 희망을 울리고, 지상의 확신 속에 은은하게 메아리치고 있다. 죽어야 할 인간은 지상의 존재에 에워싸여 확신을 받아들일 준비를 갖추고 있다.
 위안과 확신, 영위는 무효가 아니었음을 알리는 위안. 은밀한 하늘의 수정 가리개가 열린 것은 아니었고, 거기에 어떤 영상이 나타난 것도 아니었다. 하물며 최후의 상징이 구현될 까닭은 없었다. 밤의 눈은 여전히 감겨 있어서 그 자신의 눈이 빛을 잃는 일도 없고, 헤아릴 수 없는 공간은 여전히 다만 영상과 그 반영으로도 연결되지 않는다. 위와 아래로 분리된 헤아릴 수 없는 공간이 합체되어서 낳는 것은 여전히 다만 지식으로서만 얻어지고, 시선에 의해서만 구축되는 통일에 지나지 않았고, 여전히 그가 서성이는 장소는 현실의 앞뜰, 궁극적인 통일이 가득한 현실로부터 거부당하여 그가 불러들여진 곳은 지상의 물음에 깃든 현재의 공간에 지나지 않았다. 그럼에도 불구하고 위안과 확신이 그곳에 있었다. 싸늘한 먼지 같은 달빛은 밤의 무더위 속에 방울져 떨어져 지상을 촉촉이 적시면서도 무더위를 덜어주거나 식힐 수는 없었다. 그것은 뜨거운 암흑에 그려 넣어진 반짝이는 돌로 가득 찬 눈먼 하늘의 싸늘한 메아리였다. 그러나 인간의 확신은 알고 있었다. 비록 남은 것은 실망뿐이며 숲에서 벗어날 길이 전혀 없다 해도 어느 것 하나도 무의미하지는 않다는 것, 무의미한 사상(事象)은 하나도 없다는 사실을 알고 있었다. 비록 마지막으로 재앙이 찾아온다 해도 체험에서 얻은 인식의 이득은 증가한다는 것, 세계 속에서의 인식은 끊임없이 증대하고, 우연을 벗어난 밝고 싸늘한 메아리도 영원히 사라지지는 않는다는 것을 알고 있었다. 인간의 지상에서의 영위는 인식을 향하는 필연에 따르고, 지상의 본성과 거기에 모인 군중의 잠의 해명에 착수할 때마다 격렬한 격투 끝에야 우연에서 벗어날 수 있다. 오오, 확신에 찬 확신, 그것은 하늘에서 떨어지는 광채가 아니라 인간 영혼에게 주어진 인식이라는 의무에 입각하여 이 지상에 형성되는 것이다. 하지만 그렇다면, 확신의 실현도 그것이 실현될 수 있는 것인 한, 마찬가지로 이 지상에서 이룩되어야 하지 않을까? 필연은 항상 소박한 지상의 존재에서만 성취된다. 소용돌이치는 물음은 언제나 지상의 존재에서만 그 해결점을 발견한다. 설사 인식의 사명이 때로 지상을 초월한 세계에까지 도달하더라도, 또는 분리된 우주 영역의 통합까지도 이 사명에 맡겨진다고 하더라도 지상에 출발점을 갖지 않은 진정한 사명은 있을 수 없다. 그 해결의 갖가지 가능성과 함께 지상에 뿌리를 박지 않은 사명은 있을 수가 없다. 지금 그의 눈앞에 펼쳐진 지상의 세계는 달빛 속을 떠돌며 흐려지고 있었다. 인간은 자기 자신의 밑바닥으로 물러서고, 잠 속으로 도피하고, 잠에 넘친 집들에 숨어들고, 스스로의 밑바닥에 파묻혀서 하늘에 가라앉은 별들로부터 격리되어 있었다. 세계의 정적은 위와 아래의 지대에 낀 이중의 고독을 형성하고 있었다. 바람 한 점 없는 이 정적을 뒤흔드는 목소리도 없고, 들리는 것은 다만 미미하게 튀는 화톳불과, 바깥벽을 따라서 순회하는 경비병의 나른하고 무거운 발소리뿐이었다. 그 발소리는 원을 그리며 다가오는가 하면 다시 저쪽으로 멀어져서 사라졌다. 그러나 좀 더 귀를 기울이면 이 발소리는 어딘가로부터의 희미한 메아리와 함께 울려오는 듯했다. 일종의 반주 음으로서 이미 거의 반향이라고는 부를 수가 없고, 굴절도 하지 않으며, 다만 먼지처럼 흩어질 뿐이었지만, 그러면서도 광장 주변에 늘어선 집들의 벽에 닿고, 골목이나 동굴 같은 집의 구석에 부딪치고, 거리의 거대한 돌 더미, 산들과 바다의 벽, 흐린 수정의 낮은 하늘, 그리고 별빛에 부딪쳤다. 인식할 수도 없는 것에 닿아서 굴절하고, 희미하게 흩어지면서 되튀기고, 파도처럼 진동을 전하고, 붙들려고 하면 어느새 사라져버렸다. 그러나 벽 저쪽에서 희미하게 소리 내는 화톳불은 지상에 존재하면서도 이상하게 천상계와 결부되어 여전히 타고 있었다. 때로는 눈에 보이지 않는 메아리처럼 멀어지기도 하고 숱한 영상의 일부분으로 변하기도 했으나, 그 소리는 마치 인간의 영위가 무효로 끝나지는 않는다는 사실을 알리고, 인간의 영혼이 태어날 때부터 지니고 있는 통일에의 의지가 지상에서 유래하는 것임을 알리는 듯했다. 그것은 마치 인식에의 재촉과도 같았다. 대지로, 지상의 존재로 향하라, 여기에서 새로운 활력을 얻으라, 프로메테우스의 힘은 아래의 영역에서 솟아나는 것이지 위에서 내려오는 것은 아니다, 이렇게 외치는 재촉 같았다. 그야말로 지상의 영역에 주의를 돌릴 필요가 있었다. 숨을 거칠게 쉬며 창턱에 기대서서 그는 기다리고 있었다, 오고야 말 필연을 기다리고 있었다.

눈 아래에는 우물 같은 어둠 속에 왕궁과 벽 사이에 낀 좁은 공간이 입을 벌리고 있었다. 검은 수직갱의 밑바닥은 불빛 하나 없이 깊었고, 벽 저쪽에는 화톳불이 타고 있었는데, 그것도 완전히 벽 그림자에 가려져 약간의 반사만 눈에 띨 정도였다. 경비병이 순회하면서 불빛이 희미하게 흔들리는 그 작은 구역을 가로지르자, 아련하고 발그스레하게 빛나는 포석 위를 사내의 어렴풋한 그림자가 미끄러져 갔다. 어두운 한숨 같은 그 그림자는 때때로 맞은편 집 벽에 부딪쳐 알아볼 수 없을 만큼 빠르게 톱니 모양의 선을 그리면서 높이 뛰어올랐다. 상상할 수도 없을 만큼 빨랐기 때문에 거의 현실 같지가 않았다. 벽에 가려진 아래쪽에서 행해지고 있는 것은 극히 단순한 군무의 수행이었는데, 그럼에도 불구하고 모든 인간적인 의무 수행과 마찬가지로 인식하는 지각의 기반과, 인식의 사명 그 자체와, 무효로 끝나지 않는 그 의의와 기묘하게 결부되어 있었다. 거기에서 발생하는 현상은 현실의 앞뜰에서, 궁극적인 존재의 언저리에서 일어나는 일에 지나지 않았다. 근원인 현실로의 돌입은 별들의 영역에서 시작되는 것도 아니며, 별들 아래에 펼쳐진 중간 영역에서 시작되는 것도 아니다. 영위가 무의미하지 않다는 약속은 거기에서 이루어지는 것이 아니다. 인간의 영역에서, 인간의 힘에 의해서 비로소 경계의 돌파가 가능해진다. 인간에게 분배된 이 신성한 운명, 인간에게 주어진 이 신성한 확신, 그 신성한 필연—위대한 현실의 성취가 언제 이루어질지 예언하기는 어렵다. 운명의 심연에 숨은 그 중대사가 체험 불가능한 미래에 일어날 것인지, 바야흐로 지금 일어나려는 것인지, 아니면 벌써 시작되고 있는지 누구도 확인할 수 없다. 하지만 운명의 심연에서 거역할 수 없이 큰소리로 각성하라고 외치는 소리가 울려온다. 모든 순간을 확보하라, 우연을 벗어난 인간의 법도가 나타나는 순간을 기다리라는 명령이 터져 나온다. 헤아릴 수 없이 깊은 곳에서 솟아오른 이 명령이 덧없이 공허하고 알아들을 수 없을 만큼 희미하게 울린다. 나른하게 달아올라 달빛에 물든 검은 광휘 속에서 울리고 있었다. 검은 광휘는 지상의 것을 감싸 안고, 지붕과 지붕을 넘어서 엄숙히 흘러들고, 창문으로 스며들어 그곳에 서 있던 그마저 감싸 안았다. 조심스럽게 눈을 뜨고 있으라고 명령하면서 그를 감싸고 있었다. 이 조심스러움은 마치 열의 일부분이기라도 한 것 같았다. 열에 들뜬 채 그는 조심스럽게 눈에 비치는 세계를 살폈다. 어딘가에 사람 그림자가 나타나기를 애타게 기대하면서. 그러나 사람 같은 모습은 어디에도 보이지 않았다. 남서쪽 지평선 가까이에 전갈좌가 위협하듯이 밝게 빛나고 있었다. 반짝이면서 가물거리는 대지 위에서 그것은, 저쪽의 거리들과 이쪽의 집들에 반쯤 가려져서, 파도처럼 굽이치는 밤의 구릉 사이에 누운 경계선을 반짝임 속에 지워버리고 있었다. 달빛에 젖어 싸늘하게 석화되고, 궁극적인 무한에 시꺼멓게 배후를 폐쇄당한 들이나 숲이나 목장의 파도, 줄기의 파도, 잎의 파도, 그것들은 모두 조수처럼 밀려오는 별들의 공간 속에서, 돌처럼 울리고 돌처럼 싸늘하고 돌처럼 떨리는 열띤 파도 속에서 밤을 삼키고 빛을 삼키고, 저쪽으로 미끄러지듯이 표류하고, 반짝이면서 사라졌다. 창백한 광채는 눈에 보이지 않는 세계 속에서도 끝없이 계속되었다. 뜨거움과 싸늘함, 그림자와 빛, 그 이중의 근원에 뿌리박은 광채는 저쪽으로 흘러갔다가는 다시 이쪽으로 되돌아오고, 암흑 속에 가라앉고, 안뜰과 광장과 골목의 수직갱 속에 흘러들고, 눈에 보이면서도 보이지 않는 지상에 골고루 퍼져 있었다. 그는 비스듬히 질러서 광장으로 통하는 골목을 내려다보았다. 일직선으로 뻗어 탁 트여 있었으나 밝은 달빛을 받아 이곳저곳 높은 집의 그림자가 어둡게 드리워져 있었다. 집이 즐비한 것으로 보아 그 골목의 끝은 도시의 변두리로 통하는 것 같았다. 저쪽 하늘의 전갈좌처럼 가볍게 두 번 구부러져서 그 별들을 향해 뻗어 있는 골목이었다. 그는 전갈좌와 비슷한 형태로 전갈좌를 향하고 있는 그 골목에 마음을 빼앗겼다. 그 길을 따라 어디까지라도 걷고 싶었다. 모퉁이에서는 조금 걸음을 재촉하여 교외로 나아가 저 성좌를 목표로 고향을 샅샅이 돌아보고 싶었다. 빛과 그림자의 열기에 달아오른 숲을 가로질러 나가고 싶었다. 그리움이 가슴에 끓어올라 꿈속의 걸음은 날듯이 가볍고 상쾌했다. 오오, 시야의 한계를 넘어서 걸어 나갈 수만 있다면. 그 도달하는 지점에는 다시 근원이 나타나리라. 불변의 영원한 모습으로 나타나리라. 그 가벼운 길에 안내자는 필요 없다. 눈을 뜨라고 호되게 소리 지르는 자도 필요 없다. 왜냐하면 아련한 빛을 구석구석까지 펼치는 세계의 잠은 언제 끝날지 모르기 때문이다. 다만 전진만 하면 된다. 부르는 소리도 미치지 못하는 저쪽을 향해 계속 헤매기만 하면 된다. 모든 경계는 열리고 그 무엇도 이 나그네를 멈추게 할 수는 없다. 어느 누구도 그를 붙잡거나 가로막을 수는 없다. 신조차도 그를 앞질러 갈 수 없고, 어떤 동물도 앞길을 가로막지 않는다. 그 무엇도 그의 걸음을 방해하지 않는다. 그가 나가는 길은 위안과 확신의 길, 필연의 길, 신의 길이다. 하지만 실제로 그런가? 더 이상 다른 길은 없는가? 맞은편에서 그가 있는 쪽으로 걸어오면서 동물의 세계로 돌아가려고, 괴물의 세계로 추락하려고 하는 자는 없는가?

기다리는 수밖에 없었다. 한없는 인내로 기다리는 수밖에 없었다. 견디기 어려울 만큼 긴 시간이 흘렀다. 그런 뒤에 무언가가 찾아왔다. 기묘하게도 그것은 무릇 모든 예상과는 상반되는 것이었는데, 그러면서도 역시 필연에 의해 이곳에 오게 된 것 같았다. 우선 처음에는, 소리로 들려왔다. 즉, 천천히 정적에서 분리되는 질질 끄는 듯한 발소리와 알아듣지 못할 중얼거림으로. 꽤 오랫동안 그림자에 숨어 있다가 가까스로 그 소리의 임자들이 모습을 나타냈다. 세 개의 불분명한 흰 반점들은 비틀거리다가 가끔 딱 멈춰 섰고, 서로 뒤얽혀 섞이는가 하면,

다시 떨어져 달빛에 노출되었다가 어둠 속에 가라앉으며, 마치 마지못해 이쪽으로 다가오고 있는 것 같았다. 그는 숨 막힐 정도로 긴장하여 시선을 집중시키고, 호흡을 방해하는 밤의 광채 속에서 불안에 가슴을 죄고, 떨리는 손가락으로 반지를 움켜쥔 채, 떨리는 몸을 웅크려 창밖으로 머리를 내밀었다. 세 개의 환영 같은 것이 접근하고 있었다. 한동안 아무 소리도 들리지 않았으나, 이윽고 얼마 전의 모호한 중얼거림과는 반대로, 느닷없이 날카롭고 무섭고 분명한 째지는 듯한 소리가 울려왔다. 그 소리의 임자는 뭔가 심상치 않은 최종적인 결단이라도 내리려는 듯 거의 울부짖고 있었다. "6세르테르티우스*야." 그러고는 다시 조용해졌다. 이 최종적인 결단은 어떤 대꾸도 허용하지 않겠다는 투였다. 그런데도 대꾸하는 소리가 있었다. "다섯 냥" 하고 다른 사내의 목소리가 들렸다. 심술궂도록 명랑한, 침착하다기보다는 잠에 취한 듯한 낮은 목소리로, 더 이상 딴소리를 못하게 하겠다는 투였다. "다섯 냥이야." ― "이 멍청아, 여섯 냥이야!" 하고 지지 않겠다는 듯 첫 번째 목소리가 소리쳐 대답했다. 잠시 뜻 모를 말이 오고간 뒤 낮은 목소리가 침착하게 딱 잘라 말했다. "다섯 냥, 더는 땡전 한 푼도 낼 수 없어." 그들은 멈춰 섰다. 무엇을 다투고 있는지 짐작조차 할 수 없었으나 이때 제3의 목소리가 끼어들었다. 잔뜩 취한 여자의 목소리였다. "여섯 냥 내놔!" 여자는 찐득찐득한 볼멘소리를 질렀는데, 안달하는 듯한 고압적인 이 요구 뒤에는 뭔가 비굴한 아부 비슷한 것이 엿보였다. 그러나 물론 그런 투로 말했다고 해서

*고대 로마의 화폐 단위 중 하나.

별로 도움이 되지는 않았다. 되돌아오는 대답은 비웃듯이 목구멍에서 울리는 웃음소리뿐이었으니까. 웃음소리와 거기에 담겨 있는 요지부동의 조소에 화가 났는지 여자의 목소리가 이번에는 분노한 목쉰 소리로 변했다. "실컷 많이 처먹고 나서 계산은 못하겠다고? 고기 내놔라, 생선 내놔라, 이것저것 뭐든지 내놔라 해놓고서······." 또다시 짖어대는 듯한 사내의 웃음소리만이 돌아오자, 여자는 다시 말을 계속했다. "밀가루를 사라, 양파를 사라, 뭐든지 사라 해놓고서 말야. 계란, 마늘, 기름, 그리고 마늘도······ 마늘도······." 헐떡이는 후두음으로 변한 사내의 웃음에 더욱더 흥분한 그녀는 취기로 숨을 할딱거리며 마늘 따위는 도저히 살 수 없다고 완강하게 우겼다. "마늘이 먹고 싶다고······ 마늘이······." "알았어, 당신 말이 옳아" 하고 높은 소리가 끼어들더니 그러고 나서 어떻게 마음이 변했는지 갑자기 "조용히 하지 못해!" 하고 소리쳤다. 그러나 여자는 전혀 개의치 않고 마치 그 말에 숨은 신통한 마력이라도 받은 듯 "마늘······ 마늘을 사라니······" 하고 되뇌고 있었다. 그들은 다시 어둠 속으로 가라앉았지만 여전히 마늘을 외치는 고함 소리가 들려왔다. 그러자 마치 암호라도 통한 듯 갑자기 열기를 머금은 밤의 암흑이 주방의 온갖 냄새를 토해냈다. 도시에서만 맡을 수 있는 무겁고 탐욕스러운 기름진 냄새, 성가시고도 무서운 냄새, 소화와 부패의 냄새, 바지직거리면서 튀는 냄비의 악취, 잠에 취한 도시의 양분을 토해냈다. 잠시 정적이 이어졌다. 기묘하게 답답한 정적이어서 그 나른한 독기에 아래의 세 사람도 삼켜진 것처럼 생각되었다. 이윽고 그들은 밝은 곳에서 다시 모습을 나타냈는데, 이제 더는 할 말이 없는 모양이었다. 마늘 논쟁도 결말이 났는지 차츰 모습을 드러내는 그들은 묵묵히 이쪽을 향해서 걸어왔다. 물론 잠자코 있다고 해서 그들의 기분이 가라앉은 것은 아니었다. 앞장을 선 자는 무섭게 깡마른 사내였다. 어깨를 치켜올리고 지팡이에 의지해 다리를 절뚝거렸고, 멈추지 않으면 안 될 때는 위협하듯 지팡이를 들어 올려 뒤의 두 사람에게 빨리 따라오라고 재촉했다. 그 뒤로 조금 떨어져서 뚱뚱하게 살이 찐 여자가 따라오고 있었고, 맨 뒤에는 여자보다도 뚱뚱하고 취한 듯 보이는 어쨌든 여자보다도 더 둔중한 또 한 사내가 있었다. 올챙이배를 가진 덩치 큰 그 사내는 차츰 벌어지는 여자와의 간격을 좁히지 못하고 마침내는 가련하게 우는 소리를 내면서 어린애처럼 손을 들어 여자의 발길을 멈추려고 했다. 대충 이런 꼴로 그들은 다가왔다. 흔들리는 불안정한 광경이었는데, 그 불안정한 느낌은 그들이 화톳불이 흔들리는 골목 출구에 들어섰을 때 좀 더 강해졌다. 이런 식으로 그들이 그의 눈앞에 다다랐을 때 또다시 실랑이가 벌어졌다. 앞장선 절름발이 사내가 광장을 가로질러 항구로 통하는 왼쪽 길로 접어들려 하자 여자가 뒤에서 "얼간이!" 하고 쇳소리를 냈다. 사내는 왼쪽으로 들어서는 것을 단념하고 휙 돌아서서는 지팡이를 휘두르며 여자에게 달려들었다. 여자는 두려운 기색도 없이 더러운 욕지거리를 계속 내뱉다가, 덩치 큰 뚱보 사내가 우는 소리를 내면서 달아나자 하는 수 없이 뒤를 쫓아 그를 끌고 왔다. 앞장선 사내에게 그 일은 실로 유쾌한 결과였다. 그래서 지팡이를 내리고는 아까 여자를 화나게 했던 그 짖어대는 듯한, 목청을 울리는 조소를 여봐란듯이 폭발시켰다. 그러자 곧 아까와 똑같은 결과가 나타났다. 여자는 미친 듯이 날뛰었다. "돌아가잔 말야!" 하면서 그녀는 웃어젖히는 깡마른 사내에게 호통을 쳤고, 사내가 손가락을 까딱거리면서 항구 쪽을 가리켜 애초의 의도를 강조하자 흥분한 나머지 자신도 손을 휘저어 반대 방향을 가리키며 혀가 뒤틀린 듯 더듬거리며 말했다. "냉큼 돌아가잔 말야, 거리에 무슨 볼일이 있어? ……속이려고 해도 소용없어. 나는 당신이 무슨 생각을 하고 있는지 훤히 알고 있어. 어떤 계집한테 가서 틀어박히려는 거지? 아까부터 눈치채고 있었지……." "허어?" 사내는 손가락을 까딱거리는 동작을 멈추었다. 그러고는 손을 술잔 모양으로 동그랗게 말아 마시는 시늉을 해 보였다. 집 담벼락에 기대고 있던 뚱보에게 있어서는 실로 계시적인 동작이었다. 그 덕분에 그는 순간적인 결단을 내려 "술이다" 하며 표정을 빛내며 입맛을 다시고는 느릿느릿 움직이기 시작했다. 여자가 그 길을 가로막았다. "술이라고?" 그녀는 미친 듯이 성난 소리로 따졌다. "술이라고? 저 놈팡이의 말은 정든 계집한테 가서 틀어박히자는 뜻이야. 그런데, 그런데 내가 저런 작자를, 돼지고기가 먹고 싶다, 뭐가 먹고 싶다 하는 작자를 먹이고 살아야 돼?" "돼지고기다" 하고 째지는 목소리가 쩌렁쩌렁 울렸다. 한심하다는 투로 여자는 뚱보를 벽에다 다시 밀어붙이고 다른 한 사내 쪽으로 돌아서서는 울먹울먹 호소했다. "뭐든지 탐을 내면서도, 그러고도 계산은 하지 않겠다는 거야?" "다섯 냥 내겠다고 했잖아? ……따라와, 한잔 살 테니까." "당신 술은 사양하겠어……. 여섯 냥 내놔." "저 친구도 마시게 해주겠어." "당신이 사는 술을 마실 것 같아?" "네가 뭘 안다고 그래, 이년아. 자, 다섯 냥, 땡전 한 푼 더 못 내. 덤으로 먹여주는 거야." "다섯 냥이다" 하고 벽에 기댄 뚱보가 무겁게 선언했다. 여자는 맹렬한 기세로 뚱보에게 대들었다. "뭐라고? 지금 뭐라고 했어?" 뚱보는 깜짝 놀라서 변명할 말을 찾더니, 가까스로 입을 열어 다정하고 상냥한 어조로 말했다. "형편없군." "저놈한테 뭐라고 했느냔 말야?" 하고 여자는 고삐를 늦추지 않았다. 다급해진 그는 있는 용기를 다 쥐어짜서 새로운 확신이 명령하는 대로 되풀이했다. "다섯 냥이야." "또 그렇게 말하는 거야? 이 뚱뚱이 술고래 같으니……. 그래 내가 너희들을 먹여주지 않으면 안 된다는 말이지? 공짜로 먹여주지 않으면 안 된다는 거지?" 뚱보는 별로 마음이 동요되지도 않는 듯했다. "술…… 당신도 한몫 낄 수 있잖아" 하고 그는 즐겁다는 듯이 콧소리를 질렀다. 모처럼의 용기에 대한 보상을 받아야겠다는 식이었다. 여자는 뚱보의 속옷을 단단히 붙잡으며 말했다. "저 작자는 있는 돈을 몽땅 계집한테 갖다 바칠 거야……. 여섯 냥 물게 해. 알았어? 여섯 냥이야……." "여섯 냥" 하고 덩치 큰 뚱보 사내는 얌전하게 복창하며 땅바닥에 털썩 주저앉으려 했으나 여자가 단단히 붙들고 있어서 성공하지 못했다. 그 광경이 홍미진진하다는 듯 깡마른 사내가 고함을 지르면서 지팡이를 휘두르며 말했다. "다섯 냥이라고 했어, 다섯 냥. 꼭 갚을 거야!" "아니야" 하고 여자가 다시 소리쳤다. 여전히 속옷을 놓지 않은 채 그녀는 뚱보를 향해 말했다. "여섯 냥이라고 저 작자한테 말해줘!" 화가 치밀어서 쇳소리가 잔뜩 났지만 여자의 목소리에서는 아직도 아양을 떠는 듯한 뭔가를 탐하는 듯한 투가 사라지지 않았다. 다만 그것이 누구를 겨냥한 것인지는 잘 알 수가 없었다. 어쨌든 깡마른 사내는 잠시 웃음을 그치고 약간 타협적인 자세가 되어 말했다. "대체 뭘 원하는 거야? 밀가루 같은 것은 황제 폐하한테서 그냥 얻을 수도 있잖아……." 여자가 찔끔했다. 그녀에게 붙들려서 몸부림치던 뚱보에게 있어서 이 순간은 숨을 돌릴 수도 있고 귀찮은 돈 문제에서 도망칠 수도 있는 절호의 기회였다. "아우구스투스 만세!" 그는 황제의 왕궁을 향해 소리 높여 외쳤다. 그러자 마찬가지로 왕궁 쪽을 향하고 있던 다른 사내도 지팡이를 높이 휘두르면서 그 째지는 듯한 목소리에 합세해 쩌렁쩌렁 울리게 "황제 폐하 만세!" 하고 외쳤다. 열광한 쇳소리가 다시 "아우구스투스 만세!" 하고 외치면 깡마른 사내도 질세라 쩌렁쩌렁하게 "황제 폐하 만세!"를 되풀이했다. "닥쳐, 두 사람 모두 닥치라니까!" 여자가 분노와 혐오로 얼굴을 일그러뜨리며 끼어들었다. 이 제지는 몇 초 동안은 효과가 있었다. 여자의 명령에 따른 것이 아니라 소리쳐 부른 황제에 대한 경의의 표현이었지만 어쨌거나 두 사람은 입을 다물었다. 뿐만 아니라 몸을 꼿꼿하게 세우기까지 했다. 뚱보는 입을 멍하니 벌린 채, 말라깽이는 지팡이를 높이 쳐든 채. 바지직바지직 타는 화톳불의 반사 속에 지팡이를 든 흔들리는 그림자가 벽에 어른거렸고, 여자는 다부진 팔을 허리에 댄 채 자기의 말이 발휘한 이 멋진 효과를 지켜보았다. 이대로 영원히 정지 상태가 계속되는 것은 아닐까 생각될 정도였다. 그러나 이윽고 정적은 짖어대는 듯한 웃음소리에 의해 깨어졌다. 깡마른 사내가 갑자기 웃음을 터뜨리자 뚱뚱한 나머지 두 사람도 목소리를 합쳤다. 우선 뚱보가 소리 높이, 문자 그대로 장밋빛으로 지저귀자, 여자는 까닭도 없이 웃어대면서 거위처럼 시끄럽게 깩깩거렸다. 지팡이를 흔드는 박자에 맞추어서 세 개의 입에서 웃음이 쏟아졌다. 그것은 미지의 불이 활활 타는 심연에서 흥건히 젖어 솟아오르는, 모든 것을 뒤흔드는 웃음이었다. 그들이 스스로에게 퍼붓고 또 서로에게 퍼붓는 조소는 세 마리의 괴물이 되었다. 미지의, 한없는 미지의 신이 셋으로 나뉘어 그곳에 서 있었다. 웃음소리는 절정을 향해서 치닫고 깡마른 사내가 우선 그곳에 도달했다. "술이다" 하고 그가 외쳤다. "술을 마실 수 있어, 뚱보야. 한턱내는 술이야, 황제 폐하의 건강을 축복하는 술이야!" "저런, 저런, 저런." 여자가 소리쳤다. 곤두박질치는 그녀의 웃음소리는 마치 분노의 폭발처럼 들렸고, 그러면서도 점점 더 아양을 떠는 듯한 음탕함을 더해갔다. "당신의 폐하라는 사람을 알고 있어요, 나는……." ―"폐하의 밀가루야." 애국자인 덩치 큰 사내가 부드럽게 말하면서 벽에서 몸을 떼었다. "폐하가 주시는 밀가루야, 당신도 듣지 않았어? ……폐하 만세!" 그런 뒤 다시 여자가 마늘 문제로 소리를 지를 것도 충분히 예상되었다. 그만큼 한 가지 일에 외곬으로 갈팡질팡하는 듯한 느낌이었다. 다른 한 사내가 목소리를 높여 흐느끼며 다짐을 받듯 "그렇고말고, 내일이면 나누어주실 테지, 폐하가 나누어주실 거야……. 한 푼도 받지 않으시고 말야!" 하고 말했을 때 여자는 더 이상 참을 수가 없게 되었다. "나누어주는 것은 똥이야" 하고 그녀는 악을 썼다. 광장 안에 그 목소리가 울려 퍼졌다. "폐하가 내주는 것은 똥이야, 당신의 폐하는 똥이라고, 똥이야 똥. 춤이나 추고, 노래하고, 계집을 사가지고 씹질을 한단 말야, 폐하는. 다른 일은 아무것도 못해. 똥이나 쌀 줄 알지!" "씹질…… 씹질…… 씹질……." 하고 뚱보는 즐거워 죽겠다는 듯이 되풀이했다. 이 장난삼아 한 말 때문에 세계에 넘쳐흐르는 모든 음욕이 흥분 속에 열린 것 같았다. "폐하가 씹질을 하고 있다, 폐하 만세!" 이 소란 속에서 깡마른 사내는 절뚝거리면서 두세 걸음 전진하고 있었다. 이러다가 경비병이 접근해 오면 어쩌나 두려워하는 모습이었다. 여전히 목청을 울리며 짖어대는 듯이 웃고는 있었으나 불안이 섞여 있었다. 그러고는 추켜올린 어깨를 되돌리며 외쳤다. "가자, 술을 마실 수 있어, 가자!" 이 외침은 아무런 도움이 되지 않았다. 이제 무슨 말을 해도 소용없을 것 같았다. 춤을 추고 성교를 하는 황제라는 심상에 사로잡혀 황홀해진 뚱보는 그 고귀한 분과 똑같은 행동을 하고파 들떠 있었으니까. 그야말로 애국자답게, 아버지인 아우구스투스, 황제 아우구스투스, 구세주 아우구스투스 만세를 외치면서 비굴한 표정으로 그는 두 손을 뻗쳐 욕지거리를 하면서 뒷걸음질 치는 여자를 붙들려 하고 있었다. 어색한 발걸음으로 둔하게 비틀거리면서 끊임없이 짧은 쇳소리를 지르며, 갑작스럽게 발정하여 즐거운 듯 지저귀는 거인, 취기 때문에 춤을 추는 꼴로 무작정 표적을 향해 돌진하는 그는, 살그머니 다가온 절름발이가 느닷없이 지팡이로 후려쳐 깨끗이 결말을 내지 않았다면 언제까지나 단념하려고 하지 않았을 것이다. 그 타격은 말할 수 없이 조용하고 신속해서 지팡이가 한 무더기의 솜털이라도 친 것처럼 소리조차 나지 않았다. 경악이나 고통의 외마디 소리도 나지 않았고, 헐떡이는 소리도 한숨도 들리지 않았다. 뚱보는 그저 깨끗이 벌렁 자빠져서 조금 구르고는 꼼짝도 않게 되었다. 그러나 살인자는 더 이상 상대방에게 신경을 쓰려 하지도 않고, 그대로 뒤도 돌아보지 않은 채 멀어져갔다. 유유히 다리를 절뚝거리면서, 물론 항구와 술과 색싯집으로는 향하지 않고, 여자가 이른 대로 자기 집을 향해서 돌아가는 것이었다. 여자 쪽은 그야말로 미련이 남은 듯이—하나의 생명이 이다지도 재빨리 사라진 데에 충격을 받았는지 아니면 한때의 정욕이 이다지도 재빨리 사라진 데에 감개를 느꼈는지—슬픈 장면을 연출하는 배우처럼 시체 위에 엎드려 있었으나, 이윽고 총총히 일어나서는 결심한 듯이 절름발이의 뒤를 따라갔다. 이러한 모든 일은 극히 순간적으로 일어난 일, 아득히 열기를 머금은, 움직이지 않는 밤빛 속에 깊이 파묻혀 일어난 일이었으므로 그 안에 끼어들어 방해를 할 사람은 아무도 없었다. 창가에서 처음부터 끝까지 내다보지 않을 수 없었던 병자로서는 아무런 손을 쓸 수가 없었다. 고함을 지르기는커녕 신호조차 보낼 수 없었고, 꼼짝 없이 한 사내의 고통을 지켜본 끝에 마비와 경직이 일으킨 주문에 빠져 있었다. 그러나 이 주문은 주시와 고통 때문만이 아니라 눈앞의 사건을 끝까지 똑바로 지각할 수 없었기 때문이기도 했다. 달아나는 살인자 한 쌍이 첨탑을 이고 예각을 이루며 앞으로 튀어나온 벽 모퉁이를 돌아서 모습을 감추자마자, 쓰러졌던 사내가 꿈틀거리며 움직였다. 몸을 뒤척여 겨우 엎드려서는 마치 다리를 두 개 잃은 크고 무거운 갑충처럼 일행이 사라진 쪽을 향해 급히 기기 시작했다. 이 가공의 동물 주위를 감돌고 있는 것은 우스꽝스러움이 아니라 경악과 공포였다. 그 사내가 겨우 뒷다리로 일어서서 집의 외벽을 향해 오줌을 누게 되었을 때도 경악과 공포는 사라지지 않았다. 용변을 끝내자 사내는 비틀거리며 벽을 손으로 더듬으면서 갈지자 걸음을 계속했다. 이 세 사람은 무엇인가? 가차 없는 운명에 의해 그가 창문으로 들여다보지 않으면 안 되었던, 빈민가에서 보내온 지옥의 사자인가? 이다지도 끔찍한 일을 아직도 목격하지 않으면 안 되는가? 이다지도 끔찍한 일에 부딪치지 않으면 안 되는가? 지금까지만으로는 아직 충분하지가 않단 말인가? 아아, 욕지거리의 세례를 받은 쪽은 이번에는 그가 아니었다. 저 세 사람을 뒤흔든 조소와 웃음은 그에게 향해진 것이 아니었다. 진동하고 짖어대며 마음의 밑바닥까지 뒤흔드는 사내의 홍소(哄笑)는 저 빈민가 여자들의 그것과는 판이하게 달랐다. 아니 이 홍소에 숨어 있는 것은 더욱 지긋지긋한 것, 즉 경악과 공포였다. 이 창가에서 보고 또 듣고 있는 그에게 향해진 것도 아니며, 다른 누구를 향한 것도 아니었다. 이미 인간 서로간에 다리를 놓지 않는 말, 인간계 바깥에 속하는 홍소였다. 이 홍소가 미치는 범위는 인간계를 훨씬 초월하여 모든 사물의 전반에 걸쳐 있었다. 인간을 웃음거리로 삼는 정도가 아니라 세계 전체를 완벽하게 조소함으로써 아주 간단하게 인간을 말살해버리는 웃음이었다. 아아, 세 사람의 홍소는 바로 그런 울림으로 가득 차 있었다. 공포를 나타내고 공포를 매개하는 사내의 웃음, 마구 장난치듯 울리는 공포의 웃음이었다! 어찌하여, 오오, 어떤 연고로 그것이 그에게 들려왔는가? 어떤 필연이 그것을 초래했는가? 세 사람이 사라진 뒤를 살피기 위해 그는 허리를 구부려 몸을 내밀었다. 올려다보이는 남쪽의 하늘, 그곳에는 사수좌가 말없는 부동자세로 전갈좌를 향해 활시위를 당기고 있었다. 그 방향으로 세 사람의 모습은 사라졌다. 침묵 속에서 다시 한두 번, 처음에는 무참하게 찢기고, 다음에는 다른 것에 테두리 지어지고, 처음에는 요란하게 이어서 회색으로 가라앉고, 마침내는 바람 부는 대로 펄럭이고 흩어지면서 그들의 더러운 욕지거리의 파편이 날아왔다. 미끌미끌하고 시끄러운 여자의 웃음소리, 아양을 떠는 것 같기도 하고 건방지기도 한 그녀의 울음소리, 절름발이의 목구멍에서 새어 나온 낮은 목소리의 몇 마디 수작, 한두 번 폭발하는 울부짖는 듯한 홍소, 그리고 마지막에는 다만 어렴풋이 희미해지는 저주, 그러다가 거의 아득한 동경처럼 부드러워진 그것은 아득한 밤의 다른 소리들에 용해되어 아득한 저쪽에서 흘러나오는 모든 소리, 그 모든 소리의 마지막 파편 속에 짜 넣어져 그것들과 하나가 되었다. 은빛 잠을 자는 닭이 꿈속에서 만드는 꼬꼬댁 소리, 희미한 빛에 비추어진 어느 건축 현장, 아니면 어느 별장에서 달을 향해 짖듯이 서로서로 불러대는 두 마리 개의 덧없는 울부짖음과 하나가 되는 것이었다. 통할 길 없는 동물들의 대화는 다시 인간의 노랫가락과 하나가 되었다. 항구 주변에서 띄엄띄엄 흘러오고 북쪽에서 떠도는 것으로 보아 그 출처는 짐작되었다. 이미 방향을 잃은 그 노래는 술 냄새가 코를 찌르는 선술집의 소용돌이치는 홍소에 울리는 외설스런 선원의 노래이겠지만, 역시 부드럽고 아득한 곳으로의 동경 같은 것으로 변해 있었다. 그곳은 마치 침묵의 아득함이, 그 아득함에 숨은 의연한 피안의 자세가, 홍소에 숨은 말과 음악에 숨은 말을 하나의 새로운 말로 묶어놓는 장소 같았다. 말 바깥에 있는 말, 인간적인 제약의 경계 아래와 위에 있는 말로서의 이 두 가지는, 홍소의 두려움조차도 다정한 아름다움 속에 붙들어 매는 불가사의한 말과도 같았다. 그렇다고는 하지만 공포는 소멸되지 않고 오히려 이중의 공포로 강화되었다. 그 공포는 인간계 바깥에서 한없이 경직된 아득하고도 고독한 침묵의 말, 온갖 모성의 말 바깥에 있는 말, 번역 불가능한 미지의 말이 되어서 이해를 초월한 채 세계 속에 끼어들었다. 이해를 초월하고 밝혀낼 길도 없는 그 말은 그 자신의 아득함으로 세계 속에 침투하여 필연이 이끄는 대로 세계 속에 존재하지만 세계를 변혁시키지는 않았다. 바로 그렇기 때문에 이중으로 불가해한, 말로 다할 수 없이 불가해한, 불변의 현실 속에서 필연적인 비현실이 되었다!

 왜냐하면 변모된 것은 아무것도 없었기 때문이다. 형태 속에 응결되어 눈에 보이는 모든 것은 묵묵히 불변의 양상을 드러내고, 하늘의 표층 밑에 깊이 빠져들면서 무수한 별들이 반짝이고 있었다. 헤라클레스의 팔에 짓눌린 뱀은 북녘을 가리키고, 위협하는 사수는 남쪽을 가리키고, 그 아래 눈에 보이지 않는 세계에는 암흑에 휩싸인 숲들이 변함없는 자세로 서 있었다. 숲 속에는 달빛에 잠기어 바스락거리는 밤의 오솔길이 굽이쳐 뻗어 있고, 반짝이는 물을 찾아서 헤매는, 포만한 꿈의 야수가 황급히 그곳을 빠져나간다. 시야의 한계를 훨씬 벗어난 고향 땅 같은 저 멀리에는, 조용한 빛을 간직한 산들이 반짝이는 정상으로부터 빛을 보내는 달에게 인사를 보내고 있었다. 눈길이 미치는 아득한 지점에는 은빛 바다의 술렁임이 있었다. 보이는 세계나 보이지 않는 세계나 모두 아무런 변화 없이 밤은, 그의 앞에 광활하게 펼쳐져 있었다. 태초부터 변함이 없는 그 숱한 밤 중의 하나였다. 영역이라는 영역은 모두 따로따로 분리되고, 세계는 더욱더 눈에 보이지 않는 신비를 펼치고, 현실의 앞뜰은 여전히 최초의 모습을 간직하고 있었다. 아아, 변모된 것은 아무것도 없었다. 더욱이 모든 것은 가까이 다가오는 모든 것을 지양하고, 거기에 침투하면서 헤아릴 수 없는 미지의 것으로 변모시키는 저 새로운 아득함으로 후퇴해 있었다. 그것은 스스로의 손까지도 생소하고 알 수 없는 것으로 바꾸고, 스스로의 시선조차도 보이지 않는 세계로 밀어낸다. 곳곳에 골고루 존재하는 아득함, 저 아래 성벽에 가려져서 빠지직빠지직 타고 있는 불의 반사에 이르기까지 빛이라는 빛은 어딘지도 모를 지경으로 흡수해버리는 아득함, 저 아래쪽을 오가는 기묘하게 쓸쓸한 경비병의 발걸음에 이르기까지 모든 삶의 소리를 비감각화시키고 들을 수도 없는 지경까지 내모는 아득함이었다. 가까이에 숨은 아득함, 먼 곳을 넘는 아득함, 양자의 바깥과 안의 한계에 가로놓인 경계, 양자의 현실 속에 있는 비현실, 양자 속에 환기된 아득한 유혹―그것은 아름다움이었다.
예컨대,
한없이 아득한 곳에서만 아름다움은 빛나는 것이므로,
한없이 아득한 곳으로부터 인간에게 빛을 보내오는 것이므로.
인식을 멀리하고 물음을 멀리하여,
아주 쉽사리
아름다움에 의해 구축되는 세계의 통일,
가까스로 시선으로만 붙들 수 있을 뿐인
아득한 곳의 아름다운 조화에 바탕을 둔 통일.
그것은 모든 공간마다 깃들어서 아득함으로 채우고,
마치 마령처럼, 최대의 모순까지도
똑같은 위계와 의미 속에 용해시키고,
나아가서는 점점 더 마령답게 모든 것의 공간의 아득함을
시간의 아득함으로 넘치게 한다.
시간이란 물결의 저울은 모든 자리에서 정지하여

또다시 찾아온 사투르누스 치세의 고요,
사라지지 않는 시간의 영겁으로 이어지는 현재,
아름다움의 현재, 그 모습을 바라볼 때
인간은 직립과 성장의 운명을 짊어지고, 그러면서도
어스름에 몸을 넌 기다림 속에
다시 가라앉을 수가 있을 것만 같다.
위아래의 심연 사이에 다시 길게 누워
스스로 보내는 기다림의 시선과 또다시 하나가 되고,
마치 인식과 물음에서 벗어나서
태초의 피안 그대로, 인식과 물음을 포기할 수 있는 새로운 참여가 심연에서 허용되기라도 하듯이,
선과 악의 판별을 포기하고
부과된 인식의 의무에서 벗어나
새로운, 그래서 거짓된 무구 속으로 달아나
버려야 할 것과 이뤄야 할 것, 재앙과 행복,
잔학과 자애, 삶과 죽음,
이해를 초월한 것과 명백한 것,
그것들이 분리할 수 없는 하나의 연대를 이루며
통일을 구축하고, 아름다움의 사슬에 얽매여
아주 쉽사리 포착하는 시선 속으로 빛나며 들어올 것을 인간들은 기대한다.
그러기에 저 현혹—현혹하고 현혹되면서,
아름다움은 마령 같은 힘으로 모든 것을 수렴한다.
사투르누스 치세의 아름다움의 조화는 모든 것을 포용하는 일이다.

그러나 또한 그 때문에 신이 존재하기 이전의 세상으로 퇴행하고,
그렇기 때문에 인간의 기억은 알 수도 없는
그 옛날의 일로 거슬러 올라간다.
신보다 오랜 창조의 생성기의 기억,
서약도 모르고 성장도 갱신도 모르는
분리할 수 없는 어스름의 중간지점에서 영위된 창조의 기억.
하지만 그것 또한 기억, 기억의 본질로서
설사 서약도 성장도 갱신도 모르기는 하지만, 그지없이 경건한
아득히 먼 아름다움의 마령 같은 경건함.
극한의 경계로 멀어져서,
그러면서도 경계를 넘으려고는 하지 않고,
그 옛날의 시원으로의 귀환을 바라는
신이 존재하기 이전의 신성한 형상,
그런 아름다움이다.

왜냐하면 밤은 모든 것을 포용하면서 그의 앞에 열리고, 아득히 멀어지고, 아득함의 끝에서 울려오는 은빛 먼지와 같은 메아리로 가득 차 있었으므로. 밤은 그 속에 숨어 있는 모든 것과 분리할 수 없게 용해되어, 귀에 들리는 것이 노랫소리인지, 웅성거리는 홍소인지, 울려 퍼지는 짐승의 울부짖음인지, 바람의 술렁임인지 도무지 종잡을 수가 없었다. 이 무지, 지각에 대해 적의를 품는 이 무지로 마치 아름다움의 그 상처받기 쉬움과 취약함을 지키려는 듯이 스스로를 감싸고 있다. 아니 감싸지 않을 수가 없는 것인데, 그것은 아름다움에 의해 이룩된 세계의 통일은 인식의 통일보다도 덧없고, 무저항적이고, 불안정

한 것이며, 게다가 언제 지각에 의해 손상될는지도 모르기 때문이다. 이 무지가 눈앞에 펼쳐진 모든 곳의 아름다움과 하나가 되어 그에게 빛을 보내왔다. 다정하고 그러면서도 거의 마령과도 같은 유혹, 온갖 것의 의미를 같은 것으로 만들어버리는 불손한 유혹이 되어, 아득함의 끝에서 마령처럼 속삭이고 내면의 깊은 곳에까지 도달한다. 어렴풋이 빛나는 바다와도 같은 속삭임, 그것이 달빛에 흠뻑 젖으면서 그를 적시고, 표류하는 우주의 조수(潮水)가 되어 밀려들었다. 속삭이면서 밀려왔다가 다시 빠져나가는 이 조수의 힘은 눈에 보이는 것과 보이지 않는 것을 은밀하게 교환하고, 사물의 다양성을 자아의 통일로, 사고의 다양성을 세계의 통일로 결합시키면서, 더욱이 이 둘을 현실로부터 추출하여 아름다움으로 승화시킨다. 아름다움의 지각이란 무지이며, 아름다움의 인식이란 인식의 결여이다. 전자는 사고를 전제로 하지 않고, 후자는 현실에 넘치는 일이 없다. 꼼짝도 하지 않는 아름다움의 조화 속에서 사고와 현실의 조화를 유지하면서 도도히 흐르고 있던 조수는 응결한다. 물음과 대답, 물을 수 있는 것과 대답할 수 있는 것이 서로 마주 부르면서 세계를 낳고 있었다. 그 영위도 응결되고, 아름다움은 내계와 외계의 조수를 측량하는 저울을 정지시키고, 잔잔한 균형 속에 상징의 상징으로 바뀐다. 밤은 그를 둘러싸고 그렇게 하늘을 그리고 있었다. 균형 잡힌 아름다움 속에 조화를 유지하면서, 어둡게 빛나는 밤의 공간은 사투르누스 시대처럼 모든 시대를 뒤덮고 뻗어나갔다. 그러나 물론 시간 속에 머물러 지상의 세계를 벗어나는 일은 없고, 한계에서 한계로 걸쳐져 스스로도 온갖 지점의 내적, 외적인 극한의 경계로 변하고 있었다. 그렇게 밤은 그를 에워쌌고, 또한 그의 내부에 둘러쳐져 있었다. 밤으로부터, 밤의 지상적인 조화로부터 그 아름다움과 함께 상징의 상징이 그를 향해서 밀려들었다. 안과 밖의 아득한 지점의 모든 생소함을 거느리고, 그러면서도 기묘한 그리움에 넘치고 무지에 가려지면서, 또한 기묘하게 거기에서 모습을 드러내고 있었는데, 그것은 당돌하게 마법처럼 빛나는 제2의 조명에 비쳐진 듯이 그 자신의 영상의 상징이 되어버렸기 때문이다. 한없이 멀고 그러나 마치 그 자신의 손안에 있는 것처럼 선명한, 만유 속에 있는 자아의 상징, 자아 속에 있는 만유의 상징, 지상의 존재에 이중으로 복합되고 뒤얽힌 상징이었다. 밤을 빛으로 채우고 세계를 빛으로 채우면서 아름다움은 무한한 공간의 모든 곳에 넘쳐 있었다. 그리고 이 공간과 함께 시간 속에 가라앉고 시대를 넘어서 운반되면서, 그것은 무한한 시간의 한계가 되고, 유한한 시간과 공간에 감싸인 지상의 특성을 그 전체로서 나타내는 상징이 되어, 유한 속에 깃든 비애를 계시하고 있었는데, 바로 그 때문에 그야말로 이쪽 세상의 아름다움이 되기도 했다.

비애 속에서,

아름다움은 인간에게 모습을 나타내 보인다.

상징과 조화의

엄격한 완결 속에 모습을 나타내고,

아름다움을 보는 자아와 아름다움에 찬 세계와의

대립 속을 떠돌면서 매혹하고,

그 하나하나를 스스로의 공간 안에 국한시키고,

스스로의 조화 속에 가득 넣고, 바로 그 때문에

양자를 서로 균형으로 유지시키고 공통의 공간에 깃들게 한다.
인간에게 생생하게 모습을 드러내는
아름다운 지상의 완결성,
시간에 의해 엎히고 응결되고 표류하면서 번져가는
마법 같은 아름다움의 공간의 완결성, 그것은 이미 어떤 물음
으로도 새로워지지 않고 어떤 인식으로도 확대되지 않는다.
내부에서 작용하는 아름다움의 조화에 바쳐진
반복도 확대도 불가능한 항구적인 공간의 전체성,
공간의 이 닫혀진 전체가 그 온갖 부분에
모습을 드러낸다, 마치 그 하나하나가
공간의 가장 깊은 곳의 경계이듯이.
모든 형상, 모든 사물, 모든 인간의 영위에,
스스로의 공간성의 상징이 되고
모든 실재를 지양하는 그 깊은 곳의 경계가 되어 그것은 나타
난다.
공간을 지양하는 상징, 공간을 지양하는 아름다움,
내부와 외부의 경계 사이에 아름다움이 이룩한 통일에 의해,
한없는 유한성의 완결에 의해 공간을 지양하는
유한의 무한성, 인간의 비애.
그 경계에서 생성되는 사상(事象)이 되어 아름다움은 인간에게
모습을 나타낸다.
그리고 내부와 외부의 경계는
가장 아득한 지평의 그것도, 단 하나의 지점의 그것도,
무한과 유한 사이에 팽팽히 걸쳐 있어서,
끝없이 멀리, 그러면서도 지상에, 그러면서도 여전히

지상의 시간 속에 머물며, 시간을 제한하고 정체시키며
공간의 경계에 편안한 시간의 정체를 마련한다.
그러나 그것은 시간을 지양시키는 일이 없는
단순한 상징에 지나지 않는다, 시간의 지양을 지상에 반영하는 상징.
진실로 죽음을 뛰어넘을 수는 없고 죽음을 지양하는 단순한 상징에 지나지 않는다.
아직도 자기 극복에 이르지 못한 인간성의 경계,
따라서 또한 비인간성의 경계.
인간 앞에 드러나는 것은 그 본래의 모습으로서의
아름다움의 발생,
유한 속의 무한,
지상에 깃든 가상의 무한,
따라서 그것은 유희,
지상의 특성을 짊어진 지상의 인간의 무한한 유희,
지상의 궁극적 경계에서 연출되는 상징의 유희.
아름다움이란 바로 유희 그 자체,
상징의 도움을 빌어서 고독의 불안에서—달리 성취의 가망은 없다—빠져나가기 위해
자기와 자기 상징과 인간이 연출하는 유희,
끊임없이 되풀이되는 아름다운 자기기만,
아름다움에의 도피, 도피의 유희.
그때 인간 앞에 나타나는 미화된 세계의 경직,
성장할 힘도 없이 다만 영원히
반복을 계속할 뿐인 한정된 아름다움의 완성,

가상적인 완성을 빚어내기 위해 항상 새로이 요구되는 한정된 아름다움.
또는 아름다움에 기여하는 예술의 유희,
그 절망과 무상의 존재에서 영원한 것을 구하려는
그 절망적인 시도,
말, 소리, 돌, 색채, 그것들을 사용하여
형성된 공간이
후예들을 위해 아름다움을 나타내는 표상이 되어
시대를 초월하고자 하는 시도.
온갖 영상 속에 공간을 구축하는 예술,
인간 속이 아니라 공간 속에 숨은, 그래서 성장을 모르는 불변의 것.
다만 반복할 뿐, 성장을 모르는 완벽, 결코 스스로에게 도달하는 일 없이 완벽의 도를 더함에 따라 점점 더 절망적이 되어가는 그 완벽성과 결부되고,
태초로의 영겁 회귀 속에 유폐되고,
그 때문에 혹독한,
인간의 고뇌에 대해서 혹독한 예술,
왜냐하면 고뇌는 예술에 있어서는
무상한 존재에 지나지 않으므로,
끊임없는 반복 속에
아름다움의 탐색과 아름다움의 발견을 위해 사용되는
말, 돌, 소리, 색채 이상의 의미는 갖지 않으므로.
그리고 인간에게 모습을 나타내는 아름다움의 잔혹함,
방자한 유희 속에서 고조되는 잔혹함.

그 유희란 상징 속에 무한한 향수(享受)를 약속하는 것,
인식을 비웃는 방자한 향수,
지상에서의 가상적인 무한성의 향수를 약속하고
그 때문에 당장 고뇌와 죽음을 초래하는 것,
왜냐하면 이 일이 일어나는 것은 아득한 지점의 아름다움의 영역이므로,
가까스로 시선과 시간은 미칠 수 있어도
인간성과 인간의 의무에는 도달할 수 없는 영역이기 때문이다.
이리하여 인간에게 모습을 나타내는 인식이 배제된 법도로서의 아름다움,
스스로를 위해
꼭 닫히고, 새로이 넓혀지고 전개할 길도 없이
스스로를 법도로 정한 아름다움의 배덕,
방탕한 욕정에 찬, 음란한,
아름다움의 유희의 법도로서의 향수,
아름다움에 넘치고 아름다움을 넘치게 하는 불변의 유희, 그것은 스스로 아름다움에 취하여,
현실의 경계를 스쳐가고,
시간을 달래면서 그러나 그것을 지양하는 일은 없고,
우연을 농락하면서 그러나 그것을 지배하는 일은 없고,
끝없이 반복하고 지속하면서, 그러나
애초부터 중단의 운명을 짊어지고 있다.
다만 인간적인 것만이 신성하기 때문이다.
이리하여 인간에게 모습을 나타내는, 아름다움의 도취에의 예정된 패배의 운명을 짊어진 도박,

도박 세계의 변함없는 조화에도 불구하고,
그 끊임없는 반복의 필연성에도 불구하고,
패배는 피할 길이 없다. 왜냐하면 반복의 필연성은
동시에 패배의 필연성이기도 하기 때문이다.
피할 수 없는 필연 속에서 서로를 붙잡는
반복의 도취와 도박의 도취,
그 모두가 시간의 지속에 예속되고,
모두가 어스름 속에 숨어서
성장을 모르고, 그 잔혹성은 점점 더 고조된다.
하지만 참된 성장이란,
인식하는 인간의 지각의 성장이란,
시간 지속의 제약도 모르고 반복에서도 벗어나, 시간 속에서 전개되면서
시간을 무시간으로 전개시킨다. 그 결과,
모든 지속을 잠식하면서 시간은 점점 더 현실성을 더하고
안과 밖과의 경계를 차례로 열어젖히고 짓밟아
상징이란 상징은 모두 등 뒤로 던져버린다. 설사
아름다움의 최후의 상징성이 그 때문에 파괴되는 일은 없더라도,
아름다움의 최후의 균형이 지닌 필연성이 손상되는 일은 없더라도,
거기에 못지않은 필연성을 가지고 아름다움의 유희에 숨은 지상적인 숙명이,
지상적인 상징의 허무함이 폭로된다.
아름다움의 비애와 절망이 백일하에 드러나고

아름다움의 도취는 덧없이 깨어지고,
인식을 잃고 인식의 상실 속에 아연해진다.
도취에서 깨어난 자아,
그 초라함이여—

그리고 그를 향해 이 상징으로서의 자아, 이 아름다움, 이 유희, 이 추이가 눈부신 섬광을 뿜으면서 빠져나갈 길도 없는 필연성을 가지고, 세계의 안과 밖의 경계에서, 밤의 공간의 안과 밖의 아득한 경계 지점에서부터 다가왔다. 그는 이 모든 사상을 자신 속에 짊어지고, 자신 속에 감추고, 더욱이 동시에 그것에 의해 폐쇄되어, 필연의 공간 속에, 그 자신의 자아의 경계 속에 끌려 들어가 있었다. 세계의 경계선의 지점, 공간의 지양을 의미하는 상징 속에, 유희의 공간, 한없이 멀고 그러면서도 가까운 공간, 아름다움의 공간, 상징의 공간 속에 끌려 들어가 있었다. 그 공간은 모든 영역에 있어서 의심스러운 것이면서 그러나 일체의 의문을 거부하고 꼼짝도 않고 굳어 있는 것이었다. 경직된 모든 공간에 끌려 들어가서 그 자신도 굳어져 있었다. 굳어져서 숨이 막힐 지경 속에서 그는 느꼈다. 그는 이해했다. 이러한 공간의 어느 하나도 상계와 하계 사이에 둘러쳐진 투명한 가리개를 꿰뚫을 수는 없다는 것을. 그것들은 모두 '아직 무한에는 이르지 못한' 중간 지점에 누워 있다, 그것들의 경계란 아마도 무한과의 분계선을 긋는 경계에 지나지 않는다, 그러나 그것의 위치는 아직도 이 지상에 속하고 있다는 것을. 아직도 지상에 속한 영역, 아름다움의 영역, 지상의 운명을 벗어나지 못한 무한 속에 그는 끌려 들어와 있었다. 이 무한에 의해 그는 폐쇄되어 있었다. 지상의 호흡 공간에 폐쇄되고, 더욱이 천상계의 공간, 참된 호흡의 공간으로부터는 소외되어 있었다. 그리고 이런 폐쇄감으로 인한 일체의 경직, 일체의 호흡이 경직되는 근거를 느끼는 동시에, 이런 폐쇄 상태를 폭파하려는 거친 힘을 사방에서 감지하기도 했다. 이 폭파의 피할 수 없는 필연성을, 호흡이 끊겼다가 다시 통하는 자기 영혼의 밑바닥에서 뼈저리게 느끼고 있었다. 느낌과 동시에 그는 이 폭파 작업이 그 자신과 세계 속에서 어떻게 준비되고 있는지, 그것이 그의 속에 숨어서 어떻게 그를 포위하고 있는지 알 수 있었다. 그는 그것을 바로 봄으로써 느끼고 있었던 것이다. 육체 속에 숨어서 엿보는 무엇인가가, 그와, 눈에 보이고 또 보이지 않는 세계 전체와의 양쪽을 숨을 쉴 수 없을 만큼 졸라매고, 게다가 마령의 유혹처럼 그의 내면과 외면을 떠돌면서 밀려와서는 높은 파도를 일으키며 머리 위를 뛰어 넘어갔다. 몸에 뼈저리게 느껴지면서 그러나 몸을 벗어난 파멸과 폭발에의, 만유의 파멸과 폭발에의 유혹, 자기 포기, 자기기만, 자기 상실에의 유혹, 숨통이 끊어질 듯이 졸라매고 뒤흔들고 그러면서도 해방을 약속하는 유혹. 금시라도 뛰어올라 일체를 폭파하려는 기색을, 규명할 수도 없는 태곳적의 추억 아닌 추억의 접근을, 그는 이렇게 감지하고 있었다. 이미 생성을 끝낸 것의 경직, 국한된 공간의 껍질, 조화를 이루지 못한 채 여전히 계속 존재하는 것, 그것들에 대한 그야말로 고대적인 반역을 마음속에 맛보면서 그는 느끼고 지각하며 폭파의 도래를 기다리고 있었다. 그 반역의 생각 가운데는 유희와 일체의 아름다움의 배후에 숨어 있는 비애에 대한 반항심도 섞여 있었다. 오오, 그것은 소름 끼치는 근원적인 정욕의 유혹이었다. 소름 끼치는 육욕, 세계와 자아와 일체를 폭파하려는 더욱 거대하고 더욱 낡은 지각이 잉태한, 정욕에 자극된 미칠 듯이 근질거리는 육욕이었다. 그것은 감각과 지각의 성취이며, 나아가서는 인식의 성취이기도 했다. 인식, 다름 아닌 자기 인식이 거기에서 생겨났는데, 그것은 그가 그 속에 끌려 들어가 있던 한없이 깊은 예지의 영역에서 흘러나온 궁극적인 이해였다. 순간적인 번득임 속에서 그는 깨달았다. 벌거숭이의 홍소로도 아름다움을 파괴할 수 있다는 것을. 홍소는 세계의 아름다움을 파괴하는 사명을 미리부터 짊어지고 있었다는 것을. 애초부터 아름다움에 딸려 있고, 언제까지나 아름다움 속에 숨어 있다는 것을. 그것이 미소라는 형식을 취할 때는 한없이 아득한 비현실적인 지점에서 어렴풋이 빛나지만, 이윽고 울부짖으면서 아득함이 굴곡하는 지점에서 뛰쳐나온다는 것, 술렁이고 퍼덕이면서 시간을 깨뜨리고 일체를 깨뜨리는 마령 같은 힘이 되어 뛰쳐나온다는 것을. 세계의 아름다움, 그 적으로서의 홍소, 상실된 인식의 확신에 대한 절망적인 대가로서의 홍소, 아름다움에의 지리멸렬한 도피의 종점, 지리멸렬한 아름다움의 유희의 종점으로서의 홍소. 오오, 비애를 위한 비애, 유희와의 유희, 향락을 거부함으로써 맛볼 수 있는 향락, 이중의 비애, 이중의 유희, 이중의 향락. 홍소란 은신처로부터의 거듭된 도피이며, 유희로부터도 세계로부터도 인식으로부터도 해방되어 세계의 비애를 깨뜨리는 것이며, 사내의 목구멍에 깃든 무한한 근질거림이며, 아름다움으로 경직된 공간을 폭파하여 느닷없이 균열을 낳게 하는 것이다. 이름 붙일 수도 없는 무언의 세계에서는, 무조차도 사라지지 않고 침묵에 미쳐 날뛰고 홍소에 미쳐 날뛴다—그렇다고는 하지만 홍소는 여전히 신성한 것이다.
웃음은,
신들과 인간의 특권이기 때문이다.
태고에 그것은 스스로를 인식한 신에게서 태어났고,
침묵의 예감 속에서 신의 예지로부터
스스로의 멸망에 대한 예지로부터
피조물의 멸망에 대한 신의 예지로부터 태어났다.
창조되고 창조하는 영위에 관여하며 살아가면서,
신은 세계의 인식에서 자기 인식으로 성장하고 다시 이것을 넘어 웃음이 솟아나는 원천,
예지의 영역으로 회귀한다.
오오, 신들의 탄생과 인간의 탄생, 오오, 신들의 죽음과 인간의 죽음,
오오, 영원히 얽히고설키는 양자의 시원과 종말,
오오, 신들조차도 신성하지 않음을 아는
신과 인간이 똑같이 품는 지각에서,
피안과 차안 사이에 팽팽히 쳐진,
불온한, 으스스하게 투명한 마령 같은 양자의 제휴에서
생겨나는 웃음,
그 제휴의 어렴풋한 마령의 영역에서
신과 인간은 만남을 이룩한다, 혹은 만나기를 원한다.
그리고 남신(男神)들의 모임에서 먼저 웃기 시작하는 쪽이 제우스라면, 신들의 웃음을 불러일으키는 쪽은 다름 아닌 인간이다.
그것은 마치,
해학과 엄숙에 찬 재인식의 끊임없는 순환 속에서

동물의 행동이 인간의 웃음을 불러일으키는 것과 같이,
신이 인간 속에서, 인간이 동물 속에서 다시 스스로를 발견하는 내력과도 같다.
이리하여 동물은 인간에게 있어서 신으로 높여지고,
신은 동물을 통해 인간으로 회귀하고,
신과 인간은 비애 속에서 합일하며, 그러면서도 웃음에 제압당하고 있다,
웃음이란 모든 영역을 순식간에 혼합시키는 유희이기 때문이다.
그 운명의 법칙에 의해
신과 인간을 함께 규제하고,
순식간에 드러나는 근원적인 친근성인 유희,
여러 영역을 한 덩어리로 만드는 위대한 유희,
아름다움을 파괴하고 질서를 폐기하고,
창조하는 신성과 피조물의 성을 혼합하고,
즐거운 듯이 양자를 우연에게 내맡기는 신들의 유희.
지각을 다스리는 모신(母神)의 공포와 분노,
인식에서 풀려나 인식을 비웃는 신의 유희와 모험
그 위에 온통 덮치는 웃음,
왜냐하면 순식간에 여러 영역을 결합하는 이러한 유희는
인식과 물음의 조그만 그림자도 깃들지 않고
그 밖에 어떤 영위도 필요로 하지 않고
다만 자포자기의 형태로 성취되기 때문이다.
명랑하고 경솔한,
우연에의, 시간에의 투신,
뜻하지 않게 예지된 것, 예지된 뜻하지 않은 것에,

욕정에 설레는 당돌한 예지에,
때에 따라서는
죽음에까지도 몸을 내던져 후회하지 않는 유희.
헤아릴 수 없는 영역에서 태어나는 유희, 그것은 너무나도 커서
법도의 마지막 잔재는 산산이 부서지고,
질서는 상실되고, 경계도, 거기에 걸린 다리도 사라지고,
경직된 공간과 그 아름다움은 무너지고,
아름다움의 공간은 무너지고,
근원적이고 궁극적인 전회(轉回)가 거기에 나타난다.
인식은 끝없는 무로 돌아가고, 형용할 도리도 없이 언어는 사라지고,
걸쳐놓을 다리도 없는 공간의 허무로의 전회가 나타난다.
격리되고 유리된 신의 예지와 인간의 예지를,
그것은 뒤엎어서 하나로 만들고,
신과 인간이 함께 빚은 창조를 붕괴시키고 그 대신,
가까운 거리에 떨어지는 영겁의 아득함을 전개시킨다.
창조 이전의 영겁, 그 아득함의 발현,
신의 예지에조차 붙잡히지 않는
추억 아닌 추억에 깃든 창조 이전의 모습의 발현,
그 결과는 현실과 비현실,
삶의 실재와 비실재,
의미 깊은 것과 불길한 것을
하나로 묶어, 모두 사려되지 않는 것으로 변하게 하는
무차별한 혼돈—
엿볼 방법도 없는 무하유지향(無何有之鄕)의 발현,

별들은 망망한 바다의 맨 밑바닥에 떠돌고,
층층이 겹쳐 쌓을 수도 없을 만큼
멀리 떨어진 것은 하나도 없고
모든 것이 우스꽝스럽게 곤두박질치며 튀어 오르는가 하면 굴러떨어지고,
우연이 명하는 대로 하나가 되는가 하면 흩어져서 뛰쳐나온다.
보기에도 가소로운,
시간의 흐름의 공평한 우연에 농락당하는 갖가지 실체,
서로 상대방 속에 숨어드는
신들의 무리, 인간의 무리, 동물의 무리, 식물의 무리, 별의 무리.
홍소의 무하유지향의 발현,
웃음 속으로 순식간에 전락하는 세계,
마치 창조의 서약은 일찍이 존재하지 않았던 듯이
신과 인간이 서로서로 주고받는
인식과, 현실을 낳는 질서를 위한 서약,
서로의 의무를 참된 의무로 변화시키는 것을 돕기 위한 서약이
일찍이 존재하지 않았던 것처럼.
오오, 그것이야말로 반역의 웃음,
아주 마음 편한 불신의 웃음,
창조 이전의 사악한 방종,
그것이야말로
사악한 전래의 유산, 폭발하는 홍소를 속에 간직한 싹,
모든 세계의 창조에 그 시초부터 깃들어 있던
근절할 수도 없는 싹, 그것은 이미
창조 이전의 다정한 아름다움을 띠고 있는

명랑하고 의미 있는 미소 속에 나타나고,
창조 이전의 가치 없음으로 충만한 지각 속에 나타난다.
이 지각으로 인해 소름 끼치는 것조차도 아름다움에 취하고
동정도 응고하여 사라지는 아득함으로 변용되고,
나아가서는 모든 아득함을 넘어 내외의 극한을 하나로 연결시킨다—
그리고 웃음의 싹은 익살맞고도 무서운 무의 공간의 표층에 나타난다.
시간의 한계에 도달하여 아름다움은 이 표층에서 뒤집히고
스스로의 가장 깊은 곳에 누워 있는 것,
되풀이하여 아름다움에서 태어나는, 아름다움에 본디부터 내재된,
형성할 길도 없이, 창조에 거역하는 이상한 형태의 것을 떠어오르게 한다.
아름다움에서 태어나고, 아름다움에서 떠어오르고, 아름다움에서 분출되는,
웃음,
그것은 창조 이전의 언어—

왜냐하면 아무것도 변하지 않았으니까, 오오 아무것도 변하지는 않았으니까. 하지만 응고된 모습으로 갇혀서 묵묵히, 하늘의 궁륭 속에 함몰되어 홍소에 휩싸인 거짓 맹세가 대기하고 있었다. 손을 뻗을 수도 없는 별들의 노래 한가운데서, 대지를 침묵으로 잉태시키고, 대지의 침묵을 스스로도 잉태하고, 보이는 것에도 보이지 않는 것에도, 울려서 노래가 되는 아름다움 속에도, 무릇 온갖 세계의 사상(事象)의 거대한 희미한 빛 속에

태풍 전 일촉즉발의 긴장을 감싸고 가늘게 떨면서, 거칠게 자극하고 숨통을 끊을 듯이 답답하게, 아름다움과 형제가 된 홍소가 대기하고 있었다. 폭발을 기다리는 안과 밖의 유혹, 그것이 그를 감싸고, 그의 속에 깃들어 있었다. 공포를 표현하고 공포를 중개하는 창조 이전의 언어, 두 개의 것 사이에 다리를 놓는 역할은 조금도 할 수 없는 언어, 그것이 활동하는 공간은 이름을 갖지 못하고, 그 위에 흩어진 별들도 이름을 갖지 못했다. 여러 영역을 혼합하는 이 언어의 공간, 온갖 아름다움이 피할 수 없이 소멸되는 이 공간의 고독에는, 이름도 없고 표현도 결여되어 있었다. 그는 이 아름다움을 바라보면서 새로운 공간으로 불려 들어갔다. 이 공간은 공포의 열기에 달아올라 있었다. 아니 그 스스로가 공포의 열기에 달아올라 있었다. 그는 현실로 통하는 길은 없다는 것을, 되돌아갈 수도 없고 변혁시킬 방법도 없고 다만 현실을 파멸로 인도하는 홍소가 있을 뿐이라는 사실을 잘 알고 있었다. 홍소에 의해 드러난 세계에는 이미 어떤 현실적인 타당성도 없었다. 그래서 그는 해답, 인식에 대한 의무, 그런 의무가 헛된 노력이 아님을 깨닫는 크나큰 희망은 모두 포기하고 있었다. 그것들이 헛되기 때문이 아니라 이 경직된 아름다움의 공간, 아름다움이 붕괴되는 공간, 홍소의 공간 속에서는 그것들이 이미 소용없는 것이 되어버렸기 때문이었다. 홍소는 군중의 잠보다 더욱 사악하고 유독하다. 고통 속에서가 아니라면, 점점 잔혹해지는 죽음의 심술—아름다움이 손재주를 부릴 때면 그것은 지극히 유쾌해 보이는 법이지만—을 겪고 있지 않다면, 누구도 꿈속에서 웃지 않는다. 오오 그 무엇도, 하계에 전락하여 가짜 인간성을 갖춘 신과, 천상계에 침입하여 가짜 신성을 갖춘 인간만큼 사악한 것에 가까운 것은 없다. 신과 인간, 그 모두가 악으로, 재앙으로, 창조 이전의 동물성으로 유인되고, 모두 파멸과, 마령으로 인도된 자기 파멸과 희롱하고 있는 것이다. 이 파멸로부터 그들을 격리시키고 있는 것은 순간의 우연에 지나지 않는다. 왜냐하면 쉴 새 없이 흘러가는 시간은 그다음 순간에는 무엇을 야기할지 전혀 예측할 수 없기 때문이다. 신과 인간, 그 모두가 우연에게 맡겨진 허망함 때문에 웃고, 허망한 순간에 생기는 갑작스러운 격변 때문에 웃는다. 아주 쉽게 이루어진 의무와 서약의 파기를 기뻐하는 홍소, 우연에 충동질 당하고 우연에 자극되는 홍소가 그들을 사로잡고 있다. 일체의 인식이 쓸모없는 것이 될 때, 신성도 인간성도 폐기되고, 재앙을 간직한 존재가 아름다움의 악에서 뛰쳐나와 일체의 비현실은 현실이 된다. 그 때문에 그들은 웃고, 창조의 서약의 파기를 기뻐하고, 깨진 맹세의 결과인 거짓된 비행과 무위의 성취에 환호하면서 착란에 빠지게 된다. 이때 그는 퍼뜩 생각했다―저 세 사람, 비틀거리면서 아래를 지나간 저 세 사람이 거짓 맹세의 증인이었다는 것을.

   그들은 그를 부인하는 증언을 했던 것이다. 그것이 그들이 짊어진 필연이었다. 그것을 위해서 그들이 온 것이다. 그리고 그것을 위해서 그는 그들을 기다리지 않으면 안 되었다. 증인 겸 원고로서 그들은 모습을 나타냈고, 그가 그들과 같은 죄인이라고, 똑같이 맹세를 파기한 공범자라고 진술한 것이었다. 왜냐하면 그 역시 그들과 마찬가지로 이미 파기했고 또 계속 파기하고 있는 맹세를 잊고 있었기 때문이다. 애초부터 서약을 잊고, 의무를 잊은 망각에 의해 죄를 점점 더 무겁게 만들고 있었기 때문이다. 설사 필연이 그의 삶을 그들과 마찬가지로 운명이 정한 이 지점으로, 이 거듭 유기된 지점으로 인도해왔다고 하더라도 그 죄는 변함이 없었다. 창조는 또다시 유기되고 신도 인간도 또다시 유기되었다. 삶에도 죽음에도 똑같이 무의미한 저주를 거는, 창조 이전의 태어나지 않은 상태에 또다시 맡겨져 있었다. 서약이 있어야 비로소 존재의 의미가 생기고, 그 의무를 망각해 서약이 깨어지면 그 무엇도 의미를 지닐 수는 없다. 그 서약이란 비록 누구 한 사람 모른다고 하더라도, 신들도 인간도 지키지 않으면 안 되는 깊은 근원의 시초에 세워진 맹세이다. 이 맹세를 아는 것은 다만 미지의 신뿐일 것이다. 천상의 존재 중에서도 가장 은밀한 이 신으로부터 온갖 언어가 나타나고, 이윽고 이 서약과 기도의 보호자, 의무의 보호자에게로 되돌아간다. 이 미지의 신을 기다리면서 그는 시선을 대지에 집중하고 있었다. 의무에서 태어나서 의무를 낳는 신의 말이 새로이 언어에 활기를 부여하고, 그것을 서약을 지닌 하나의 협동체의 언어로 바꾸어주기를 바라면서 곁눈질도 하지 않고 엿보고 있었다. 그렇게 해서 인간에 의해 떨어뜨려진—이것 역시 인간의 특권이지만—언어가 본래의 언어 이상, 또는 이하의 처지에서 다시 한 번 구제될 수 있도록, 구름처럼 막막한 아름다움과 토막토막 찢긴 홍소로부터 구제되기를, 언어를 유폐시키는 울창한 숲에서 구제되어 서약의 수단이라는 기능을 회복하기를, 그는 희망하고 있었다. 그것은 덧없는 희망이었다. 창조 이전의, 어떤 의미도 갖지 않은, 태어나지 않은 상태에 다시 빠져서, 어떤 지상의 죽음도 뛰어넘을 수 없는 죽음 이전의 죽음의 연산(連山)에 둘러싸여 세계는, 그의 앞에 펼쳐져 있었다. 아름다움으로 구석구석까지 짜여지고, 홍소에 폭파되고, 언어를 잃고 연대를 잃은 그 모습은 스스로가 저지른 파약의 당연한 귀결이었다. 미지의 신 대신에, 의무를 향해 서약을 짊어지고 가는 것 대신에, 의무와 정반대의 것을 짊어진 저세 사람이 찾아온 것이었다.

의무, 지상의 의무, 조력의 의무, 눈을 뜨라고 소리칠 의무. 그 밖의 의무는 존재하지 않는다. 인간의 신에 대한 의무, 신의 인간에 대한 의무만 하더라도 역시 조력의 일종이다. 그리고 그 운명의 필연에 인도되어 어쩔 수 없이 반(反)의무의 가담자들과 한패가 되어버린 그는, 그들과 마찬가지로 의무를 기피하고, 조력을 기피한 것이었다. 얼핏 볼 때 무욕과 흡사했던 그의 태도는 실은 조력에 대한 반항에 지나지 않았던 것이리라. 사방으로부터 그에게로 향해지는 원조를 고마워하지도 않으면서 받아들이고 있었는데, 그 점에 있어서도 그는, 갖가지 선물을 바라기는 하지만 그 자신에게 원조의 능력이 결여되어 있기 때문에 참된 원조를 모조리 물리쳐버리는 천민들과 비슷했다. 애당초 파약의 운명을 짊어지고 있는 자, 바위 동굴 속에서 성장하여 그곳에서 살고 있는 자, 그리하여 애당초 파약자의 불안을 목덜미에 느끼고 있는 자. 그런 종류의 인간은 청춘 시절부터 너무나도 지식만을 추구하여 소심하기 이를 데 없고, 향수(享受)에도 싫증을 느끼지 않는다. 그러면서도 빈틈이 없어 어렴풋이 괴는 욕정에 직접적인 쾌락을 약속하지 않는 것, 무엇이든 허용하는 무법 상태 속에서 외설스런 교합을 지향하지 않는 것, 그것이 아니라면 적어도 세르테르티우스 화폐로 나타낼 수 있는 이익을 가져다주지 않는 것, 그러한 그 무엇도 인정할 수가 없다. 아래에 있던 패거리가 밀가루나 마늘이나 술을 탐내고 있건 그렇지 않건, 혹은 다른 패거리가 원형 투기장에 가고 싶어 했건 그렇지 않건, 그런 것은 그로서는 상관없는 것이었다. 사람은 피투성이 연극을 보면서 스스로의 불안을 해소시키려 한다. 아름다움과 홍소를 분리하는 경계선 위에서 양자의 잔혹하고 께름칙한 결합을 나타내는, 그 기괴한 학살의 유희로 스스로를 기만하고 신들을 기만하면서 인간은 천상의 여러 힘에게 거짓 맹세의 거짓된 제물을 바치려고 한다. 향락이든 신들과의 화해든 그것은 눈을 뜨라고 외치는 소리가 아니다. 참된 조력이 아니다. 오히려 그것은 이득, 에누리 없는 이득을 요구한다. 때문에 황제가 무법자들을 진정시켜 다시 법도에 복종시키려면 언제나 경기와 술과 밀가루를 순종의 대가로 지불해야 했다. 그럼에도 불구하고, 실로 상상조차 하기 힘들지만, 민중은 황제를 사랑했다. 그들은 누구도 사랑하지 않았고 그 어떤 연대도 유지하는 일이 없었는데도 말이다. 천민의 연대 의식이 없는 사회는 별도여서, 그곳에서는 일체의 공통 인식도 없고, 누구도 타인을 사랑하는 일도 없고, 서로 돕지도 않고, 이해도 하지 않고, 마음을 주지도 않는다. 누구에게도 타인의 목소리는 들리지 않는다. 그것은 침묵의 비(非)연대, 언어를 빼앗긴 흩어진 인간들의 비협동체이다. 그들의 소심한 불안과 아는 체하는 불신감에 있어서는 인식은 완전히 부질없는 것이 되며, 향락도 이득도 낳지 않고, 게다가 그 이상으로 교활한 말을 날조하기만 하면 당장에 속아 넘어가는 단순한 망언으로 변한다. 그렇기 때문에 사랑, 조력, 이해, 신뢰, 언어 같은, 서로가 서로를 규정하는 요소는 모두 덧없이 사라져서 무로 돌아가고, 그 결과 다만 손꼽을 정도의 것만이 확실하게 의존할 수 있는 것으로 남을 뿐이다. 그러나 이 손꼽을 수 있을 정도의 것마저 실은 충분히 신뢰할 수 있는 것이 못 된다. 아무리 열중하여 세르테르티우스를 세거나 계산을 하더라도 그것으로 불안을 가라앉힐 수는 없다. 이것 역시 덧없는 환상이라는 것을 그들은 진작부터 알고 있다. 그렇기 때문에 거의 자포자기의 상태에 빠져들지만, 그러면서도 교활하고 지적이며 또한 향락적인 자기 조롱에 내몰리게 됨을 그들 스스로 느끼고 있다. 그들을 뒤흔드는 홍소, 마음속 깊은 곳에 숨은 불안에 대해서는 아무도 저항할 수 없기 때문이다. 계산할 수 있는 것조차도 미리 그럴듯한 주문을 외고 화폐에 침을 뱉은 뒤가 아니면 마음 놓고 믿을 수가 없기 때문이다. 기적이라면 두말 않고 믿어버리는 주제에—본질적으로는 이 경솔한 믿음이 그들의 가장 인간적인, 어쨌든 가장 우호적인 특성이지만—진실에 대해서는 무척 의심이 많다. 바로 이런 점이 극히 타산적이라고 자부하고 있는 그들을 계산만으로는 어떻게도 할 수 없는 존재로 만들어버려, 불안에 싸인 그들의 마음을 꿰뚫어 볼 수도 없는 상태, 결국은 처치 곤란한 상태에 빠뜨려버린다. 그가 만일 청년 시절의 생각대로 의사가 되어서 그들에게 접근했다면, 그들은 설사 그의 조력에 한 푼도 지불할 필요가 없다 하더라도 매정하게 물리치며, 차라리 약초 캐는 노인네가 낫다고 했을 것이다. 그들은 언제나 이러했다. 언제나 사정은 이러했다. 그것이 그가 직업을 바꾸기로 결심한 이유의 하나였다. 그 이유가 그때는 충분히 근거가 있는 것처럼 생각되었지만, 지금에 와서 보면 그것은 이미 그 자신이 천민의 세계로 내디디는 첫걸음이었다. 그는 의학을 포기해서는 안 되었던 것이다. 의학이 내미는 원조의 손이 거절을 당한다 하더라도 거짓된 조력의 희망보다는 그래도 그 거부가 명예로운 것이었을 것이다. 의학을 단념한 이래 그는 그 거짓된 희망을 시인으로서의 삶에 걸고, 그렇지 않다는 것을 뻔히 알고 있으면서도 아름다움의 힘, 노래의 마력이 언젠가는 침묵의 나락에 다리를 놓는 것이 아닌가, 그리고 시인으로서의 그를, 연대를 회복한 인간 사회에 인식을 가져다주는 존재로 높이게 되는 것은 아닌가, 그리고 그때 그는 천민의 세계에서 해방되고 다름 아닌 이 해방에 의해 천민의 세계 그 자체까지도 지양하여 오르페우스처럼 인류의 지도자로 선택되는 것이 아닌가 하는 헛된 희망을 걸고 있었다. 아아, 그것은 오르페우스조차도 이룰 수 없는 일이었다. 불사(不死)의 위대성 속에서 살아온 그였으나 이처럼 교만한 자부심에 넘친 꿈을, 이처럼 죄스러운 시인의 과대평가를 환영할 까닭이 없었다! 확실히 지상의 아름다움은 엄청나게 많다. 노래, 아련히 가물거리는 영혼, 하프 소리, 소년의 목소리, 운문, 조상(彫像), 원주, 정원, 한 송이의 꽃. 이것들은 모두 인간에게 스스로의 안과 밖의 극한을 엿보게 하는 신성한 힘을 갖추고 있다. 그렇기 때문에 또한 오르페우스의 숭고한 예술엔, 강물의 흐름을 바꾸거나, 숲의 야수를 유인하여 유순하게 길들이거나, 목장에서 풀을 뜯는 양 떼를 다정하게 지켜보면서 붙들어두는 힘이 주어져 있었음은 이상할 것이 없다. 모든 예술이 꿈꾸는 바람은 꿈과 같은 마법의 매혹 속에서 성취되고, 그때 세계는 열심히 귀 기울여 엿들으며 노래와 거기에서 넘쳐나는 구원을 기다린다. 그러나, 그렇다고는 해도 구원은 노래보다 오래 계속되지는 않는다. 포착하고 간직하는 은밀한 주시는 오래 지속되지 않는다. 그리고 노래는 애당초 너무 오래 울려서는 안 되는 것이다. 그렇지 않으면 강의 흐름은 노래가 끝나기 전에, 몰래 본래의 강바닥으로 돌아가버릴는지도 모른다. 숲의 야수는 다시 죄 없는 목장의 양에게 덤벼들어서 물어뜯어 죽일는지도 모른다. 인간은 옛날 그대로의 잔혹한 습관으로 다시 추락해버릴지도 모른다. 왜냐하면 도취란 설사 아름다움에 의해 태어난 것이라 하더라도 오래 지속되지는 않기 때문이고, 게다가 인간과 동물을 사로잡고 감싸고 있는 부드러움조차 아름다움에 대한 도취의 반 조각에 지나지 않는 것이며, 이에 못지않게 강력한, 아니 훨씬 더 강력한 다른 반 조각은 한없이 불길하게 고양된 잔혹성으로 빚어진 것이기 때문에—다름 아닌 잔혹하기 이를 데 없는 인간이 한 송이 꽃을 보고 황홀해하는 것이다—흔들리면서 평형을 유지하는 이 온화함과 잔혹성의 존재 양식에 신경을 쓰지 않고, 다만 그 반 조각만을 인간에게 돌리려고 하면 아름다움은 당장 그 힘을 잃고 만다. 예술이 표현하는 아름다움에 이르러서는 말할 것도 없는 일이다. 어디에서 어떻게 예술의 영위가 이루어지든 간에 그것은 반드시 이런 규칙을 따른다. 그렇다, 이 규칙에의 순종만이 예술가의 가장 중요한 미덕의 하나이고, 또 언제나 그렇다고는 할 수 없지만 대개의 경우 작품 주인공의 미덕이기도 하다. 동정심이 우러나서였는지 혹은 시에 아름다운 긴장을 부여하기 위해서였는지, 아이네이아스는 숙적을 때려눕히려 하다가 한순간 주저한다.* 이 순간

---

*《아이네이스》제12장 938행~941행.

에 찾아온 약한 마음을 덕행 높은 아이네이아스가 계속 간직했다면, 지체 없이 보다 좋은 방도를 궁리하여 잔인한 행위를 할 마음을 굳히지 않았다면, 그는 결코 인자함의 귀감이 되지는 않았을 것이다. 어떤 시도 묘사하기를 꺼릴 나약하고 지루한 인물이 되어버렸을 것이다. 아이네이아스든, 그 밖의 어떤 영웅이든, 그 사업 혹은 예술에 있어서 문제가 되는 것은 어디까지나 균형을 유지하는 일이며, 끝없이 먼 곳에 있는 크나큰 경계선의 균형이며, 형용할 수 없이 떠도는 순간적인 상징이다. 이 상징은 도통 어떤 낱낱의 내용을 갖는 일은 없고, 언제나 다만 그 각자가 가지는 관계를 받아들일 뿐인데, 이는 거기에서 출발해야 당초의 의도를 달성할 수 있기 때문이다. 다만 이 관계 속에 있어서만 존재의 갖가지 대립은 서로 균형을 이루고, 인간의 모든 충동이 낳는 대립은 하나로 통합되기 때문이다—그렇지 않다면 어떻게 예술이 인간에 의해 창조되고 이해될 수 있겠는가! 온화함과 잔혹함을 통합하는 아름다운 언어의 균형, 자아와 만유 사이에 유지되는 균형의 상징, 하나의 총체가 갖는 도취에 넘친 매혹, 그것은 노래가 계속되는 한 지속되지만 그 이상 오래 지속되지는 않는다. 오르페우스와 그의 시에 있어서도 사정은 이와 똑같았을 것이다. 왜냐하면 그는 예술가이고 시인이었으므로. 은밀하게 귀 기울이는 인간들을 매혹하는 마술사였으므로. 노래하는 사람도 듣는 사람도 똑같이 어스름 속에 갇히고, 똑같이 마령 비슷한 상태로 아름다움에 몰입되어 있다. 신성한 천부적인 재능을 갖고 있으면서도 마령과도 같아서, 인간에게 도취를 안겨주기는 하지만 구원을 가져다주지는 못하는 존재—그렇다, 그는 구원을 가져다줄 수는 없었다. 구

원을 가져다주는 지도자는 아름다움의 언어를 내던져버리게
마련이다. 그러한 인물은 아름다운 언어의 싸늘한 표층 밑으
로, 시의 표층 밑으로 파고 들어가서 소박하고 부드러운 말을
찾아서 돌진한다. 그것은, 죽음에 접근하고 죽음을 인식하기
때문에 굳게 닫혀진 이웃 사람의 마음의 문을 두들겨 그 불안
과 잔혹성을 누그러뜨리고, 마음 편히 참된 조력을 받아들이게
할 수 있는 말이다. 직접적인 선의에 넘친 소박한 언어, 직접적
으로 와 닿는 인간적인 미덕의 언어, 각성을 가져다주는 언어
로 그는 돌진해 간다. 에우리디케를 찾아서 저승으로 내려가려
했을 때 오르페우스가 구하고 있던 것이 다름 아닌 이 언어가
아니었던가? 그 또한 예술가는 인간적인 의무를 다할 수 없음
을 알고 절망한 인간이 아니었던가? 오오, 운명에 의해 예술의
감옥에 던져진 자는 이미 그곳에서 벗어날 수 없다. 뛰어넘을
방법도 없는 경계 속에 갇혀서 그 경계의 언저리로 이 세상 것
이 아닌 아름다움의 형상이 흘러가는 것을 그저 바라보고만 있
을 뿐이다. 충분한 힘을 갖추고 있지 않으면 이러한 유폐 속에
있는 자는 덧없는 몽상가가 된다, 비예술을 갈망하는 야심가가
된다. 그러나 참된 예술가라면 그는 절망에 빠진다. 왜냐하면
경계의 저쪽에서는 고함 소리가 들려오지만, 그는 그것을 시
속에 담을 수 있을 뿐, 고함 소리를 따라가는 것은 허용되지 않
기 때문이다. 금지령이란 주문에 꼼짝도 할 수 없이 묶이어 경
계의 이쪽에서 다만 쓰고 있을 뿐이다. 쿠마에의 무녀의 명령
에 따라 아이네이아스와 마찬가지로 경건하게 맹세를 하면서,
무녀의 높은 제단에 매달려서—

　—저승에의 길을 내려가기는 쉬워라, 밤이나 낮이나 저승의

문은 열려 있으므로. 하지만 쉽지 않은 것은 그 귀로. 어두운 숲, 코키투스*의 흐름, 그 여울, 그 소용돌이, 그 모든 것이 귀로를 위협하네. 이 길을 무사히 넘는 자는 다만 덕행이 뛰어난 자, 또 신들의 일족으로서 주피터에게까지 사랑을 받은 자뿐이네. 하지만 만일 스틱스**를 넘어 황천 세계의 공포에 이르고 또한 거기에서 돌아오는 이 왕복 길을 그대가 원한다면, 교만한 그대가 마음속으로 원한다면, 이루지 않으면 안 될 소임을 들으라. 어두운 골짜기, 거칠게 우거진 숲의 덤불 속에, 하계의 여신에게 바쳐진 나뭇가지 하나가 황금 잎으로 단장되어 황금빛도 찬란하다네. 그대 페르세포네***의 뜻을 받들어 그를 위해, 영원히 자라는 이 나무의 황금 덤불에서 그 빛나는 잔가지를 꺾을 때까지는 저승으로의 하강은 이루어지지 않으리로다. 그러므로 이 가지를 눈을 높이 들어서 찾으리로다. 운명이 그대 편에 선다면 맨손으로도 쉽게 그것을 꺾을 수가 있으리니. 하지만 만일 일체를 다스리는 운명이 외면한다면 아무리 애를 써도, 날카로운 칼의 힘을 빌어도 그것을 꺾을 길은 없으리니. 또한 운명은 또 하나의 임무를 그대에게 지웠으니, 그것은 혼백을 잃은 그대 친구****의 아직도 장사 지내지 않은 유해, 속죄의 희생을 그대에게 구하면서, 무덤에 들어가기를 바라고, 그의 권리와 그대의 의무가 이루어지기를 바라고 있기 때문이라네.

*탄식의 강. 그리스 신화에서 사람이 죽은 뒤 저승으로 가기 위해 건너야 하는 5개 강 중 두 번째 강.
**저승의 강 중 네 번째인 '증오의 강'.
***저승의 신 하데스의 아내.
****아이네이아스의 친구 미세누스.

—그래서 공통의 의지를 가진 신과 운명, 양쪽 부름을 받은 저 사내에게는 경계가 열려 있었던 것이다. 신성한 최후의 의무를 성취하고 조력을 다할 수 있는 그 사내에게는. 하지만 운명과 신의 그러한 이중의 의지에 의해 예술가가 되게끔 운명지어진 자, 다만 지각하고 예감하며 쓰고 말하는 외에는 아무것도 할 수 없는 저주를 받은 자, 그에게는 생사의 어느 길에 있어서나 속죄는 거부되어 있다. 무덤조차도 그에게 있어서는 아름다운 건축물, 스스로의 시체를 위한 세속적인 주거에 지나지 않는다. 그것은 입구도 아니고 출구도 아니다. 헤아릴 수 없는 하강의 입구도 아니고, 헤아릴 수 없는 귀환에의 출구도 아니다. 운명은 그에게 인도하는 황금의 가지, 인식의 가지를 주지 않는다. 주피터가 그의 유죄를 선고하는 것은 바로 그 때문이다. 이리하여 그 역시도 파약의 죄를 짊어지고, 동시에 파약자의 의지할 곳 없는 고독에 내몰리게 되었다. 그리고 지상으로 이끌려간 그의 시선은 포석 위를 갈지자걸음으로 걸어온 세 사람의 파약의 공범자, 유죄 선고의 전달자밖에는 볼 수 없었던 것이다. 더욱 깊이 포석의 표층을 꿰뚫고, 세계의 표층을 꿰뚫고, 말의 표층을 꿰뚫고, 예술의 표층을 꿰뚫어서 침투한다는 것은 그의 시선에는 허용되지 않았다. 하강하는 길을 더듬을 수도 없고, 하물며 깊은 곳으로부터의 귀환, 인간성의 진실을 보증하는 귀환이 이루어질 수도 없었다. 창조의 서약을 새로이 하기 위해 상승할 방법은 없었다. 언제나 알고 있는 일이기는 했으나 전례 없이 생생하게, 지금 그는, 자기가 구원을 가져다주는 자의 조력이 영구히 미치지 못하는 곳에 있음을 깨달았다. 왜냐하면 서약을 바탕으로 한 그 조력과 인간의 조력은

서로가 서로를 규정하는 것이고, 양자의 협조에 있어서만, 지상에서 태어나 천상으로 향하는 거인에게 지워진 연대를 확립하고 인간성을 확립하는 임무가 수행될 수 있기 때문이다. 다만 인간성에 있어서만, 참된 연대에 있어서만 전 인류의 총체가 반영되고 인간성이 반영되면서 신성한 물음과 대답의 인식에 의해 짊어지워진 순환이 완결된다. 이런 순환은 원조의 손을 내밀 힘이 없는 자, 의무를 다할 힘이 없는 자, 서약을 지킬 힘이 없는 자, 즉 그를 배제하는 것인데, 그것은 거인처럼 인간의 존재를 극복하고 성취하고 승화시키는 영위로부터 그가 자기 스스로를 벗어나게 했기 때문이다. 이러한 사실을 그는 분명히 알고 있었다.

또한 그는 알고 있었다. 예술에 대해서도 같은 말을 할 수가 있음을. 예술도—오오, 예술은 아직 존속하고 있는 것인가, 존속이 허용되는 것인가?—다만 서약과 인식을 유지하는 한, 인간의 운명이 되고 존재의 극복이 되는 한, 아직도 극복되지 않은 것에 닿아서 새로운 단장을 하는 한, 존속할 수 있음을 알고 있다. 그러한 영위는 예술이 영혼에 호소하여 자기 극복을 촉구하고, 영혼으로 하여금 스스로의 현실의 층들을 드러나게 하고, 층에서 층으로 깊이 돌진하게 함으로써 이루어진다. 영혼은, 그 존재의 깊은 곳에 있는 수풀을 헤치고, 도달할 방법은 없지만 그러면서도 끊임없이 예감되고 지각되는 암흑에의 길로 하강한다. 거기에서 자아가 태어나고 그곳으로 자아가 돌아간다. 자아의 생성과 소멸을 관장하는 암흑의 영토, 영혼의 입구와 출구, 그러나 그것은 동시에 영혼에게 있어서는 진실한 모든 것, 어두운 그림자 속에서 길을 가리키는 금빛 가지에 의해 영혼에게 밝혀진 모든 것의 입구이며 출구이다. 금빛으로 빛나는 이 진실의 가지는 아무리 애를 써도, 찾을 수도 꺾을 수도 없는데, 진실의 발견 역시 암흑의 영토로 하강할 때 부여되는 자기 인식이라는 하늘의 은혜를 입어야 가능하기 때문이다. 공통의 진실로서, 공통의 현실 인식으로서 영혼에도 예술에도 갖추어져 있는 저 자기 인식은 하늘의 은혜이기 때문이다. 그는 이것을 알고 있었다.

또한 그는 알고 있었다. 이러한 진실에 모든 예술가의 의무가 걸려 있음을. 자기를 인식하면서 진실을 발견하고 진실을 밝힐 의무, 그것은 예술가가 수행해야 할 사명이고, 그 사명이 성취되었을 때 영혼은 자아와 만유의 위대한 균형을 깨닫고, 만유 속에서 또다시 자기를 발견하게 되리라. 자기 인식에 의해 성장하고 자아에 첨가된 것을 만유 속에서, 세계 속에서, 아니 일반적인 인간성 속에서, 성장하는 존재에게서 다시 발견하게 되리라. 이 이중적인 성장은 처음부터 아름다움의 상징성에, 아름다움의 경계의 상징성에 의해 제약된 단순한 상징에 지나지 않을는지도 모른다. 다만 다름 아닌 그러한 상징성 때문에 그것은 뛰어넘을 방법도 없는 존재의 경계를 무릅쓰고 새로운 현실로 전개될 수가 있다. 새로운 형식뿐 아니라 현실의 새로운 내용이 거기에 전개되는데, 그야말로 더할 수 없이 깊은 현실의 비밀, 자아의 현실과 세계의 현실과의 조응의 비밀이 열리기 때문이다. 상징에 날카로운 정확성을 부여하고, 그것을 진실의 상징으로 높이는 조응, 진실을 낳는 조응. 그곳으로부터 모든 현실의 창조가 시작되고, 층에서 층으로 전진하고, 더듬고 예감하면서 도달할 수도 없는 발단과 종말의 암흑의 영토를 지향한다. 만유와 세계와 이웃의 영혼 속에 있는 불가사의한 신성을 지향하고, 사악한 영혼 속에서까지 발견되고 깨우쳐지기를 기다리는 저 궁극적인 은밀한 신을 향해서 전진한다—이것, 즉 자기 인식에서 얻어진 스스로의 영혼을 둘러싼 지각에 의해 신성을 현시하는 일, 이것이야말로 예술의 인간적인 사명이다. 인간성을 위한 사명, 인식을 위한 사명, 따라서 예술의 존재 이유가 된다. 이 이유의 정당성이 증명되는 것은 암흑 같은 죽음의 언저리에 접근하는 예술에 의해서이지만, 그것은 다만 이러한 죽음에의 접근에 의해서만 예술은 참된 예술이 될 수 있기 때문이며, 바로 그렇기에 열려서 상징으로 변한 인간의 영혼이라고 부를 수가 있기 때문이다. 이 사실을 그는 분명히 알고 있었다.

하지만 그는 다른 것도 알고 있었다. 상징의 아름다움은 설사 아무리 엄격하고 정확한 상징이라 하더라도 결코 자기 목적이 될 수는 없음을, 가령 아름다움이 자기 목적을 굳이 내세우면 예술은 밑뿌리부터 흔들리게 됨을 알고 있었다. 끊임없는 혼동 속에 어떤 갱신의 여지도 없이 꼭 닫힌, 끊임없는 교체와 역전의 순환 속에서, 인식의 정확성은 다름 아닌 단순한 아름다움 때문에 이미 아무것도 전개할 것도 없고 발견할 것도 없다. 무법 속에 숨은 신성도, 인간이 품은 신성 속에 깃든 무법도 발견되는 일 없이 다만 공허한 형식과 공허한 말에 취해서 형체도 분간할 수 없는 혼돈 속에 서약도 모두 잊고 예술을 비예술로, 시를 문사(文士)의 손장난으로 타락시키고 만다. 분명히 그는 이 사실을 알고 있었다. 뼈저리게 알고 있었다.

그리고 바로 그렇기 때문에 그는 모든 예술가의 속 깊이 숨은 위험을 알고 있었다. 예술가가 될 운명을 지닌 인간의 내부 깊숙이 숨은 고독을 알고 있었다. 예술가가 타고난 고독, 그것이 그를 더욱 깊은 예술의 고독으로, 언어를 상실한 아름다움으로 내모는 것임을 알고 있었다. 대부분의 사람은 이러한 고독 때문에 좌절하고 만다. 고독 때문에 그들은 맹목이 된다. 세계도 보이지 않고, 세계나 이웃 사람 속에 깃든 신성도 보이지 않고, 고독에 도취되어 겨우 자신과 신과의 유사성을 볼 뿐이다. 마치 이 유사성이 그들에게만 주어진 영예라고 생각하는 듯 스스로를 우상시하고 타인에게도 그렇게 보여지기를 바라는 욕구가 마침내는 그들의 창조의 유일한 내용으로 변한다— 그것이야말로 배신, 신과 예술의 모두에 대한 배신이다. 왜냐하면 이렇게 해서 예술 작품은 비예술이 되고, 예술가의 허영을 덮는 음탕한 망토가 되고, 부질없이 번쩍이는 값싼 장신구가 되어버리기 때문이다. 이 파렴치한 장신구의 그늘에서는 득의양양하게 펼쳐 보인 스스로의 나신조차도 거짓된 가면으로 변하고 만다. 그리고 설사 이런 종류의 비예술의 음탕한 자기만족, 아름다움에의 도취와 효과 의식, 새로이 소생시킬 수도 없는 단명(短命)과 확대할 수도 없는 한계, 그것들이 참된 예술로는 상상도 할 수 없을 만큼 쉽게 사람들과 통하는 길을 발견한다고 하더라도 그것은 거짓된 길에 지나지 않는다. 고독에서 벗어나는 길이기는 하지만, 참된 예술이 인간적인 노력 속에서 구하는 연대로 통하는 길은 아니다. 아니 그것은 천민과의 연대와 서약을 깨는, 아니 깬다기보다도 애당초 서약을 감당할 힘이 없는 무리와의 연대에 지나지 않는다. 이 천민의 무리는 그 어떤 현실을 지배할 수도 창조할 수도 없고, 그렇게 하려는 생각조차 없으며, 오히려 현실을 잊어버리고 멍청한 잠 속에 빠져든다. 비예술과 다름없는 현실의 상실, 문사의 글 장난과 다름없는 현실의 상실, 모든 예술가의 자세에 숨어 있는 심오한 위험. 오오, 그는 이 사실을 뼈저리게 잘 알고 있었다.

그는 또한 알고 있었다. 비예술과 문사의 글 장난이 잉태한 위기가 먼 옛날부터 그 스스로를 사로잡고 있었다는 것, 지금도 끊임없이 사로잡고 있다는 것을. 따라서—끝내 솔직하게 자인하려고 생각하지는 않았던 일이지만—그의 시를 예술이라고 부르는 것은 실은 허용될 수 없었던 것이다. 왜냐하면 갱신하고 전개하는 어떤 힘도 갖지 못하고, 그것은 다만 현실 창조를 결여한 음탕한 상품으로의 미에 지나지 않았기 때문이다. 《에트나 산의 노래》에서 《아이네이스》에 이르기까지 시종일관 오로지 아름다움을 위해 봉사하고, 이미 옛날에 누군가가 생각하고 인식하고 형성한 것을 다만 아름답게 마무리 짓는 일에만 기꺼이 종사해왔기 때문이다. 문장의 장려함과 호화로움이 끊임없이 증대했다는 사실을 제외한다면, 거기에는 내적인 의미에서의 참된 진보는 조금도 엿보이지 않았다. 그것은 스스로의 힘으로 존재를 지배하고 참된 상징으로 끌어올리는 힘을 갖지 못한 비예술이었다. 아아, 스스로의 삶 속에서, 스스로의 작품 속에서 그는 비예술의 유혹을 경험하고 있었다. 생산하는 힘을 생산된 것으로, 연대를 유희로, 끊임없이 발전하는 창조를 경직으로, 인식을 아름다움으로 변화시키는, 뒤바꿔놓는 유혹을 그는 경험했다. 이 바꿔치기와 역전을 그는 알고 있었다. 그것이 그 자신의 삶의 도정에 수반되는 것이었기 때문에 한층 더 통절하게 느껴졌다. 재앙에 찬 그 길이 그를 고향의 대지에서 대도시로, 꾸준한 창조의 영위에서 자기 기만적인 교묘한 말솜씨로, 인간성에 대한 책임에서 갖가지 사물을 한층 높은 데서 내려다보고 참된 조력을 위해 조금도 분발하려고 하지 않는 거짓된 동정으로 인도한 것이다. 가마에 흔들리며 가마에 실려서 법도가 정한 연대에서 우연에 맡겨진 고립으로 향하는 길, 길이라기보다는 오히려 천민의 세계로의 전락, 그 세계의 꺼림칙한 표현인 문사의 손장난으로의 전락! 분명하게 의식한 일은 거의 없었으나, 그는 거듭 도취의 포로가 되어 있었다. 아름다움, 허영, 예술의 유희, 망각의 유희, 그 어떤 형태로 나타나든 간에 그의 삶은 미끄러지듯이 선회하는 뱀 모양의 둥근 고리에 둘러싸인 것처럼 도취에 의해 규정되어 있었다. 끊임없는 회전과 역전의 현기증을 일으키는 도취, 비예술의 유혹에의 도취, 스스로의 삶을 되돌아보는 지금, 그 도취 때문에 그는 마음속 깊이 부끄러움을 느꼈다. 시간의 경계에 도달하여 유희의 중단이 눈앞에 다가온 지금, 싸늘하게 도취가 식어가는 가운데 그는 스스로에게 들려주지 않으면 안 되었다. 너는 아무런 뜻도 없이 가련한 문사의 생활을 보내온 것이다. 바위스라든가 매위스라든가 진작부터 경멸하고 있던 어리석은 직공들의 그것에 비해서 조금도 나을 것이 없는 생활을 해왔다. 그렇다, 모든 경멸 속에는 반드시 어느 정도의 자기모멸이 숨어 있는 법인데, 그것이 지금 다시 현실로 그대로 나타나서 치욕에 찬 날카로운 고통을 수반하고, 그의 마음속에 고조되어 그를 교란시켰다. 이 자기모멸에서 벗어나는 유일하고도 확실한, 그리고 바람직한 방법이라고는 지금은 다만 자기 소멸, 죽음이 있을 뿐이었다. 그러나 그를 엄습한 것은 실은 굴욕과는 다른 것, 굴욕

이상의 것이었다. 도취에서 깨어나 스스로의 삶을 되돌아보는 자는 인식한다. 그의 도정은 잘못되어 있었으나 그 한 걸음 한 걸음에는 피할 수 없는 필연성이 있었다, 그것은 어떻게 할 수도 없이 명백한 것이었다, 라고. 운명과 신들의 힘에 의해 처음부터 그는 역전하는 길을 더듬도록 정해져 있었던 셈이다. 그 때문에 그는 아무리 전진하려고 노력을 해도 언제나 한곳에 못 박힌 채 영상이나 말이나 소리의 숲 속에서 정처 없이 헤맬 수밖에 없었다. 운명이 명하는 대로 내계와 외계의 가지들 속에 얽혀 들어 사방이 감옥의 벽을 이루는 숲 속을 길잡이도 없이 헤맸고, 금빛으로 빛나는 가지를 꺾으려는 희망도 운명과 신들의 금령에 의해 충족될 길이 없었다. 이러한 것을 인식해버린 자, 이러한 것을 인식하고 있는 자는 점점 더 마음속 깊이 부끄러워져서 소름 끼치는 공포에 사로잡힌다. 천상의 존재에 있어서는, 일체의 사상(事象)은 동시에 진행되는 것, 바로 그렇기 때문에 주피터의 의지와 운명의 의지는 합일되고, 가공할 동시성 속에 죄와 벌의 풀 수 없는 일치성을 이 지상에 계시할 수가 있었음을 그는 알고 있었다. 오오, 운명에 의해 연대를 짊어지고 조력의 손을 내미는 의무를 달성하도록 정해져 있는 그러한 인물만이 높은 덕행을 자랑할 수가 있다. 그만이 주피터에게 선택되어 수풀 속에서 끌어내주는 운명의 손을 기대할 수 있다. 하지만 주피터와 운명이 모두 의무의 수행을 허용하지 않으려 할 때는, 조력할 수 없는 것과 조력할 마음이 없는 것은 똑같은 것으로 간주되고 만다. 그리고 어느 쪽이나 어떤 조력도 얻을 수 없고, 의지할 곳도 없게 되는 벌이 내려지게 된다. 조력할 수도 없고, 조력하려는 마음도 없고, 연대의 세계에서 홀로 의지할 곳도 없이 연대를 피하고 예술의 감옥 속에 유폐된 시인, 인도받지도 못하고 인도할 힘도 없이 고립된 경지에 놓인 시인, 설사 그가 운명에 거역하려 하더라도, 설사 어스름 속에서 조력의 손을 내밀고, 일깨워주는 구실을 하고, 그럼으로써 서약과 연대로 회귀하는 길을 발견하려 하더라도 그러한 시도는 처음부터 좌절의 낙인을 찍히게 마련이다―오오, 그것을 깨닫고 심한 치욕을 맛보게 하기 위해 저 세 사람이 그에게로 보내졌다!―그의 조력은 거짓된 조력, 그의 인식은 거짓된 인식에 지나지 않는다. 설사 그것들이 인간에게 받아들여진다고 하더라도, 그것은 언제나 다만 재앙을 가져다주는 유혹의 구실밖에 하지 못할 것이다. 구원의 길을 가리키는 어떤 인도로부터도 아득히 멀고, 구원으로부터 아득히 먼 유혹. 그렇다, 이것이 마침내 도달한 끝이었다―스스로는 인식이 결여되어서 인식을 원치 않는 인간들에게 인식을 가져다주려는 자, 스스로는 말의 직공이면서 말을 않는 인간들에게 말을 일깨워주려는 자, 스스로는 의무를 망각하면서 의무를 모르는 인간들에게 의무를 지우려 하는 자, 스스로는 다리병신이면서 비틀거리는 인간들에게 걸음마를 가르쳐주려는 자.

그는 또다시 버림을 받고 있었다. 다시 버림받은 세계에 내동댕이쳐져 있었다. 오오 어떤 손도 이미 그를 붙들어주지 않고, 그를 보호하고 위로해주는 것은 아무것도 없었다. 그는 다만 굴러떨어지는 대로 내맡겨져 있었다. 창문턱에 쓰러질 듯이 기대서서 먼지 덮이고 열기를 머금은 생명이 없는 벽돌에 생기 없는 손으로 매달린 채, 이 과열된 본래의 찰흙을 덮은 먼지를 손톱 사이에 생생하게 느끼며 경직된 본래의 흙에 단단히 매달리면서, 그는 뜨거운 돌과 꼼짝도 않는 자세로 버티고 있는 사방의 밤의 침묵 속에서 침묵의 홍소가 울려 퍼지는 것을 듣고 있었다. 거기에서 들리는 것은 철저히 수행된 파약의 침묵, 말도 인식도 기억도 상실한 죄의식의 완고한 침묵, 창조 이전의 세계에 가차 없이 증대하는 죽음의 침묵이었다. 이 조건 없는 죽음에 있어서는, 재생도 없고 세계 창조의 갱신도 있을 수 없었다. 왜냐하면 이렇게 정해져버린 죽음은 어떤 신성함도 모르기 때문이다. 오오, 그 어떤 피조물도 인간만큼 조건 없이, 인간만큼 신성함에서 멀어져, 죽음의 운명에 맡겨지지 않았다. 그 어떤 존재도 인간처럼 서약을 파기하는 일은 없기 때문이다. 방종의 길로 치달으면 치달을수록 사람은 점점 더 무거운 죽음의 운명을 짊어진다. 그러나 누구보다도 더 서약을 깨고 죽음을 무겁게 짊어지고 있는 자는, 대지와 친숙해지지 못하고 포석 위만 걷는 발의 소유자, 이미 밭갈이도 모르고, 씨를 뿌리는 일도 없고, 별들의 운행에 따라 만사를 다스릴 줄도 모르고, 숲의 노래도 푸른 들의 노래도 듣지 못하는 인간이다. 사실, 거리를 노상 헤매며 남몰래 숨어 다니고 꿈틀거리며 언제나 갈지자걸음으로 비틀거리기 때문에 정상적인 보행을 잊어버린 대도시의 천민만큼 죽음에 내맡겨져 있는 사람은 없다. 어떤 법도로도 보호받지 못하고, 자신 속에 어떤 법도도 간직하지 못하고, 한때는 갖추고 있던 지혜까지도 잃고, 인식을 꺼리고, 다시 지리멸렬의 상태에 빠져버린 군중. 동물처럼, 그렇다, 하등 동물처럼 온갖 우연에 몸을 맡기고, 마침내는 기억도 희망도 불사의 운명도 잃고, 우연히 명하는 대로 소멸되어가는 군중. 그가 감수하지 않으면 안 되었던 것도 그것과 똑같은 처지, 그 스스로가 그 한 부분으로 변하고 있는 갈가리 찢긴 천민의 무리와 똑같은 처지였던 것이다. 운명의 필연에 의해 이 처지가 피할 새도 없이 그에게 안겨진 것이었다. 뜻하지 않은 경악의 영역을 이미 벗어나긴 했으나 그다음에는 소름 끼치는 듯한 느낌으로 천민의 세계로 전락한 자신, 바닥이 완전히 결여된 표층에 전락한 자기 자신을 바라보지 않으면 안 되었다—전락은 더 지속되는가? 더 지속되지 않으면 안 되는가? 표층에서 표층으로 전전하면서 마침내는 최후의, 순수한 무의 표층에까지, 궁극적인 망각의 표층에까지 떨어지지 않으면 안 되는가? 낮이나 밤이나 저승의 문은 열려 있다. 전락은 피할 수가 없고, 거기에서 돌아올 길은 어디에도 없다. 전락의 도취에 사로잡히면, 그것이 마치 높은 곳으로 향하는 충동이기라도 한 듯이 생각된다. 그러나 이윽고 무시간적인 천상의 사상(事象)이 느닷없이 그 동시성을, 지상의 영역에 있어서의 동시적인 연관을 분명히 할 때, 그 시간의 경계에서 인간은 신성을 박탈당한 신을 만나게 된다. 영겁의 홍소가 퍼덕이며 사방을 감싼 가운데 마찬가지로 전락해가는 신에게 따라잡히고 추월당한다. 양자가 모두 똑같은 환멸과 자포자기 속에 내던져지고 소름 끼치는 공포에 노출되는데, 그 공포란 완고하고 반항적인 수치심에 사로잡혀서, 웃고 있으면서도 동시에 더욱 가공할 미래의 공포를 예감하며 웃음으로써 그것의 도래를 막으려고 생각하는 공포이다. 더욱 노골적인 공포, 더욱 노골적인 굴욕, 더욱 노골적인 정체의 폭로로 운명이 명하는 여로는 연장되고, 전락의 길은 연장된다. 그 길이 다하는 끝에 있는 것은, 그때까지의 그 어떤 것보다도 더 지겨운 파멸과 자기 소멸이었다. 그때까지의 모든 고독, 밤의 고독, 세계의 고독, 그 모든 것보다도 더한, 인간에게뿐 아니라 모든 사물로부터도 버림받은 새로운 고독의 경지였다. 방자한 존재의 덧없는 표층이 졸지에 그곳에 노출되어 있었다. 그리고 안과 밖 어느 것에도 충분히 도달하기 전에, 밤은 여전히 암흑의 원을 이루고 빛나고 있었다고는 하지만, 어디라고도 할 수 없는 무하유지향으로 용해되고 있었다. 그것은 스스로를 우연에 맡기면서, 인식도 지각도 무용지물로 만들어 쓸모없이 사라지게 하는 세계였다. 기억도 희망도 사라져 있었다. 제멋대로인 우연의 강압 때문에 사라져 있었다. 모든 것 속에 모습을 나타내는 것이 이 우연, 창조 없는 세계를 지배하는 피하기 어려운 우연이었다. 창조 이전의, 일체의 의지할 곳 없음에 자리한 도취와 상실된 기억에 휩싸여서 삶도 없고 죽음도 없는 창조 이전 세계의 싸늘한 불길에 비쳐져서, 그것은, 무릇 형용할 수도 없는 고독과도 같은 이 가련한 우연은, 바야흐로 또다시 스스로의 주권을 내세우며 소리치고 있었다—이것이야말로 여로의 끝, 지금 비로소 눈에 비치는 전락의 종점, 무어라고 이름 붙일 수도 없는 존재 그 자체였다.

　이름 붙일 수 없는 우연의 고독. 그렇다, 그가 위태롭게 전락할 듯한 자세로 눈앞에 보고 있던 것은, 아니 실은 이미 낙하하면서 창가에 서 있던 그가 보고 있던 것은 바로 이 고독이었다. 의지할 데 없이 버림받으면서도 그러나 불굴의 방자한 모습을 보이며, 낯선 존재로 변한 밤이 열을 띤 그의 시선 앞에 열려 있었다. 여전히 부동의 자세로, 그러면서도 낯설게 밤은 부드럽고 엄숙함을 띤 달의 숨결의 애무를 받으며 부동의 자세 그대로, 은하의 보드라운 흐름에 잠겨서 침묵의 별의 노래 속에, 아름다움과 그 매혹되면서 매혹하는 통일 속에 가라앉아 있었다. 미화된 세계에서 표류하면서 사라져가는 통일 속에, 응고하면서 응결시키는 그 세계의 한없는 아득함 속에 가라앉아 있었다. 이 아득함과 마찬가지로 아름답게 응고한 거대한 공간에서, 마령 비슷한 힘에 의해 일찍이 보지 못한 낯선 것으로 변용되면서, 아득함과 더불어 밤은 시간 속으로 실려 갔다. 밤이라고는 하지만 그것은 또한 시간 속의 불멸의 것이었으며, 영겁에 속하면서 그러나 영원을 모르고 인간적인 모든 것에서 멀어져서 인간의 영혼과는 무관한 것이 되어 있었다. 그 까닭은 아득함에 젖고 아득함을 적시면서 성취한 이 조용한 합일은 어떤 것의 관여도 이미 허용하지 않기 때문이었다. 현실의 앞뜰은 비현실의 앞뜰로 변모해 있었다. 존재의 여러 영역의 질서는 사라지고, 소리도 없이 울려 퍼지는 그 은빛 공간은 파악 불가능함에 의해 갇히고 낯선 것으로 변화하여 일체의 인간성의 무릇 헤아릴 수 없는 부분을 그 낯섦 안에 두고 꼼짝도 않고 침묵하고 있었다. 달, 은하, 별. 그것들은 이미 이름을 갖고 있지 않았다. 도달할 수 없는 먼 고립 속에 있는 그것들은 그에게는 미지의 것으로 변모되어 있었다. 다리를 놓을 수도, 고함 소리를 미치게 할 수도 없고, 더욱이 무겁게 그의 위에 씌워져서 억누르고 위협하는 뜨겁고 투명한 이 고독, 그것은 우주의 과열된 냉정함이었다. 그의 주위에 있는 것은 이미 그를 둘러싸고 있지는 않았다. 밤의 동굴에 갇혀 있으면서도 그는 그 바깥에 서성였고, 스스로의 운명으로부터도 타인의 운명으로부터도 단절되어 있었다. 눈에 보이고 또 보이지 않는 세계의 운명으로부터, 일체의 신성과 일체의 인성으로부터, 인식과 아름다움으로부터 소외되어 있었다. 왜냐하면 눈에 보이고 또 보이지 않는 세계의 아름다움도 형용할 수 없는 것 속에 사라져, 이미 기억 속에는 머물러 있지 않기 때문이다—

—오오, 플로티아, 나는 아직도 그대의 이름을 기억하고 있는 것일까? 그대의 머리칼에는 밤이 깃들어 있었다. 별들을 아로새기고 동경을 예감하고 빛을 알리면서. 그리고 나는 이 밤 위에 몸을 웅크리고 감미롭게 빛나는 밤의 숨결에 취하곤 했지만 그 속에 가라앉지는 않았다! 오오, 잃어버린 존재여, 더할 수 없이 그리운 생소함이여, 더할 수 없이 생소한 그리움이여, 아득히 멀고도 가까운, 온갖 아득함의 더할 수 없이 가까운 느낌, 엄숙한 영혼의 최초와 최후의 미소여, 오오, 예나 지금이나 모든 것을 뜻하는 그대, 그립고 낯설고 가깝고도 먼 미소여. 운명을 짊어진 한 송이 꽃이여, 나는 그대의 생명을 내 삶에 용해시킬 수가 없었는데, 그것은 그 생명이 너무나도 아득했고, 너무나도 생소했고, 너무나도 가깝고 그리웠기 때문이었다. 너무나도 무거운 밤의 미소, 그리고 운명, 그대의 운명 때문이었다. 그대가 지금까지 스스로 속에 짊어져온, 그리고 앞으로도 짊어지고 갈 운명, 그대에게도 나에게도 미치기 어려운 운명, 너무나도 무거운, 그 미치기 어려움이 내 마음을 갈기갈기 찢을 것을 두려워하여 나는 그것을 내 손에 받아 줄 수가 없었던 것이다. 나는 다만 그대의 아름다움만을 보았을 뿐, 그대의 생명을 볼 수는 없었던 것이다! 오오, 망설이면서 떠나가는 그대를 나는 불러 세우지 않았다. 동경에 넘친 그대를 불러 세우는 일이 내게는 허락되지 않았다. 규명할 수도 없고 엿볼 수도 없는 세계로 두 번 다시 돌아오지 않고 사라져가는, 아아 그 사뿐한 발

걸음이여, 그림자 너머로 사라진 빛이여. 그대의 귀환은 어디에서 성취되는 것인가? 그대는 어디에 있는가? 한때 그대는 존재했다. 그리고 그대의 손가락에서 반지를 빼어 그것을 내 손가락에 끼워주었다. 암흑에 둘러싸여, 암흑을 둘러싸고, 암흑과 함께 우리들을 가두고 울려 퍼지면서 흘러갈 때의 일이었다. 오오, 플로티아, 나는 이젠 도통 알 수가 없구나.

—사라져간 것, 한때는 현실이었던, 현실 이상이었던 것이 이미 기억에 남아 있지 않았다. 한때 그가 사랑한 여성은 이미 이름도, 빛도, 그림자도 아니었다. 그녀는 헤아릴 길 없는 우연 속에 가라앉고 말아서, 그 자취라고는 다만 일찍이 존재했던 것을 둘러싼 놀라움, 울리며 사라진 것, 울리며 사라진 아름다운 음악, 그 옛날의 경탄과 불가해할 만큼 강렬한 망각을 둘러싸고 의심쩍어하던 생각뿐이었다. 다름 아닌 이 망각을, 광신자의 집요한 의아심으로 그는 찾아 헤맸던 것이다. 그렇다, 기억 속에서까지도 의아한 것은 아름다움이 일찍이 존재하고 있었다는 사실, 그것이 울려 퍼졌고, 울려 퍼질 수 있었다는 사실이었다. 아름다움은 마치 영원에서 태어나고 영원에서 문득 초래된 소리 없는 한숨처럼, 인간의 얼굴에 숨어서 끊임없이 되풀이하여 그 얼굴에서 빛을 발하는, 이상하게 친근한 밤의 미소를 머금은 아련한 빛, 쥐똥나무의 흰 꽃처럼 덧없이 사라져 가는 그 빛, 인간적인 모든 것 위에 펼쳐진 죽음의 은은한 얇은 깁의 그물코, 인간적인 것의 얇은 깁, 그것이 아름다움 속에 응축되고 더욱이 동시에 보다 투명해졌는데, 마치 이 아름다움에 의해 망각 그 자체가 영혼 속으로 용해된 것 같았다. 영혼 자체가 무아의 경지에 들어서서 아름다움 속에 이루어지는 이 지상

불멸의 것, 아름다움에 의한 망각 그 자체로 향하는 것 같았다. 인간적인 아름다움 속에서 이미 오래전에 덧없어진 희망, 엿볼 수 없고 미칠 수 없는 죽음을 둘러싼 지식에 대한 희망의, 가까스로 남은 마지막 한 조각이 깜박이고 있는 것 같았다. 그러나 지금 그러한 아름다움은 그림자도 형체도 없었다. 다만 불굴의 죽음만이, 끊임없이 되돌아오는 감미로운 죽음에 잠긴 사람의 등 뒤에 서 있었다. 방자하게 우뚝 몸을 일으킨 죽음이 헤아릴 수 없는 우주 속으로 뻗어 올라 여러 영역을 채우고 결합시키면서 별들의 세계에까지 뻗치고 있었다. 그리고 이 죽음과 함께 죽음의 침묵에 흔들려 깨워져서 그 침묵을 채우고 스스로 침묵으로 변하면서 죽음에 싸인 모든 것이 갑자기 술렁이기 시작했다. 침묵 속에 술렁이는 죽음, 침묵 속에 술렁이는 죽음에 싸인 존재, 죽음의 손에 떨어져서 죽음의 주문에 묶이게 된, 우연에서 태어나 우연에 사로잡힌 존재, 죽음을 기다리는 인간의 모습은 다양했다. 아까의 절름발이도, 뚱뚱보도, 쇳소리로 떠들어대던 여자도 모두 몇 배로 늘어나 마침내는 돌을 간 광장이 넘칠 정도가 되고, 혼잡은 차츰 모든 공간으로 번져갔지만, 말할 것도 없이 그 때문에 광장의 공허함, 공간의 공허함이 달라지지는 않았다. 마치 시간 그 자체가 폭발하고 분출되는 것 같았다. 동시성 속에 있는 죽은 자들의 무리, 다양한 지상의 인간들, 다양한 변화의 순환에 갇힌 지상의 인간. 그 골격과 두개골, 원형의 두개골, 평평한 두개골, 탑 모양의 두개골, 풀이나 아마(亞麻) 같은 털에 덮인, 또는 번들번들 벗겨진, 또는 변발을 늘어뜨린 두개골 또 두개골. 두개골 밑의 다양한 얼굴, 동물 같은 얼굴, 식물 같은 얼굴, 광물 같은 얼굴, 기묘한 피부에 덮인,

혹은 매끄러운, 혹은 여드름투성이의, 혹은 주름투성이의, 살로 터질 듯한, 혹은 볼품없이 일그러진 얼굴, 씹거나 지껄이는 턱, 돌 같은 이빨이 가지런한 얼굴의 동굴, 다양한 피부와 공동의 냄새를 갖춘 얼굴의 인간. 그 미소, 얼빠진 미소, 교활한 미소, 이빨을 드러낸 미소나 난처한 미소, 극악무도할 때조차 감동을 주는 신성한 미소, 그것은 순간 인간의 얼굴을 활짝 열어놓지만, 이내 홍소가 비인간적인 창조의 파괴를 보이지 않으려고 그 얼굴을 닫아버리고 만다. 보는 눈을 가진 인간, 큰 눈, 차분한 눈, 수정 같은 눈, 까만 눈, 싱싱한 눈. 눈 속에 나타나는 운명, 눈 속에 감추어진 내심의 움직임, 운명을 짊어진 인간, 다름 아닌 그 눈의 힘에 깃든 운명에 의해 지워진 굴욕. 굴욕에 넘치고 그러면서도 아직 말을 하는 인간의 턱과 혀와 입술에서 창피한 줄도 모르고 젖어서 이끌려 나오는 목소리, 숨결을 실은 목소리, 연대를 요구하는 목소리, 인간 속에서 뛰쳐나오는 목쉬고 기름지고 요염하고 울리고 움직이고 또는 굳어버리고 헐떡이고 메마르고 울부짖고 짖어대고 그러면서도 또한 노래로 변할 수 있는 목소리. 인간. 이 놀랍고 가공할 통일체. 해부학상의 실체로, 말로, 표현으로, 인식과 비인식으로, 비몽사몽간의 방심으로, 세르테르티우스의 계산으로, 욕망으로, 수수께끼로 형성되어 있는 이 통일체. 분해하여 기관이 되고, 조직이 되고, 물질이 되고, 원자가 되고, 또 몇 배로 증대하여 다양화되는 이 존재의 다양성. 올바르게 접합시킬 수도 없는 이 인간 구성 요소의 착잡함. 이 피조물의 밀림. 돌과 같은 골격, 죽음의 골격과 마찬가지로 지상적인 그 현실. 이 육체의 숲, 사지(四肢)의 숲, 눈의 숲, 목소리의 숲, 창조의 과정에 있는 이 미완의 숲, 우연의 욕정에서 태어나 되풀이하여 분리되는가 하면, 또 새로운 우연의 욕정에 휩쓸려 교합하고, 혼합하고, 교접하고, 분규하고, 분기(分岐)하고, 분기와 갱신을 다시 계속하면서 끊임없이 사멸하고, 사멸하여 썩고 시든 것은 대지로 떨어지는, 식물과 동물의 삶과 죽음의 숙명을 간직한 이 인간의 숲. 그것이 지금 죽음의 모습과 함께 떠올랐다. 죽음과 함께 술렁이며 침묵의 소음을 울리기 시작했다. 그것은 여러 영역을 채우는 죽음 그 자체였다. 인간이 만들어내는 우연의 혼돈이었다. 그 지나친 우연성과 죽음에 맡겨진 그 성격 때문에, 공교롭게도 눈앞에 모습을 나타낸 산 인간이 실은 이미 죽어 있는 것은 아닌지, 아직 태어나지조차 않은 것은 아닌지, 죽음 전의 죽음에 있는 것인지, 아직 태어나지 않은 삶에 있는 것인지 우리로서는 알 수가 없다―플로티아, 오오 플로티아, 전혀 모습을 보이지도 않고 발견할 수도 없는 사람이여! 오오 사자(死者)의 숲 속에서 그녀를 발견할 수는 없었다. 그녀는 의지할 곳 없이 버려진 지하의 세계에 가라앉아 있었다. 그리고 그는 그녀와 관련을 가졌다기보다는 오히려 한 죽은 사람과 관련을 갖고 있었다. 말하자면 그 자신도 사자였기 때문이다. 비창조적인 세계의 죽음보다 앞선 죽음에 빠져서, 거짓 맹세와 절뚝거리고 뒤틀려서 의지할 곳 없이 버려진 도시의 천민 비슷한, 문사의 생업에 빠져들어 있었기 때문이다. 이 생업은 거짓된 역전의 도정으로 죽음까지도 끌어들이고, 죽음을 아름다움과, 아름다움을 죽음과 결합시키면서 마침내는 해체를 지향하는 불결한 동화작용이었다. 도달할 수 없는 곳에도 도달한 것 같은 환각을 품게 되고, 엿볼 수도 없는 죽음의 지식까지도 획득한 것처럼 꾸미고, 뿐만 아니라 이러한 뒤바꿈 속에 숨은 향락적인 요소를 아름다움으로까지 몰고 가서, 아름다움의 불결하고 방종스러운 유희를 절정으로 치닫게 하려는 일이었다. 왜냐하면 사랑할 힘이 없는 자, 사랑으로 이루어진 연대에 가담할 힘이 없는 자는 주위로부터 격리된 고독을 피하기 위해 아름다움 속으로 직접 뛰어들지 않으면 안 되기 때문이다. 잔혹한 정감에 자극되어 그는 아름다움의 탐구자가, 숭배자가 되지만, 사랑하는 일은 끝내 배우지 못한다. 대신 사랑 속에 있는 아름다움의 관찰자가 되고, 아름다움에 의해 사랑을 낳으려고 생각할 뿐이다. 낳는 힘과 낳아진 것을 혼동하면서, 그는 사랑 속에서도 도취를 느끼고 탐지하려 한다. 죽음에의 도취, 아름다움에의 도취, 망각에의 도취. 그리고 아름다움의 유희와 죽음에 대한 사랑의 아득함에 잠겨서 이 망각의 기쁨에 마음껏 파묻히고, 사랑의 본래 의미 따위는 깨끗이 잊어버리고 만다. 비록 아름다움의 창조라는 힘을 갖고 있다고는 해도 사랑은 결코 아름다움을 지향하지 않는다. 다만 끊임없이 그 근본적인 소임을, 즉 모든 소임 중에서도 특히 인간적인, 언제나 반드시 '사랑하는 사람의 운명의 수용'이라고 불리는 소임을 지향하고 있다. 이것을 그는 일부러 망각의 피안으로 밀어붙이고 만다. 아아 이것이야말로, 그리고 이것만이 사랑인데도 말이다. 그러나 사자들은 연대를 형성하는 일이 없다. 그들은 서로 상대방을 잊어버린다.

　―오오, 플로티아! 잊을 수 없는 사람이여! 아름다움으로 충만한 사람이여! 오오, 사랑이 있다고 한다면, 인간의 밀림 속에 사랑의 분별력이 있다고 한다면, 그것은 우리가 함께 황금

의 가지를 발견하는 것, 손을 맞잡고 망각이란 무의 샘까지, 저승의 마지막 각성에까지 내려가는 데에 있는 것이리라. 우리는 하강한다. 꿈에서 깨어나 근원의 심연에까지. 우리가 들어가는 곳은 한번 들어가기만 하면 누구도 되돌아올 수는 없는 아름다운 상아로 된 꿈의 문은 아니다. 아무런 장식도 없는 뿔로 된 입구, 그곳을 통해서 우리는 귀환한다. 손을 맞잡고 상승하는 귀로를 더듬는다. 운명이 소멸하는 마지막 장소에서 새로운 운명을, 사랑이 사라지는 마지막 장소에서 사랑을, 새로이 창조되고 이윽고 성취를 맞이하려는 운명을 지상으로 초대하면서! 오오, 플로티아, 갓난아기처럼 천진한, 그러나 이미 갓난아기는 아닌 너! 우리가 받아들일 수 있는 것은 생성 과정에 있는 운명일 뿐, 이미 성취된 운명은 아니다. 생성 과정에 있는 운명만이 사랑의 현실이다. 우리는 그것을, 봄에 싹트고 꽃피는 모든 것 속에서, 줄기라는 줄기, 꽃이라는 꽃, 자라나는 모든 어린 것 속에서, 그러나 특히 갓난아기 속에서 찾으려 하고 형성되기를 기다리면서, 아직도 열리지 않은 운명—그 때문에 모든 때 묻지 않은 것에 우리의 마음이 쏠리는 것이지만—을, 생성 과정에 있는 것을 이미 성취된 것 속으로 맞아들이고 단단하게 형성된 성인 속에 소년을 맞아들이는 것이다. 오오, 플로티아, 만일 사랑이 존재한다면, 모든 우연의 욕정을 벗어난 사랑의 분별력이 한없이 진실된 사랑의 확실성을 보증한다면 우리에게는 이 운명이, 생성 과정에 있는 운명이 주어지리라. 그리고 그때 운명 스스로가 사랑이 되리라. 사랑의 생성과 존재, 추억을 초월한 심연으로 하강하고 추억에 있는 일체의 세계로 다시 상승하는 사랑, 무(無)로 소멸하고 불변의 동일성의 세계로 회귀하는 사랑, 줄기나 꽃이나 갓난아기와 마찬가지로 조금도 변하지 않는 사랑, 더욱이 그것은 찾을 길 없는 사랑의 황금 가지에 의해 광채를 뿜으며 변용된 사랑인 것이다.

—오오, 사자들은 황금 가지의 광채를 쬐지도 않고, 연대를 형성하려 하지도 않는다. 서로가 상대방을 잊어버리고 있다. 그리고 플로티아의 모습, 한때는 모든 그림자의 배후에 깃든 아련한 빛이라고도 여겼던, 망각 속에 있으면서도 잊을 수 없던 그녀의 존재는 이미 그림자 속에 사라지고, 그림자 나라의 혼잡한 사자들 속에 뒤섞여 분간할 수도 없고, 넘쳐흐르는 사멸, 넘쳐흐르는 얼굴이나 두개골이나 육체의 일부분, 아니 이미 그 일부분도 아닌 것이 되어 있었다. 그것들 모두가 그에게는 분간할 수도 없고 형용할 수도 없는 존재가 되어 흩어지고 소멸되어 있었는데, 그들이 애초부터 그에게는 사자였기 때문이다. 그들을 산 자로 생각하며 참된 도움의 손을 내밀려는 시도는 한 번도 하지 않았기 때문이다. 오히려 그는—운명과 신들의 저주에 의해 도움이라는 의지를 뺏기고 죄도 없이 죄의 구렁에 빠져서—이루어지지 않은 첫 조력의 시도 때문에, 이루어지지 않은 최초의 한 걸음 때문에, 그 거짓되게 내디딘 최초의 한 걸음 때문에 전 생애를 소비하고 말았다. 그 어떤 실질적인 조력의 연대에 가담할 힘도 없었고, 하물며 한 인간의 운명을 떠맡는다는 일은 상상조차 할 수가 없었다. 아아, 그의 일생은 사자들의 비연대 속에 있는 삶이었다. 언제나 사자들과만 생활하며, 산 사람까지도 사자들 속에 포함시켜 생각하고 있었다. 언제나 인간을 사자로 취급하고, 죽음 속에 응결하는 아름다움을 낳고 다듬기 위한 초석으로밖에 간주하지 않았다. 바

로 그렇기 때문에 그에게 있어 모든 인간은, 방자하고 어떤 인식도 태어나지 않는 영원한 비창조적인 세계로 사라지고 만 것이다. 인간이 인간적인 입장에서 받아들이는 사명 속에서만 구원을 가져올 수 있는 인식이 가능한데, 그는 그런 사명감이 결여됐기 때문에 구원의 힘까지도 잃고 말았다. 실질적인 조력도 사랑에 입각한 행위도 수행할 힘 없이 그는 팔짱을 낀 채 인간의 고뇌를 관찰만 하고 있었다. 오로지 음란함으로 굳어진 기억을 위해서, 오로지 음란한 아름다움을 기록하기 위해서, 그는 가공할 일들이 일어나는 것을 바라보고 있었다. 그가 끝내 진실된 인간을 형상화하지 못한 것은, 먹고 마시고 사랑하고 사랑받는 인간을 형상화할 수가 없었던 것은 바로 그 때문이었다. 하물며 발을 질질 끌며 한길을 비틀거리면서 걷고, 욕지거리를 퍼부어대는 인간을 그린다는 것은 그의 힘으로 가능할 턱이 없었다. 그 야수성, 엄청난 조력을 필요로 하는 그 궁핍, 더욱이 그러한 수성에까지 하늘의 은혜가 주어져 있다는 인간의 불가사의를 그린다는 것은, 그의 조형력으로는 어림도 없었다. 인간이란 그에게 있어 무에 지나지 않았다. 동화 속의 생물, 아름다움으로 덮인 미의 연기자에 지나지 않았다. 그리고 그러한 존재로서의 인간을 그는 그렸다. 동화 속의 왕, 동화 속의 영웅, 동화 속의 목동, 꿈속의 생물. 그 아름다움에 넋을 잃고 아름다움의 꿈에 잠기는 모습, 마치 신을 방불케 하는, 이 세상의 것이 아닌 그 모습을 가능하면 닮고 싶다고—이 점에 있어서도 그의 소원은 천민의 그것과 같았다—그는 생각하고 있었고, 만일 그것이 참된 꿈의 모습이었다면 아마 닮을 수도 있었을 것이다. 하지만 실제는 그것과는 거리가 멀었다. 그가 그린 인간은 단순한 말(言)의 형상에 지나지 않았다. 시 속에서 가까스로 생명을 얻었는가 하면, 다음 모퉁이를 돌았을까 말까 했을 땐 어느새 죽어버리고 만다. 말의 어두운 숲 속에서 떠올랐다가는 다시 우연 속으로, 사랑의 부재 속으로, 경직 속으로, 죽음 속으로, 침묵 속으로, 비현실 속으로 가라앉고 만다. 그것은 마치 저 세 사람, 두 번 다시 모습을 나타내는 일 없이 사라진 저 세 사람의 경우와 똑같았다. 그들을 떨게 했던 사악한 침묵의 홍소가, 그들이 사라진 뒤에도 세계를 폭파시킬 정도로 울려 퍼지고 있었다. 그러더니 제2의 정적이 되어 아래 광장과 골목의 정적을 악의에 차서 꿰뚫고, 밤의 침묵을 꿰뚫고, 우연에서 생겨나서, 낯선 것으로 충만한 채, 요란하게 울리면서 공간을 폭파하고 공간을 지워나가는 것이었다. 물론 이 완전한 파약의 홍소가, 세계를 어이없이 폭파시키는 침묵의 진동이, 시간을 지양시킬 수는 없었다.

남은 것은 다만 저 사라진 기억, 생기를 잃은 음란한 거짓 기억으로 변한 저 기억 속에 간직된 조소로 눈이 먼 굴욕뿐이었다. 그 어떤 지상의 불길로도 일깨워짐 없이 하늘의 불은 묵묵히 무명의 존재로 변하고 있었다. 세계의 중심은 모든 거리의 포석으로 덮여 침묵하고, 무의 입김을 싸늘하게 받으면서 가장 외부에 있는 경계와 하나가 되어 있었다. 영원을 그 속에 쉬게 하는 동시성의 흐름도 지금은 응결되어 있었다. 아아, 저주할 미망의 길의 거짓된 전회, 그것은 과거와 미래를 무시간적인 영원한 현재에다 붙들어 매는 크나큰 순환을 착각하게 만든다. 저주할 파약의 전회, 저주할 거짓된 무시간성, 그것이야말로 모든 도취의 본질이며, 도취의 기쁨을 유지하기 위해, 끊임없이 되풀이하여 태어난 것을 태어나게 하는 힘과 대체하지 않으면 안 되고, 아름다움에 굶주리고 피에 굶주리고 죽음에 굶주려서 희생을 기만하고 왜곡하여 향락적인 도취로 변화시켜버리고 만다. 저주스러운 기억의 음란한 허영, 전혀 현실을 모르고 다만 추억을 위해서만 기억하는 그 허영, 저주스러운 이 존재의 역전 서약은 갱신하지 않을 수가 없고, 불길을 일으킬 방법도 없고, 아무리 많은 아름다움, 아무리 많은 피, 아무리 많은 죽음이 제공된다고 해도 유희는 끝내 허무하게 끝나지 않으면 안 된다. 시간의 전환점에 있어서의 유희는 아무런 힘도 갖지 못한다. 그리고 이때 지상의 무한성은 절단되고 만다. 정녕 희생이 다시 참된 희생이 되지 않는 한 재앙을 피할 도리는 없다. 어렴풋한 잠에서 깨어날 길은 없다. 교만한 자는, 서약을 무시할 자격이 있다고 자부하는 교만한 인간은 재앙의 고리에 사로잡혀 영겁 속에서 벗어날 수가 없다. 내계와 외계의 유혹적인 동시성, 밀려왔다가는 다시 빠져나가는 세계의 조수 간만, 아름다움에 둘러싸인 세계의 경계선의 유혹적인 전망. 이러한 유혹을 그는 저 거짓된 역전을 허용하는 기회라고 생각해왔지만, 그것은 기억에 취하고 또한 망각에 취한 자의 역전의 길일 뿐, 다른 경우와 마찬가지로 현실을 상실하고 있는 것이다. 아아, 도취에 빠진 자의 한심함이여. 교만과 어리석음 속에서 거짓 맹세를 고집하고 기억의 홍수 속에 빠졌거나, 그렇지 않다고 하더라도 그 때문에 스스로의 인간성을 잊어버리고 마는 자, 그는 이미 자기가 상승하는 것인지 하강하는 것인지, 앞을 보고 있는지 뒤를 돌아보고 있는지도 모르고 있다. 환상(環狀)의 도정에는 그 어떤 방향도 없고, 게다가 그의 머리는 뒤로 젖혀져 경직된 우스꽝스러운 꼴이었다. 사자들을 불러일으킬 수는 없다. 죽은 여자를 불러일으킬 수는 없다. 망각의 공간은 잿빛의 바닷물처럼 그녀를 뒤덮고 있었다. 스스로의 삶을 응시하지 않은 남자가 떠내려갈 곳은 최후의 각성, 최후의 망각이라는 것을 저 빈민가의 여인들은 이미 알고 있는 듯했다. 역시 그녀들의 조소가 옳았던가? 남은 길은 역시 다만 무로의 전락, 무의 경계 아래 저승처럼 펼쳐진 덧없는 표층 세계로의 전락뿐이었던가? 오오, 여인들이 옳았다. 격렬한 굴욕감을 맛보면서 그는 조소와 저주를 받아들이지 않으면 안 되었다. 예컨대 그가 가책 없이 저지른 음란의 죄는 천민들의 어떤 파렴치하고 우발적인 음란보다도 훨씬 더 도리에 어긋난 것이었기 때문이다. 그는 자발적인 전락이라는 음란한 죄에 휩싸여 있었다. 설사 그것이 운명에 의해 명령된 것이라 하더라도, 자발적으로 그는 거짓 맹세를 하는 무뢰한들에 가담해 있었던 셈이다. 그 어떤 결함도 알지 못한 채 무의 포석 위를 비틀거리며 동물처럼 불을 갖지 못하고, 식물처럼 싸늘하고, 광물처럼 파묻힌 채 수풀 속을 헤매면서 스스로 수풀로 변하고, 분별할 수 없는 궁극적인 돌의 세계로 몰입한 무리들의 일당에 낀 것이다. 극악무도한 무리들에게 행해지는 위협을 그도 받고 있었다. 그도 그 무리들과 같은 부류였다. 무서워서 떨며 몸을 숨기는 자들과 함께 그는 잠복하고 있었으나, 그 위협은 거친 운명의 힘 그대로 엄청나게 큰 위협의 세계에서 태어나 그 어떤 홍소의 소리에도 저지되지 않고, 더욱더 침묵의 깊이를 더하면서 피할 수도 없을 만큼 견고한 암흑의 결정체 속에서 소리를 응고시키고 빛을 응고시켰다. 밤 속에서 용해되고 밤 속에서 응결하는 위협, 그것이 끝도 없이 고조되고 있었다. 모든 것이 위협에 노출되어 있었다. 모든 것이 안정을 잃고 있었다. 위협 그 자체조차도 불안정한 상태에 있었다. 사상(事象)이 발생하는 영역에서 그것이 정적으로 지속되는 영역으로 이동하고 있었기 때문이다. 밤은 견인불발의 지속을 드러내고 있었다. 싸늘하게 불타오른 어둡고도 투명한 황금빛 밤의 날개가 건조한 달빛에 물든 인간의 주거지를 골고루 뒤덮는 손처럼 펼쳐져 있었다. 그리고 꼼짝도 않는 인간 세계는 별빛을 깊이 삼키면서, 내부의 불길에 이르기까지 투명한 돌로 변하고, 대지에 입을 벌린 결정체의 수직갱에 던져진 그 투명한 돌의 그림자가 엿볼 수도 없는 존재의 수정의 메아리로 변하고 있었다. 헤아릴 수 없는 맨 밑바닥까지 물결쳐 가는가 하면, 귀에 들리는 범위까지 튀어 오르는 그것은 마치 돌로 변하는 것의 마지막 애절한 헐떡임, 존재의 숨결을 원하는 돌의 헐떡임 같았다. 그림자에 의해 돌로 변하면서, 그림자를 돌로 변하게 하면서, 아래위로 물결치며, 시종 변함없이 집요하게 시간을 헤아리면서, 저쪽 성벽 주위를 돌고 있는 경비병의 발걸음까지도 이 움직임에 휩쓸려 들고 있었다. 하나의 돌이 되고, 울려 퍼지는 포석에서 나타나 다시 바닥으로 가라앉는 엄숙하게 울리는 무의 그림자의 걸음이었다. 시간과 함께 점점 더 광채를 더하는 빛 속에서 성벽 위 언저리에 박힌 딱딱하고 뾰족한 철책의 날카로운 빗살 모양의 그림자가 눈에 들어오고, 그에 못지않게 밝은 빛과 투명한 그림자가 교차되는 가운데 주위의 성벽과 왕궁 사이의 깊이가 입을 벌렸다. 여러 영역의 광채가 그 밑바닥까지도 은록색으로 물들여 빛에 의해 돌로 변하고, 빛에 의해 건조되고, 빛에 의해 침묵의 소리를 울리는 모래와 자갈로 된 지면, 움직임 하나 없는 막막한 갱의 밑바닥에는, 몇 그루 관목의 마른 그늘 아래로 하잘것없는 각양각색의 잡동사니가 보였다. 더구나 은록색으로 빛나는 덤불의 가지에 반쯤 가려진 채 그림자를 던지는 나뭇조각이나 도구류는, 뭔가 무서울 만큼 엄숙해서 마치 돌로 변한 만유의 침묵이 내는 쓸쓸하고도 기묘하게 품위를 잃은 메아리처럼 느껴졌다. 거기에는 위험이 반영되고, 복수가 반영되고, 위협이 반영되어 있었다. 왜냐하면 무는 무에 반영되는 것이기 때문이다. 투명한 것은 티끌에 반영되고, 양쪽 모두 부동의 밤의 날개에 닿아서 비애로 마비되어 있었다. 더욱이 그 양쪽 모두에게 갈기갈기 찢겨서 알아들을 수도 없는 죽음의 헐떡임이 들려왔다.

―그러나 키코니아의 여자들은 죽은 자에 대한 사랑 때문에 물리침을 당했을 때, 신들의 연회가 한창인 가운데 바쿠스의 취기에 사로잡혀 그 사내*를 갈기갈기 찢어발겼다. 그 사지는 들판에 흩어지고, 대리석 같은 목덜미에서 머리마저도 베어 떨어졌다. 그러나 그 머리에는 아직도 목소리가 있었다. 헤브루스의 어버이 품속 같은 물결에 던져져 굽이치는 소용돌이에 휩쓸리면서 임종의 고통스러운 숨길로 "에우리디케" 하고 외쳤다. "에우리디케, 불행한 에우리디케여!" 하고 외쳤다. 그 목소리가 기슭에 메아리쳐서 "에우리디케" 하고 되받아 울렸다.

―그런데 그 자신의 목소리엔 되돌아오는 메아리가 없었다.

---

*에우리디케를 잃은 슬픔으로 인해 냉정하게 굴었던 까닭에 여인들의 원한을 사 죽임을 당한 오르페우스를 말한다.

돌이킬 수 없는 종말을 향하여 우뚝 솟은 저승의 황량한 산골짜기에 메아리도 없이 울려 퍼지는 죽음의 반향, 꼼짝도 않고 잦아드는 내계와 외계의 침묵의 반향, 말라붙은 골짜기와 돌로 변한 결정체의 수직갱 속에서 애절하게 흐느끼는 침묵의 반향. 그는 눈에 보이지 않는 한갓 두개골이 되어, 망각의 그늘 기슭의 모래 속으로, 어스름한 강가의 발 디딜 길도 없는 메마른 수풀 속으로, 망각까지도 삼켜버리는 절망적인 무 속으로 추락해갔다. 몸통도 없고 목소리도 없고 폐장도 없이, 숨을 쉴 힘도 빼앗기고 공허하게 응시하는 장님이 된 눈만 남아서, 그는 지하 세계의 진공의 어둠 속으로 내팽개쳐졌다. 그림자를 지우는 일이 그의 사명이었다. 그러나 그는 그림자를 낳고 만 것이었다. 지상에 큰 결속을 가져다줄 서약이 그의 소임이었다. 그러나 그는 애초부터 서약을 깨고 있었다. 오오, 이것이야말로 그에게 주어진 사명이었다. 다시 한 번 무덤을 덮은 돌을 제거하고, 인간성을 재생으로 인도하고, 살아 있는 창조만이 항구적인 동시성이라는 법도를 만들어 시간의 흐름을 이겨내고, 신을 거듭되는 희생의 불길이 타오르는 현재에서 동시성으로 불러내어 자기 창조라는 서약을 수행하도록 요구하고, 서약에 의해 신을 분발케 하고, 서약에 의해 경직을 저지하고, 서약에 의해 불길을 일으키는 일. 오오, 이것이야말로 그의 사명이었다. 그러나 그는 이 사명을 수행하지 않았다. 수행하도록 허용되지 않았다. 미지의 서약을 성취하기 위해 묘석을 밀어내기도 전에, 팔을 들어보기도 전에 팔은 무거워지고 마비되고 투명해져서, 돌로 변한 세계로, 투명하게 메말라 뭐가 뭔지도 모를 부동의 돌의 물결 속으로 끌려들고 말았다. 그리고 이 부동의 물결은 스스로 돌로 변하고 다른 것을 돌로 변하게 하면서, 모든 영역으로부터 세계의 중심으로 밀려드는가 하면 다시 그 영역으로 물러가고, 생명이 있는 자도 없는 자도 그림자의 결정체 속으로 빨아들이면서 다만 한 개의 돌이 되고, 만유를 희생시키는 돌이 되고, 화환에 장식되지도 않고, 타오르는 불길에 데워지지도 않으며, 완강하고, 움직이지도 않고, 헤아릴 수 없는 것을 뒤덮으면서 스스로도 헤아릴 수 없는 세계의 묘석, 희생을 탈취당한 세계의 묘석이 되어 있었다. 오오, 시인의 운명이여! 사랑을 추억하는 힘은 오르페우스를 저승 깊은 곳으로 이끌었으나 그 궁극의 깊은 곳까지 내려가지는 못하게 했다. 그리하여 오르페우스는 낯선 지하 세계 같은 추억 속을 헤매면서 때 아닌 귀로에 오르지 않으면 안 되었다. 그의 순결마저 음란한 기운으로 오염되고 재앙 속에서 갈기갈기 찢긴 채. 말하자면 그는 애당초 사랑을 몰랐고, 사랑의 추억을 앞세우거나 회상에 인도되어서 걷는 방법도 몰랐다. 그는 아예 철을 다스리는 불카누스의 최초의 깊이에까지도 도달하지 못했다. 하물며 법도를 정하는 어버이들의 영역에 더욱 깊이, 세계를 낳고, 추억을 낳고, 행복을 낳는 무의 영역까지 헤치고 들어갈 길이 있을 까닭이 없었다. 경직된 덧없는 표층에 그는 머물러 있었다. 일단 수습할 수 없는 무질서의 사태가 일어나면, 어쩌면 수습이 가능했을 모든 것도 그 속에 빨려 들고 만다. 인식도 없고 법도도 없는 무명의 큰 침묵에 흡수되어, 삶을 짊어지고 타오르며 또 꺼지는 큰 조수 간만도 지금은 침묵하고 있었다. 발단과 종말의 간만도, 불길에 빛나는 격동과 부드럽게 흐르는 격려의 간만도, 그 쌍방이 서로 상대방을 낳고 상대방과 교체하는 영위도 모두 침묵 속에 가라앉아 세계 전체는 그

호흡, 물상(物象), 사상(事象), 추이(推移)를 미래영겁에 걸쳐서 상실하고 있었다. 만유의 침묵에 싸여서 세계는 그 가리개를 박탈당하여 침묵의 시선이 되고, 보이고 또 보이지 않는 발가벗은 우주의 시선 그 자체가 되어 이제 궁극적인 존재이기를 포기하고, 눈조차 없으면서도 눈길을 던져야만 하는 시선이 되었다. 위에도 경직된 돌의 눈, 아래에도 경직된 돌의 눈. 오오 오랫동안 기다리던, 끊임없이 두려워하던 것이 바야흐로 도래한 것이다. 마침내 도래하고 있었다. 이제야말로 그는 보았다. 형용할 수도 없고 예감하기도 어려운 존재, 예감할 방법이 없는 무명의 존재를 들여다보지 않으면 안 되었다. 이 존재 때문에 그는 평생을 피해 다녔고, 이 존재 때문에 스스로의 삶을 일찌감치 끝내려고 온갖 노력을 다한 것이었다. 그것은 밤의 눈은 아니었다. 밤은 돌 속에 용해되어 있었기 때문이다. 또한 그것은 우려도 아니고 공포도 아니었다. 그것은 어떤 우려보다도 어떤 공포보다도 큰 것이었다. 그것은 돌로 변한 공허한 눈, 활짝 부릅뜬 운명의 눈이었다. 발생하는 어떤 일에도 관여하지 않는, 시간의 추이에도 시간의 지양에도, 공간에도 공간의 상실에도, 죽음에도 삶에도, 창조에도 비창조에도 관여하지 않는 눈이었다. 그 시선에 있어서는 어떤 발단도 종말도 동시성도 존재하지 않고, 일체의 존재로부터, 지금도 여전히 존재하고 있는 것으로부터 해방되고, 그저 위협과 위협적인 기다림, 거기에 아직도 계속되고 있는 유예의 시간에 의해서만 이 눈은 존재와의 관련을 유지하고, 위협받으면서 여전히 존속되고 있는, 그 공포에 떠는 시선 속에 반영되어 있었다. 위협하는 자와 위협을 받는 자가 시간의 마지막 잔재 속에서 주문(呪文)에 묶여 서로 뒤얽혀 있었다. 이제 도망치는 일은 불가능했다. 다만 도망치려고 숨 가쁘게 헐떡일 뿐, 도망치기 위해 전진한다는 일은 이미 불가능했다—도대체 갈 길이나 있는 것일까?—그리고 그 헐떡임은 목표를 이미 지나쳐 왔으면서도 스스로는 어디에도 도달하지 못했다. 어디에도 도달할 수는 없다, 라고 알고 있는 주자(走者)의 헐떡임과도 같았다. 왜냐하면 서약을 파기한 공간 아닌 공간 속에서는 아무리 초조에 쫓겨서 달리고 또 달려도 목표에 도달할 수는 없기 때문이다. 목표 없는 창조, 목표 없는 신, 목표 없는 인간, 메아리를 울리지 않는 창조, 메아리를 울리지 않는 신과 인간, 그것이 공간 아닌 공간을 낳는 또다시 버려진 무법의 세계 한가운데에 있었다. 그의 주변에 존재하는 것은 어느 것 하나 상징으로 변하지 않았다. 그것은 비상징이며, 무엇 하나도 비칠 힘이 없는 것, 무엇 하나도 반영하지 않는 존재였다. 더욱이 상징의 고갈에서 오는 비애, 창조된 일체의 공간과 아직도 잠 속에 있는 근원의 부식토 속에서 꿈꾸면서 깊이 파묻혀 있는 저 공간 아닌 공간, 비공간의 비애였다. 상징을 박탈당하면서 그러나 모든 상징의 싹을 자신 속에 감추고, 공간을 박탈당하고 그러나 시간에 짊어지워진 아름다움의 마지막 한 조각처럼 공간에 규정된, 비공간의 꿈의 비애. 그것은 온갖 눈의 밑바닥에 깃들어 있었다. 동물의 눈에도, 인간의 눈에도, 신의 눈에도. 그렇다, 만유의 공허로운 눈에까지도 창조의 마지막 숨결처럼 아련히 반짝이고 있었다. 한없이 아득한 추억에 간직된 창조 이전의 가책 속에서 슬퍼하고 또 슬픔을 주면서, 마치 비공간이 비애 속에서 시작되고, 그러나 동시에 비애도 거듭 비공간 속에서 시작되는 것 같았다. 이 양자의 합일에 모든 창조의 근원적인 숙명의 싹이 잉태되는 것 같았다. 인간과 신에 속하는 모든 것을 위협하는 근원적인 운명에 인도된 재앙, 인간과 신 양자에 공통되는 운명에의 두려움, 양자 모두에게 내려지는 운명의 벌, 애초부터 전락의 저주를 받고 있는 거짓 맹세를 한 자의 두려움, 처음부터 숙명적으로 이루어질 수 없는 행위, 저지르지도 않은 비행에 따라붙는 속죄, 운명이 신들에게까지 요청하는 속죄, 인식할 수 없는 법도에 의해서 정해진 인식 상실에 대한 벌, 맹목의 필연에 입각한 넋 잃은 방심의 감옥에 유폐된 고독에 대한 벌, **인식할 수 없는 필연 속 비인식의 고독**—그것이 지금 드디어 눈앞에 다가오고 있었다. 침묵 속에 헐떡이고 치밀어 오르는 재앙의 비애에 내몰리면서, 그러나 움직이는 것처럼 보이지 않을 만큼 완만하게 비애와 재앙 속에서 헤매고, 비애와 재앙까지도 삼켜버리고 마는 공허 속을 정처도 없이 헤매면서, 내부와 외부의 모든 수직갱에서 위협을 현실화하면서 돌이나 납처럼 무겁게, 그것은 치밀어 올랐다. 뚫어지게 쳐다보는 공허의 시선, 태풍과도 같은 그 내습, 아직 도래하지 않은 것이 점점 그 모습을 나타내어 지금은 숨 쉴 틈도 없이 접근하고, 에워싼 시선은 점점 더 돌처럼 굳어지고, 침묵의 벽이 되어서 지각까지도 마비시킬 만큼 묵묵히 밀려들었다. 스스로의 것이기도 하고 다른 모든 영역의 것이기도 한 그 침묵은 점점 더 무겁게 짓누르고 점점 더 세게 죄어들었고, 전율을 불러일으키는 시선은 점점 더 넓게 뻗치면서 죽음의 세계 중심으로 다가오는 것이었다. 그리고 자아는 이 중심에 붙들려서 그 고리 속에 갇히고, 시선의 벽 사이에 끼워져서 뭐가 뭔지 모를 내계와 외계에 압박당하고, 이중의 비애에, 지금도 여전히 존재하는 만유의 한없는 비애에 그만 질식되고 있었다. 비애가 그 엄청난 넓이 속으로 모든 것을 다양화하고 배가하여 거두어 넣고, 거두어 넣으면서 무로 환원할 때, 자아도 함께 환원되어 한없는 비애의 공허에 빨려 들어 압박을 당하는 것이었다. 그리고 이 공허의 전율을 불러일으키는 예감이 이중의 경악, 이중 공포를 가져오고, 동시에 그 자신 속에 용해될 때 자아도 함께 용해되어 온 둘레에 넘친 위협의 시선 속에 녹아들고 응결되었다. 시선에 위협당하는 자아, 스스로도 이제는 다만 응시하는 시선에 지나지 않게 되어 위협에 맥없이 굴복하는 자아. 그것은 스스로의 본질 가장 밑바닥까지 압축되고, 창조도 사고도 존재하지 않는 비공간으로까지 말소되어, 이미 인식되지도 않고 인식할 힘도 없고, 조락하는 존재의 미미한 한 점으로까지 내몰려 꼼짝도 하지 못하고, 공허의 촉수가 끌어안는 대로 내맡기고 있었다. 오오, 쫓기고 되던져지고 몸도 산산조각이 날 지경인 격심한 회한, 끝이 없는 회한 속에 던져져서 달아날 수도 없는 회한의 필연에, 이미 존속할 수 없는 덧없는 세계의 회한에 굴복하고 말았다. 스스로를 잃고 스스로의 인간성을 빼앗긴 자아, 그나마 남아 있는 인간성의 자취라고는 한없이 드러난 영혼의 발가벗은 죄뿐, 자기를 상실하고도 여전히 인간의 영혼일 수밖에 없는 그 영혼은 다만 헛되이 회한에 떠는 나신을 드러내면서, 아무것도 반영하지 않는 위협하는 침묵의 눈에, 그 공허로움에 굴복하고 흡수되었다. 아무것도 반영하지 않는 회한, 아무것도 반영하지 않는 자아, 아무것도 반영하지 않는 영혼, 아무것도 반영하지 않고 버려져 희미해지는 눈의 힘—침묵, 공허, 비공간, 무언. 그러나 만유의 말없는 흑수정 같은 벽의 저쪽, 한없는 아득함 속에 숨이 끊어질 듯이 희미한, 예를 들면 고갈된 존재의 청각적 심상, 그러나 이미 모든 존재를 뛰어넘어 가냘프고 맑고 여성적이면서도 무서움을 띤 형용할 수 없이 작은 한 점, 여러 영역의 먼 곳의 한 점이 울려 퍼졌다. 더할 수 없이 은밀한 소리 없는 웃음이었다. 그것은 공허의 덧없는 웃음, 속이 빈 무의 소리 없는 웃음이었다. 오오, 구제의 길은 어디에 있었는가? 여기에서 발생된 것은 신들이 보이는 마지막 위력이었는가? 버려진 원한을 보복하려는 신들의 복수, 스스로 버림을 받으면서 신들을 저버리는 인간에 대한 복수였던가? 인간의 회환을 기뻐한 나머지 소리 없는 웃음을 웃는 것은 여신들이었던가? 그녀들은 인간성이 상실된 것을 기뻐하고 있었는가? 거짓 맹세가 어쩔 수 없이 세계에 넘치는 것을 기뻐하고 있었는가? 어떤 대답도 듣지 못하고 그는 혼돈 속에서 귀를 기울이고 있었다. 그러나 대답은 어디에서도 들려오지 않았다. 왜냐하면 동물이 질문을 할 수 없듯이 거짓 맹세를 하는 자에게는 어떤 질문도 던질 힘이 없기 때문이다. 그리고 돌은 죽어 있었다. 죽어서, 묻지도 않는 물음에 대해 조금이라도 반향할 리가 없었다. 만유의 돌의 미로도 죽고, 수직갱도 죽고, 그 갱의 밑바닥에 질문을 할 힘도 없고 대답을 얻을 방법도 없이, 무의 지경에까지 떨어진 발가벗은 자아가 숨어 있었다. 오오, 되돌아가자! 암흑으로, 꿈으로, 잠으로, 죽음으로 되돌아가자! 오오, 되돌아가자, 다시 한 번만 되돌아가자. 오오, 도망치자, 다시 한 번 존재 속으로 도망치자! 오오, 도망! 하지만 아직도 도망을 칠 수가 있을까? 도대체 도망이라는 것이 있을 수 있을까? 도망이라는 것을 생각할 수가 있을까? 그로서는 알 수 없었다. 아마도 예전에는 알고 있었을 테지만 지금은 이미 알 수가 없었다. 그는 모든 지식이 작용하는 범위를 넘어서 지식의 공허 속에 있었다. 모든 공허 속에, 따라서 내몰리고 쫓기는 일체의 초조와 불안을 벗어난 곳에 서 있었다. 아아, 회한에 마음 꺾인 자는 이미 일체의 도망의 피안에 있는 것이다. 그러나 도망의 피안에서 거짓 맹세에 짓눌려 있는 지금, 마치 서약을 깬 자 스스로가 찢기고 꺾이지 않으면 안 된다는 듯이, 똑바로 서는 일은 이제 허용되지 않는다는 듯이 그는 무릎이 푹 꺾이는 것을 느꼈다. 눈이 먼 채 꼼짝도 않으면서, 눈에 보이지 않는 투명함 속에 있는 세계의 공허를 크고 무거운 짐처럼 오므린 등에 짊어지고, 도망칠 생각에 경직되고 마비된 채, 무거운 짐을 짊어진 두 어깨를 깊이 수그리고 생기가 없는 메마른 두 손으로 무작정 사방의 벽을 더듬으면서, 밝고 건조한 햇볕을 받은 벽면에 떨어지는 맹목의 그림자를 무작정 손으로 만지면서 그는 벽을 따라 슬금슬금 걸었다. 깊이 몸을 수그린 그림자가 곁을 따라서 움직였다. 자기가 무엇을 하고 있는지, 또는 무엇을 하지 않고 있는지 영문도 모르는 채, 심하게 떨면서 그는 어둠 속으로 돌아가려고 손으로 더듬거리며 동물처럼 물에 이끌려서, 동물처럼 생생하게 움직이는 지상의 것을 찾아서, 헐떡이면서 벽감에 마련된 분수 쪽으로 향했다. 고개를 떨구고 동물처럼 기어서 건조된 경직 속을 지나고는, 동물이 무엇보다도 애타게 찾는 목표, 즉 물에 다가가서 가장 동물적인 필연성이 요구하는 대로 깊이 몸을 수그리고 동물처럼 찰랑찰랑 흐르는 은빛 액체에 입을 적시려 했다.

베풀어지는 은총을 받기에 알맞은 행동을 보이지 못하는 인간의 한심스러움이여. 스스로의 회한을 이기지 못하여 애를 태우는 자의 한심스러움이여. 존재를 포기하려 하지 않는, 아니 그보다도 공허 속에까지 가냘픈 추억의 불이 아직 붙어 있기 때문에 포기할 수가 없는, 파멸 뒤에 남은 피조물의 한심스러움이여. 그 회한에도 불구하고 영원토록 피조물의 저주에서 풀려나지 못하는 인간의 한심스러움이여! 그를 둘러싸고 또다시 웃음이 터진다. 이미 여자의 웃음도 남자의 웃음도 아니고 신들의 웃음도 여신들의 웃음도 아니다. 공포의 웃음, 무의 공허한 소리 없는 웃음. 설사 무속에 빠져들더라도 죽어야 할 자로부터는 결코 사라지는 일이 없는 존재의 잔재가 소리 없는 웃음을 웃고, 그것이 홍소로 터져 나와 무 속의 존재, 존재 속의 무로서의 정체를 여실히 드러낸다. 그것은 또 가상의 삶과 가상의 죽음의 합일이며, 가상의 죽음 속에 있는 삶을 둘러싼, 금시라도 포복절도할 만한 지식이며, 공허 속에 남은 가공할 지식의 잔재였다. 광기를 잉태하고 광기 속으로 유인하는 그 침묵의 웃음이 고조되고, 고조된 끝의 공허는 격렬하게 전회하여 노골적인 전율로 변하는 것이었다. 왜냐하면 회한이 인간의 본질적인 특성을 사로잡음에 따라, 그것은 또 피조물로서의 인간의 동물성에도 점점 더 노골적으로 덤벼들어 동물적인 불안은 점점 더 치열하게 회한을 향해 분출되기 때문이다. 소름이 끼치는 공포에 내몰린 인간의 불안, 피조물의 고독 속에 내던져져서 길을 잃은 한 마리의 짐승처럼 이미 무리 속으로 돌아갈 수가 없는 인간의 불안, 그것은 모든 군거 생활을 영위할 운명을 지닌 생물이 원초적으로 짊어진 피조물의 세계를 넘어선 죽음의 공허에 대한 강렬한 불안이었다. 그것은—고조되는 불안에 맡겨져 그 마지막 순간에는 이미 죽음의 피안에 발을 들여놓는—동물의 말없는 공포, 눈에 보이지 않는 강대한 힘에 사로잡혀 정신이 아찔해질 만큼 벌벌 떨면서, 자신이 죽어가는 꼴을 누구에게도 보이지 않으려고 어두운 덤불로 기어드는 작고 고독한 동물의 공포였다. 지워진 하찮은 고독도 견딜 힘이 없는 찢긴 마음의 한심스러움이여. 그 왜소함은 의식의 상실로 인도하고, 겸양의 은총은 덧없는 굴종으로 변하는 것이다. 사태는 이미 거기까지 도달해 있었는가? 끓어오르는 모든 그의 사고(思考)는 깨뜨려지고, 일어나는 모든 그의 행위는 흡사 동물의 그것과도 같아서 맹목적인 홍소는 귀에 들리지 않는 영역에 넘쳐 있었다. 앞뒤 분별도 없이 갑자기 침대에 쓰러져서는, 그는 보기에도 딱한 꼴로 그 속으로 기어들었다. 목은 죄어들고 사지의 구석구석에까지 메마른 오한이 휩쓸고 갔다. 회한에 찢긴 마음과 동물적인 행동 위에 이중으로 번진 눈에 보이지 않는 암흑의 힘에 몸을 맡긴 채, 우려의 피안, 경악의 피안, 공포의 피안, 죽음의 피안의 영역에 몸을 맡긴 채 그는 의식을 잃고 있었다. 그럼에도 불구하고 우려, 경악, 공포, 죽음의 새로운 돌발을 모면할 길이 없고, 감지할 수 없는 것 속에서 전율을 느끼고, 인식할 수 없는 것 속에서 전율을 인식하면서 그는 낙하되는 대로 스스로를 내맡겼다. 그런데도 여전히 지탱되고 있었다. 전율의 공허한 공간에 끌어들여져 있었던 것이다. 오오, 전율 속에 끌어들여지고 동시에 전율에 넘쳐 있었다. 발단에 대한 추억과 종말에 대한 추억은 서로 마주치고, 그 모두가 삶의 숲, 목소리의 숲, 영상의 숲, 기억의 숲 속을 헤매면서 거기에서 헤어날 수가 없는 고독이었다. 설사 엄청난 세월의 그림자에 가려져도 발단이 지워지는 일이란 없었다. 무리를 떠나서 헤매는 짐승에 대한 추억, 근원적인 전율에 대한 추억이 지워지는 일은 결코 없었다. 이 추억이야말로 처음부터 남은 유일한 것으로, 다른 모든 것은 이 전율에 찬 유일한 추억의 변화된 모습과 같았는데, 그것이 추억의 수풀 가지마다에 걸터앉아 숲 속에서 길을 잃고 꼼짝도 못하고 있는 사람을 바라보며 조소하듯이 싱그레 웃고, 조소하듯이 소리 내어 웃으면서, 스스로도 숲이 되어, 발도 들여놓을 수 없는 그 영역에 사람을 가두어 넣었다. 한 발짝도 움직일 수 없는 추억의 여로, 끊임없는 발단과 끊임없는 종말의 여로, 추억의 비공간을 더듬는 여로, 정지하는 방황의 비공간, 되새길 수도 없는 거짓 삶의 비공간을 더듬는 여로, 한 발짝도 움직이지 않고 그러면서도 피안을 향해 비공간의 온갖 변화 속을 요란하게 스쳐 지나가는 여로, 언제나 반드시 그 변화에 뒤따르는, 덮여진 비공간적인 거짓 정지, 비공간적인 거짓 운동, 그러나 어쨌든 항상 따라붙어서 사라지지 않는 것은 비공간의 전율, 왜냐하면 그것은 항상 존속하고 거기에서 피할 길은 영영 없는 납덩이같은 거짓의 죽음의 감옥이며, 그 속에서는 전율에 둘러싸여 인간의 거짓된 삶이 영위되기 때문이다. 그렇다, 그는 거짓된 죽음의 비공간에 끌어들여져 있었다. 가만히 누운 채 한 뼘도 움직이지 않았는데, 그리고 자기 주위의 방이 조금도 모습을 바꾸지 않았는데도 그는 자기가 앞쪽으로 실려 나가는 듯한 느낌이 들었다. 아니 실제로 그는 실려 나갔다. 눈에 보이지 않는 것 속으로, 눈에 보이지 않는 힘에 의해, 지식 이전의 지식, 추억 이전의 추억의 힘에 의해 끌려간 것이다. 다채로운 추억이 그의 앞에 서서 질주하며 마치 그를 꾀어낼 수 있다는 듯, 그럼으로써 여정을 앞당길 수가 있고, 앞당기지 않으면 안 되겠다는 듯했다. 누워 있는 몸을 감싸고 있는 전율에 의해 그는 운반되어 시원(始原)에 존재하는 전율의 목표에도 실려 갔다. 또한 방은 조금도 변하지 않고 그러나 여로에 어울리게끔 변형되고 시간 속에 응고되어, 더욱이 끊임없이 변화하면서 그와 함께 표류했다. 경직된 어린아이 모습을 한 사랑의 신들은 벽의 장식대에서 몸을 틀고, 그러나 여전히 그 속에 머물러 있었다. 벽화나 벽의 겉칠에서 아칸서스의 잎들이 떨어져서 사람의 얼굴처럼 되고, 줄기에서는 경련을 일으킨 독수리의 발톱이 자라 나왔다. 침대 곁을 떠돌아다니면서 손아귀의 힘을 시험이라도 하듯이 갈고리발톱을 접었다 폈다 하는가 하면, 잎의 얼굴에서는 수염이 나왔다가는 또 들어가곤 했다. 미동도 하지 않고 떠돌며 몇 번씩이나 공중제비를 하는가 하면, 부동의 회오리바람에 휘말린 듯이 회전하기도 했다. 그것들은 점점 더 수가 많아져서, 설사 벽화가 항상 새로워지고 있다고 하더라도 거기에 그려진 것보다도 훨씬 엄청난 수가 되어 있었다. 그림에서 날아오르고, 노출된 벽에서 날아오르고, 어디에도 없는 세계에서 날아오르는 그것들은, 눈에 보이는 영역과 보이지 않는 영역을 불문하고, 내계와 외계를 불문하고 도처에 입을 벌리고 있는 싸늘하게 거품을 뿜는 무의 화산에서 토해지는 것이었다. 화산의 분출물. 존재 생성 이전의, 몰락 이후의 잔재들이 바람에 날리고 있었다. 수를 더하면 더할수록 점점 더 다채로워지고, 공허에서 생기고, 다시 계속

생겨나는 형태, 보기에도 현란한 속임수를 펼치면서 붙었다 떨어졌다 하며 다시 변화를 거듭하는 형태, 통일된 모습으로 만들 수도 없는 기형의 물상. 잎처럼 하늘거리고 나비처럼 하늘거리고, 기둥 모양의 것, 갈퀴 모양의 꼬리를 가진 것, 긴 채찍 같은 꼬리를 가진 것도 있고, 눈에도 보이지 않고 귀에도 들리지 않고, 소리 없는 공포의 외침처럼 날아다니기만 하는 투명한 것도 있고, 그런가 하면 또 무척 유연하고 속이 빈 투명한 미소 같은 것, 햇빛 속에 날아다니는 먼지처럼 헤아릴 수도 없고, 날개 달린 벌레처럼 멋대로 덧없이 무리를 이루어 실내의 한가운데에 있는 촛대를 에워싸고 춤을 추기도 하고, 불이 꺼진 양초를 빨다가는 곧바로 밤의 미쳐 날뛰는 술렁임에 밀려나는 것. 모습을 갖지 않은 공허한 혼잡, 그 속에서는 얼굴, 얼굴이라고도 할 수 없는 얼굴, 두 개의 몸통을 가진 스킬라*, 이상한 바다짐승, 머리를 치켜든 히드라** 곁에서, 붕대에 감기고 뱀처럼 뒤얽히는 머리칼을 흩날리면서 무섭게 덤벼드는 피투성이의 머리 곁에서 온갖 기형의 것이 미쳐 날뛰고, 온갖 육체, 발을 가진 것, 발굽을 가진 것, 발육이 멎은, 혹은 아직도 미완성의 반인반마, 그 토막, 날개가 있는 것, 날개가 없는 것, 그러한 모든 것이 으르렁거리며 미쳐 날뛰고 있었다. 지옥을 잉태한 방 안의 공간은 추악한 동물들로 넘쳐 터지고, 두꺼비, 도마뱀, 개의 앞다리 같은 것들이 모습을 나타내고, 다리의 수가 일정하지 않은 벌레들, 다리가 없는 것, 다리가 하나 달린 것, 두 개 달린 것, 세 개 달린 것, 백 개 달린 벌레들이 바닥도 없는

*그리스 신화에 등장하는 여섯 개의 머리를 가진 바다의 괴물.
**머리가 아홉 개인 뱀.

늪 속에서 다리를 버둥거리는가 하면, 나무처럼 경직된 다리를 길게 뻗쳐 공중을 활주하기도 하고, 혹은 성별이 없는데도 날아가면서 교미라도 하려는 듯 몸과 몸을 찰싹 붙이기도 하고, 혹은 화살처럼 빠르게 서로를 꿰뚫기도 하고 있었다. 그들은 마치 투명한 천상의 기운인 것 같았다. 천상의 기운으로 태어나 천상의 기운으로 떠 있는 생물 같았다. 사실이 그러했다. 날면서 뒹굴고 기고 곤두박질을 치고 위로 아래로 득실거리는 그들의 모습은, 서로 가로막고 가리고 있었음에도 불구하고 득실거림으로 넘친 실내의 마지막 경계에 이르기까지, 그 세부 하나하나에 이르기까지, 아주 쉽게 시야에 들어왔다. 오오, 이것이야말로 천상의 비늘로 단장되고, 천상의 깃털로 장식되어서 영겁의 화산에서 태어난 천상의 무리들이었고, 단속적인 불을 뿜을 때마다 날려 올라가고, 분류처럼 조수처럼 끊임없이 기화하고 증발하는 그 영위 때문에 실내는 거듭 공허해지고, 모든 영역처럼 우주처럼 공허해지고, 겨우 다만 한 마리의 고독한 말이 갈기를 곤두세우면서 허공을 차고 달릴 뿐, 다만 한 사내의 토르소가 침대 쪽을 향한 투명하고 평평한 얼굴을 거울에 비치듯이 덧없는 조소로 일그러뜨리고 표류할 뿐이었다. 그러나 또한 전율케 하는 해충들이 새로운 조수가 되어 부풀어 올라 방 안을 가득 채웠다. 이러한 생물 중 어느 것 하나도 호흡하고 있는 것은 없었다. 왜냐하면 탄생 이전의 세계에서 호흡은 존재하지 않기 때문이다. 방은 복수의 여신들의 거실이 되고, 전율할 모든 사상이 발생하는 장소가 되어 있었다. 더욱이 그 사상은 걷잡을 수 없이 증대되어 가는 것이었다. 방의 천장이 높아지는 일은 없었으나 그런데도 촛대는 거목처럼 자라나고 촛대의 가지는 터무니없이 뻗어나서 그늘 짙은 느릅나무에서 돋아난 해묵은 가지가 되었고, 그 잎사귀 하나하나에는 이슬방울처럼 괸 꿈이 반짝반짝 빛을 내며 깃들어 있었다. 벽이 넓어지는 일도 없었는데, 그러나 이 사면의 벽 사이에는 세계의 온갖 거리들이 존재하고 있었다. 온통 불길에 휩싸여서 타오르는 한없이 아득한 과거와 미래의 도시, 인간의 술렁임으로 가득 차고 인간에게 거칠게 시달림을 받은 도시, 이름은 기억에서 멀어지고 그러면서도 다정하게 느껴지는 도시, 이집트의 도시, 아시리아의 도시, 팔레스티나의 도시, 인도의 도시, 옥좌에서 쫓겨나 위력을 잃은 신들의 도시. 그 신전의 기둥은 쓰러지고, 벽은 무너지고, 탑은 부서지고, 가로의 포석은 금이 가고 깨져 있었다. 이 작은 방은 전 세계의 크기를 수용하기에 충분하여, 게다가 거리도 들도 하늘도 숲도, 조금도 축소되는 일 없이 오히려 모든 것이 동시에 크게, 동시에 작게, 압도적이라고 해도 좋을 정도의 의미의 무게, 의미의 동일성 속에 모습을 나타내고 있었다. 의미의 동일성이 인정되는 곳에서는, 느릅나무 그늘에 마치 그 잎사귀들이 하늘을 덮는 번개 구름이기라도 하듯이 바라볼 수도 없을 만큼 크고 무섭게, 모든 도시 중에서도 가장 거대하고 가장 저주받은 도시, 영원으로 회귀하는 파괴의 한가운데서 오만심도 꺾인 도시 로마가 구축되고, 그 골목이라는 골목에는 먹이를 찾아서 킁킁거리는 늑대들이 도시를 다시 자기들의 지배 밑에 두려고 배회하고 있었다. 방은 전 세계를 에워싸고, 전 세계는 이 방을 에워싸고, 거리들은 서로가 서로를 에워싸고 있었다. 무엇 하나도 외부에 있는 것 없고, 무엇 하나도 내부에 있는 것도 없다. 모든 것이 공중에 표류하여, 그

위 아득히, 화산보다 더 높이, 석화한 세계보다 더 높이, 느릅나무의 잎사귀들보다 더 높이, 모든 것에서 고립되어 강대한 잿빛 하늘의 궁륭 한가운데에 분노를 안고 부동의 무쇠 날개를 울리면서, 강철의 조상처럼 번득이며 으르렁거리고, 그러면서 소리도 없이 증오의 새들이 무겁고 커다랗게 공포의 나라들 위에 선회하고 있었다. 겁 많고 잔인한 이 새들은 환희에 미쳐 날뛰면서 발톱을 펴고 날아와서 농부의 피로 물든 밭에, 피를 흘리는 심장에 그 발톱을 내리꽂으려 하고 있었다. 내장을 찢어발기고 내장을 씹으면서, 침대 곁의 나비나 늑대의 행렬에 가담하여 그들과 함께 의지할 곳 없는 절망의 기슭으로, 분화구가 입을 벌리고 용처럼 꿈틀거리는 초목이 무성한 기슭으로 날아갔다. 인지되고 지칭된 일은 한 번도 없지만 항상 지각되고 있는 그것은 구불구불 뻗은 동물성의 기슭이었다. 어떤 창조 이전의 화산이 아직도 거기에서 입을 벌리지 않으면 안 되었던가? 어떤 새로운 괴물을 그 입이 토해낸다는 것인가? 그렇지 않아도 모든 것은 이미 궁극적인 본래의 모습을 드러내고 있지 않았는가? 모든 동물의 세계에서 무릇 생각해낼 수 있는 온갖 공포는 이미 절정에 달해 있지 않았는가? 아니면 투명한 불안은 새로운 불안의 지각을, 더욱 깊은 새로운 불안, 더욱 깊은 지평에 가로누운 예측할 수 없는 새로운 존재를 가리키고 있었는가? 모든 것은 열려 있었다. 이미 더 이상 아무것도 확보할 수 없었다. 이미 어느 것도 확보하는 것이 허용되지 않았다. 다만 조금 남은 것은 날아가버리는 운동의 가상(假像), 원근도 없고 상하도 분명치 않은 싸늘한 방향 상실의 희미한 회색빛뿐이었다. 그러나 그는 괴물의 무리와 함께 날면서, 싸늘한 빛 속을, 방향을 상실한 세계 속을 날면서 완전히 사로잡히고 받쳐지고 있었다. 날아가는 무형의 식물 손에, 제도할 수 없이 방자한 그 손가락에 붙들려 있었다. 그리고 그는 거짓 죽음을, 잿빛의 경직을 인식했다. 그 경직의 비공간에서 그는 운반되어 가고 있었다. 그를 둘러싸고 흐르는 영상은 상징성을 결여한 얼음 같은 전율이었다. 동물도 아닌 것에서 늘어뜨려진 꼬리, 딱 벌리고도 물어뜯지 않는 입, 느닷없이 덤벼들면서도 낚아채지는 않는 발톱, 찌르려고 덤비지도 않으면서 깃털을 곤두세우고, 효력도 없는 독을 마구 뿜어대고, 꼬리를 치고 꼬리를 감고, 다만 무언의 위협을 해오면서 그러나 어떤 포효보다도 어떤 폭력보다도 더 무섭게 투명한 것에 덤벼드는 투명한 존재. 전율 그 자체가 이미 투명화하고 있었다. 적나라한 전율의 본체가 그 근원에 이르기까지 노출되어 있었다. 그리고 그 깊은 곳에, 샘의 가장 깊은 밑바닥에 시간의 뱀이 둥근 원을 그리면서 찰랑찰랑 울리는 무를 얼음처럼 싸늘하게 가두어 넣고 있었다. 그렇다, 그것은 거짓 죽음의 꼼짝도 않는 전율이었다. 그리고 동물의 얼굴, 이미 얼굴이라고는 할 수가 없고 다만 투명한 식물적인 형태, 줄기에서 싹이 트고 줄기를 뒤얽히게 하고 배배 꼬여서 꼬리의 형태가 되어 뱀 모양의 줄기에 죄어들고, 헤아릴 수도 찾아낼 수도 없는 뿌리의 깊이에서, 헤아릴 수 없는 그물 같은 조직의 뿌리로부터 높은 곳으로 뛰어오르고, 그 뿌리의 괴물 같은 모습을 자기 것으로 만든 동물의 얼굴, 그것이 생생하게 노출되어 세계의 중심의 무에 의해 배양되는 일체의 특성을 갖지 않은 전율로 변했다. 그 어떤 죽음의 불안도 이 극단적인 공포와 겨룰 수는 없었다. 왜냐하면 그것은 동물 이하의, 동물 이전의 존재에 둘러싸인 거짓된 죽음의 공포였기 때문이다. 상해, 고통, 혹은 질식에 얽힌 어떤 불안도 이 질식시킬 듯한 공포에는 미치지 못했다. 종잡을 수 없는 이 공포는 이미 아무것도 확보시켜주지 않았다. 아직도 완결되지 않은 창조 속에서는, 호흡을 빼앗긴 그 답답함 속에서는 아무것도 확보되는 것이 없었다. 미완성의 창조의 답답함, 그 순수한 투명성, 그 속에서는 동물도 식물도 인간도 모두가 투명해지고, 서로 분간할 수 없을 만큼 비슷한 것이 되고, 숨도 쉴 수 없는 공포 때문에, 끊을 수 없는 무와의 유대 때문에—그것은 아직도 삶 속에 없고, 그러면서도 개별화된 삶을 격렬하게 동경하고 있는 무이지만—이러한 유사성과 치열한 적의 때문에 그들은 서로가 서로의 목을 죈다. 아무런 특성도 없는 동물성을 스스로의 존재라고도 할 수 없는 존재 속에서 인식한다. 동물의 전율적인 불안, 그것이 그들 모두에게 넘쳐흐르고 있다. 오오, 숨 막히는 만유의 불안! 오오, 그것은 언제나 변함없이 존재하고 있었던 것은 아닐까? 일찍이 이 불안에서 참으로 해방된 적이 있었을까? 전율의 태풍을 막으려는 시도는 언제나 헛되이 끝나지 않았는가? 오오, 밤과 밤은 지나가고, 해는 오고 해는 또 가고, 청춘처럼 아득하고 어제처럼 가까운 밤, 또 밤. 그는 덧없는 자기기만에 사로잡혀서 죽음에 귀를 기울이고 있다고 생각했다. 그러나 그것은 다만, 거짓 죽음의 전율을 막으려는, 밤마다 찾아오는 거짓 죽음의 영상을 막으려는 행위에 지나지 않았다. 그러한 영상에 대해 아무것도 알려고 하지 않고 보는 것조차 거부해 왔지만, 그러나 그것들은 결코 사라지지는 않았다.

    오오 트로이가 불타는데 누가 잠을 잘 수 있으랴! 되풀이 또 되풀이! 날쌘 노의 타격에 찢기고 항적을 남기는 배에, 그 세 갈래의 뱃머리에 갈라져서 바다는 거품을 뿜는다……

―영상을 쫓아버릴 수는 없었다. 밤마다 전율은 그를 도깨비가 들끓는 분화구의 침묵 속으로, 창조 이전의 추억 아닌 추억 속으로, 거듭 버려지면서 영겁의 아득함에서 눈과 코 앞에 전락된 존재 속으로, 힘없이 초라해진 광야 속으로 싣고 가는 것이었다. 모든 인간과 사물로부터 버림을 받고, 창조는 또다시 그 자체 속에 유기되어 있었다. 밤마다 그가 끌려간 곳은 싸늘하고 강압적인 부동의 비현실, 모든 신들보다 앞서서 존재하며, 신들이 멸망한 뒤에도 여전히 버티고 있는 신들의 무력함을 확증하는 비현실의 현실이었다. 모에라이*를, 박정하게 기다리는 세 여신들을 그는 보고 있었다. 그들의 모습은 거짓 죽음의 온갖 형태의 화신이었다. 스스로 마비에 빠지면서 남까지도 마비로 인도하는 그들의 힘없는 힘을 앞에 놓고 그는 눈을 감으려 했다. 혼돈 속에서 맹목적으로 동경하며, 마치 불꽃을 튀기는 듯한 무의 조소에 귀를 가리려고 했지만, 도취에서 깨어난 의지할 곳 없는 인간은 끝내 이 조소에서 벗어날 길이 없었다. 창조 이전의 단조로운 운명의 홍소에 귀를 기울이지 않으려 해도 그것은 어떻게 억제할 수도 없는 무명, 무차별, 무형태의 존재를 그에게 보여주며 그의 마음을 산산조각 내었다. 오오, 끊임없는 위협과 끊임없는 방어, 그것은 정녕 이런 것이었다. 숱한 세월은 다만 하룻밤의 도도한 물결처럼 꼼짝도 않는 전율 속에 현란한 영상을 넘치게 하고, 눈부신 영상에 실려

---

*그리스 신화에 등장하는 운명의 세 여신.

가고 있었다. 밤이면 밤마다 찾아온 불가피한 필연, 이제는 이미 막을 길이 없는 거짓 죽음에 내던져진 전율할 경련, 이 죽음 속에 그는 눕게 되는 것이리라. 관에 덮이고, 무덤에 덮이고, 움직이지 않는 여로를 위해서 길게 누운 채 다만 혼자서, 보살펴주는 사람도 없이, 주선해주는 사람도 없이, 조력도 없이, 은총도 없이, 빛도 없이, 영원도 없이, 어떤 부활의 경우라도 이미 입을 열지 않는 부동의 묘석에 둘러싸여서. 오오, 무덤! 무덤까지도 이 좁은 방 안에 존재하고 있었다. 느릅나무의 가지에 닿고, 복수의 여신들의 춤에, 복수의 여신들의 조롱에 에워싸여 있었다. 오오, 무덤은 그 자신을 비웃고, 자기기만에서 깨어나려 하지 않은 그를 비웃고, 그의 어린애 같은 희망을 비웃고 있었다. 언제나 변함없는 자태를 보이고 있는 조용한 나폴리의 작은 만(灣), 햇빛을 받은 거대한 바다의 명랑함, 고향을 연상케 하는 무변광대한 바다의 광채, 그러한 풍경의 힘이 언젠가는 은밀히 죽음을 맞아들이고, 일찍이 노래된 일도 없고, 끝내 노래가 되어 울릴 길도 없는 음악으로 죽음을 변용시키는 것은 아닐까? 이 음악이 끊임없이 기다리고 또 기다림을 받는 삶을 죽음으로 불러일으키는 것은 아닐까? 그가 스스로의 마음에 그리고 있던 이러한 덧없는 희망을 무덤은 비웃고 있었다. 오오, 비웃음에 뒤이은 비웃음, 그 사당은 지금 풍경의 그림자도 없는 비공간 속에 서 있었다. 바다도 기슭도 들도 산도 돌도, 형태가 없는 근원적인 찰흙에 이르기까지 무엇 하나도 모습을 나타내지 않고, 다만 걷잡을 수 없는 막연함, 걷잡을 수 없는 무의 위협이 있을 뿐이었다. 노골적인 비웃음의 사당을 에워싸는 것은 끊임없이 떠도는 물결뿐, 바로 그 물결에 그도 주위의 기괴한 생물들과 함께 잠겨서 떠내려가고 있었다. 그를 감싸서 싣고 가는 것은 공기도 물도 아니고, 호흡할 수도 마실 수도 없고 다만 갈증을 더해줄 뿐인 천상의 광채, 온갖 불안의 불에서 피어오르는 투명한 연기의 숨결, 살랑살랑 건조한 소리를 내며 손가락 사이에서 사라져가는 창조 이전의 숨결 아닌 숨결이었다. 다름 아닌 이 가공할 요소, 동물로 가득 차고 동물을 생산하고 동물을 줄줄 흘려 떨어뜨리는 천상의 기운에 싸여서—동물이라는 존재로 전락한 인간을 그것은 흡수해버리고 말지만—반쯤 새를 닮은 생물이, 무서운 무덤의 새, 물고기의 눈을 가진 거짓 새가 처마 위에 밀치락달치락하며 나란히 앉아 있었다. 올빼미 같은 머리, 거위 같은 부리, 돼지 같은 배를 가지고, 잿빛 깃털에 덮이고 물갈퀴가 달린 사람의 손 같은 발을 가지고, 풍경이 없는 세계에서 날아온 새, 이 새의 비상(飛翔)에는 애당초 풍경 따위는 인연도 상관도 없었던 셈이다. 눈을 두리번두리번 빛내면서, 서로 몸을 비벼대면서 그들은 전율의 공허 속에 웅크렸고, 그들에게 에워싸인 무덤은 여전히 이 창문 안에 있으면서 동시에 도달할 수도 없는 아득한 곳에 존재하고 있었다. 모든 것은 층층이 겹쳐지고, 광막한 하늘 아닌 하늘은 들창의 원형 아치에 의해 가려지고, 그 모든 것이 무덤 위에 도사리고, 모두가 비공간에 의해 짜여지고, 그러면서도 별을 흩뿌린 하늘의 궁륭의 비로드 같은 검은빛 때문에 구석구석까지 희미한 빛을 띠고 있었다. 그리고 세계의 궁륭은 느릅나무의 가지가 얽힌 속에 그 모든 거리와 간격을 터무니없이 확대하고 있었는데, 그 확대란 동시에 터무니없는 축소에 지나지 않았다. 풍경을 결여한 세계가 풍경 속에 침투하고 풍경에 침투되고, 비공간이 공간에 침투하고 또한 침투되는, 상징성을 결여한 세계에서 상징적으로 이루어지는 그 경위는 동물성이 거짓 죽음 속에 침투하고 침투되는 것과 마찬가지였다. 삶의 상징은 사라지고 의미에 찬 하늘의 동물들의 형상은 사라져가고 있었다. 공허에 덮여서 그것들은 싸늘하게 냉각되고, 그러나 죽음의 상징만은, 비록 표현도 사고도 예감도 미치지 못하는 창조 이전의 상징을 결여한 세계이기는 하나, 여전히 사라지지 않았다. 본질적으로 표현을 갖지 못한 동물의 찌푸린 모습 속에 간직되어 있었다. 거짓 죽음에서 기어 나오는 그들 전율적인 현상, 그것은 마치 공허에서 직접 태어난 것처럼 무를 반영하고 무에 반영되는 무, 끊임없이 지각되고 두려움의 대상이 되고는 있지만 결코 사로잡을 수는 없고, 시간과 피조물이 가진 본성의 영겁의 깊이에서 영위를 계속하는 근원적인 고독의 모든 표현을 파괴하는 그 영위 속에서 통합된 한 쌍의 영상이었다. 상징의 순환 운동은 표현을 잃은 세계에서 닫혀진다. 여러 영역이 서로 침투하는 창조 이전의 맥락을 상실한 세계 속에서, 덧없는 영겁의 아득함이 바로 가까이 보이는 덧없는 동물의 찌푸린 모습으로 뒤집히는 바로 그 자리에서 닫혀버린다. 예를 들면 근원적인 고독의 지각상이 무한의 영상의 모든 영역을 가로질러 반영에서 반영으로 운반되고, 결국에는 영상이 없는 세계에, 더 이상 드러내 보일 여지가 없는 나신을 드러내는 듯한 뒤집힘이다. 또한 이 노출, 침묵의 함성을 지르는 창조 이전의 존재의 이 돌출, 속절없이 찌푸린 모습의 괴물들의 덧없는 공격욕을 형성하는 온갖 악의와 함께 발현되는 창조 이전의 고독, 그러한 것들 속에 생생하게 재앙이 떠올랐다. 모든 창조와 비창조의 피안, 창조 이전의 모든 고독의 아득한 피안에 예감되는 재앙, 예감 속에서 위협하면서 거짓 죽음의 재앙을 불러일으키고, 예감 속에서 그것이 분명히 밝혀낸 것은 모든 역전의 길, 모든 경직과 유희와 도취의 길은 필연적으로 동물성으로 인도하고, 모든 아름다움의 길은 피할 수 없이 찌푸린 모습의 전율로 통한다는 것이었다. 그리고 죽음을 아름다움으로 변용시킬 목적으로 세워진 무덤의 지붕 위에는 재앙의 새들이 밀치락달치락하며 앉아 있었다. 주변 일대에는 지상의 거리들이 풍경 없는 풍경 속에서 타오르고, 그 벽은 무너지고, 그 포석은 금이 가서 깨지고, 들판에는 죽음의 냄새로 가득 찬 자욱한 피의 연기가 솟구치고 있었다. 주변 일대에 신을 배반하고 신을 요구하는 희생에의 열광이 미쳐 날뛰고, 제물의 도취가 고조되는 대로 거짓 희생을 겹겹이 쌓아 올리고, 열광에 들뜬 자들은 이웃을 때려죽이고, 거짓된 자신의 죽음을 상대방에게 전가시키려 시도하고, 신을 자기 집으로 끌어들이기 위해 이웃집을 때려 부수고 불을 지른다. 재앙에 미치고 재앙을 환호하는 소요, 신을 찬양하기 위한 희생, 살인, 방화, 파괴, 그것은 신 자신이 원한 것이었다. 신 자신이 스스로의 전율을, 운명에 얽힌 지각을 억누르지 않으면 안 되어서, 그 때문에 홍소와 파멸을 갈망하고, 인간들 사이에 불화를 낳게 했다. 도취로 인한 불화, 희생으로 인한 불화, 힘을 잃은 신이 기꺼이 참여한 그 다툼, 신도 인간도 똑같이 파멸로 향하는 열광적인 불안에 내몰려 거짓 죽음의 고독 속에서 석화하는 불안, 경직의 불안에 내몰리고 있었다. 정지한 채 내몰리는 피에 굶주린 신들의 아우성, 피에 굶주린 인간들의 유희, 영혼의 무의 화산, 그리고 요소 아닌 요소의 물결에 실려 도도히 흐르고, 그러면서도 의연히 정지하고 있는 불. 거리들은 불타면서 재가 되지도 않고, 불길은 뻗친 채 경직된 혀처럼, 직립한 채찍처럼 흔들리고 있었다. 깊은 곳에서 솟구쳐 오르는 불길은 아니었다. 갈기갈기 찢겨서 스스로를 분출시키기 위해 입을 벌리는 표층 밑에는 제2의 표층은 없고 하물며 깊이가 있을 까닭이 없었다. 즉, 불길이란 경직된 표층에 일으켜진 소요 이외의 아무것도 아니었다. 불길을 둘러싸고 미쳐 날뛰는 것은 순간에 스치는 갈고리발톱 그림자 같은 고함 소리, 마비된 목소리의 경직된 수풀, 폭파되고 다시 버려진 의지할 곳 없는 창조의 무언의 위협이었다. 주변 일대엔 새로운 건축이 의연히 폐허 속에서 솟아 퇴색한 잿빛 광선 속으로, 짙은 잿빛의 빛 아닌 빛 속으로 뻗어 올라 있었다. 공허 속에서 솟아났다고는 하지만 이미 이전부터 항상 존재해왔던 건축, 애초부터 아무런 희망도 없이 영겁에 걸친 살육의 목적을 띠고 영원에 걸쳐서 재앙을 유지하기 위해 건립된 거짓 삶의 사당, 거짓 죽음의 사당, 초석에는 피가 부어지고 돌처럼 삶을 짓누르는 건축. 그러나 그 어떤 피도, 재앙에 의해 구축되고 재앙의 벽을 둘러치고 재앙의 돌을 쌓은 이 건축을 법도와 창조의 영위 속으로 끌어들일 수는 없다. 어떤 기원도 얼음처럼 싸늘한 시간의 순환을 파약하는 서약의 갱신으로 인도할 힘을 가지지 못한다. 창조 이전의 세계는 창조보다도 강하고, 창조에 이르지 못한 존재는 거짓 죽음의 상태에 머문 채 창조의 순환을 중단하고, 창조의 영역에서 벗어나 여기에 대립하고, 오로지 스스로의 존재만을 영속시키고자 하며, 스스로를 기념비로 내세우고, 스스로를 무덤으로 변화시킨다. 말을 잃고, 죄를 자각하고, 호흡의 세계에서 탈락하고, 스스로를 돌의 기념비로 변화시키면서도 영원의 지속을 얻을 수는 없다. 그것은—일체의 창조를 떨쳐버렸기 때문에—재생을 모르는 무덤이 되고 만다. 이때 비공간의 궁륭, 하늘 아닌 하늘의 궁륭조차도 단 하나의 무덤의 아치가 되고, 뱀처럼 서린 하늘의 둥근 내장 속에 신들에게 주어진 창조 이전의, 운명이 떨리고 시간을 비웃으면서 나타나는 창조 이전의, 부식토를 가득 채운 내장 속에 매몰되어 있었다. 이 묘혈로 그는 운반되고 있었다. 마치 귀로를 더듬기라도 하듯이 여로는 그곳을 지향하고 있었다. 하늘로부터 추방되고 스스로에게조차 뱀의 본성을 뒤엉키게 하면서, 그러나 그는 하늘의 내장 속에 파묻혀 있었다. 이 무슨 내부와 외부의 역전인가! 이 무슨 가공할 전복인가! 주변 일대에는 사자(死者)가 사는 지상의 무덤 길, 무덤의 도시가 활활 타오르고 아무런 목적도 갖지 않은 인간의 광란, 인간의 승리의 환호, 희생을 요구하는 인간의 도취가 돌처럼 응고되고, 싸늘하게 불붙는 지상의 불길이 경직되어 피어오르고 있었다. 인간은 그 피조물로서의 특성을 박탈당하고, 신은 창조자로서의 기능을 잃고, 죽음으로 향하는 운명조차도 사라진 창조의 죽음의 세계가 석화한 이빨을 그 주변에 드러내놓고 있었다—그리고 이러한 모든 필연을 관장하는 신들의 결의는 불안에 찬 고집 속에서 분규를 일삼고 있었다. 창조란 애당초 끊임없는 부활을 요구하는 것이다. 다만 끊임없는 부활 속에서만 창조는 성취된다. 그리고 창조가 존속되는 한 그것과 일순간의 시간 차이도 없이 부활의 영위도 발생한다. 오오, 되풀이하여 재생의 불길 속으로 떨어져 난공불락의 요소가 다시 분출되지 않도록, 모성들보다도 오랜 비창조의 세계가 다시 발현하여 돌의 침묵을 자아내는 일이 없도록 항상 노력을 계속하고 있는 자, 다만 그것만이 피조물인 것이다. 피조물이라고 부를 만한 것이다. 오오, 피조물이란 창조의 영위에 참가하는 것, 하강하면서 스스로를 제물로 바치는 것, 조금도 망설임이 없고, 반전의 우려도 없고, 도취에의 그 어떤 역전으로부터도, 아니 인식 혹은 재인식에의 그 어떤 역전으로부터도 벗어나 일체의 생물적인 불안을 떨쳐버리고, 최후의 희망조차도 떨쳐버림을 뜻한다. 생물적인 요소를 남김없이 떨쳐버리고 인식에 있어서도, 생물에 어울리는 인식이든 그 밖의 것이든, 거기에서 해탈해버리는 것을 배웠을 때, 마음을 떨쳐 일으켜 최후의 회한까지도 기꺼이 받아들였을 때, 스스로의 무덤을 깨뜨릴 수가 있었을 때, 그때 비로소 우리는 창조에서 태어난 존재가 된다. 이 사실을 그는 무겁고 아득한 꿈처럼 깨달았는데, 그것은 마치 꿈속에 누워 있을 때 다른 꿈으로부터의 목소리가 최초의 꿈속으로 속삭여 오는 것과도 같았다. 신들의 불안, 신들의 복수, 신들의 무력이 다시 한 번 깨뜨려지고, 다시 한 번, 아니 어쩌면 처음으로 신들이 자애로운 동정을 베푸는 것이었다. 그 은밀한 무언의 속삭임은 신들의 공포가 다시 한 번 깨뜨려진 곳에서 직접 태어나 그에게 용기를 불어넣어주는 것과도 같았다. 적멸(寂滅)에의 용기, 왜소함을 견디는 용기, 버려지고 회한으로 노출된 상태를 견디는 용기를—하지만 말 바깥에 존재하는 말과도 같은 이 속삭이는 침묵 가운데 더욱 응집된 의미가, 저 또 하나의 꿈보다도 더욱 아득한 꿈으로부터의 무언의 말이 들려왔다. 더욱 희미하고 더욱 절박한 속삭임, 붙잡을 수도 없으면서 행위를 재촉하고, 어렴풋이 울리며 사라지고, 그러면서도 한없이 가혹한 명령, 그 가차 없는 명령은 이렇게 외치고 있었다. 거짓 삶에 봉사하고 거짓 삶을 형성하고 있던 모든 것은 흔적도 없이 사라지지 않으면 안 된다. 아무런 일도 발생하지 않는 세계에 들어가서 무에 빠져들고, 모든 추억과 모든 인식으로부터 격리되고, 인간의 영역과 사물의 영역에 속하고 있던 일체가 정복되지 않으면 안 된다. 라고. 오오, 이것은 성취된 일체를 파기하라는 명령이었다. 일찍이 그가 쓰고 창작한 모든 것을 불 속에 던지라는 명령이었다. 오오, 그의 작품은 모두 불 속에 던져지지 않으면 안 되었다. 모조리, 그렇다. 《아이네이스》까지도. 이렇게 그는 무언의 목소리를 들었다. 하지만 넋을 잃은 듯 꼼짝도 않고 처마 끝을 바라보며, 거기에 앉아서 움직이지 않는 거짓 새들을 쳐다보고 있던 그가 그런 포위 상태에서 몸을 떼내기도 전에, 보일 듯 말 듯한 물결이 퇴색한 새들의 깃털 위에서 일어났다. 흐르는 듯한 천상의 살랑거림 같은 물결 또 물결, 순간 마치 소리 없이 거품이 일듯이 새의 무리가 날아올랐다. 마치 날갯짓도 않고 높은 곳으로 올라가 눈에 보이지 않는 세계 속으로 흩어지는 것 같았다. 그 결과 눈에 익은 처마 끝이 순간 선명하게 눈에 띄었다. 그야말로 눈 깜짝할 사이의 순간으로서 다음 순간 이 건축은 붕괴되고 말았다. 날아간 새 떼의 날갯짓 소리만큼이나 소리도 없이, 천상의 기운으로 변한 눈에 보이지 않는 세계 속으로, 일체를 흡수하는 무속으로 사라져버렸다. 이 사실을 그가 깨달았을 때 그것은 소리 없는 상태로 변화하기 시작했다. 정적으로 변했다. 부동의 상태로 평안으로 변하고 실려 가는 그 자신의 미동도 하지 않는 여로는 지상에 정지하고,

도깨비들은—식물이나 동물의 모습을 한 것과 더불어 마지막에는 투명하고 창백한 육체를 가지고 불꽃같은 머리칼을 펄럭이는 마녀까지도 나타났지만—이미 그를 따라오지는 않았다. 그의 곁을 스쳐서 무덤이 가라앉은 곳으로 표류하며, 덧없이 아른거리는 그림자의 분화구의 마중을 받으며 차례로 무덤 뒤를 따라 가라앉았다. 그리고 이 분화구는 방금 전까지도 위협적인 하나의 눈 아닌 눈처럼 그에게 무서운 응시의 시선을 던지고 있었다. 더욱이 그 눈 아닌 눈이란 실은 그 자신의 것에 지나지 않는 최종적인 위협의 가공할 공허였는데, 비상하는 여자 얼굴의 도깨비가 모조리 그 속으로 사라져버렸을 때, 이 분화구 자체도 마찬가지로 녹아버리기 시작했다. 흡수하는 힘은 일체를 섭취하는 평화로 변하고, 깊이로 변하고, 지상의 밤의 눈, 무겁고 풍부한 천상의 눈물을 간직한 꿈의 눈으로 변했다. 잿빛과 검정의 비로드처럼 그것은 그의 머리 위에 앉아 가볍게 그를 감싸고, 꿈꾸면서 꿈을 초탈하고, 귀환을 향해 열려 있었다. 또다시 열린 밤, 그리고 밤의 눈짓 가장 깊은 곳에 기름 램프의 작고 노란 불꽃의 끝이 수줍은 듯 깜빡거리면서 또다시 빛을 내고 있었다. 오오, 눈앞에서 반짝이는 하나의 별—달빛도 이미 스며들지 않고, 밤의 조용함 속에서 쉬는 실내의 광채, 또다시 되살아난 온화함과 잠에의 기다림 속에서 장식대 위의 장식은 이미 똑똑히 분간할 수가 없고, 벽면은 거무칙칙하게 가라앉아, 이 실내는 마치 아득한 옛날부터 그대로의 모습이었던 듯 눈에 익은 지상의 가구만을 숨기고 있었다. 이것은 귀환이었다. 그러나 귀향은 아니었다. 익히 아는 세계이기는 했으나 아무런 회상도 얽혀 있지는 않았다. 온화한 소생이기는 했지만 실은 어쩌면 더욱 온화한 소멸이었다. 그것은 온화하기 이를 데 없는 적멸 속에서 형용할 수 없이 하나로 융합하고, 적멸을 감수하면서 이 세상의 것이 아닌 불가사의로 변하는 해방과 유폐 상태였다. 벽의 분수는 희미한 소리를 내면서 흐르고 암흑은 함초롬히 습기를 머금었다. 그리고 그 밖엔 아무것도 움직이는 것이 없었는데도 침묵하고 있던 것은 침묵에서 풀려나고, 경직되었던 것은 경직에서 풀려나고, 시간은 또다시 부드럽게 생기를 간직하고, 거짓 죽음에 빠져 있던 달빛의 싸늘함에서 풀려나 새로운 움직임을 향해 열려 있었다. 바로 그 때문에 그도 마찬가지로 경직에서 풀려나 엄청난 고생 끝이기는 했지만 어쨌든 천천히 다시 일어날 수가 있었다. 손가락을 활짝 편 두 손바닥을 요 위에 밀어붙이고, 치켜 올린 두 어깨 사이에 약간 빠져 들어간 모습으로, 긴장한 나머지 가늘게 떨리는 뜨거운 머리를 약간 앞으로 내밀면서 그는 희미한 움직임을 엿보고 있었다. 그가 엿보고 있던 것은 어떤 열에 의해서도 손상되는 일 없이 되돌아온 삶의 흐름의 온화로움이었는데, 그것뿐이 아니라 떠올랐는가 하면 또 가라앉고 붙잡았는가 하면 또 빠져나가는, 이미 붙잡을 수 없는 꿈의 목소리, 저 속삭이는 듯한 꿈의 명령이기도 했다. 그것은 그에게 자신과 자신의 작품을 없애버리도록 명령하고 있었으나 구원을 더욱 확실한 것으로 하기 위해 그는 이 명령에 마음으로부터 귀를 기울이려고 생각했다. 또 그렇게 하지 않으면 안 되는 것이었다. 아무리 귀를 기울이고 거기에 따르려고 해도 그 은밀한 명령을 성취할 수는 없었다. 말없는 속삭임을 보충하는 말이 발견되지 않는 한 그것은 불가능했다. 하지만 은밀하고 대범하게 그를 에워싼 막막한 속삭임 속에 이 명령은 무조건 날뛰는 기세로 돌아다니면서 말로 돌아가는 길을 찾아내려고 하고 있었다. 지금도 여전히 침묵의 벽은 그의 둘레를 감싸고 있었는데 그것은 이미 위협은 아니었다. 오오, 지금도 여전히 경악은 지속되고 있었으나 그것은 공포를 수반하고 있지 않았다. 두려움을 모르는 경악이었다. 오오, 지금도 여전히 안과 밖, 그 끝의 경계선은 반전하고 교차하고 있었지만 귀 기울이며 엿보는 스스로의 영위가 어떻게 그 경계를 해소하고 또 결합했는가를, 그는 절실히 느낄 수가 있었다. 물론 그것은 이전 인식의 질서를 회복하기 위해서가 아니고, 또한 인간이나 동물이나 사물의 질서를 위해서도 아니며, 한때는 그가 그 속에서 활동하고 있었으나 그의 추억의 소멸과 운명을 같이 하여 이미 존재하지 않고 이미 존속할 방법도 없는 세계의 질서를 위해서도 아니었다. 여기에 열린 세계는 또한 아름다움의 통일도 아니었다. 희미하게 빛나면서 사라져가는 세계의 아름다움의 통일도 아니었다. 그렇다, 이 통일 역시 아니며 대신 그것은 밤 속으로 흘러 들어가서는 다시 넘쳐 나오고, 감득할 방법도 없는 세계에 울려 퍼지면서 도도히 넘쳐흐르는 물결에 의한 통일이었다. 그것은 어떤 정지에의 회상 아닌 회상, 그 속에 있어서는 완성하기 어려운 것도 완성에 도달하는 정지에의 회상이 가져다주는 통일, 그리고 말로 다할 수도, 도달할 수도 없는 거대한 순수성과 순결성을 갖춘 터무니없이 새로운 기억 속에 숨은 근원적인 고독의 창조에 대한 동경이 결부되어 있었다. 그가 엿보면서 들을 수 있었던 것은 이 동경에 가득 찬 물결 속에서 외계의 극단, 그 암흑에서 태어나면서 그의 귀와 마음과 영혼의 밑바닥에서 동시에 울려 퍼지기 시작했다. 그의 내부에도 말은 없고, 주위에도 말은 없고, 배가된 근원적인 속삭임의 마음을 제압하며 덤벼드는 조용하고 거대한 힘이 숨을 죽이고 귀를 기울이면 기울일수록 그를 받쳐주고 그를 채워주었다. 그러나 그것은 이내 속삭임도 중얼거림도 아니게 되었다. 차라리 그것은 터무니없는 함성이라고 해도 좋았다. 말할 것도 없이 이 함성은 현재와 과거와 미래의 체험의 엄청난 층을 통하여, 기억과 비기억의 엄청난 층을 통하여, 암흑의 엄청난 층을 통하여 실려 왔기 때문에 속삭임이 지닌 힘에까지 도달할 수는 없었다. 아니, 그것은 속삭임은 아니었다. 그것은 한없이 많은 목소리의 교향(交響), 아니 그보다도 모든 목소리 무리들의 교향이었다. 시간 속에 있는 일체의 공간과 비공간에서 울려 퍼지고, 편안히 숨으면서 청동처럼 우렁차게 노래하고, 부드러움 때문에 무섭고, 슬픔 때문에 위안에 넘치고, 동경 때문에 도달하기 어렵고, 아득히 멀리 있으면서도 가차 없고, 거역할 수 없고, 꼼짝도 않는, 변화를 모르는 목소리의 교향이었다. 그의 자아가 굴복하면 할수록 저항을 포기하고, 울려 퍼지는 소리에 스스로를 열면 열수록 그 목소리의 크기를 있는 그대로 포착하는 데에 절망하고, 스스로의 비천함을 알면 알수록 그 목소리는 점점 더 고답적인 것이 되고, 점점 더 유혹적으로 노래하는 것이었다. 가혹한 힘에, 그 부드러움에 압도당하고 굴종과 굴종의 욕구에 강요당하고, 스스로의 손에서 빼앗길는지도 모를 작품을 둘러싼 불안에 사로잡히고, 작품의 박탈을 명령할 선고를 기다리는 마음에 사로잡히고, 불안과 희망 모두에, 삶의 적멸을 바라는 생각과 삶을 지키기 위해 스스로를 멸망시키려는 생각에 사로잡히고, 조촐한 그러나 거대한 자신 속에서 유폐와 해방을 동시에 맛보고, 더없이 희구했던 무형의 목소리의 총체 밑에서 무엇 하나 알지 못하고, 그러나 알고, 마침내 그는 먼 옛날부터 알고 고민하고 듣고 있던 것을 포착할 수가 있었다. 그리고 영겁처럼 거대한, 표현이 불가능한 사실에 대해서는 아주 조촐하고 불충분한, 결코 완전한 것이 될 수는 없는 표현이라고 생각되었으나 그의 가슴에서 가까스로 이 말이 새어 나왔다. 단숨에, 단 하나의 한숨, 단 하나의 고함이 되어 이 말이 새어 나왔다. "《아이네이스》를 불사르자!"

이 말이 그의 입속에서 나온 소리였던가? 그는 알 수가 없었다. 알 수는 없었지만 그러나 그 메아리가 마치 대답처럼 되돌아왔을 때 별로 놀라지는 않았다. "부르셨습니까?" 하고 메아리가 부드럽고 정답게 울렸다. 어딘지도 모를 곳에서 마치 고향 같은 느낌을 풍기면서 상상도 할 수 없을 만큼 가깝게, 혹은 상상도 할 수 없을 만큼 멀리서 들려오는 울림이었다. 그것이 떠돈 것은 확실히 분간할 수 없는 공간 속으로, 무한 속, 목소리의 총체가 빚어내는 공간 속은 아니었으나 순간 그는 플로티아의 목소리를, 그 목소리가 떠도는 듯한 어둠을 귀에 듣는 느낌이었다. 다시 평화를 회복하고, 다시 흠뻑 젖고, 다시 응집된 밤의 한가운데라면 그녀의 목소리를 기다리는 것이 허용된 것 같은, 아니 기다리지 않으면 안 될 것 같은 느낌까지 들었다. 물론 다음 순간에는, 어쩌면 훨씬 더 분명히, 그것이 소년의 목소리였다는 사실을 깨닫지 않으면 안 되었다. 편안하게 맞이한 이 귀환의 아무 이상할 것도 없는 명백한 사실이 그야말로 환희와도 환멸과도 관계가 없는 무관심함으로, 지상의 기슭 사이를 조용히 흐르는 강물처럼 그를 싣고 갔다. 그 너무나도 가벼운 지상의 풍경 때문에 문득 눈을 들거나 머리를 돌리기만 해도 이 흐름을 중단하게 되지는 않을까 하고 걱정될 정도였다. 눈을 감은 채, 그는 누워서 꼼짝도 하지 않았다. 얼마나 시간이 흘렀는지 알 수가 없었다. 그러나 그런 다음 말이 다시 입속에서 빚어진 것 같은, 이런 말을 한 것 같은 느낌이 들었다. "어째서 너는 다시 돌아왔지? 나는 이제 네 목소리를 듣고 싶지 않은데 말이다." 과연 이것이 목소리가 되었는지는 그로서도 알 수가 없었다. 소년이 정말로 이 방 안에 있는지, 대답을 기대해도 좋은지 어떤지도 알 수가 없었다. 그것은 어딘가에서 노래가 시작되기 전에 하프가 가락을 고를 때와도 같은 불안정한 대기였다. 그러자 다시 바로 곁에서, 아무 이상할 것도 없는 가까이에서 목소리가 울렸다. 그러나 그 목소리는 마치 바다를 건너오듯이 멀고 아득하게 들렸고, 달의 숨결에 날려서 희미하게 아주 희미하게 반짝이고 있었다. "저를 멀리하지 말아주십시오." "아니" 하고 그가 대답했다. "너는 내게 방해가 돼. 나는 다른 목소리를 듣고 싶다. 너의 그것은 가짜 목소리에 지나지 않아. 나는 다른 목소리로 인도하는 길을 발견하지 않으면 안 돼." "저는 당신의 길이었고, 지금도 당신의 길입니다" 하는 목소리가 그다음에 들렸다. "저는 애초부터 당신과 함께 울리는 소리입니다. 비록 죽더라도 영원히 곁에서 떠나지 않을 소리입니다." 이것은 유혹과도 같았다. 달콤한 유혹에 넘치고, 소박함과 꿈에 넘치고, 다시 한 번 돌아보도록 그를 재촉하는 꿈의 부름 소리, 어린 시절의 나라로부터의 메아리였다. 그리고 희미한, 멀고 또 가까운 고향 같은, 괴로움을 어루만지는 듯한 소년의 목소리가 말을 이었다. "당신 시의 메아리는 영원합니다." 그래서 그가 대답했다. "아니, 나는 내 목소리의 메아리도 이제는 듣고 싶지 않다. 나는 내 바깥에 있는 목소리를 기다리고 있는 것이야." "당신은 이미 사람들의 마음이 함께 울리는 것을 막거나 그것을 침묵시킬 수 없습니다. 그 마음에서 돌아오는 메아리는 당신의 그림자와 마찬가지로 언제나 변함없이 당신 곁에서 떠돌고 있습니다." 이것은 유혹이었다. 어떻게 해서라도 거부하지 않으면 안 되었다. "나는 이미 나로서 있고 싶지 않다. 그림자 하나 깃들지 않는 자기 마음의 밑바닥으로, 한없이 고독한 그 밑바닥으로 나는 사라지고 싶다. 그리고 나보다도 앞서서 내 시가 그곳으로 사라지지 않으면 안 되는 것이다." 대답은 없었다. 눈에 보이지 않는 세계로부터 꿈과 같은 설렘이 밀려왔다. 꿈처럼 길게, 꿈처럼 짧게. 마침내 이렇게 말하는 목소리가 들렸다. "희망은 그 희망을 나누어 가질 상대방을 구하는 것입니다. 그리고 당신 마음의 고독까지도 애초부터 있었던 옛날의 희망입니다." "그럴지도 모르지." 그도 수긍했다. "하지만 그것은 고독 속에서 죽어가는 나를 도와줄 목소리에 대한 희망이다. 만일 그 목소리가 들리지 않는다면 나는 아무런 격려도 받을 수가 없다. 영원히 아무런 위안도 없이 있지 않으면 안 되는 것이다." 또다시, 분명치는 않지만 꽤 시간이 지난 뒤에, 이윽고 이런 대답이 돌아왔다. "당신은 고독하게 있을 수는 없습니다. 앞으로 영원토록 그럴 수는 없습니다. 왜냐하면 당신에게서 울려 나온 것은 당신 자신보다도 컸기 때문입니다. 당신의 고독보다도 컸기 때문입니다. 그리고 그것을 깨뜨리는 일도 이제 당신으로서는 할 수가 없습니다. 오오, 베르길리우스님, 당신의 고독에서 태어난 노래 속에는 모든 목소리, 모든 세계가 있습니다. 그것들은 그 메아리와 함께 언제나 당신 곁에 따라다니고 있습니다. 그리고 그것들이 당신의 고독을 결정적으로 깨부수고 미래의 모든 것과 굳게 결부됩니다. 왜냐하면 당신의 목소리는, 베르길리우스님, 애초부터 신의 목소리였기 때문입니다." 아아, 이런 꿈을 꾼 일도 분명 있었다. 어딘가 과거를 갖지 않은 나라에서 꿈꾼 일이었다. 이것은 일찍이 그가 스스로에게 부여하고, 그 이래 마치 성취된 것처럼 보이기만 했던 약속으로의 되돌아감을 의미했다. 어떻게든 고뇌를 해소하고 반가운 희망을 가져다준다고밖에 생각되지 않는 약속, 그러나 그것은 거짓된 희망이었다. 자기기만으로 도피하는 한 소년의, 한 갓난아기의 덧없는 희망에 지나지 않았다. 갑자기 그가 물었다. "너는 누구냐? 이름이 뭐지?" "리사니아스라고 합니다" 하고 대답이 울려왔다. 이번에는 분명히 가까이에서, 확실한 방향에서 들려왔다. 아무래도 입구의 문이 있는 쪽 근처에서였다. "리사니아스?" 하고 마치 잘 들리지 않은 것처럼, 실은 다른 이름을 기대하고 있었던 것처럼 그가 되풀이했다. "리사니아스……." 꼼짝도 않고 누워서 이 이름을 혼자 중얼거리면서, 이 사실이 아무 이상할 것 없는데도 불구하고 그는 기이한 생각에 사로잡혔다. 이름의 기묘한 부조화 때문만이 아니라 자기가 이름을 물었다는 사실 때문이기도 했다. 그도 그럴 것이 그는 이 작은 밤의 반려를, 그가 자기한테 왔을 때 그대로의 불확실한 무명의 상태에 두려고 생각했던 것이 아닌가? 바로 그렇기 때문에 이 소년을 무명의 세계로 되돌려 보냈던 것 아닌가? 기이한 생각에 사로잡힌 채 그가 다시 물었다. "내가 너더러 거리로 나가라고 했을 텐데…… 어째서 가지 않았지?" "갔었습니다만" 하는 대답이 돌아왔다. 지금은 바로 곁으로 다가온 친밀하고 쾌활한 투의 약간 시골티가 나는 소년의 목소리였으나, 그 수줍음 뒤에는 얼마만큼 농부다운 교활성이 겁먹은 듯이 도사리고 있었고, 저의가 깔린, 다음 질문을 기다리는 듯한 울림이 있었다. 자신도 모르게 그는 그 장단에 말려들고 말았다. "그래? 갔었다고? ……하지만 여기에 있지 않아?" "방문 앞에 대기하고 있는 것을 말리지는 않으셨습니다……. 그런데 지금 부르시는 것 같기에." 이 말은 진실이었으나 완전한 진실은 아니었다. 거짓말이 그 사이로 들여다보였다. 아주 작은 악의 없는 거짓말이었으나, 그러나 그것은 그 자신의 생활을 꿰뚫고 있던 큰 허위의 반향 같은 것이었다. 말에 집착하고 참된 현실에 대해서 결코 공정하다고는 할 수 없는 저 교활한 거짓 진실, 아니 오히려 교활한 거짓 진실 이상의 것, 그것의 메아리에 지나지 않았다. 아아, 먼 옛날부터 죽음을 기만하려고 꿈꾸기 시작한, 어렸을 때부터 이미 행하여온 거짓 진실. 진실과 허위, 부름 소리와 침묵, 가까움과 아득함이 서로 용해되어 있었다. 먼 옛날부터 변함없이 용해되어 있었다. 소년이 문간에서 경호를 맡고 있었다는 사실은 몹시 불가해하게 생각되었다. 왜냐하면 바로 그 시간에, 마치 영원히 변하지 않을 양상을 드러내며 공포에 휩싸인 사건이 창문 밑의 골목에서 일어나고 있었기 때문이다. 괴물들이 황망히 그곳을 지나갔으니 말이다. 아아, 불가해. 언제까지나 풀리지 않을 수수께끼라고밖에 할 수가 없었다. 이미 종결되고, 그러나 여전히 지속되고 있는 사태의 동시성의 포착하기 어려움. 추이를 알 수가 없고, 과거도 없고, 미래도 없고, 그러면서도 새로이 획득된 이 지상의 세계에까지 들어와 있는 제2의 현실, 그 포착하기 어려움. 모든 손실에 내재된 내세에서 받을 이득을 보상받을 수도 없는, 말하자면 거짓된 이름 아래 가상의 현실의 포착하기 어려움이여. 그리고 이토록 수수께끼에 찬 운명의 추이에 대한 불안, 운명을 폭파할 듯이 울려 퍼진 홍소에 대한 불안, 무명의 것에 대한 불안, 그것이 언제나 우연의 착오로 가득 찬 것에 지나지 않는다는 사실이 밝혀지더라도 여전히 이름을 묻지 않고는 배길 수 없는 충동에 대한 불안, 오오 재인식의 수수께끼에 대한 불안. 이 불안 때문에 그는 사태의 동시성을 거부하고 일찍이 있었던 것, 이미 종결된 것으로부터 벗어나 의심할 여지도 없는 현재로, 직접 촉감되는 자기 육체의 영역으로 도피한 것이었다. 그는 눈을 떴다. 저쪽 창문 쪽의 벽에는 아직도 자리를 옮긴 달그림자가 몇 줄기 띠처럼 흘러내렸으나 방 안은 어두컴컴한 그림자에 둘러싸여 갇혀 있었다. 꼼짝도 않는 정적을 깨고 머리를 돌리는 일이 잘하는 일이라고는 생각되지 않았으나, 깜박이면서 슬그머니 곁눈으로 흘겨보자 그림자에 가려진 출입문 앞에 어렴풋이 떠올라 있는 소년의 모습이 느껴졌다. 모든 것은 불안정한, 기묘하게 떠돌면서 가벼워진 지상의 현재 속에 있었다. 어떤 동시성으로부터도 벗어나고, 과거로부터도 미래로부터도 벗어난 형용할 수 없는 무명의 지상의 세계에 있었다. 그를 이곳까지 데리고 온 것은 분명 저 소년이었다. 그렇다면 부르지도 않았는데 그가 다시 나타난 것은, 기묘하게 생소한 이름을 가진 그가 나타난 까닭은, 자기를 다시 다른 곳으로 데려가기 위해서인가? 지상에서, 미래가 없는 이 지상에서 선도를 해줄 자는 이미 필요 없었다. 설사 아직도 인도하고 도와줄 손이 필요하다 하더라도 그것은 이미 소년의 역할은 아니었다. 청해진 원조에만 도움이 소용이 되므로, 도움을 청할 수가 없는 자에게 도움이 주어질 수는 없기 때문이었다. 소년의 모습이 출입구의 그림자 속에서 떠나기 시작했을 때, 그는 다짐을 받듯이 다시 한 번 거절했다. "나는 네 도움을 요구하지 않았다……. 너는 잘못 생각하고 있다. 나는 부르지 않았다……." 그런 다음 목소리를 낮추어 덧붙였다. "리사니아스." 이름을 불린 그는 이 거절에도 조금도 물러서지 않고 등 뒤의 어둠으로부터 기름 램프의 조용한 불빛 속으로 모습을 드러냈다. 이름을 불린 탓인지 꿈처럼 아련한 소년의 얼굴은 밝고 천진한, 귀여운 미소를 띠었다. "제가 당신을 돕는다고요? 저를 도와주는 사람을 제가 돕는다고요? 당신은 설사 도움을 청한다 하더라도 저에게 도움을 주고 계십니다……. 하다못해 저에게 술이라도 준비하게 해주십시오." 이렇게 말하고는 그는 벌써 조리대에서 준비를 시작했다. 조력에 대해서 이 소년이 무엇을 알고 있는가? 생애에 걸쳐서 아무런 조력도 하지 못한 그의 내력에 대해 소년은 무엇을 알고 있는가? 도움을 청할 수조차 없고 바로 그 때문에 영원히 구원을 거부당한 의지할 곳 없는 인간의 전율에 찬 각성에 대해서 소년은 무엇을 알고 있는가? 아니면 구원을 원치 않는 거짓 맹세에 대해, 적멸의 속죄에 대해 알고 있단 말인가? 아니면 새로운 전회를 독촉할 셈인가? 운명에 의해 정해진 도취로의 거짓 전회는 이미 피할 수도 없는 것인가? 공포가 또다시 되돌아온 듯 느껴졌다. 열 때문에 심한 갈증을 느끼고 있었음에도 불구하고 그는 놀란 몸짓으로 황급히 거절했다. "술은 필요 없어. 아니, 아니야, 술은 필요 없어!" 그에 대한 소년의 대답 역시 기묘하고 놀라운 것이었다. 소년은 이 거절에 한순간 머쓱해져 조리용 그릇을 아래에 내려놓긴 했지만 곧 다시 집어 들고는 두 손으로 그 무게를 가늠하면서 천천히 침착하게, 기묘하게 사람의 마음을 가라앉히는 태도로 이렇게 말했다. "신에게 바쳐도 남아돌 만큼 술은 충분합니다." 오오 신에게 바칠 것이라니! 소년이 마침내 그 소리를 입에 담은 것이다! 바로 그렇다, 중요한 것은 제물이었다, 제물이 중요했던 것이다! 제물의 통일성을 회복하고 반영하는 상징의 거울을 회복하는 일, 그것이 중요했다. 제물의 도취, 피의 도취, 술의 도취를 다시 극복하고, 스스로를 적멸로 인도함으로써 세계에 제물을 바치고, 일찍이 존재했던 만유 일체를 창조의 계기를 잉태한 적멸로 인도하는 일, 그것이야말로 중요한 문제였다. 이 적멸 속에서 그는 동시에 제물을 바치는 사제가 되고 바쳐지는 제물이 되고, 아버지가 되고 아들이 되고, 인간이 되고 작품이 되고, 스스로가 기도(祈禱)로 변하지 않으면 안 되었다. 아버지의 물샐틈없는 세심함과 아들의 한없는 조촐함으로 되돌아가 마음이 시키는 대로 조력의 손길을 뻗치고, 그림자에 휩싸이고, 스스로를 그림자에 엮어 넣으면서, 완전한 적멸 속으로 뚫고 들어가지 않으면 안 되었다. 그것은 다만 갖가지 영상이 결합되어 지상에 만드는 영역 속에서, 암흑의 깊이가 한껏 떠들어대는 그 술렁임 속에서, 동물과 식물의 특성을 한데 모아 피를 포도주에, 포도주를 피에 반영시켜서 피어오르면서, 감지할 수도 없는 영겁의 아득함이 마치 메아리처럼 밝게 울리면서 눈에 보이는 세계로부터 풀려나기를 원하기 때문이었다. 중요한 것은 제물을 다시 정화시키는 일이었다. 그리고 만일 이러한 사명을 위임받은 그가 이 복수의 여신들에 의해 더럽혀진 방 안에서 깨끗한 예식을 행하려고 한다면, 그렇다, 만일 그가 가공할 것으로부터 벗어났을까 말까 할 때에 여기에서 다만 한 방울의 술이라도 입에 댄다고 한다면, 술은 당장 무서운 더욱 가공할 피로 변하고 말 것이다. 제물은 정화되지 않고, 작품의 파기는 무의미한 초고의 소각 이외의 아무것도 아니게 될 것이다. 아니, 제물의 장소는 깨끗하지 않으면 안 된다. 바쳐지는 제물도 바치는 자도 모두 깨끗하지 않으면 안 된다. 깨끗하게 맑은 술을 붓고, 떠오르는 햇빛 아래 펼쳐지는 해원(海原)의 조수에 제물을 바칠 때 진주 빛으로 떨리는 이른 아침 하늘의 궁륭—그것은 해변이 아니면 안 되리라, 시는 해변에 가물거리는 불길 속에서 불사르지 않으면 안 되리라. 하지만 이러한 기도는 삶의 맹세를 깨도록 숙명 지어진 말과 사상(事象)의 저 매끄러운 아름다움의 유희가 역겹게 부활한 것 아니던가? 해변과 새벽과 제물의 불꽃의 조화란 다름 아닌 저 몽유병자 같은 유희와 같지 않은가? 아름다움에 몸을 맡긴 세계를 당장 감싸버리는, 저 피와 살육을 잉태한 외설스러운 유희와도 같지 않은가? 거기에서 부활하는 것은 경직된 살육의 거짓 제물이 아니던가? 그 제물을 원하는 신들도 실은 스스로의 의지가 아니라 그렇게 하도록 명령받고 있음에 지나지 않는다. 노래에 담겨진 가상의 현실에 있어서의 거짓 삶으로부터, 가상의 현실성을 띤 시의 중간 영역으로부터 달아날 길은 없는 것일까? 아니, 절대로 아니다. 제물의 자리를 마련할 필요도 없이, 술을 따를 필요도 없이, 미의 의식을 올릴 필요도 없이 그것은 당장에 행해지지 않으면 안 된다. 한순간의 지체도 허용되지 않았다. 설사 어떤 사정이 있더라도 해가 뜨기를 멍하니 기다려서는 안 될 일이었다. 즉각 그것을 단행할 필요가 있다. 절망적인 노력으로 그는 침상 위에 일어나 앉았다. 곧 밖으로 나가자, 어디라도 좋다, 불이 타고 있는 곳으로 가자, 하고 생각했다. 짐스러운 초고 두루마리를 처치해야 한다. 소년이 도와줄 테지. 어딘가의 별이 빛나는 하늘 밑에서 시의 언어는 재가 되지 않으면 안 된다. 태양에게 《아이네이스》를 보여서는 안 된다. 이것이 그의 사명이었다. 그는 원고를 넣어둔 고리짝을 물끄러미 바라보았다―그런데, 대체 어떻게 된 셈인가? 갑자기 아득히 먼 곳으로 밀려난 것처럼 터무니없이 작아 보였다. 난쟁이 집의 그것처럼 작아진 가구 사이에 휩쓸려 든 난쟁이의 고리짝이었다. 여전히 예전과 같은 장소에 놓여 있는데도 거기에까지 당도할 수는 없었다. 손을 뻗쳐 붙잡을 수가 없었다. 게다가 모든 것이 작게 오그라들었는데도 소년만은 본래의 크기로 고리짝과 그의 사이에 버티고 서 있었다. 그 손에는 철철 넘치게 부어진 술잔이 들려 있었다. "자, 한잔 드시지요. 잠드는 약으로 생각하시고" 하고 소년이 권했다. 어느 틈에 책임이 있는 한 인간으로 자란 아들이 아버지에게 보이는 자상한 마음씨를 담은 말투였다. 물론 약간은 어린애 같았다, 아니 가련할 만큼 어린애 같은 투이기는 했다. 왜냐하면 책임을 다하려는 의욕과 다할 수 있는 능력이 일치된 것은 아니어서, 그 결과 사람을 가볍게 다루려는 태도에는 그야말로 어처구니없는 느낌마저 드는 조그마한 오만이 엿보였기 때문이다. 잠드는 약을 그에게 내밀다니! 신도 인간도 한결같이 느끼는 깨달음에서 불안을 다시 한 번 극복하는 일쯤은 마치 아무런 문제도 아닌 것처럼, 만유를 다시 한 번 받아들이기 위해 당장 중요하고 긴급한 일은 그런 깨달음이 아니라는 것처럼! 아니면 사람을 얕보는 이 태도에는 그 나름의 이유가 있었던가? 《아이네이스》는 난쟁이의 소지품처럼 오므라들고, 주위의 모든 것이 작아져버렸는데도 소년의 모습만은 본래 그대로라는 사실은 그의 오만을 정당화하는 하나의 증표가 아닐까? 그의 경멸은 피안의 세계에 뿌리박힌 보다 높은 경멸의 증표, 제물이 받아들여지는 일은 끝내 있을 수 없음을 일러주는 경멸의 증표가 아닐까? 사제로서 아버지로서 제물을 바칠 자격이 그에게는 결정적으로 결여되어 있음을 선고함이 아닐까? 그렇다면 하강도 할 수 없고, 귀환도 할 수 없고, 뿔의 문은커녕 상아 문의 빗장조차도 열지 못하고 그는 스스로의 꿈속에 갇혀 있지 않으면 안 되는가? 그러나 아직! 아직도 희망은 있었다. 그조차도, 길을 잃은 자인 그조차도 저 깨끗한 은총을 입을 가능성은 있었다! 물론 그가 겪은 온갖 고통과 타락에 대한 보상은 아직도 이루어지지 않았다. 그러나 지옥 앞에 펼쳐진 거짓 죽음의 세계는 이미 그를 놓아주고 있었다. 어쩌면 성장한 이 소년이 지금이야말로 참된 인도자가 될지도 몰랐다. 쇠약해져서 야윌 대로 야윈 그를 둘러업고 은총의 문으로 들어서는 것은 어쩌면 참된 이 선도자일는지도 모른다! 오오, 번쩍이는 빛의 그릇처럼 술잔은 소년에 의해 드높이 받쳐졌다. 그는 그것을 향해 손을 내밀었다. 하지만 그 번쩍임을 채 손에 쥐기도 전에 소년의 모습에서 성장의 인상은 흔적도 없이 사라지고 말았다. 작게 오므라들었던 주위의 사물이 이전의 크기로 되돌아왔는가, 아니면—간단하게 분간할 수 있는 일은 아니지만—소년 쪽이 난쟁이처럼 되어버리고 말았는가. 그렇다면 역시 소년은 성장할 수가 없었단 말인가? 왜소화의 위협이 소년까지도 엄습했는가? 의지할 곳도 없이, 길잡이도 없이, 다만 혼자서, 그는 버림받고 있었다. 끝까지 다만 혼자서 결단의 의무를 짊어지라는 것일까? 마실 것을 드는 일은 허용되지 않았다. "잠드는 약? 아니…… 나는 충분히 잤어, 지나칠 만큼. 이젠 떠나야 할 시간이야, 일어나지 않으면 안 될 시간이야……." 또다시 고생스러운 지상의 세계가 찾아온 것이었다. 소년은 다시 한 번 자라나지는 않았고, 그를 도와주지도 부축해주지도 않았다. 떠날 때도, 제물을 바칠 때도, 하물며 그다음이야—오오, 환멸이여, 오오, 불안이여, 오오, 도움을 구하는 간절한 소망이여! 지금 할 수 있는 일은 다만 또다시 요 위에 누워서 환멸과 피로 때문에 숨이 끊어질 듯한, 목소리가 되지도 않는 중얼거림을 입에 담는 일뿐이었다. "이제 더 잘 필요는 없지." 그러나 그때 마치 구원처럼 세 번째의 놀라운 대답이 돌아왔다. "누구도 당신처럼 깨어 있는 사람은 없습니다, 아버님. 어서 쉬십시오. 쉬시는 일이 무엇보다도 좋습니다. 아버님, 이제 눈을 감으십시오." 아버님이라고 부르는 소리에 눈꺼풀이 조용히 감겼다. 마치 선물과도 같은 부름이었다. 적멸에의 보상, 찬양된 조심스러움에 대한 은총의 보답과도 같았다. 빈틈없는 준비의 자세가 가차 없는 회한의 준비로 변화되고, 과거와 미래에의 조심스러운 봉사가 발생하는 모든 것을 배제하는 자발적인 겸양으로, 현재의 용인으로 변화한 이래, 이 조심스러움은 점점 더 뜻있는 것이 된 것이었다. 그렇다, 그 부름은 항상 새로이 시작되는 노력에 대한 보답이었다. 속죄처럼 한이 없고 모든 탄생의 이전과 모든 행위의 피안에 존재하고 있는 보답이었다. 왜냐하면 재물과 은총은 같은 것이기 때문이다. 양자는 어느 한쪽이 다른 것에 따라오는 것이 아니라 서로 상대방 속에서 태어난다. 그리고 아버지라고 불리기에 걸맞은 것은 다만, 행복스럽게 그림자의 심연으로 내려가서 스스로를 제물로 바치면서 제물을 바치는 사제로서의 정화를 받는 자, 높고 끝이 없는 조상들의 계보에 끼는 자들뿐이다. 조상들의 계보는 아득히 도달할 수 없는 원초에까지 거슬러 올라가고, 여기에서 그림자에 에워싸여 옥좌에 앉아 있는 시조, 적멸로 인해 강대해진 시조로부터, 무한히 새로이 시작하기 위한 활력과 인간 존재에의 영원한 축복을 부단히 받아들이고 있다. 축복을 안겨주는 시조, 경직의 피안에 있는 거리들의 창설자, 법을 건설한 명명자, 어떤 발단도 종말도 모르고, 탄생도 모르며, 영원히 추이를 모르는 시조. 그 신과도 같은 모습 앞으로 걸어 나갈 수 있도록 그는 확실히 선택되어 있었던가? 한 소년에게, 이 소년에게 문의 빗장을 열 수 있는 힘이 확실히 있었던가? 마치 그것이 동일한 일인 듯 자기 자신에 대한 의심은 기묘하게도 소년의 사명에 대한 의심과 결부되어 있었다. 그것은 기묘하게도 시간을 떠난 의심이었다. 그리고 새삼스럽게 젊은 얼굴을 탐색하는 시선은 의문의 시선이었다. 간청하는 몸짓에 응해서 술잔을 손에 들고 쭉 마셔버렸을 때도 그 의문은 여전했다. "너는 누구냐?" 술잔을 놓으며 새삼스럽게 그가 물었다. 그렇게 마음속에서 묻고는, 자신의 마음속으로부터 의문을 던지는 힘의 집요함에 그는 새삼 놀랐다. "너는 누구냐? 전에 너를 만난 적이 있었지……. 벌써 오래전의 일이지만." "당신이 아시는 이름을 저에게 붙여주십시오" 하는 대답이 돌아왔다. 퍼뜩 정신을 차렸으나 그가 알 수 있는 것은 다만 이 소년이 스스로 리사니아스라고 자칭했다는 것뿐이었다. 여기까지는 확실히 알고 있었다. 그러나 그 뒤는 몽롱했다. 마음은 아련하게 흐려질 뿐, 이미 그 이름을 찾아낼 수는 없었다. 이름이라는 이름, 어머니가 옛날에 자신을 어떻게 불렀는지, 그 이름조차도 생각해낼 수가 없었다. 그런데 마침 이때 어머니가 그를 부른 듯한 느낌이 들었다. 다름 아닌 이 몽롱해서 찾아낼 수 없는 세계 속에서 그가 무명 속으로 돌아가도록, 어머니의 나라와 모든 어머니의 나라 피안에 깃들어 있는 무명 속으로 돌아가도록 부르고 있는 듯한 느낌이 들었다. 아아, 어머니에게 있어서 자식이란 이름이 없는 법이다. 어머니는 자식을 이름으로부터 지키려고 항상 마음을 쓰고 있다. 거짓 이름, 재앙을 가져다주는 우연의 이름뿐 아니라 우연에서 벗어나 무한한 조상들의 계보 속에 존재하고 있는 올바른 이름까지도. 아니 올바른 이름이라면 더욱 자식을 지키려고 하는 것이다. 왜냐하면 올바른 이름은 스스로는 이름도 없이 내려가서, 일체의 실재 근원에서, 아버지로서 사제로서의 정화를 받은 인간에 의해 높여지지만, 그 이름은 희생 속에 감싸이면서 자신 속에 희생을 감싸고 있기 때문이다. 그러나 어머니는 그야말로 그녀의 본질을 이루는 탄생이라는 창조적인 희생을 고집한 채 재생이라는 희생 앞에서는 무서워 떨면서 멀어지려 한다. 스스로가 낳은 자식을 위해서 그녀는 그것을 두려워한다. 또다시 되풀이되는 창조를 두려워한다. 근접할 수도 없는 나락 같은, 하나의 이름에 담긴 진실의 광채가 예감되어진다고 할 수 있는 자유분방하고 도달할 수 없는 것을 두려워한다. 뭔가 음탕한 것이라도 되듯이 그녀는 이름 속에서의 재생을 두려워한다. 그래서 자식이 오히려 무명 속에 있어주었으면 하고 바라게 된다. 존재는 이름을 상실한다. 어머니가 부르는 곳에서는 그것은 무명으로 변한다. 그리고 이러한 각성 이전의 무명의 세계에 휩싸여 전신을 떨면서, 무명의 세계 안에 수호되어 안도의 숨을 쉬면서 그가 말했다. "나한테는 아무런 이름도 떠오르지 않는다." "아버님, 당신은 모든 이름을 알고 계십니다. 당신은 사물에 이름을 붙여주셨습니다. 그것은 당신의 시 속에 있습니다." 이름, 이름, 인간의 이름, 들의 이름, 땅과 거리와 모든 창조물의 이름, 고향의 이름, 궁핍 속에 주어진 위안의 이름, 사물과 함께 만들어지고 신들의 탄생 이전에 만들어진 사물의 이름, 말의 신성함과 함께 끊임없이 새로이 부활하는 이름, 진실로 잠을 깬 자, 불러 깨우는 자, 신을 방불케 하는 건설자에 의해 항상 새로이 발견되는 이름! 그러한 명명(命名)의 권위를 요구하는 것이 시인에게는 허용되지 않는다. 그뿐 아니라, 설사 사물의 이름을 높이는 일이 시의 궁극적인, 가장 본질적인 사명이라고 하더라도, 설사 그 가장 위대한 순간의 발단에서는 시에서 결코 경직되는 일이 없는 언어의 본성에 일별을 던지는 것이 가능해진다고 하더라도—그 언어의 심연에서 내비치는 빛 아래에서 청정무구한 사물의 언어가 떠도는 것이지만—사물의 세계를 기반으로 하는 이름의 순결성은, 시 속에서 분명히 창조를 말에 의해 중복시킬 수는 있을 테지만 중복된 것을 다시 통일로 가져갈 수는 없다. 왜냐하면 거짓 전회든 예감이든 아름다움이든, 이름의 순결성을 시로써 정착시키고 시화시키는 이런 모든 일은 오로지 중복의 세계에서 생기는 것이기 때문이다. 언어의 세계와 사물의 세계는 여전히 분리된 채이고 말의 고향이 이중이라면 인간의 고향도 이중, 존재의 나락도 이중, 그뿐 아니라 존재의 순결성까지도 이중이 되어 불순성과 겹쳐지게 된다. 마치 탄생을 모르는 재생처럼 모든 예감과 모든 아름다움에 침투되고, 세계 폭파의 싹을 스스로 속에 감추어 갖고 있는 불순성, 어머니의 공포의 표적이 되는 존재의 근원적인 불순성과 겹쳐진다. 시의 외투는 불순성이다. 시는 결코 기초를 쌓는 일이 없다. 그 예감의 유희에서 결코 깨어나는 일이 없다. 시는 결코 기도가 되는 일이 없다, 제물을 바치기에 걸맞은 참된 기도가 되는 일이 없다. 그 참된 기도란 사물의 올바른 이름 속에 풍부히 내포되어 있어서, 그 기도를 바치는 자에게 있어서는 기도의 세계 안에서 중복된 세계가 다시 합일하고 다만 그를 위해서만 사물과 말은 다시 일체로 변하게 되지만—오오, 기도의 정결함이여, 시로서는 도달할 수 없는 정결함이여— 오오, 그러나 아직도 도달될 수 없다고만은 할 수가 없도다. 시가 스스로를 제물로 바치는 한은, 시가 극복되고 절멸되는 한에 있어서는 도달될 수 있으리라. 그리하여 또다시 그의 내부에서 한숨이 되고 절규가 되어서 새어 나오는 것이 있었다. "《아이네이스》를 불사르자!" "아버님!" 이 부름에서 울려 나오는 깊은 경악에서 그는 자신의 의지에 대한 거부를 느꼈다. 아마 맞을 것이다. 불쾌한 듯이 그가 대답했다. "나를 아버지라고 부르지 말아다오. 로마는 아우구스투스가 지켜주신다. 그분을 아버지라고 불러라, 내가 아니고…… 내가 아니고…… 시인은 지키는 자가 아니니까." "당신이 곧 로마입니다." "애들은 누구나 그런 꿈을 꾼단다. 나도 옛날에는 틀림없이 그런 몽상에 잠겼을 것이다……. 하지만 나는 이름을 사용했을 뿐이다, 로마의 이름을 사용했을 뿐이다." 소년은 잠자코 있었다. 그러더니 뜻밖의 행동을 했다. 농가의 소년답게 약간 거칠기는 하지만 날렵한 동작으로 촛대의 가지에, 그것이 마치 느릅나무의 가지이기라도 하듯이 몸을 날려 뛰어오르더니 불이 꺼진 양초를 한 개 떼어내서 기름 램프의 불길에 갖다 대어 불을 붙였다―대체 무슨 짓을 할 셈인가? 하지만 그 이유를 아무래도 깨닫지 못하고 있는 새에 소년은 양초를 떨어지는 촛농으로 접시에 고정시키고 고리짝 앞에 무릎을 꿇었다. "시 원고를 꺼내시려는 겁니까? 제가 꺼내 드리겠습니다……." 거기에 무릎을 꿇고 있는 것은 소년 시절의 베르길리우스가 아닌가? 아니면 동생 프로클로스인가? 형제는 곧잘 이런 자세로 땅바닥에 웅크리고 있곤 했다. 어떤 때는 뜰의 느릅나무 밑에서, 어떤 때는 장난감 상자 앞에서. 이 소년은 누구인가? 이제 고리짝의 가죽끈은 경직된 채 튀어나오고 가죽 뚜껑은 희미하게 바람을 가르는 소리를 내며 열리고 종이와 가죽 냄새가, 긴 세월에 걸쳐서 기록한 붓끝의 둔한 소리가 아련한 구름처럼 어렴풋이 고향을 연상시키면서 열린 고리짝 속으로부터 피어올랐다. 그 내부에 꼼꼼하게 정돈된 초고 두루마리의 한쪽 끝이 보였다. 가지런히 놓여 있는 두루마리와 두루마리, 노래와 노래, 정답게 유혹적으로 마음을 가라앉혀주는 작품의 정경이었다. 소년은 조심스럽게 그중 몇 뭉치를 꺼내어 침대 위에 올려놓았다. "읽어주십시오" 하고 말하면서 소년은 불빛이 알맞게 비치도록 양초를 세운 접시를 밀어 놓았다. 그렇다면 그는 고향 집에 있었던 것이 아니었던가? 이 소년은 그의 어린 동생이 아니었던가? 프로클로스가 살아 있는데 어째서 어머니는 이제 살아 계시지 아니한가? 어째서 어머니는 비탄 끝에 어린 사자(死者)의 뒤를 쫓지 않으면 안 되었던가? 이것은 그때, 어두운 방의 탁자 위에서 빛나고 있던 그 초가 아니었던가? 그때, 창밖에는 알프스에 둘러싸인 만투아의 들이 부드럽게 펼쳐지고, 부슬부슬 가을비가 초저녁의 어둠 속에 속절없이 내리고 있었는데—날더러 읽으라고? 아아, 읽다니! 그것이 아직도 가능한 일일까? 그에게 애당초 읽을 힘이 있었을까? 그가 일찍이 읽는 방법을, 더듬어가며 읽는 방법이나마 배운 적이 있었던가? 망설이면서 거의 불안스럽게, 그는 두루마리 하나를 펴 들고, 망설이면서 거의 불안스럽게, 펼쳐 든 두루마리의 끝을 펴고, 흠칫흠칫 종이를 만져가며, 다시 흠칫흠칫 메마른 글자의 흔적을 짚어가며, 만져서는 안 될 신성한 제물에 대해서나 가질 만한 두려움을 가지고 손가락으로 더듬어보았다. 그러나 거기에는 거의 양심의 가책 같은 것이 있었다. 말하자면 이것은 일종의 재회였기 때문이었다. 일과의, 옛날의 즐거움과의 조촐한 재회, 그러나 그것뿐이 아니라 이미 시인할 수도 없는 거대한 재회로서, 그것은 모든 기억과 모든 망각의 배후를 향해 어떤 수련도 일의 성취도 없이 다만 겨우 기도와 희망과 간절한 소원이 있을 뿐인 세계로 되돌아가는 것이었다. 눈이 아니라 단지 손가락 끝이 읽고 있었다. 글자도 모르고 말도 모르고, 손가락 끝은 말이 없는 말을 읽고 있었다. 시어의 배후에 숨은 무언의 시를 읽고 있었다. 또한 그가 읽은 것은 이미 시행으로 성립된 것이 아니라 한없이 다양한 방향을 가진 한없이 거대한 공간이었다. 이 공간 속에서 각각의 문장은 순서대로 배열되어 있는 것이 아니라 무한히 교차하면서 서로서로 뒤덮고 있는, 이미 문장이라고는 할 수가 없는, 표현 불가능한 세계의 궁륭이었다. 의식 이전에 기도된 삶의 궁륭, 세계 창조의 궁륭이었다. 표현 불가능한 것을 그는 읽고 있었다. 표현 불가능한 풍경과 표현 불가능한 사상, 창조로부터 이탈한 운명의 세계. 거기에서는 창조의 세계가 마치 하나의 우연처럼 깊이 파묻혀 있었다. 또한 그가 재창조하기를 원하고 재창조하지 않으면 안 되었던 이 창조의 세계가 여기에서 생생하게 모습을 나타냈고, 문장의 물결과 문장의 순환이 교차하는 모든 부분에서 표현으로 전개된 곳에서는, 반드시라고 해도 좋을 만큼 싸움을 불러일으키는 고집과 피비린내 나는 희생이 나타나고, 사자나 다름없는 인간들이 일으키는 생기 없고 경직된 싸움이 나타나고, 신성을 박탈당한 세계에서의 신들의 싸움이 나타나고, 이름 없는 세계에서의 이름 없는 살육이 나타났다. 이름에 지나지 않는 환영에 의해 수행되고, 신들까지도 주문에 묶이는 운명의 위탁에 의해 수행되고, 언어 속에서 언어를 통해, 무한한 언어의 위탁에 의해 수행되는 살육, 그 표현 불가능한 무한한 언어 속에는 신들까지도 제압하는 힘이 깃들어 있다. 그 속에서 운명은 영원히 발생하고 종결되는 것이었다. 그는 전율을 느꼈다. 눈으로 읽고 있진 않았으나, 그는 시선을 종이에서 뗐다. 이제 더 읽을 의욕을 잃은 사람처럼. "언어를 버리는 것이다, 이름을 버리는 것이다, 또다시 은총이 찾아오게끔" 하고 그의 입술에서 중얼거림이 새어 나왔다. "어머니도 그것을 원하고 계셨다……. 언어가 없는 은총은 운명을 초월하는 것이다……." "신들은 당신에게 이름을 선물하셨습니다. 그것을 당신은 신들에게 돌려주신 것입니다……. 시를 읽어주십시오, 이름을 읽어주십시오, 읽어주십시오……." 그는 거듭해서 소년이 입에 담은 절박한 투의 요구에 거의 웃음을 억제할 수가 없었다. 자기가 무엇을 말하고 있는지 소년은 조금도 알지 못한다는 사실, 어쩌면 무엇과 관계되는 일인지조차 모르리라는 사실이 그를 유쾌하게 만들었다. "읽으라고? 그것도 잠드는 약인가, 어린 친구여? 우리에게는 시간이 없다. 자 떠나기로 하자, 이리로 와서 나를 도와다오……." 그러나 소년은—그리고 이것도 이상스럽게 옳은 일이었지만—그를 도와주려는 몸짓을 조금도 보이지 않았다. 그와 함께 소년에게는 도와줄 권리가 조금도 없다는 사실이 더없이 분명해졌다. 설사 시간이 정지한다 해도, 순환은 닫히고 타오르는 불길과 꺼지는 불길이 하나가 된다 해도, 어머니의 애정을 받는 자식의 복종심이 좌절된 굴복과 분간할 수 없게 된다 해도, 완성된 모든 것이 영원히 계획에만 머문다고 해도, 아니, 뿐만 아니라 설사 그가, 결코, 오오 결코 말하는 것을 배우지 않았다고 하더라도 그 인도와 조력은 순환의 첫째 굴레도 넘을 힘이 없었다. 소년의 목소리는 메아리로 변하고 있었다. 확실히 아직도 대답은 하고 있었지만 덧없이 되울릴 뿐 아무것도 이해하지 못하는 각성 이전의 영역에서 태어나는 메아리 이전의 메아리였다. 그것은 말로 다할 수 없을 정도의 기대를 안고 기다려지는 최후의 거대한 적멸 앞에 걸린 거울이었다. 그것은 말이 없는 세계에서 말이 되게끔 되어 있는 하나의 목소리, 아직도 이야기되지 않은 것과 이미 이야기되지 않을 것들을, 모든 언어 공간의 심연에서 빛나는 표현 불가능한 요소에서 통일하는 목소리의, 일찌감치 초대된 소식이었다. 언어를 배울 수는 없는 것이다. 읽을 수도, 귀를 기울여 들을 수도 없는 것이다. "거두어라" 하고 그는 명령했다. 그러자 이번에는 소년이 그 명령에 따랐다. 별로 마음이 내키는 모습은 아니었고, 오히려 어린애 같은 실망을 노골적으로 드러낸 반발적인 태도로 초고의 두루마리를 고리짝에 넣는 대신 탁자 위에 놓은 것은 눈에 보이지 않는 저항의 저의를 나타냄인지도 몰랐다. 한편 이 일이 유쾌하지 않은 것도 아니었다. 다시 한 번, 이것이 마지막이라도 되듯이 그는 소년의 얼굴을 찬찬히 바라보았다. 그 얼굴 속에서 약간 그늘이 치기는 했지만 여전히 기대를 담고 빛나는 눈을 바라보았다. 그때 불쑥 지금까지 낯익었던 얼굴이 생소한 것이 되어버린 듯 생각되었다. 은근히 마음이 약해짐을 느끼면서 이별을 고하듯 다시 한 번 그가 말했다. "리사니아스." 이 목소리에 초조의 빛은 없었다. 탁상의 촛불은 거미줄처럼 가냘픈 소리를 내면서 흔들리고 있었다. 그것은 메아리의 빛이었다. 미래의 피안에서 빛나면서, 희생을 기대하고 적멸의 겁화(劫火)를 기대하며 별들 아래서 기다리는 함성의, 메아리 이전의 메아리였다. 그러나 여기에서는 찰랑찰랑 흐르는 벽의 분수가 그림자처럼 부드럽게 아련한 소리로 중얼거렸다. 반쯤 탁자 위에 몸을 숙이고 반쯤 몸을 세운 채, 따라서 반쯤은 읽는 것처럼 반쯤은 기억을 더듬는 것처럼, 처음에는 더듬거리다가 차츰 목소리를 높여 작은 주먹으로 탁상을 두들겨 박자를 맞추면서, 소년은—이것은 최후의 유혹이었을까?—시를, 로마의 이름으로 가득 찬 운문을 낭송하기 시작했다. 시는 밤 속으로, 밤의 중얼거림을 싣고 찰랑찰랑 흐르는 물소리 속으로 미끄러져 들어갔다.
 "사방의 어느 것 하나 마음과 눈을 유혹하지 않는 것이 없고,
  땅은 지난날의 추억으로 무겁고, 조상들의 공훈으로 가득 찼네,
  이리하여 아이네이아스는 말없이 시작되는 고담에 귀를 기울이고,
  로마의 성채를 쌓은 왕 에반드로스*의 말을 귀담아들었네.

  파우누스**와 님프들은—하고, 왕은 말을 하였네—일찍이 이 땅에 살고 있었느니,
  본디부터 나무의 정수에서 태어난 사람의 무리도 살고 있었으나,
  어쩌다 숲 속의 과일이나 거친 사냥에서 잡은 짐승으로 목숨을 이어가는,
  떡갈나무처럼 뼈마디가 굵은 미개한 족속, 땅을 갈 줄도 몰랐고,
  비축하는 법도 몰랐으며, 황소에게 멍에 씌울 줄조차 모르는
  방자하고 참혹한 족속이었네. 사투르누스는 이 미개한 땅에 도망쳐 와서
  이 땅을 라티움***이라고 이름 지었는데, 그것은
  그에게서 하늘과 땅과 지고(至高)의 왕권을 빼앗은, 분노한

---

*후일 로마의 터전이 된 팔라티움의 왕. 헤르메스와 님프 카르멘티스의 아들로 아이네이아스의 동맹이 된다.
**로마 신화의 목신(牧神). 그리스 신화의 판에 해당한다.
***이탈리아 중부의 옛 칭호. 본래는 '피신처'라는 뜻이 있다고 한다.

제우스로부터
　이 땅이 그를 지켜주었기 때문이었네. 그런데 사투르누스가 온 뒤부터
　방자하던 백성은 법에 따르고 예절을 알게 되고 거처를 정하고
　황금시대의 은혜를 입어 황금의 평화 속에 살게 되었네.
　하지만 시간은 평온치가 않았네. 이윽고 퇴폐의 조짐은 나타나고,
　시간은 비열, 탐욕, 사욕, 전쟁을 풀어놓아
　사투르누스의 나라를 이국의 정복자들,
　아우소네스인, 시카노이인에게 내주고, 그 이름까지 빼앗겼네.
　알부라 강까지도 그 이름을 망각 속에 묻어두고
　티베르가 되었네, 그것은 거칠고 사나운
　새로운 이국의 주인 중에서도 한층 뛰어난 티베리우스 왕을 기념하기 위해서였네.
　하지만 나 에반드로스, 님프 카르멘티스의 아들은
　제왕의 후예이면서 또다시 슬픈 유랑의 운명을 짊어졌지만
　드디어 운명의 힘은 나에게 행운을 주어, 대항할 수 없는 맹렬한 힘으로
　아득히 먼 해변으로부터 나를 몰고 와서
　헤매는 자들을 마침내 이 땅에 살게 했네.
　아폴로의 신탁에 따라 나의 어머니가 명하신 바로 그대로.

　이렇게 에반드로스는 이야기했네. 그리고 손님과 거닐면서
　그는 카르멘티스를 기념하기 위해 세운 문과 제단을 가리

켰네.
　아이네이아스 족의 영예와 팔라티움의 위대함을 처음으로 예언한
　어머니인 님프를 추모하기 위해 지금도 여전히 로마 사람들은
　이 문을 카르멘탈리스라고 부르네. 이어서 그들이 당도한 곳은
　로물루스가 성역으로 정한 울창한 숲
　또한 서늘한 바위의 그늘이 짙은 루페르칼레의 동굴
　그 이름은 아르카디아의 판 신(神)의 별칭인 리카에우스에서 따온 것이네.
　그다음으로 에반드로스가 가리킨 것은 아르길렛툼이라고 불리는 무서운 숲
　여기에서 그의 옛 손님 아르구스가 목숨을 잃었기에 그 이름이 생겼네.
　그리고 다시 타르페이아의 바위, 카피톨리노 언덕
　지금은 황금빛으로 빛나지만 옛날에는 덤불이 우거진 숲이었네.
　어쨌든―하고 왕은 말했네―이 자리를 눈앞에 두고
　시골 사람들은 두려운 전율에 휩싸여 떨면서 숲과 바위를 바라보았네.
　그것은 저 꼭대기의 나뭇잎 그늘에 어떤 신인지는 모르지만
　한 분의 신이 앉아 계시기 때문이네. 아르카디아 사람들은
　하늘을 어둡게 하는 방패를 가지고 태풍을 일으키는 주피터까지도
　보았다고 생각하네. 저쪽에 보이는 두 개의 도시의

허물어진 성벽과 거룩한 사람들의 기념
성채 하나는 야누스, 다른 하나는 사투르누스가 쌓은 것이네.
따라서 그 이름도 야니크룸, 사투르니아라고 부른다네.

이렇게 이야기를 나누며 그들은 마침내 에반드로스의
가난한 집에 당도하여 여기저기에서 울어대는 가축 떼를 보았네
그것은 지금 로마의 공공 광장과 카리나에*의 화려하게 장식된 거리라네.
이 문지방이야말로— 하고 에반드로스는 집으로 들어서면서 말했네— 승리자
헤라클레스가 밟고 넘은 것. 이것이 바로 그를 맞이한 왕궁이라네.
손님이여, 부디 분발하여 신과 같이 생각을 높이고
화려함을 중히 여겨 빈궁을 비웃는 일이 없기를—
이렇게 말하며 그는 그 거룩한 집 안으로
위대한 아이네이아스를 인도하여 손님을 기다리는 자리에
나뭇잎을 깔고 리비아의 곰 가죽을 덮은 침상으로 인도했네.
밤은 피어올라 갈색의 날개를 펴서 대지를 끌어안았네."

밤은 피어올라, 밤은 피어올라…… 낭송하는 목소리는 차츰 작아지더니 이윽고 바닷물이 빠지듯이 사라졌다. 시는 더 계속되는가. 그것은 목소리가 다한 뒤에도 여전히 계속되는가. 아

---

*고대 로마의 주택 지구.

니면 허울뿐인 잠을 방해하지 않기 위해 흔적도 없이 사라졌는가? 혹은 그가 실지로 잠이 들어서 소년이 그동안에 살그머니 나가버린 것을 깨닫지 못했는가. 그것을 확인할 어떤 방법도 없다는 듯, 눈을 감은 채 그는 기다리고 있었다. 아이네이아스와 마찬가지로 귀를 기울이는 손님이 되어서 다시 한 번 목소리가 높아지기를 기다리고 있었다. 그러나 침묵은 깨뜨려지지 않았다. 그럼에도 불구하고 마지막 시구는 귓속에서 계속 울려 언제까지나 여운을 끌고 있었다. 다만 그것은 시간이 흐름에 따라 차츰 모습을 바꾸었다. 모습을 바꾸었다기보다, 더 정확히 말하면 일종의 감각에 호소하는 영상 비슷한 그 무엇으로 응집되어갔다. 하지만 이 영상이란 가령 달빛을 받은 창문이, 감은 눈꺼풀 뒤에 아직도 잔상으로 머물러 있기는 해도 이미 그 형체와 빛에 있어서는 거의 소리와 비슷한, 바로 그것처럼 본래의 구상성을 상실한 영상이었다. 그것은 귀에 머무는 음향이며 눈에 머무는 상이며, 어느 경우에나 비감각적이면서 감각에 호소하고 서로 뒤얽혀서 하나의 통일을 형성하고 있었다. 눈에 보이고 귀에 들리는 것의 피안에 겨우 느낄 수 있을 정도의 통일, 그 속에 기묘하게 융합되고 기묘하게 일체화되면서 소년의 목소리와 미소가 흘러들어 마치 영원히 그곳에서 사라지지 않을 듯했다. 사투르누스는 스스로가 부여한 이름을 다시 되찾으려고 한 것일까? 시의 풍경도, 대지의 풍경도, 영혼의 풍경도 이름을 상실하고 있었다. 그리고 눈을 감고 사투르누스의 평탄한 세계에 바싹 몸을 기댄 채 비감각적이면서 감각에 호소하는 이 현상을 음미하고 있으면 있을수록, 그 속에 깊이 들어가면 들어갈수록, 아니 그뿐만 아니라 이 현상이 완전한 현실로 귀환하기를 바라고 낭송하는 소년이 다시 돌아오기를 바라면 바랄수록, 그의 가슴속에는 동시에 이러한 모든 것이 사라져주었으면 하는 바람도 한층 더 강하게 솟구치는 것이었다. 왜냐하면 고뇌로부터의 해방을 암시하면서 소년이 내미는 유혹의 손은 그를 사로잡았을 뿐만 아니라, 궁극적인 존재를 일찍감치 알려주는 메아리 이전의 메아리가 되어서 울렸고, 또한 궁극의 목소리로 통하는 길을 막아버리고 있기도 했기 때문이다. 생각이 미치지 못하는 세계로의 문을 열었을 뿐만 아니라, 그것을 벽으로 폐쇄시켜버리기도 했기 때문이다. 그가 들을 길이 없으면서도 그러나 들은 저 만유의 목소리, 대범한 속삭임, 다정한 술렁임, 강요하는 듯하면서도 호의적이고, 이상하게 멀고 또 가까운 만유의 목소리가 그 문의 배후에 숨어 있었던 것은 아닌가? 지상의 세계를 떠난 것은 아니지만 그러나 지상에 속하는 모든 것보다 깊은, 목소리가 태어나는 은밀한 무덤이 존재한다. 시원의 무덤, 낳는 힘을 간직한 종말의 원천이 존재하고 있다. 눈에 보이고 귀에 들리는 모든 것의 심연에, 모든 목소리를 보유하고 그 확산과 수렴을 관장하는, 이를테면 목소리의 집결지가 존재한다. 엿볼 수도 없는 목소리의, 짐짓 엿볼 수도 없는 결합과 공명의 지점이 존재한다. 그것은 모든 목소리의 공명이며, 따라서 스스로도 어쩌면 목소리임에 틀림없다. 모든 다른 목소리를 포괄하는 유일하고, 가장 큰 목소리, 그 자신 외의 모든 것을 포괄하는 목소리다. 일체의 삶을 포괄하면서 그러나 어떤 삶 속에도 포함되지 않는, 이것은 죽음의 목소리인가? 이미 그러했던가? 아니면 은밀히 숨은 존재는 이것보다도 더 거대한 것인가? 그는 엿볼 수도 없는 것에 귀를 기울였다. 스스로의 의지의 힘을 다하여, 온 정신을 다해서 그는 귀를 기울였다. 그러나 침묵의 바다 위, 근원의 소리의 희미한 풍경 위에는 근원의 발단과 종말에 싸여서 원초적인 인식이, 침묵의 울림을 내뿜는 하늘에 뒤덮여서 그저 있는 듯 만 듯한 아련한 입김이 떠돌고 있을 뿐이었다. 망각에 젖고, 망각에 내맡겨진 것을 적시는 숨결, 무색투명한 울림의 들에서, 침묵의 울림으로 가득 찬 그 들판에서 피어오르는 끝없이 아련한 이슬, 소년의 목소리의 환상, 그것만이 아직도 존재하고 있었다. 그것만이 아직도 비밀을 해명해주고 있었다. 그러나 말할 것도 없이 그것 또한 곧 사라져갈 지상의 여운이었다. 이미 언어도 아니고, 시도 아니고, 색채의 유무도 분명치 않고, 투명하다고도 할 수가 없고, 다만 하나의 미소, 지나간 날의 환상, 하나의 미소의 환상에 지나지 않았다. 이름? 시? 그것은 시였는가? 그것은 《아이네이스》였는가? 사라지는 순간, 다시 한 번 이름이 되어서 번쩍이는 것이 있었다―그 이름은 아이네이아스였던가? 마치 이 이름 속에 영원히 상실된 거대한 부드러운 명령의 예감이 간직되어 있는 것 같았다. 하지만 이미 무엇 하나 발견되지 않았다. 살아 있고 창조된 모든 것, 그러한 모든 것의 내용과 융합된 광활한 존재 전체, 모든 것은 아련하게 흐려지고 지워져버렸다. 기억을 아무리 더듬어보아도 그는 어떤 세월도, 나날도, 어떤 시간도 발견할 수가 없었다. 일찍이 알고 있던 그 무엇도 발견할 수 없었다. 기억 속에 귀 기울이면 들려오는 것은 다만 유리가 부딪치는 듯한 술렁임뿐이었다. 아직도 지상에 속하고는 있으나 이미 지상의 시간으로부터 풀려나고 지상의 기억으로부터 벗어나서, 비시간적인 세계에서 자라고 비시간적인 세계로 펼쳐지는 유리처럼, 열띤 갖가지 형식의 걷잡을 수 없이 뒤얽힌 노래뿐이었다. 그의 추억이 《아이네이스》를 쫓으면 쫓을수록 점점 더 바쁘게, 흔적도 남기지 않고 이 시는 한 권 또 한 권, 울려 퍼지는 광휘의 혼미 속으로 용해되어갔다. 이것은 시의 근원으로의 회귀였던가? 내용적으로 기억에 되살아나는 것은 아무것도 없었다. 시 속에서 노래된 내용들, 항해와 햇빛 내리쬐는 해변, 전쟁과 칼이 부딪치는 소리, 신들의 운명과 별들의 운행. 이런 것들과 그 밖에 더욱 많은 쓰이고 또 쓰이지 않은 것, 그것들은 모두 탈락되고 말살되어 있었다. 시는 마치 거추장스런 옷을 벗어 던지듯이 그런 것들을 내동댕이치고 탄생 이전의 발가벗은 상태로, 시의 모태가 되는 울려 퍼지는 모든 보이지 않는 세계로 다시 돌아가서, 거기에서 순수한 형식으로 다시 흡수되고 그 형식에 있어서 마치 자기 자신의 반향 같은 스스로를 발견하고, 수정의 그릇 속에서 스스로 울리기 시작하는 영혼 같은 모습을 보이고 있었다. 불필요한 것은 버려지고, 그러면서도 그대로 보관되어 불변의 형식 속에서 흔들리지 않는 견고성에 이르러 있었다. 그 형식의 순수함은, 어떤 망각도 개입의 여지를 주지 않고 더할 수 없이 변하기 쉬운 것에까지 영원한 특성을 부여했다. 시와 언어는 이미 존재하고 있지 않았지만, 그러나 그것들의 공통적인 영혼은 계속 존재하며, 스스로를 비추는 수정의 거울 속에 변함없는 모습을 나타내고 있었다. 인간의 영혼은 기억을 상실한 한없이 깊은 세계에 빠져들어 있었다. 그러나 그 영혼의 언어는 살아남아서 투명한 노래의 형식 속에 변함없는 모습을 보이고 있었다. 칼로 자른 듯이 갈라져 있으면서도 그러나 서로가 서로에게 얽혀 들고 스스로를 서로 투영하는 영혼과 언어, 그것들은 이 투영되는 광휘를, 모든 것이 출발하고 모든 것이 귀환하는 저 근접할 수 없는 심연에서 받아들이고 있었다. 그것들은 하나하나가 엄격하게 고립되어 있으면서, 모두가 저 고향의 목소리에 가두어져 있었던 것은 아닐까? 항상 새롭게 모든 경계를 뚫고 모든 경계의 피안에서 울리면서 목표를, 격려를, 원조를, 위안을 약속하는 저 고향의 목소리가 아닐까? 오오, 태어났다가 사라지는 지난날의 목소리여, 덮어씌우면서도 세계를 열어 보이는 지난날의 요람 곁에서 울린 부드러운 목소리여, 요람의 밤하늘 별의 목소리여, 전 우주의 노래에 맞추어서 노래된 부드러운 노래여! "나는 나 혼자다" 하고 그가 말했다. "그 누구도 나를 위해서 죽지 않았다. 그 누구도 나와 함께 죽을 자는 없다. 나는 도움을 기다리고 있었다. 도움을 청하며 몸부림치고 애원하고 있었다. 그러나 도움은 주어지지 않았다." "아직은 아닌, 그러나 이미" 하고 그 자신의 가슴속에서 꿈처럼 아련하게 대답하는 소리가 있었다. 그것은 이미 소년의 목소리가 아니라 오히려 밤의 목소리, 모든 밤들의 목소리, 밤의 쓸쓸함 그 자체의 은빛 술렁임, 헤아릴 수 없이 숱하게 바라보기는 했으나 일찍이 한 번도 규명된 적 없는 밤의 궁륭의 목소리였다. 그 궁륭의 벽을 숱하게 더듬었었는데 이제 그것이 목소리로 변한 것이었다. "아직은 아닌, 그러나 이미." 부드러우면서도 오만하고, 마음을 녹일 듯하면서도 강압적이고, 밤의 광휘를 띠고 있으면서도 깊이 숨어 있는, 자연스럽게 울려 나오는 말과 자연스럽게 울려나오는 영혼, 언어와 인간성의 통일—그것은 마치 모든 지상의 나이를 모르는 과거의 청춘이 마지막 작별을 고하는 듯했고, 그러면서도 이미 영원히 종말을 모르는 고향으로부터의 인사였다. 왜냐하면 이미 돌까지도 투명한 물체로 변하고, 무덤을 덮은 돌의 덮개도 마치 수정처럼, 동시에 천상의 기운인 듯 투명해져 있었기 때문이다. 그리고 그는 그 속을 빠져나와 걸었다. 아니 걷고 있는 것은 아니었다. 갑자기, 찬연한 목소리 외의 아무것도 아니었던 꿈의 궁륭 중앙에 서 있었다. 찬란하게 빛나는 마루도 없고 벽도 없고 천장도 없는 공간에, 찬란하게 빛나는 투명체의 궁륭 속에 서 있었다. 눈에 보이지 않는 세계 속에서 아직 볼 수는 있었으나 다만 자신의 모습만은 볼 수가 없었다. 그 자신이 투명체로 변해 있었기 때문이다. 한 걸음도 내디디는 일 없이, 그렇다, 발을 내디디자든가 그 밖에 신체의 어딘가를 움직이자든가 하는 생각은 털끝만치도 없이, 그는 전진하고 있었다. 그러나 물론 빠져나간 것은 아니었다. 그의 주위에 있던 것은 여전히 현실의 앞뜰이었다. 지상을 떠나 있지는 않았다. 이것 역시 지상의 꿈이었다. 그리고 꿈속에서 꿈을 꾸듯이 그는 자기의 신상에 일어난 일을 꿈이라고 생각했다. 이것은 꿈의 경계에 놓여진 꿈이었다. 왜냐하면 설사 찬연하게 빛나는 투명함이 점점 더 밝음을 더하여 이미 옛날의 사물들의 요소를 조금도 회상시키지 못했다고 하더라도, 사물도 인간도 동물도 모조리 모습을 감추었다고 하더라도, 그렇다, 설사 그것들에 얽힌 기억까지도 씻은 듯 지워졌다고 하더라도, 귀에 들리지 않는 침묵의 물결의 빛나는 소리에 잠겨서 그는 알고 있었다. 지금도 여전히 술렁이는 목소리 속에 갇혀서 출구를 찾지 못하고 있다고, 그는 생각했다. 다만 예전과 다른 점은 목소리도 사물도 갖가지 피조물도, 식물도 동물도 인간도, 모두 한결같이 도통 걷잡을 수 없는 실체로, 투명한 조직으로 변해버린 것뿐이라고 생각했다. 그 조직 속에서는 아직도 갖가지 이름들이 별처럼 깜박이다가는 이내 사라진다. 그가 놓여 있던 곳은 이미 얼마 되지 않은 지상 사물의 수와 서열과 관련만이 해당되는 영역, 이를테면 갖가지 존재의 형상과 그것들의 한때의 구조 속에서 생겨난 인식밖에 해당되지 않는 영역이었다. 그것만이 단 하나의 반짝이는 지각으로 통일된 행위이며, 인식이며, 시야이며, 주장이며, 내용을 상실하면서 그러나 완전한 모습을 갖춘 불가해한 나신을 드러낸 창조의 다양성이며, 수없이 세분화되어 더욱이 분간할 수도 없는 온갖 행위, 그리고 행위 가능성의 총체였다. 내용을 결여하였으면서도 충족된 것, 순수한 형식으로의, 이미 투명한 결정체 이외의 아무것도 아닌 벌거숭이 형태로의 변용, 존재 속에 있으면서 존재하지 않고 그 발상의 원천도 알 수 없는, 꿰뚫을 수도 없이 투명한 광채. 그것은 그야말로 무한한 영역이었다. 수백만 년이 지나간 그 길은 일정한 방향도 없는 무한한 빛의 다발이 되고, 무한을 이쪽으로 끌어당기고, 유한을 끝없는 영원으로 데려가는 것이었다. 창조된 것도 되지 않은 것도 똑같은 무게를 가지고, 선도 악도 똑같은 반사력을 가지고 서로 저항하면서 교차하고 있었다. 눈이 멀고도 보이고, 귀가 먹고도 들리는 꿈의 세계에서 벗어날 길은 없었다. 꿈의 궁륭엔 출구가 없었다. 어떤 결단을 받아들일 여지도 없고, 어떤 선(善)의 길을 열 수도 없는 꿈의 번뜩임, 기슭도 물가도 모르고 그저 망망하게 흐르는 조수, 그리고 꿈꾸는 광휘의 은빛 떨림―그것은 영혼에 닿는 것인가? 그것은 신에게 닿는 것인가? 오오, 설사

이 꿈이 아무리 지상의 것이라 하더라도 그것은 지상의 인간의 영위를 훨씬 초월하고 있다. 그리고 꿈꾸는 인간은 그 인간으로서의 탄생을, 인간으로서 태어난 명운을 상실하고 말았다. 태고 이래로 그에게는 아버지도 없고 어머니도 없다. 그가 놓여 있는 곳은 어머니들보다도 오랜 순수한 운명의 궁륭, 벗어날 길도 없는 궁극의 궁륭 속이다. 꿈속에서는 아무도 웃지 않는다. 출구가 없는 세계에서는 아무도 웃지 않는다. 꿈은 깨뜨릴 수 없는 감옥이다. 오오, 반역까지도 침묵하고 말았는데 누가 감히 웃을 것인가? 꿈에는 어떤 반역도 있을 수가 없었다. 있는 것은 다만 분규의 감수, 꿈의 사상에의 고분고분한 순종뿐이었다. 빛의 덤불 속으로, 어지럽게 가지를 뒤섞은 꿈의 내계와 외계에 얽혀 들어 꿈의 지점 하나하나와 합일하고, 무수하고 투명한 수정 광선 한 줄기 한 줄기와 하나가 되어서 그 스스로가 투명해지고, 고향을 갖지 않은 뿌리 없는 존재로 변하고, 태고 이래 천애의 고독한 환경에 놓여서 꿈꾸는 고아로 변해 있었다. 스스로 행위와 지각을 겸비하고, 꿈속에서 스스로를 생성시키고, 꿈을 자신 속에서 지각하면서 그 스스로가 바로 꿈이 되었다. 그는 말했다. 이미 가슴이 아닌 가슴속으로부터 말을 했다. 이미 입이 아닌 입으로 말을 했다. 이미 숨결이 아닌 숨결 속에서 말을 했다. 이미 말이라고는 할 수 없는 말로써 말했다. 그는 말했다.

"운명이여, 그대는 모든 신들을 앞질러 걷는다,
일체의 창조보다 먼저 존재한
원초의 벌거숭이가 바로 너다, 다만 스스로에게만 충실한
만유에 침투하는 싸늘한 형체다.

한 몸에 피조물과 창조자를 겸하고
행위이며 또한 지각, 또한 해석,
그대의 적나라함은 신과 인간에게 스며들어
창조된 사물에 명령을 내린다.
그리고 네가 명령을 내렸을 때 신은 스스로의
비존재를 벗어나 아버지가 되고,
침묵 속에서 근원적인 밤의
어머니 품속에서 빛의 이름을 부르고,
분간할 수 없는 것에게 이름을 부여하고,
형태 없는 것에게 형태를 가져다주었다.
근원적인 침묵은 그때 언어가 되어 근원적인 소요를 노래하고,
여러 영역이 구가하는 것은 그대의 말인 것이다.
하지만 꿈속에서는 오오 운명이여, 그대는 그 말을
또다시 철회한다, 벌거숭이 침묵 속으로 그것을 철회한다.
그대의 적나라함 속에 만유를 무섭게 감싸고 숨기면서.
신은 수정의 얇은 조각으로 변하고
빛에 녹으면서 꿈의 공허한 궁륭으로 가라앉는다."

부동의 광채를 띤 채 꿈의 궁륭은 이 침묵의 말을 듣고 묵묵히 그것을 반영하면서, 메아리도 그친 궁극적인 빛의 세계로 싣고 갔다. 마치 이러한 말 자체가 빛의 메아리인 듯했다. 그는 다시 말을 계속했다—

"꿈에 젖고 꿈처럼 싸늘한 운명이여, 그대는
꿈속에서 스스로를 계시하고 그 꿈을
현실에서 숨 쉬는 옛날의 위대성으로 제시하고,

창조의 그릇으로 만든다. 그리고 꿈은 그대의 힘을 바탕으로 삼아 그대와 함께

시간을 초월한다. 왜냐하면 그대는 과거도 미래도 모르는 현실 그 자체이므로―

그대의 행위는 조수처럼 떠돈다. 오오 근원적인 형체여, 갈라지면서,

본체를 잉태하면서, 말없는 거대한 일체의 번개 구름 사이를 누비며,

그대의 명령 밑에서 이루어진

창조의 밤과 빛 사이를 누비면서, 그것은 떠돈다. 그러나 그대는

표류의 어지러운 조수와 함께

갖가지로 모습을 바꾼다. 빛을 향해

그대는 흐르려고 한다―그 희망은 이루어지는가? 하지만

숱한 조류가 목표를 향해 교차하고,

서로가 억제할 때 그대가 거기에 벌여놓은 것은

정지하여 일체가 된 현세의 진실에 속하는 사물과 이름뿐,

그대의 모습을 비추기 위해 일체가 되라고 명령된 사물과 이름뿐.

그것이야말로 운명에 각인된 존재의 원형,

진실의 원형.

꿈의 형태는 꿈의 형태에서 생겨나, 교차하고 전개된다.

꿈속에서 그대는 나다, 내 인식이다.

아직 태어나지 않은 천사로서 우리와 함께 태어나

우연의 피안에서 스스로를 인식하면서 생성한다.

본질과 질서의 빛나는 지상의 형태,
우리 자신의 모습, 우리의 지각이다.
신들로부터 해방되어 신들을 파멸로 이끄는 운명이여,
무한한 현실이여, 나도 그대와 더불어 무한하다,
죽을 운명인 나도 꿈속에서 신들을 파멸시킨다,
왜냐하면 그대 속으로 스며들어 그대 뿜는 빛 속에서 떠돌고 사라지면서,
어린 시절에 감싸여서 스스로 신들의 공간으로 변하기 때문에."

이것은 궁극적인 공간이었던가? 이것은 최후의 휴지(休止)였던가? 이 휴지까지도 다시 깨어지는 것은 아니었을까? 이 휴지를 더욱 앞으로 밀고 나갈 필요가 있지는 않았는가? 그는 한 걸음 발을 내디디려 했다. 두 손을 쳐들려고 했다. 빛의 공간―이라고는 하지만 그것은 그 자신이었다―에 스스로를 옮겨 넣으려고 했다. 비상한 의지력을 발휘하여 극도로 긴장한 채 그는 이 행위를 수행하려고 했다. 그러자 그 자신의 실체가 그 속으로 사라져 들어갔던, 저 유리 모양의 투명체가 아주 미미한 동작조차 허용하지를 않았는데도 이 행위가 이루어졌다. 꿈과 같은 아득한 전율이 그의 전신을 휩쓸고 갔다. 오오, 이것은 전율의 예감은 아니었다. 그러한 예감에 대한 지각도 아니었다. 하지만 그것은 동시에―어찌 그렇지 않을 수가 있었을까―꿈의 궁륭도 함께 떨고 있는 듯한, 가고 또 오는 조수 같은 느낌이었다. 마치 그 전율이 미동도 하지 않고 피안으로 뻗는 빛의 길을 지나고, 갖가지 길의 교차점을 혹은 일정한 방향을 지향

하고, 혹은 어떤 방향도 갖지 않고, 혹은 표현되고, 혹은 말로는 다할 수 없는 그 교차된 광채를 지나서 가는 듯, 마치 있는 듯 없는 듯한 모습으로서 그러나 확실히 감득되는 최후이며, 또한 최초의 충격인 듯, 희미하기 이를 데 없는 음영(陰影)의 입김이 되면서 그러나 여전히 지상의 추억인 것 같았다. 그는 말을 계속했다.

"한사코 달아나는 자여! 나는 그대한테로 올라갔는가 아니면 그대의 심연 속으로 굴러떨어졌는가?

형체의 심연,

위와 아래의 심연, 꿈의 심연이여!

누구도 꿈속에서 웃을 수는 없다, 그러나 또한

꿈속에서 죽을 수도 없다, 오오 그만큼

웃음은 죽음과 가까운 사이다, 오오 그만큼

웃음과 죽음은 운명에서 멀리 있다. 바로 그렇기 때문에,

이 순수한 형체를 앞에 놓고 죽음이 웃음을 가르친 일은 없다―

운명이여, 그러나 그것은 그대의 자기기만이다.

죽어야 할 운명에 있는 나, 죽음에 익숙해지고

죽음에 의해 웃음으로 내몰리고 있는 바로 나는

그대에게 항거하며 그대를 믿지 않는다. 꿈속에서 눈이 먼 채 지각한다.

나는 알고 있다, 그대의 죽음을, 그대에게 놓여진 한계를,

그대 스스로는 부인하리라, 꿈의 한계를.

그것을 알고 있는가, 그대는? 스스로 그것을 원하고 있는가?

그대의 행위는 스스로의 명령에 따라 저지되는가? 아니면,

더욱 강한 의지에 따르고 있는가? 그대의 등 뒤에
더욱 거대한, 피할 수도 없고 규명할 수도 없는
다른 운명이 버티고 있는 것은 아닐까? 그리고 다시 그 등 뒤엔,
무수한 운명이, 공허한 형체가
결코 도달할 길 없는 허무가, 간신히 우연과만
조응하는 생산적인 죽음만이 줄지어 법석대고 있는 것 아닐까?
모든 법도는 우연으로 변하고 심연으로의 낙하에 맡겨진다.
그대마저도, 오오 운명이여, 그대의 영역에서 마음대로 미쳐 날뛰는
궁극적인 우연의 힘에 의해 우연 속으로 끌려들고 만다.
성장은 갑자기 저지되고, 가지에서 가지로 자란
인식의 가지들은 이내 부서져 내리고, 사물과 말 속에 흩어진
언어의 잔해로 변한다. 질서는 붕괴되고
진실은 무너지고, 연대와 통일은
막연한 미숙 상태 속에서, 가상의 현실 내
존재의 수풀 속에서 경직된다.
충족되지 않는 것을 만들면서 운명이여, 그대는 우연을 감수하고
또한 견디지 않으면 안 된다. 재앙을, 막연한 미숙을, 기만을.
그때 그대의 현실성도 사라지고 형체의 경직도
이미 무한은 아니며, 운명의 운명이여, 그대는 나와 함께
수정 속에 갇혀서 재앙의 죽음으로 떨어지게 된다."
말을 하고 있는 것은 그가 아니었다. 꿈이 말을 하고 있었다. 생각하고 있는 것은 그가 아니었다. 꿈이 생각하고 있었다.

꿈을 꾸고 있는 것은 그가 아니었다. 꿈속에서 빛나는 운명의 궁륭이 꿈을 꾸고 있었다. 도달할 길도 없는 것, 재앙에 의해 경직되고, 재앙을 경직시킨 넘을 수도 없는 의연한 빛의 궁륭이 꿈을 꾸고 있었다. 그리고 미동도 하지 않고 수정의 빛의 폭포 속에 흘리든 것은 도달할 길 없는 그 자신, 영혼의 궁륭이었다. 아련한 숨결조차 내뿜지 않는 빛, 구제를 간직한 재앙의 고리, 한순간도 내뿜어지는 일이 없는 숨결. 이제 숨도 쉬지 않고 꿈이 말을 계속했다.

"비록 원초적이라 하더라도 형체는 인간에게 있어서는 사멸해가는 것,

신에게 있어서도 사멸해가는 것, 비현실 속으로 사멸하면서
혼란에 가상의 통일을 주는, 사멸해가는 것.

오오, 구제할 길 없는 형체여! 비록 절반쯤 모두를 위장한다 해도,

비록 그것이 어머니들과도 흡사한 옛날의 근원적인 밤의
품속으로 달아나려고 시도한다 해도, 나아가서는 다시
소리 높이 외쳐 스스로 전체를 사칭한다 해도,
부르는 아버지의 위엄을 스스로 참칭한다 해도,
운명이여, 그대가 무로 돌아감을 구제할 수 있는 길은 아무 것도 없다.

스스로의 운명에 취해 그대는 헛되이 방향을 바꾼다.
또한 세계는 넘을 수도 없고 끝도 없는 아름다움 속에서
헛되이 순환하면서 그대에게 취하고
죽음에 취해 있다,
왜냐하면 창조란 형체 이상의 것이므로, 구별이므로

악을 선으로부터 분리시키는 힘이므로, 오오, 구별되는 힘이야말로

참으로 살아 있는 힘이다.

하지만 형체에 지나지 않는 그대는 과연 신과 인간을 일으켜 깨워,

진실을 찾게 하고, 그대를 대신하여

구별하는 힘을 위임받아 영원히 세계의 형체를 충만하게 하도록 촉구했던가?

이 사명을 그대는 나에게 짐 지우고 창조 속에 짜 넣었던가?

그대에게는 그럴 힘이 없다, 그대는 악의 도구에 지나지 않는다.

재앙을 낳으면서 그대 스스로가 재앙이 되고 그 아래 억눌리게 된다.

오오, 신은 병들어 야위고 인간은 그 나약함을

벗어날 길이 없다―그대에 의해 만들어진 이 양자는 모두

그대와 함께 보다 큰 운명에 감싸인 우연이다. 또한 부름을 받은 존재는,

그대처럼 이름을 잃고 형체에 지나지 않는 그 존재는,

도달할 길은 없으나 뒤도 돌아보지 않고 전진하는 그 존재는,

사라지는 꿈속에서 이미 어떤 부름 소리도 듣지 못한다."

그렇다, 부를 수는 없었다. 침묵이 그 자신의 침묵을 감싸고 있었다. 그 누구도 이제 그에게 말을 걸지 않았고, 이제 그는 그 이상 말을 할 수가 없었다. 누구도 그를 부르지 않았고, 누구도 그는 부를 수가 없었다. 그러나 불투명한 광채를 띠고 의연히 흔들리지 않는 꿈의 목소리가 그의 주위에 무변광대하게

펼쳐져 있었다. 신들까지도 제압하는 재앙의 빛을 뿜으며 남김없이 일체를 포괄하고 창조를 지양하는 꿈의 목소리, 선과 악은 분리할 수 없게 융합되고, 교차는 수없이 많고, 빛의 길은 무한히 뻗쳐, 빛은 이 세상의 것으로 생각되지 않았고, 그러면서도 여전히 헤아릴 수 없는 세계 속에 있으면서 유한한 이 지상에 속하여 사멸의 운명을 짊어지고 있었다―꿈은 사라졌는가? 그리하여 사라진 꿈과 함께 꿈꾸는 자도 사라졌는가? 무엇 한 가지도 생각해낼 수가 없었다. 그러나 모든 것은 추억이었다. 부정한 재앙에 넘친, 구별을 모르는 아름다운 그림자가 없는 빛 속에, 넘을 수도 없는 경계의 빛 속에 파묻히고, 찬란하게, 움직이지 않는 운명의 경계의 유희 속에 깊이 파묻혀 있는 추억이었다. 그러나 유희가 종말을 고하자마자 눈부신 그 심연의 극한까지 모두 헤아려졌고, 무수한 그 혼란과 교차가 모두 헤아려지게 되자 경계선은 뚫렸다. 뚫리지 않으면 안 되었다. 선과 악이 혼합된 용액을 마지막 찌꺼기까지 마셨을 때, 오오, 재앙을 찌꺼기까지 남김없이 마시고, 운명의 형체도 다 퍼내고, 이미 스스로를 상기할 수도 없는 사멸된 추억 속에서 멸망해버렸을 때, 이 경계는 깨뜨려지지 않으면 안 되었다. 오오, 추억이여, 오오, 빛의 소멸이여, 천체의 노래의 소멸이여, 오오, 세계의 끝없는 연관이여, 지상적인 것의 소멸과 재연에 나타나는 운명의 끊임없는 순환이여, 창조가 재빠르게 착수하는 시도에 이은 시도여, 악이 빛의 세계에서 전락하는 날까지 끊임없이 되풀이되고 반복을 강요당하는 시도여―그날이 올 때면 스스로를 창조하는 존재와 창조에 이르지 못한 채 경직된 존재가 구별되고, 하늘은 다시 궁극적인 궁륭을 형성하고, 궁극적인 존재는 다시 태어나서 빛을 내뿜고, 인간의 얼굴은 여러 영역의 경계에까지 높여지고, 눈에 보이지 않는 별들의 궤도의 유희에, 돌처럼 싸늘한 하늘의 별의 얼굴 속으로 숨어들 텐데. 그리고 마치 빛의 침묵 속에서 너무나도 강렬한 광채 때문에 사라져버린 내계와 외계의 별자리가 아직도 미미한 숨결을 이어가고 있었던 듯, 불러 모을 수도 없는 별들이 아직도 약간의 어둡기 그지없는 발광력을 간직한 듯, 하늘의 하프와 마음의 하프가 다시 한 번 울리기 시작한 듯, 마치 존재는 아직도 완전히 결정체로 변한 것은 아니며, 그 균형은 아직도 완전히 회복된 것은 아니며, 만유의 저울은 아직도 완전히 정지된 것은 아니라는 듯―말하자면 아직도 지각이 존재하고 있었다. 결정체의 자각, 꿈의 자각, 미래와 궁극적인 것을 둘러싼, 항구적이고 도달할 수 없는 것을 둘러싼 지각이 존재를 용인받고 있었듯이, 은빛 소리를 울리면서, 꿈의 결정체의 언어를 간직하고 있는 한없이 미미한 만유의 추억 속에서 재빠르게 미래의 소리가 메아리를 보내오는 듯―그처럼 최후의 침묵 속에서 그의 이야기가 울렸다.

"언제, 오오, 언제?

언제 형체에서 해방된 창조가 존재하고 있었는가?

오오, 언제 창조는 운명에서 벗어나 있었는가? 오오, 운명을 모르는 창조,

 그것은 꿈도 아니고, 각성도 잠도 아니고

 다만 하나의 순간이었다, 노래였다, 한 번뿐인

 목소리, 부를 수도 없는 미소의 부름―

 일찍이 소년이 있었다,

일찍이 창조가 있었다. 언젠가 또 그것은 성취되리라,
우연에서 해방된 기적이."

그렇다면 하늘의 원개가 꿈의 궁륭 속에 또다시 희미한 빛을 뿜으려 하고 있었던가? 밤의 반짝임 중앙에 십자성을 바치면서 눈부신 방패 성좌에 지탱되는 하늘이? 새로운 창조의 영위의 현실성으로 충만한 광채 속에 그것은 또다시 빛나려 하는가? 기대 속에서 그것은 스스로를 이미 알리고 있었다. 기대로서 이미 존재하고 있었다. 그러나 그것은 아직 나타나지는 않았다. 왜냐하면 묵묵히 빛나는 꿈의 목소리 위에 더욱 깊은 침묵이 요염한 아름다움을 드러내며 펼쳐져 있었기 때문이다. 그리고 다름 아닌 이 침묵이 기대로 변하고 있었다. 스스로의 침묵과 요염한 아름다움에 깊이 잠겨 있는 기대, 제2의 보다 풍성한 형체처럼, 제2의 빛처럼 부동의 광휘를 계속 발휘하는 적나라한 운명의 형체를 감싸는 기대였다. 그것은 마치 기대 속에서 어느새 부(富)가 증대하는 것처럼, 그렇다고는 하나 역시 더욱 풍성한 부, 더욱 풍성한 빛, 어쩌면 제2의 더욱 강한 무한까지도 기대되는 것이었다. 아니, 기대하지 않으면 안 되는 것이었다. 신성한 힘이 무한을 새로이 비추고 재앙을 영원히 제거할 것을 바라면서. 그것은 방향이 정해지지 않는, 빛과 마찬가지로 방향이 정해지지 않는 기대였다. 그러나 그럼에도 불구하고 기다리고 있는 사람, 자신에게, 꿈을 꾸는 사람에게로 향하고 있었다. 예를 들면 그것은, 마지막 힘을 다하여 최후의 창조력을 다하여 꿈 밖으로 나서라, 운명 밖으로, 우연 밖으로, 형체 밖으로, 자기 자신의 밖으로 나서라고 부르는 재촉과도 같았다. 어디에서 이 기대에 찬 재촉이 찾아왔는가? 어떤 외부로부터, 어떤 방향도 없는 세계로부터 방향 없는 총체 그 자체인 이 재촉이 꿈의 궁륭의 총체 속으로 내려왔는가? 그 자체로서 꿈이 내포한 강점을 지니면서도 이 재촉은 결코 부르짖음은 아니었다. 어디서부턴가 찾아오고 어디서부턴가 그에게로 당도한 그런 것이 아니었다. 그것은 다만 꿈을 가득 채운 것과 마찬가지 방법으로 갑자기 그의 속에서 넘쳐흐르게 된 것이었다. 빛이 되어 빛 속으로, 투명체가 되어 투명체 속으로 떨어져 들어온 것이었다. 꿈을 진실 쪽으로 되부르는 것도 아니고, 방향의 다양성을 일원화하려는 것도 아니고, 애당초 귀환이나 창조의 포기를 요구하는 목소리도, 또다시 수축되어 좁은 세계로 돌아갈 것을 재촉하는 목소리도 아니었다. 아니, 확실히 꿈을 뛰어넘어 꿈의 극복을 재촉하고는 있었으나 그러면서도 꿈의 영역을 벗어나 있지는 않았다. 오히려 꿈속에 머물도록 명령하고, 꿈을 지각하면서 새로운 깨달음에 도달하라고 재촉하는 목소리였다. 침묵의 광휘에 넘친 추억의 한가운데서 이 재촉을 눈으로 포착할 수는 없었으나 그러면서도 생생하게 확인되고, 그 꿈의 명령도 확실하게 납득되는 것이었다. 그리고 그는 꿈속에 갇히고, 꿈을 자신 속에 가두고, 스스로의 투명함을 꿈의 그것과 어울리게 하고 있었지만, 지금 그는 꿈이 명령하는 대로 신과도 같은 엄청난 힘을 발휘했다. 그리고 마침내 꿈의 경계가 궁극적으로 돌파되고, 일체의 영상과 일체의 발언이 완벽하게 폭파되고, 추억이 흔적도 없이 부서졌을 때, 꿈은 그와 함께 자신을 넘어서 성장했다. 사고의 형체보다도 커졌다. 그 결과, 운명보다도 크고, 우연보다도 큰 영역에 관한 지식이 되고, 제2의 무한이 되어 제1의 그것을 가로막으면서 그 속에 갇혀

수정을 자라게 하는 법칙이 되고, 수정 속에서 이야기되고 음악 속에서 이야기되고, 그러면서도 그것을 넘어서 수정의 음악을 이야기하는 음악의 법칙이 되었다. 그것은 제2의 추억이었다. 세계의 전율을 뒤집어쓰고, 형체의 전율을 뒤집어쓰고, 제2의 형체로 분해된, 모든 추억을 거쳤으면서 아무것도 상기되지 않는 세계의 시간에 대한 추억이었다. 그것은 비록 아직도 영원 그 자체는 아니었지만, 미리 영원성을 약속받은 인간의 제2의 언어였다. 회복된 것 속에 깃들인 도저히 회복될 수 없는 것이었다. 다시 열리고 다시 궁륭을 형성한 하늘에는 또다시 별들이 돌고 있었다. 그 존재의 법칙에 따라 무상 속에서의 영원의 상을 나타내면서 돌고 있었다. 우연에서 해방된 영겁의 기적, 멸망을 모르는 싸늘한 밤의 음악, 엄격하고 감미로운 달의 입김에 살며시 닿으면서 미동도 않고 흘러가고, 미동도 않고 은하에 깊숙이 잠기고, 무릇 헤아릴 수 없는 것에 가두어지면서, 헤아릴 수 없는 일체의 인간성을 가두고 울려 퍼지는 은빛 공간, 귀향, 꿈의 제2의 귀향—

　—오오, 귀향이여! 오오, 이미 손님이 될 필요가 없는 자의 귀향이여! 한때 우리가 그 속에 깊이 파묻혀 있던 저 미소를 되찾을 수는 없다. 미소에 싸인 포옹을, 빛을 받으면서도 여전히 어두운 각성과 미처 각성되지 않은 존재의 총체를 되찾을 수는 없다. 눈에 비친 것이 우연으로 변하지 않기를 바라면서, 그 속에 우리의 얼굴을 파묻고 있던 저 부드러움을 되찾을 수는 없다. 오오, 일체는 우리의 것이었다. 왜냐하면 일체가 우리에게 다시 주어져 있었기 때문에. 우리에게 있어서는 어느 것 하나도 우연이 아니었다. 어느 것 하나도 변하는 것은 없었다. 우주

의 시간은 지속을 모르는 영원 속에 있기 때문이다. 오오, 우주의 시간이여, 그 속에서는 어린아이의 말없는 눈으로 볼 때는 어느 것 하나 침묵하는 것은 없고, 모든 것이 새로운 창조였던 우주의 시간이여.

―오오, 귀향이여! 오오, 내계와 외계의 음악이여! 우리 내부에 스며들어, 그것은 옛날을 둘러싼 지식이 되었다. 우리의 내부에 스며들어 그것은 보다 큰 스스로의 존재 속으로 우리를 높여주었다. 그리고 우리는 우리보다 거대한 이 음악 속에 잠기면서 그것이 우연의 피안에 있음을 깨닫는다. 오오, 내계와 외계의 음악이여! 우리의 자아 속에 숨어 있는 것만이 우리보다 거대하다. 멸망을 모르고 우연에서 풀려나 모든 천체의 말에 호응하는 존재이다. 그러나 우리가 자신 속에 짊어지지 않은 것, 그것은 우연이다. 결코 변하지 않는 우연, 사멸되어 가는 것이다. 그것이 우리보다 거대해지는 일은, 영원히 없다. 영원히 그것은 우리를 가두지 못한다.

―오오, 귀향이여! 일체는 어린아이에 의해서 가두어진다. 어린아이에 있어서 일체는 음악이 된다. 멸망을 모르는 것이 된다. 일체는 총체의 크기를 갖추고, 그 미소에 의해 영원히 어린아이를 감싸며, 어린아이를 충족시킨다. 왜냐하면 어린아이는 이 위대한 존재의 팔에 안겨, 눈과 눈을 마주 보면서, 스스로 일체로 변할 수가 있기 때문이다. 오오, 어린아이의 시간을 되찾을 수는 없다. 덧없는 성장 속에 있어서, 일체를 되찾을 수는 없기 때문이다! 그리고 설사 우리가 아무리 성장한다 해도, 설사 우리의 팔이 강물처럼 갈래를 이루고, 우리의 육체가 육지와 바다를 건너 세계의 끝까지 뻗어나가더라도, 달을 우리

머릿속에 깃들게 하고, 우리 스스로가 공간이 되고, 별들에 의해 장식된 밤의 궁륭이 되고, 반짝이는 꿈의 궁륭이 되고, 끝없는 다만 한 줄기의 광휘가 된다고 하더라도 우리는 여전히 스스로의 존재 밖에 있다. 추방되어 있는 셈이다. 어떠한 밤도 우리를 감싸지 않고, 어떠한 아침도 우리를 감싸지 않는다. 주문에 묶여 있기 때문이다. 도망할 수도 없고, 도망할 목표도 없고, 스스로에게 몰입할 수도 없다. 우리의 팔은 우리 심장에까지 미치지를 않기 때문이다.

―오오, 귀향이여! 결코 붙잡을 수 없는 것으로의 귀향이여, 우리가 그 속으로 달아날 수만 있다면 그것은 우리에게 주어진 선물이 되리라. 오오, 붙잡을 수 없는 것이여, 꿈속에서까지 우리는 그대를 요구한다. 운명이라고 하더라도, 우리의 운명이라고 하더라도, 꿈속에서는 꿈처럼 붙잡을 수가 있기 때문이다. 변천하는 꿈, 변천하는 운명, 두 개의 우연, 그리하여 꿈속에서까지 우리는 묶여 있다. 무상(無常)에 묶이고, 우연에 묶이고, 죽음에 묶이고, 꿈으로부터 달아나려고 하면서도 그러나 도망을 두려워한다. 도달할 수 없는 것을 앞에 놓고 의기소침하여 도망을 기피하고 있다. 오오, 우리에 의해 가두어지지도 않고, 우리를 가두지도 않는 우연은 멸망의 운명을 짊어지고 있다. 우연에 있어서 우리가 포착하는 것은 다만 죽음뿐이다. 정녕 우연에 있어서만 죽음은 우리 앞에 모습을 드러낸다. 그러나 우리, 스스로를 가두지도 않고, 스스로에게 갇혀지지도 않는 우리는 죽음을 자신 속에 간직한 채 그것을 동반하고 있는 데 지나지 않는다. 죽음은 우연이 되어 우리 곁에서 서성거린다.

―오오, 귀향이여! 신에의 귀향, 인간에의 귀향이여! 우리

자신이 구원의 손길을 내밀어주지도 않고, 그 운명을 스스로 손에 받아들지도 않는 이웃 사람은 멸망의 운명을 짊어지고 있다. 우리가 자신들 속에 가두지도 않고, 때문에 우리를 가두고 끌어안는 힘을 상실한, 사랑을 모르는 인간은 멸망의 운명을 짊어지고 있다. 오오, 우리에게 있어서 그는 부정하다. 우리도 그와 더불어 부정하다. 우연에 따르는 우연이다. 살아 있는 몸을 우리 앞에 떠올리는 그 인간, 우리 옆을 비틀거리면서 지나가고 모퉁이를 돌아서 사라져가는 그 인간은, 모든 사람들과 마찬가지로, 우리와 마찬가지로 운명의 피조물인 그 인간은 이미 먼 옛날에 세상에서 사라진 것이 아닌가, 혹은 아직 태어나지조차 않은 것이 아닌가, 나로서는 알 길이 없다.

―오오, 귀향! 오오, 플로티아!

―오오, 귀향이여! 되찾을 수 없는 귀향이여. 죽어야 할 자와 더불어 우리는 멸망의 운명을 짊어지고 있다. 어떤 운명도 스스로의 손에 받아들지 않았던 우리, 그리하여 스스로가 우연으로 변모된 우리는 스스로 죽음의 운명을 짊어지고 있다. 우리의 행위와 존재와 인식은 모면할 길도 없이 운명의 노골적인 형태에 묶이고 불멸 속에 있으면서 별들의 음악 아래서 우리는 죽음의 운명을 짊어지고 있다. 죄로 하여 죽음의 운명을 짊어지고, 목소리의 수풀 속을 헤매며, 분별할 수도 없이 미쳐 날뛰는 침묵의 빛에 둘러싸여 꿈같은 죽음에 떨어지고, 이미 불멸성은 자신 속에 간직하지도 않고, 점점 더 가혹해지기만 하는 죽음의 손에 떨어진다.

―오오, 귀향이여! 한없이 펼쳐진 사투르누스의 평야에 몸을 쉬면서 조용히 귀를 기울이는 일, 사투르누스가 지배하는

세계와 영혼의 풍경 속에, 영원한 지상의 고향 그 황금빛 평화 속에 쉬면서 야누스의 저주를 벗어나 조용히 기다리는 일, 하지만 그것은 역시 두 가지 양상의 기다림이 되어서 야누스처럼 위쪽과 아래쪽으로 얼굴을 돌리고, 사투르누스가 부르는 사물의 이름을 하늘과 땅 깊은 곳에서 엿들으려고 한다. 다툼과 싸움과 죽음의 가혹함에서 벗어나고, 파멸에서 벗어나서 두 개의 세계와 연결된 이중의 휴식, 그렇다고는 하나 기다림은 동시에 망각이기도 하다. 이름의 망각, 이름에 얽힌 고향의 풍경 때문에 망각되는 일이기도 하다.

─오오, 귀향이여! 귀향을 허용받은 자는 창조 속으로 귀환한다. 흐르며 떠도는 발단과 종말의 경계의 배후, 포착할 수 있는 것, 포착할 수 없는 것 일체의 피안에 궁극적인 율법의 예감이 감도는 곳, 그곳으로 그는 귀환한다. 선도 악도 뚜렷한 운명의 형태로 경직되는 무분별의 세계에서 벗어나 무릇 헤아릴 수 없는 친밀성 속에 그는 얼굴을 묻는다. 이 친밀한 존재의 엄격하고 부드러운 목소리에서, 존재를 다시 형태에서 해방시키고, 좌우를 구별하는 판결이 운명에 앞서서, 운명에 명령하는 울림을 띠고 태어나게 된다.

─오오, 귀향이여! 오오, 고뇌 속에서의 고뇌로부터의 해방, 불멸의 기적이여! 오오, 우리는 그것을 만져볼 수가 있다. 어쩌면 심장의 고동이 한 번 요동치는 사이에 지나지는 않겠지만, 마음에 기적을 맛보면서 붙들 수 없는 것을 예감 속에서 포착할 수가 있다. 만일 가두고 갇히는 우리 운명이 헌신을 통해 더욱 커지고 넓어지고 이웃 사람의 운명을 자기 손안에 받아들인다면, 그 운명 속으로 달아나면서 그것을 자신 속에서 감

싼다면 영원히 붙들 수 없는 것을 포착할 수 있다. 만일 우리가 타오르는 불길을 헤치면서 싣고 가는 제2의 자아의 기적과 함께 변용되어 아버지의 몫이 되는 제2의 어린 시절이 주어진다면—인식의 영위를 수행하면서 스스로도 인식되는 인식, 일체의 인식과 행위와 존재를 포괄하고 기적으로 변한 우연, 운명의 극복, 아직도 여전히, 그러나 이미, 오오, 기적이여, 오오, 이토록 선명하게 되살아난 내계와 외계의 음악이여, 밝게 펼쳐진 여러 영역의 얼굴이여, 오오, 사랑이여.

—오오, 귀향이여! 사랑이란 구별인 것이다! 오오, 영원한 귀향이여! 사랑이란 창조에의 준비이다.

—그리고 구별이란 인식이었다. 꿈에서 태어났으면서도 스스로를 낳는 인식. 행위와도 같이, 그러나 눈에 보이고 또 보이지 않는 세계로부터 그에게로 밀려오는 인식이었다. 말이 없는 세계의 인식, 스스로를 불러 깨우면서 자신의 한계를 깨닫기 위한 꿈의 최후의 긴장, 탄생의 암흑에 갇히고, 그러나 암흑을 빛처럼 대범하게 감싸고 있는 그 자신의 탄생을 지향하는 꿈의 항구적인 귀향. 인식은 그 자신 속에는 없었다. 그것은 눈에 보이지 않는 조직의 결정체 속에서 수정처럼 투명하게 찾아왔다. 그것은 꿈의 수정이었다. 정령이나 천사들은 태어나면서부터 창조에 속하면서, 아직 태어나지 않은 모습 그대로 창조의 세계를 떠도는 사자(使者)로서 신들의 명령에 귀 기울일 때, 이처럼 인식하게 되는 것일까? 정령이나 천사들과 함께 그가 떠돌고 있던 곳은 꿈의 밖인가 꿈속인가? 아니면 추억 속인가? 꿈을 깨뜨리고 운명을 깨뜨리기 위한 엄청난 노력은 조금도 쇠퇴하지 않았다. 아니 오히려 그것은 고조되고, 더욱더 급

박해지고 더욱더 목표를 지향하고, 더욱더 인식을 지향하고 있었다. 또한 이 노력이 커지면 커질수록 꿈속에서 눈에 비치는 것은 풍성해졌다. 헤아릴 수도 없는 꿈의 빛은 기억과 기억 이전의 지식 속에 비축된 일체의 지상의 과거와 더욱더 밀접하게 얽혀졌다. 이런 지식의 내용은 설사 아무리 형태를 바꾸더라도, 여전히 생생하게 인식되면서 제2의 꿈처럼 제1의 꿈의 궁륭에 잠겨 있었다. 궁륭에 붙어 돌아가면서 영상에 영상을 겹치고, 풍경 위에 풍경을 펼치면서 그것을 풍성하게 꾸며주고 있었다. 이들 영상과 풍경은 마치 그 옛날 순진한 갓난아기의 꿈속에 깃들었던 것과 똑같은 모습으로, 추억의 깊이의 투명성을 띠고, 강이나 호수나 화환에 뒤얽히고, 그 위에는 층층이 별자리가 쌓여서 예전에는 보지도 못했던 하늘이 펼쳐지고, 침묵과 음악은 하나가 되어 결정을 형성하고, 끊임없이 체험으로 변하면서 결코 연상되는 일이란 없고, 끊임없이 귓가에 울리면서 결코 포착되지는 않는 것이었다. 그리고 이때, 영상이 나타나는 데 마음을 뺏기고 있던 바로 이때, 그는 꿈의 심장이 고동치는 소리를 들었다. 그것은 그를 향해서 상승해온, 혹은 그 속으로 그가 빠져 들어간 기억 속에서 일어나는 사상의 부동성에 휩싸여 방향조차도 분명치가 않았으나 용솟음쳐서 끌어당기는 이 빛 속에는, 무릇 움직임을 모르는 공간에 떠돌면서 사물들이 서로 융합하고 사라지는 이 만남 속에는, 그가 일찍이 언어 혹은 시 속에서 찾고 있던 것도 마찬가지로 부동의 형상이 되어서 지탱되고 있었기 때문이다. 하지만 그것은 다른 한편에서는 인식 때문에 말소되고 있었다. 모든 말, 모든 시는 멸망되고, 다만 겨우 꿈의 마지막 뿌리가 되는 심연만이 희미한 빛을 슬쩍 내보이고 있었다. 비유한다면 그것은 벗어날 수 없는 다양한 형태 속에서의 운명의 궁극적인 형태, 벗어날 수도 없는 광휘 한가운데의 모든 형태의 중추였다. 그리고 바로 이 광휘가 교차하고 뒤얽히고 흐르고 다시 엉기면서, 또한 온갖 형태와 모습을 빌어 꿈의 빛이 깔린 평야를 넘어 끝없이 펼쳐지고, 꿈처럼 열려 그 근원의 깊이에서 꿈을 탄생시키고 있었다. 오오, 표류하듯이 마음에 떠오른 정체는 이것이었다. 이 심연이었다. 오오, 이 심연 속에 마음은 흘러들고, 거기에서 빛을 흡수하고, 거기에다 빛을 쏟아 넣고 함께 빛으로 변하여 무릇 말로는 다할 수 없는 인식을 형성하고 있었다. 이 심연이야말로 인간의 심장 속에 침투하고, 흘러들고, 고동치고, 수정(水晶)의 통일과 궁극에 이르는 꿈의 심장이었다. 그리고 그에게는 스스로가 거기에 빠져들고, 그러면서 그를 향해서 상승하는 저 떨리는 빛의 고동 속에서 운명의 변용이 다시 개시되지 않으면 안 될 듯한 느낌이 들었다. 이 궁극적인 뿌리인 심연에서 영원한 내용으로 형태를 변용시키는 행위가 다시 시작되지 않으면 안 될 듯한 느낌이 들었다. 예컨대 그것은 각성의 영위가 시작되어야 할 듯한 느낌이었다. 오오, 꿈에 그려진 각성의 고통, 이 각성조차도 운명에 제약되고, 꿈의 경계 속에, 인식에 있어서까지 아직도 발생하는 꿈의 그 경계 속에 갇혀 있다. 그럼에도 불구하고 이것은 이미 꿈의 경계선의 돌파이며 구분이었다. 왜냐하면 심장은 일단 고동을 시작한 이상은 끊임없이 돌파구를 찾아 실현에 옮길 준비를 하면서 경계선까지 물결쳐 나가서 그 문을 두드리기 때문이다.

ㅡ왜냐하면 사랑은 한순간의 방심도 없는 준비이기 때문이

다. 거기에서 모든 것은 참을성 있게 대기하고 있다. 그것은 사랑이 창조를 위한 준비이기 때문이다. 아직도 여전히, 그러나 이미—이 쌍방을 연결하는 문지방 위에 사랑은 서 있다. 현실의 앞뜰에 서성거리고 있다. 문이 열리게 될 근처에서 서성거리며 열려진 경계를 죽어야 할 자가 밟고 넘기를 사랑은 원하고 있다. 각성을 향해 열리고, 재생을 향해 열리고, 이미 되살아난 언어, 되살아나고 있는 언어, 궁극적인 구원을 가져다주는 부활의 언어, 끊임없이 추구되고 있던 아직도 들어보지 못한 부활의 언어를 향해 열리고, 궁극적인 판결을 위해서 열리는 문. 그 판결은 이미 꿈의 존재 밖에, 세계 밖에, 공간 밖에, 시간 밖에서 울려 퍼지게 되리라. 오오, 이러한 창조의 혁신을 앞에 놓고 사랑은 서 있다. 스스로는 아직도 어스름에 싸이고 스스로는 아직도 귀를 기울이면서, 그러나 이미 각성을 촉구하는 구원의 손길, 시작되고 있는 각성.

—그리고 자신을 넘어서 마치 심장의 고동처럼 꿈의 궁륭의 빛은 물결치며 떨고 있었다. 궁륭 그 자체가 떨고 있었다. 그 빛 전체의 한없는 목소리의 풍성함이 되어 흩어지고, 합일되고, 뒤얽히는 형태가 되어서, 헤아릴 수도 없는 빛의 궤도, 빛의 길이 되어서 떨고 있었다. 그리고 별을 품은 원개도 이 궁륭과 함께 떨고 있었다. 꿈 전체가 스스로를 빨아들이고 또 뱉으면서 떨고 있었다. 호흡도 기다리고 꿈도 기다리고 있었다. 그 마음의 심연 속에서 기다리고 있었다. 수정으로 된 천체의 그릇이 기다리고 있었다. 새로운 언어, 새로운 말, 새로운 목소리가 이 호흡 속에서 새어 나오는 것일까? 그것은 열려서 시간의 발단과 종말의 목소리의 샘이 되고, 교차의 중간 지점을, 꿈의

무한한 심연을 달리는 모든 길의 목표를 나타내주고 있는 것일까? 오오, 이 꿈속에서 우주의 통일, 우주의 질서, 우주의 모든 인식을 알리면서, 또다시 울려 퍼지는 메아리의 화음이 태어나고 있는 것일까? 목소리의 총체를 감싸고, 목소리의 총체에 감싸여서, 우주의 최종적인 해결이 될 저 화음이 울리기 시작하고 있는 것일까? 이것은 아직도 예감에 지나지 않았다. 예감 이상의 것은 아니었다. 꿈의 뿌리에서 심장을 끌어올리는 예감, 그러나 이미 그것은 끝없이 아득한 꿈의 저쪽까지 퍼져서, 희미하게 떨리는 행위의 빛의 숨결 속에다 목소리를 가두고 또 풀어놓곤 했다. 심장의 고동은 아직도 지상의 것이었다. 그러나 그 기다림에 있어서는 이미 지상을 넘어 있었다. 무분별하게 재앙과 악과 우연과 죽음을 그 자신 속에 짊어지고 있는 운명의 힘이 꿈속에서 다투는 꿈의 도구로서, 그것은 아직도 지상의 것이었다. 그러나 명령에 따르려는 준비에 있어서, 각성에의 준비에 있어서 그것은 지상을 넘어서고 있었다. 그야말로 이 각성을 위한 준비는 거의 이 세상의 것이 아니었다. 죽음을 위한 준비보다도 더 초지상적인 것에 가까웠다. 죽음에의 준비란 숨을 거두는 과정에서는 아직도 지상의 것과 결부되어 있고, 사욕이나 명예욕, 도취나 증오에 흠뻑 젖어 있었기 때문이다―그야말로 각성에의 준비는 그 자신의 죽음에의 준비보다도 죽음의 전개에 가까웠다. 죽음에의 준비를 갖추라고 가차 없이 부단하게 불러대는 목소리에 자신의 삶을 복종시키면서, 스스로를 제물로 바치고 죽음으로 인도함으로써 귀향을 보상받을 수 있지 않을까, 경계를 밟고 넘어서 그 목소리를 들을 수가, 아니 나아가서는 이 목소리를 모방하고 모방을 통해 스스로의 것으로 만들 수가 있지 않을까, 하는 망상을 그는 품고 있었다. 그러나 이 목소리를 모방할 수는 없었다. 각성하라고 되치는 그 부름 소리를 획득할 수는 없었다. 모방도 할 수 없고, 자신의 것으로 만들 수도 없는 목소리였다. 왜냐하면 목소리 속의 목소리라고도 할 수 있는 그것은 일체의 언어 밖에 존재하고 있어서 그 어떤 언어보다도 강하고, 음악의 언어, 노래보다도 더 강했기 때문이다. 그것은 고동, 단 한 번뿐인 심장의 고동이었다. 그러한 형태에 있어서만 이 목소리는 존재의 인식의 총체를 고동처럼 빠르게, 순간처럼 빠르게 포괄할 수 있게 된다. 포착할 수 없는 것을 표현하고, 스스로 포착할 수 없는 존재로 변하는 목소리, 인간의 언어에도 지상의 상징에도 도달할 수가 없는, 무릇 미칠 수 없는 직접성 때문에 일체의 목소리와 일체의 상징의 원래 모습으로 변하는 목소리, 그것이 헤아릴 수 없는 경계의 피안에 조응하는 것은, 그것이 가능해지는 것은, 다만 스스로 지상의 모든 것을 극복했을 때이다. 그러나 만일 그것이 지상의 것과 닮지 않았다면 불가능할 것이다. 아니 생각조차 할 수 없을 것이다. 예컨대 설사 지상의 목소리, 지상의 말, 지상의 언어와 어떤 공통성도 갖지 않고, 이미 지상의 상징이라고 부르기는 어려운 것이라고 하더라도, 이 목소리가 원래의 모습을 계시하고 원래 모습의 지상을 넘어선 직접성을 지향하는 것은, 그것이 지상의 직접성 속에 원래의 모습을 비칠 때에만 가능해지게 된다. 잇따라 늘어선 영상, 또 영상, 지상에 있어서는 모든 상징의 연쇄가 지상의 직접성으로, 지상의 생기로 통한다. 그러나—인간에게 있어서는 극도의 강제를 수반하는 일이지만—그 연쇄는 지상적인 것을 넘어서 가지 않으면 안 된다. 온갖 지상의 직접성에 대해, 거기에 속하면서 그러나 더욱 높은 경계의 피안을 발견하지 않으면 안 된다. 지상의 생기를 그 차안성(此岸性)에서 벗어나게 하고, 높여진 세계에서 다시 한 번 상징으로 변하지 않으면 안 된다. 그리고 비록 경계에서 상징의 연쇄가 거듭 뜯기고 찢기게 되더라도, 지상을 초월한 존재의 경계에서 부서지고, 도달할 수 없는 존재의 저항에 부딪쳐서 소멸하고, 이미 영원히 지속 불가능할 만큼 단절을 당하더라도 그때마다 위험은 멀어지게 되는 것이다. 도달할 수 없는 것이 스스로 도달 가능한 것으로 변용할 때마다 위험은 멀어지고, 상징의 연쇄는 거듭 이어지게 된다. 변용된 도달할 수 없는 존재는 거듭 지상으로 하강하여 스스로 지상의 생기, 지상의 행위로 응집되고, 축소되고, 눈에 보이는 존재로 변하고, 이처럼 자기를 감각화하여 스스로의 경계선을 지양한다. 그 결과 표현이 가능한 것들의 연쇄도 상승과 하강을 이룰 수 있게 되고, 순환 작용을 멈추게 할 수 있게 된다. 진실의 순환, 영원의 상징인 순환. 거기에 내포된 영상 하나하나에 있어서 진실되고, 열려진 경계의 주변에서 유지되는 영속적인 순환의 균형에 의해서 진실되고, 신과 인간의 행위의 영원한 교환에 있어서 진실되고, 이 양쪽 행위의 상징성과 상호 반영의 상징에 있어서 진실된 순환. 그것은 또한 그 속에서 궁극적인 창조의 갱신이 되어, 법도 속으로, 우연과 경직과 죽음을 극복하기 위해 마련된 영원한 재생의 법도 속으로 들어가기 때문에 진실된 것이다. 그 어떤 지상적인 죽음의 준비도, 설사 그것이 신성한 희생의 예감에 찬 모방이라 하더라도, 지상적인 것을 초월한 존재가 수행하는 이런 지상적인 행위를 불러들일 수는 없다. 여기에서 중요한 것은 다만 끊임없는 각성에의 준비 뿐이라고 하겠다. 그리고 꿈꾸는 자는 운명과 마찬가지로 꿈에 얽매이고, 구제받을 길도 없고, 운명과 마찬가지로 죽음에 대해서 완강하게 문을 닫고, 어떤 죽음의 준비와도 인연을 끊은 채 스스로의 꿈속에서 언제나 다만 각성에의 준비만을 숨기고 있다. 다만 이 준비에 대해서만 그는 분명히 지각을 하면서 마음을 연다. 의심할 여지도 없는 꿈의 지각에 있어서, 각성과 그 충분한 타당성에 대해서, 의심을 개입시키지 않는 분명함으로 지각하면서 마음을 연다. 이 각성의 타당성을 위해서 꿈은 헤아릴 수 없는 그 심연의 목소리의 나락에서, 그 빛의 수직갱의 어둡게 빛나는 뿌리의 심연 속에서 분명히 지각하며 스스로의 문을 연다. 그 지각보다 더욱 분명히 지각하는 그의 마음, 떨면서 목소리를 향해 열리는 마음, 그 목소리는 이제 목소리가 아니라 이미 행위였다. 왜냐하면 그것은 이름을 획득하기 위해 내려가고, 이름을 자기 것으로 만든 뒤에는 운명에 명령하여 전회로, 귀환으로, 귀향으로 소리쳐 부르기 때문이다.

―오오, 사랑이라는 행위로의 귀향이여, 다만 봉사하고 조력을 아끼지 않는 행위만이 이름을 주고, 헛된 운명의 형태를 충만케 할 때 운명보다도 강해진다.

―아직은 아닌, 그러나 이미! 그것은 꿈의 가장 깊은 내부에 숨은 붙잡을 수 없는 사랑의 아득한 마음에 대한 지각이었다. 그것은 동일한 것의 융화와 합일에 대한 지각이었다. 차안의 마음과 피안의 마음은 하나로 고동쳐 뛰고 신의 상징은 불타오르면서 인간의 상징에 용해되어 공통의 언어가 되었다. 신과 인간의 맹세인 언어, 창조의 형상 한가운데를 오르내리며 기도

에 이은 기도 속에서 창조를 지속하는 언어가 되었다. 그것은 구제의 행위를 수행하는 이 언어에 대한 지각이었다. 사랑의 헌신을 수행하는 이 언어에 대한 지각이었다. 마치 만유의 목소리에 간직된 피안성이 지상의 목소리의 얽힘 속에 떠돌듯이, 마치 총체의 인식에 숨은 사랑의 피안성이 인간과 인간 사이에 교환되는 일체의 사랑 위에 떠돌듯이, 이 헌신은 모든 인간적인 헌신보다 훨씬 높은 곳에서 떠돌고 있었다. 그것은 신에 의해서 가두어지고, 인간에 의해서 가두어지고, 그러면서도 신과 인간을 에워싸고 있는 신인일체(神人一體)의 마음이었다. 그러나 그것은 또한 행위를 수행하도록 운명 지어진 인간—왜냐하면 지상에서 목소리가 청취되기 위해서는 항상 한 사람의 고지자를 필요로 하므로—에 대한, 행위와 똑같이 이중의 기원을 갖지 않으면 안 되는, 지상을 어머니로 하고 지상을 초월한 세계를 아버지로 하지 않으면 안 되는 인간에 대한 지각이었다. 그 출생에 있어서 이미 우연을 모면한 자만이 우연을 다시, 운명조차도 굴복시키는 궁극적인 법도의 기적과 합일시킬 수가 있다. 운명을 초월한 세계에서 태어나, 그러면서도 운명의 재앙을 남김없이 삼켜버리는 자만이 재앙을 다시 지복으로 전환시키는 힘을 부여받는다, 구원을 가져다줄 자가 될 행운을 부여받는다. 오오, 그에게, 다만 그에게만, 인간의 형태를 빌리기는 했으나 신을 아버지로 하는 신인(神人)에게만, 재앙의 불길을 뚫고 아버지를 둘러업고 갈 권능이 맡겨져 있다. 오오, 다만 그에게만 아버지의 구출이 맡겨져 있다. 그에게만 자신을 수태케 한 존재를 어깨에 둘러메고 배로 싣고 가서 새로운 나라로, 언제나 변함없이 아버지의 고향이었던 약속의 나라로 도피하는 것이 허용되어 있다. 아직도 여전히, 그러나 이미! 그 나라는, 명령을 내리고, 이름을 부여하고, 신을 인간의 육체로 변화시키고, 인간을 신의 정신으로 변화시키는 아버지의 부름에 대한 지각과 함께 그의 앞에 가로놓여 있었다. 쏟아지는 빛의 반사 속에 구원을 가져다주는 자에 대한 지각, 인간성에 넘친 구제자의 지각과 함께 그 나라는 그의 앞에 가로놓여 있었다. 또한 재앙의 불길은 정결한 공양의 불길로 변하는 듯했고, 경직은 깨어지고, 중앙의 묘석은 들어 올려지고, 선은 악으로부터 분리되어 정화되고, 신과 인간은 되살아난 창조에로 확대되고, 미래의 존재는 아버지의 이름으로 성화(聖化)되고, 정신 속에서 미래의 혼약을 맺고 있었다. 지금도 여전히, 그러나 이미―그것은 약속의 땅이었다. 그것은, 그가 본 것은 이미 인식이었는가?. 꿈의 인식이었는가? 그것은 이미 각성이었는가? 오오, 그것은 아직도 경계의 이쪽에 있었다. 그리고 꿈이 경계의 언저리에서 떨고 있었다고 하지만 그는 아직도 이 경계를 뚫고 나간 것은 아니었다. 보이는 세계에 대한 의미는 헤아릴 수가 없었다. 그것은 인식이 아니라 단순한 지각이었다. 꿈의 지각, 꿈의 기억, 결코 귀에는 들리지 않으면서도 항상 울리고 있는 먼 옛날의 아득한 추억, 결코 밟아본 일은 없지만 그러나 항상 발밑에 가로놓여 있는 경계 저쪽 나라의 한없이 아득한 추억에 지나지 않았다. 아득하기 때문에 크고, 아득하기 때문에 작고, 기원이면서 동시에 종말, 그것은 추억의 풍성함에 의한 경계에의 끝없는 접근이며, 또한 주문이며, 떨림이며, 고동치면서 기다리고 있는 광채에 지나지 않았다. 바로 그것 때문에, 바로 이 응시하는 지각 속에 인식으로 변하는 일은 없이 그러면서도 마치 인식의 형식처럼 그의 두 눈 앞에 투명한 안대를 씌우는, 이 한없이 투명한 맹목 상태 속에 있기 때문에, 설사 꿈의 들판에 몸을 가라앉혀 높이 자란 들판의 덩굴풀에 뒤얽히더라도, 바로 그것 때문에, 그는 그야말로 느닷없이, 엄청나게 높은 산꼭대기에 낚아채어져서 경계의 저쪽을 바라보라고 명령받은 듯한 느낌이 들었다. 볼 수는 있어도 아무것도 고지할 수는 없는 그가, 청동처럼 단단하고 그러면서도 부드러운 손에 부축되어서, 끊임없이 과거로 되어가는 미래 속으로 떠받들려지고 그 자신 속에 숨어 있으면서도, 그를 감싸는 크기를 가지고 현실을 호흡하고 있는 하나의 심장의 고동 소리를 주위에서 역력히 느끼고 있었다. 이 고동이 골고루 체내를 돌고 있음을 느꼈을 때, 그는 두 팔을 투명한 결정체에서 떼내어 높은 곳으로 뻗을 수가 있게 되었다. 빛의 궁륭을 향해 높이 손을 들어 올릴 수가 있게 되었다. 그 궁륭 속에서는 별들이 반짝이고, 숱하고 거대한 태양이 선회하기 시작하고, 그러한 모든 것 위에 단 하나의 별이 반짝이고 있었다. 꿈의 평야를, 아득한 옛날부터 행위의 무대가 되도록 정해져 있던 세계의 평야를 바라보았을 때, 그 들판은 또한 그가 바라볼 만한 무대가 되었다. 만져볼 수도 없고 밟을 수도 없으나, 태초부터 그 자신의 몫인 무대였다. 그는 보았다. 이곳 꿈속에 단단히 얽매여 스스로의 꿈으로부터 결별하는 것도, 멀어지는 것도 허용되지 않는 유폐자. 그는 보았다. 만져볼 수도 밟을 수도 없는 풍경을 아득히 바라보며 스스로의 꿈이 내뿜는 꿈의 광휘와 함께 그 풍토 속에 길게 몸을 뉘었다. 풍경과 꿈의 양쪽을 바라보면서 그것들이 서로 겹쳐져 있는 모습에 그는 주목했다. 풍경의 한가운데에 모든 결정체가, 모든 꿈의 광망(光芒)의 입방체, 광망의 원, 광망의 원추, 광망의 묶음이 보이고, 꿈꾸는 빛의 궤도가 헤아릴 수 없는 뒤얽힘 속에 풍부하고 투명한 추억을 마술적으로 환기시키는 풍경이 여유 있게 퍼지면서 파묻혀 있음이 보였다. 그렇다, 그 모든 낮, 모든 밤의 시간과 더불어 이 풍경은 꿈속에 파묻혀 있었다. 광명과 암흑 사이에서 교체하며, 아침과 저녁의 이중 어스름 밑에서 슬며시 밝아오고 또한 슬며시 어두워지면서, 온갖 지상적인 존재의 모습에, 온갖 실재의 혼잡 속에, 온갖 지상의 목소리의 뒤얽힘에 넘쳐 있었다. 도취와 고뇌와 동경에 넘치고, 만들어지고 이루어진 창조에 넘치고, 기슭과 떨리는 들판과 덧없이 사라져가는 산꼭대기들의 정적에 넘쳐 있었다. 고독이 깃든 봉우리, 도시를 품고 있는 평원. 이 풍경은 평화에 넘치고, 전쟁에 넘치고, 인간의 존재와 거주에서 발산되는 온화한 광휘에 넘치고, 또한 소리를 내며 부서지는 재앙의 업화에도 넘치고 있었다. 끝없이 끝없이 끝없이 그 모든 것은, 통과가 가능하면서도 발을 들여놓을 수는 없고, 꿈과 풍경은 서로서로 파묻히고, 빛과 그림자를 서로에게 던지고, 더불어서 기다리고, 동경하고, 각성할 준비를 갖추고, 자신 속을 밟고 지나면서 잠을 깨라고 불러줄 자를 애타게 학수고대하고 있었다. 그리고 그도 기다리고 있었다. 팔을 높이 쳐들고, 꿈이나 풍경과 더불어 기다리고 있었다. 눈에는 의연한 목장과 그 위에서 유유히 풀을 뜯는 가축이 보이고, 귀에는 소리도 없이 끝없이 불타오르는 업화의 소리 없는 울림이 들려왔다. 하늘의 기운을 가로질러 날아가는 한 마리의 새도 없었다. 의연한 세계에서 업화는 점점 더 거세게 타오르고, 부동의 침묵 속에서 무수히 다양한 목소리의 울림은 더더욱 고조되고, 동경은 점점 더 깊어지고, 모든 태양은 운행을 정지하고, 심장은 내계와 외계의 무한한 벽을 향해 점점 더 무겁게 고동치고 있었다— 오오, 종말은 언제인가? 종말은 어디에 있는가? 재앙은 언제쯤이나 남김없이 마셔질 수 있는가? 고조되는 침묵의 최후 단계는 존재하고 있는가? 이때 그에게는 지금이야말로 그러한 최후의 침묵에 도달한 듯한 느낌이 들었다. 공포에 질려 크게 벌어진 인간들의 입이 보였기 때문이다. 메마른 그 공동 속에서는 어떤 소리도 뿜어져 나오지 않았다. 그리고 어느 누구도 이미 타인의 말을 이해하지 못했다. 죄의식 때문에 그들은 말을 잃고, 말을 잃었기 때문에 죄를 의식하고 있었다. 이것은 지상 세계에서의 소리 없는 마지막 단계였다. 이것은 인간의 마지막 침묵이었다. 이 모습을 지켜보며 그의 입도 그만 벌어져서 침묵의 공포의 고함 소리를 내지를 뻔했다. 하지만 아직도 한참 바라보는 동안에, 아직도 다 바라보았다고 할 수 없는 사이에, 어느새 그 광경은 시야에서 사라지고 말았다. 왜냐하면 뜻하지 않게 불쑥 찾아온 어둠 속으로 눈에 보이던 것이 사라져버리고 말았기 때문이다. 꿈의 광채도 사라지고, 풍경도 사라지고, 업화도 사라지고, 인간도 사라지고, 입도 사라졌다. 밤. 시간도 없고 세계도 없고, 소리도 없고, 한없이 공허한 암흑. 형체도 내용도 갖지 않은 공허한 밤. 기대는 덧없이 암흑이 되었고 심장의 고동조차도 침묵하여 공허 속에 빨려 들었다. 존재의 종말이 도래해 있었다. 그는 경계 앞에 서 있었다. 운명의 경계, 우연의 경계 앞에 서 있었다. 경계 앞에 서 있으면서 기대가 공허해지고, 기다림이 공허해지고, 응시가 공허해지고, 지각이 공허해졌다. 그러나 이 막막한 공허 속에서 그는 경계가 열린다는 사실을 알고 있었다. 극히 은밀하게, 마치 그를 놀라게 하지 않으려는 듯이 시작되었다. 그의 가장 깊은 귓속에서, 그의 가장 깊은 영혼과 마음 속에서 그것은 시작되었다. 그리고 동시에 그것은 그를 에워싸고, 그의 내부로 침투되고, 한없이 아득한 어둠에서 태어나 밤 속으로 스며들고, 밤으로부터 스며 나오고 있었다. 그것은 그가 일찍이 회한 속에 굴복하지 않으면 안 되었던 때와 같은 조용하고 강대한 소리의 힘이었다. 그 무렵과 마찬가지로 그것은 부풀어 오르면서 그를 충만케 하고, 그를 감싸고 있었으나 이미 수많은 목소리의 공명은 아니었다. 모든 목소리 무리의 공명, 다양한 목소리 전체의 공명은 이미 없고, 오히려 단 하나의 목소리, 시간과 함께 점점 더 고독해지는 목소리였다. 그 목소리의 엄청난 고독은 마치 어둠 속에서 깜박이는 외로운 별과도 같았지만, 그러나 눈에는 보이지 않고 불가시의 세계에 빛을 뿜고 있었다. 그도 그럴 것이 그 고함 소리가 커져서 생생하게 들을 수 있게 됨에 따라, 귀에도 들리지 않고 엿볼 수도 없는 무한한 불가해성에 의해 그에 못지않게 대범하게 끌려들고 흡수되어버렸기 때문이다. 여기에서 성취된 행위는 눈에 보이고 귀에 들리는 세계의 바깥, 일체의 감각적인 세계 밖에서 이루어졌다. 밤이기는 했음에도 생생하게 엿들을 수 있는 강렬한 밝음이 지배하고 있었고, 실체를 결여하고 있었음에도 모든 존재의 형상을 포괄하고 있었다. 오오, 이 행위는 균형을 회복하기 위한 영위였다. 감각을 초월한 무한한 균형의 질서, 의미를 부여하고, 내용을 부여하고, 형식을 부여하고, 이름을 부여하고, 온갖 존재와 온갖 추억을 감싸버리는 균형의 질서. 대양의 청동 같은 아우성과, 가을의 투명한 은빛 술렁임, 별들의 심벌즈의 울림과, 가축 떼의 따뜻한 입김, 달의 피리 소리와, 햇빛 쏟아지는 어린 시절의 수풀에 앉는 이슬. 그러한 일체를 감싸는 질서의 영위는 눈에 보이지 않는 세계에서 보고, 귀에 들리지 않는 세계에서 귀를 기울이는 영위였다. 그리고 그 자신도 암흑에 젖고, 우주의 다양함과 우주의 통일된 균형도 암흑에 젖어서, 유일한 현실로서 우연을 지양하는 이 궁극적인 균형의 법도 속에서, 온갖 상징의 이 형상 없는 상징, 이 아름다움을 씻어버린 아름다움 속에서 그는 들었다. 아니, 들은 것이 아니었다. 이 상황을 만들어낸 목소리를 생생하게 눈으로 본 것이다. 그리고 그것은 현세에 귀속하면서 현세의 사물의 조직 속에 어울리고, 그러한 사물을 서로 상징화시키고, 말로써 상징화시키는 저 온갖 목소리의 하나는 아니었다. 그것은 현세의 진실은 아니었다. 온갖 현세의 진실들 중 어느 하나도 아니고, 그 총체도 아니고, 귀에도 들리지 않고, 눈에도 보이지 않는 현세를 떠난 목소리, 현세 밖의 목소리, 그것은 현세 밖에 있으면서 진실을 성취하는 힘, 현세 밖에 있으면서 평형을 성취하는 힘, 외계의 일체의 힘과 일체의 범위를 가까이에 오게 하는 순수한 외계 그 자체였다. 내계를 둘러싸고 내계에 둘러싸이면서 가까이에 다가오는 모든 것을 섭취하는 온갖 천체의 그릇이었다. 그가 들은 것은 이 목소리였다. 보면서 듣고, 들으면서 본 목소리, 그 말의 그림자에 영원히 변치 않는 고향의 고요함이 깃들어 있는 목소리, 시간을 모르고 영원히 지속되는 창조의 목소리, 발단과 종말에 대한 심판의 목소리, 꿈 밖에 있는 균형의 목소리, 은밀히 지키고 보살피는 목소리, 그것은 청동의 울림과 수정의 울림과 피리 소리가 하나로 어울린 목소리, 천둥소리와 압도적인 침묵, 가차 없이 명령을 내리면서도 부드러운, 용서하면서도 준엄하게 차별하는, 일체이면서 단 하나인 소리, 단 한 번의 번개의 번쩍임, 오오, 그것은 궁극적인 정적의 이루 형용할 수 없이 부드러운 현혹이었다. 오오, 은총과 서약을 동시에 체현하면서 그것은 스스로를 계시하고 있었다. 계시라고는 하지만 말이나 언어가 아니라 말의 상징, 온갖 언어의 상징, 일체의 목소리의 상징이자 그 본래의 모습, 신성한 아버지의 부르짖음이 되어 운명을 극복하면서, 고지적인 행위를 나타내는 울림의 상 속에 스스로를 계시했다. "사랑을 향해서 눈을 뜨라!"

하나의 행위, 그것이 그에게 이루어졌다. 그는 눈을 뜰 필요가 없었다. 다정함이 그의 눈을 뜨게 해주었다. 그는 호흡할 필요가 없었다. 그를 호흡하는 존재가 거기에 있었다. 그것은 상징이기는 했으나 그 상의 한가운데서 밤은 다시 그 자신 속으로 물러가고, 목소리의 상징 한가운데서 침묵은 정적 속으로 돌아갔다. 마치 정적이 공허한 형체를 새로이 충족시키는 최초의 내용인 듯했다. 이 충족 행위에 의해서 무수히 갈라졌던 꿈의 방향은 다시 지상의 공간을 향해 흘러 들어오고, 비공간에서 공간으로 회귀하여 흐르는 밤이 되고, 스스로 공간으로 변하면서 밤의 시간에 다시 깊이 잠겨 있었다. 정적의 언저리에서는 아무 소리도 들리지 않았다. 그 언저리에서도, 또 스스로의 내부에서도 외부에서도 그는 아무 소리도 듣지 못했다. 밤 속에 깊숙이 잠긴 존재가 그에게 넘쳐흐르고, 정적이 밤을 단단히 감싸고 있었다. 매달린 램프의 기름에서 피어오르던 불길조차도, 모든 것을 충족시키는 정적이 그 작고 날카로운 빛 때문에 중단되고 방해되는 일이 없도록 암흑의 부드러움에 흡수되어버린 듯 꺼져갔다. 꿈의 크나큰 고동도 마찬가지로 꺼져갔다. 시간과 더불어 쇠퇴하고 약해져서 이윽고 어디에서 시작되고 어디에서 끝나는지도 모르게, 그러나 역시 벽의 분수에서 생기고 있음에 틀림없는 은빛 술렁임 속으로 가라앉고 있었다. 정적에 씻겨서 붙잡을 수도 없는 과거와 미래 사이의 것은 또다시 거대한 눈앞의 현재가 되고, 시간의 저울은 희미하게 흔들리고, 저울 접시를 매단 은사슬은 은은히 잘그랑거리고, 저울 접시는 조용히 부침하면서 번갈아 상징을 실었다 내렸다 하며 그 진실을 재고 재면서 연달아 상징을 만들어내었다. 또다시 충만해진 온화한 흐름 속에서 사슬의 고리가 희미하게 울리고 있었다. 영상이 없는 정적에 넘치고 그러면서도 영상으로 가득 찬 존재. 그리고 정적에 짊어지워진 밤이 그의 열린 눈앞에서 생동하고, 조용하고 온화한 밤의 종소리가 다시 울려 퍼지고, 그의 눈은 다시 크게 벌어지고, 그 자신이 다시 열리고, 밤이 다시 열렸다. 정적 때문에 은밀히 눈이 멀고, 또다시 발견된 자연스러움 속에 그림자를 잉태하면서 대범하고 아름답게 실려 가는 밤. 그 밤이 새삼스럽게 그를 스스로의 가지에 걸고, 깃털로 감싸고, 팔에 안고, 입김으로 싸고, 가슴에 안고서 싣고 가는 것이었다. 그는 누워 있었다. 누워서 쉬고 있었다. 그는 또다시 휴식을 허용받고 있었다. 그러나 바로 이 휴식 때문에 그는, 이러한 밤의 생동하는 정적은 다른 생동의 서곡에 지나지 않으며, 때문에 언젠가는 끝나지 않으면 안 된다는 사실을 깨달을 수 있었다. 왜냐하면 공간은 물론 그의 육체 또한 비공간의 세계에서 떠돌다가 돌아왔기 때문이다. 온전한 육체를 갖추고, 그는 침대에 누워 있었다. 시간과 더불어 점점 더 그의 감각은 구체적인 것이 되고, 휴식도 구체적인 것이 되었다. 그리고 이 휴식 속에서 열이 내린 사실을 느낄 수 있었다. 기억할 수 있는 한, 밤이 다할 무렵의 서늘하고 조용한, 물결처럼 상쾌하게 기운을 돋워주는 가벼운 무언가가 있었다. 열이 내리는 시간의 지상적인 확실성과 함께, 이 밤도 그 경계를 향해 종종걸음으로 달리는 시간이 되어 지상을 달려 나가는 충일, 지상을 달려 나가는 구체적인 시간이 되어—지상의 밤이 되어 있었다. 아직 아무 일도 일어나지 않았다. 밤의 암흑은 조금도 깨지지 않았다. 다만 정적은 퇴색하여 그 풍성함을 잃고, 있는 듯 만 듯한 한 줄기 선, 극히 불안정하여 여간 날카로운 귀가 아니고서는 파악할 수 없는 선만이 아로새겨져 있었다. 정적은 그 가장 아득한 경계에서 허물어지고 느슨해지기 시작한 듯했다. 부드럽게 생성하는 암흑에 잠긴 창조가 은밀한 사랑의 손으로 행위를 모르는 정적에 아로새긴 것이었다. 희미한 밤의 부르짖음 속에서 차례로 이름이 생겨나고, 추억과 일체가 되고, 추억에 의해 굳어지고, 추억 속에서 창조에 가담했다. 아득히 먼 곳에서 닭이 울고 있는가? 개가 짖고 있는가? 경비병의 걸음 또한 비공간의 세계에서 되돌려진 것처럼 아까와 마찬가지로 궁전 밖을 순회했고, 벽의 분수는 물길이 더 불어난 듯 한층 더 소리 높이 술렁거렸고, 창틀은 새삼 온 하늘의 별을 사로잡았고, 그 중앙에는 뱀의 마술사 헤라클레스의 머리가 장엄한 빛을 내뿜고 있었다. 정적은 숨결로 되살아나고, 밤은 숨결로 충만해지고, 밤과 정적 속에서 항상 끝이 없는 잠, 숨 쉬는 세계의 잠이 솟구치고 있었다. 암흑은 깊이 숨을 쉬고, 점점 더 모습을 갖추고, 점점 피조물의 세계에 접근하고, 점점 지상적인 것이 되고, 점점 그림자가 짙어졌다. 처음에는 어떤 형상도 갖지 않고 거의 분간할 수도 없어서, 말하자면 술렁임의 점처럼 띄엄띄엄 고립된 소리에 지나지 않았으나, 이내 응축되고 귀에 들리는 분명한 형태로 엉기어서, 피조물의 세계가 접근해왔다. 삐걱거리고 덜커덕거리는 소리, 그것은 식료품을 아침 시장으로 운반하기 위해 줄을 지어 나가는 농부의 수레에서 나는 소리였다. 잠을 자듯이 느릿느릿 전진하는 수레, 포석의 바퀴 자국에 박히는 바퀴의 삐걱이는 소리, 차축의 삐걱임, 언저리의 돌에 큰 바퀴가 부딪혀서 나는 둔중한 음향, 사슬과 마구가 마찰하며 내는 날카로운 소리, 때로는 한 마리 소가 숨을 헐떡이며 신음하고 때로는 졸린 듯 내는 고함 소리가 들렸다. 간간이, 무겁고 부드러운 동물들의 걸음이 마치 숨소리의 행진곡처럼 정연히 보조를 맞추기도 했다. 이렇게 숨 쉬는 것은 밤의 숨결 속을 지나고, 들과 뜰과 식료품은 그 행진에 따라 하나로 숨 쉬고, 만유의 숨결은 피조물을 맞이하기 위해 열리고, 사랑을 받아들이면서 스스로의 모습을 획득하는 우주의 총체를 향해 열려 있었다. 왜냐하면 사랑은 호흡 속에서 시작되고, 호흡과 함께 불멸의 세계로 상승하는 것이기 때문이다. 거리 아래쪽으로 농부들이 지나가고 있었다. 졸음이 미처 가시지 않은 머리를 끄덕끄덕 흔들면서 샐러드용 야채나 양배추를 산더미처럼 실은 짐수레 위에 앉아 지나가고 있었다. 턱이 지나치게 깊숙이 가슴으로 숙여지면 잠 속에서 마치 짐승 같은 신음 소리가 새어 나왔다. 인간의 잠에는 식물의 요소와 동물의 요소가 곁들여 있다. 그리고 죽음의 손에 떨어졌을 때의 농부의 얼굴은 마치 얼어붙은 찰흙과도 같다. 운명을 모르는 세계에서 출발하여, 운명을 모르는 세계를 지향하고, 더 이상 우연에 맡겨지는 일도 없이 운명의 언저리에, 잠의 언저리에 밀착하여 농부의 길을 달리고 있다. 우연으로부터의 해방을 기원하는 그의 기도가 이루어지면, 대지도 식물도 동물도 그에게 있어서는 운명을 모르는 존재가 된다. 그리고 가령 시장으로 나갈 때, 혹은 깊은 밤 산기가 있는 암소를 돌보지 않으면 안 될 때, 어쩌다가 별을 쳐다볼 때라도, 그러고는 이내 밤낮을 가리지 않는 꿈이 없는 편안한 잠 속에 빠진다고 하더라도 그는 언제나 변함없이 애착심을 갖고 운명을 벗어난 존재에 집착하고 있는 것이다. 운명을 벗어난 존재는 매끄러운 금빛 낟알이 되어 그의 손가락 사이에서 흘러내리고, 혹은 짐승의 피부가 되어 가볍게 쓰다듬는 손에 닿고, 혹은 비옥한 땅이 되어 검사하는 손 밑에서 부서지는데, 그 손의 사랑과 인식의 영위, 대지와 동물과 곡물을 감싸는 그 영위가 너무나도 크기 때문에 농부 자신까지도 애정에 넘치는 인식의 손에 감싸이고 붙잡히고 지켜져서, 해마다 날마다 규칙적인 교체에 따라 그의 주변에서 닫혔다가는 열리는 그 손 속에서 편안하고 오붓하게 지탱되고 있다. 손 속에, 그 규칙적인 교체 속에, 그 안온한 따사로움 속에 찰싹 몸을 기대고, 스스로의 존재의 모든 안온함을 이 손으로부터 받아들이고 있다. 비록 언젠가는 이 손도 싸늘해질 것이라는 사실을 알고는 있지만, 언젠가는 이 손에서 미끄러져 떨어져 산산조각이 나서 운명을 모르는 원초적인 잠의 태내에 가라앉으리라는 사실을 알고는 있지만, 아직은 편안하게 쉬고 있는 농부, 죽어서 대지로 돌아갈 농부. 그러나 대지를 떠나서 자유로이 날아다니는 그의 숨결은, 사슬을 벗어난 그의 숨결은, 피어오르면서 외계로 향하고, 목소리로 변한 불가시의 세계로 향하고, 신의 세계로 향한다! 거리 아래쪽으로 농부들이 지나가고 있었다. 끊임없이 잇따라 차례로 수레가 지나가고 사라져갔다. 어느 수레 위에나 잠에 취해서 머리를 흔들거나 코를 골면서 웅크리고 있는 자들이 있었는데, 그 한 사람 한 사람은 이미 운명도 아니고 이미 우연도 아닌 피조물의 기운으로 가득 찬 밤의 영역 속을 지나가고 있었다. 늙은이도 젊은이도, 코밑수염이 덥수룩한 자도 귀밑털이 곤두선 자도, 코밑수염이 없는 밋밋한 얼굴도, 그들의 아버지나 할아버지나 먼 조상이 그랬던 것처럼, 은밀하고 크나큰 안식에 싸여서 그들을 지탱하는 크나큰 교체의 리듬에 편안하게 감싸여서 지나갔다. 운명을 극복하는 인내의 안식 속에서 잠에 취한 채, 머리 위에 떠도는 목소리도 전혀 모르고 그들은 지나갔다. 그 목소리란 그들에게 있어서는 어렴풋이 밝아오는 동경, 아니 오히려 확신을 뜻하고 있었지만 그들은 거기에 거의 신경을 쓰지 않았다. 왜냐하면 세대에서 세대로 계승되는 시간을 모르는 경과 속에서는 한순간의 유예도 존재하고 있지 않았기 때문이며, 또한 동경이 아버지 대에서 이루어지든, 손자 대에서 이루어지든, 혹은 아득한 후손 대에 가서 이루어지든 그들에게는 아무래도 좋았기 때문이다. 자기 자신보다도 더 큰 하나의 행위에 에워싸이고, 그러면서도 사려 깊은 애정을 가지고 그것을 자기 자신 속에 감싸면서, 그들은 신중하게 어둠 속을 뚫고 밤의 언저리를 향해 나아가고 있었다. 그렇기 때문에 그들은 잠을 잘 수 있었다. 그러나 그는, 한때는 역시 그들에게 속해 있었고 한때는 역시 한 사람의 농부였던 그는, 옛날의 동료들로부터 격리되고, 대지로부터 격리되고, 식물과 동물로부터 격리된 채 여기에 누워 있었다. 갈수록 단단히 운명에 얽매이고, 한 사람의 밤의 환각자가 되어서 그는 여기에 누워 있었다. 오오, 모든 인간의 영혼 속에는 하나의 행위가 깃들어 있다. 인간 자신보다도 크고 그 영혼보다도 크고 도달할 길도 없는 행위다. 그리고 다만 자기 자신에게 도달할 수 있는 사람만이 궁극적인 죽음의 준비 속에서 스스로의 행위에 도달할 수 있다. 그래서 멸망의 운명을 짊어진 세계의 잠 위에서 태만하지 않고 눈을 뜬 채 감시를 계속할 수가 있다. 오오, 귀향이여, 오오, 각성이여! 그것은 어디에 있었는가? 누가 눈을 뜨고 세계를 감시하고 있었는가? 누가 저곳의 어둠을 누비며 잠든 채 전진하는 자들을 지켜보고 있었는가? 그 임무를 수행한 것은 목소리였는가? 아니면 목소리를 들을 행운을 부여받았다고 해서 그가 그 임무를 수행했는가? 그렇다면 그 자신이 감시의 소임을 맡고 있었는가? 아니다! 그에게 그 임무가 맡겨질 까닭이 없었다. 조력의 손을 내밀지도 못하고 항상 봉사를 싫어한 그, 자신의 작품을 파기하지 않으면 안 되는 말의 직공이 그것을 해낼 수 있을 리 없었다. 인간적인 것, 인간적인 행위와 인간적인 도움의 필요성이 무릇 무의미한 것으로 여겨졌기 때문에 그 어느 것 하나도 그에게는 애정을 가지고 확보할 수도, 하물며 시에 정착시킬 수도 없었다. 또한 모든 것은 기록되지 못한 채로 끝났고, 다만 헛된 장엄한 아름다움으로 변했음에 지나지 않았다. 바로 그 때문에 그는 스스로의 작품을 파기하지 않으면 안 되었던 것이다. 생각만 해도 얼마나 주제넘는 일인가? 진실로 파수꾼의 소임을 맡을 자, 목소리의 고지자가 나타나기도 전에 그 자신이 파수꾼의 소임은 맡는다는 것은! 그렇다면 현재도 여전히 덧없는 꿈에 지나지 않았던가? 목소리는 진정 모든 현실성을 갖춘 채 그에게 주어졌던가? 어째서 그것은 침묵하고 말았는가? 어디에 갔는가? 그 목소리는 어디에 갔는가? 그는 물었다. 묻고 또 물었다! 그는 목소리의 행방을 물었다. 지금도 아직, 그러나 이미—그는 더 이상 묻고 있지 않았다! 그는 여전히 그 목소리를 포착하려고 했다. 지금도 아직, 그러나 이미—그의 탐색은 이미 탐색이 아니었다! 그가 믿지 않는다고 생각했던 계시가 지금은 도처에 존재하고 있었기 때문이다. 도처에서 그 계시의 소리를 들을 수 있었기 때문이다. 수레의 삐걱임에서, 나른한 동물들의 발걸음에서, 주름이 깊이 새겨진 농부의 잠든 얼굴과 그 숨결에서, 암흑의 숨결, 밤의 숨결에서 그 소리를 들을 수가 있었다. 그리고 모든 것이, 운명을 짊어진 것도 운명을 벗어난 것도, 지상의 것도 인간의 것도, 그의 속에 침투하고 그의 행위에 침투하여 그 자신의 운명이 되었다. 이러한 모든 것이 비록 기록되지는 않았다고 하더라도, 비록 영원히 시로 노래되지는 않았다고 하더라도 불멸의 약속을 부여받았을 만큼 틀림없는 그의 운명이 되었다. 순수한 부드러움 때문에 영원히 끊기지 않고, 무한히 이어져가는 사랑이 약속하는 한없는 선물, 사라지려고 하면서 눈물과 함께 귀를 기울이고 있는 밤. 잠과 불면은 하나가 되고, 발단과 종말은 동시적인 것이 되고, 샘과 기원, 뿌리와 수관은 합일한다. 여러 영역에서 솟아나 피어오르는 활엽수, 그 가지에서 인류는 운명과 친숙해지면서, 그러나 운명에서 벗어나 깃들어 있다. 때는 이미 오고 있었으나 그러면서도 아직 오고 있지는 않았다. 전체 속에 끼어들고, 전체의 운명에 에워싸이고, 그 운명을 스스로의 운명 속에 짊어지면서 그도 또한 쉬고 있었다. 전체와의 결합을, 행복에 겨워, 그는 느끼고 있었다. 열에서 해방된 육체의 모든 섬유로써 그 결합을 절실히 감지하고 있었다. 행복감에 넘친 냉기 속에서 그는 단단히 모포로 몸을 감싸고, 또다시 열린 밤의 세계를 스치면서 냉기를 싣고 가는 시간을 느끼고, 세계의 모든 샘이 술렁이면서 호흡하는 그 암흑의 숨결 속에 깊이 몸을 담근 채 행복감에 넘쳐 편안해진 호흡을 느끼고, 세계의 중얼거림을 느끼고, 자연을 느끼고 있었다. 점점 차가워지는 샘의 술렁임, 점점 차가워지는 별, 그 공간, 거기에서 들려오는 소리. 아래를 지나는 수레의 행렬은 차츰 뜸해지고, 왔다가 사라지는 바퀴의 울림은 점점 사이가 멀어지고, 마침내는 몇 대인가의 뒤처진 수레가 느릿느릿 다가오는 정도였다. 수레의 울림과 울림 사이의 간격이 벌어짐에 따라 그 간격에는 점점 더 분명히 술렁임 비슷한 것이 충만해왔다. 은빛으로 밝은, 광활하고 거대한 암흑 속에서 흔들리는 술렁임. 그것은 오랫동안 기다려졌고 기대에 넘쳐 있던 것, 밤의 세계에서 찰랑거리고 술렁이면서 그러나 이미 다가오는 아침의 부름을 받아 물결치는 바다였다. 아마도, 오오, 아마도 그는 착각에 빠져 있었으리라. 거의 깜짝 놀랄 정도였지만, 아마도 그의 귀는 그를 속이고 있었으리라. 그는 다만 다시 한 번 자기기만에 빠지려했으리라. 어쩌면 이것은 단순한 동경에 지나지 않았다. 단순한 마음의 동경, 바다에의 동경. 그 술렁임의 한가운데에 구원의 목소리가 울려 퍼지고 그 목소리와 말을 주고받을 수만 있다면, 술렁임의 힘에 의해 그 목소리가 흔들림 없는 것이 된다면, 자연의 위력에 의해 그 고지가 흔들림 없는 것이 된다면 하고 바라는 동경—하지만 그렇지가 않았다. 오오, 그렇지는 않았다. 이것은 바다였다. 트리톤*이 지배하는 무변광대한 바다의 현실이었다. 그리고 목소리에 의해 계시된, 말로는 다할 수 없는 침묵의 행위가 달빛을 받은 은빛 소요 속에서 흔들리고 있었다. 밀려와서는 부서지는 숱한 파도 속에 사슬을 벗어난 하층의 존재와 해방된 상층의 존재 속에, 암흑 속에, 밤의 소멸의 단서가 되는 빛의 얇은 깁 속에, 희미해지기 시작한 별빛 속에 그것은 흔들리고 있었다. 아니, 그것뿐이 아니었다. 그것뿐이 아니라 다시—목소리로 충만해진 채, 해원(海原)은 귀를 기울이고 있었다. 모든 바다와 별이, 암흑이, 모든 인간이, 잠을 자는 자도 깨어 있는 자도 한결같이 귀를 기울이고 있었다. 모든 세계가 귀를 기울이고 있었다. 스스로를 충만시키는 일체로부터 스스로의 목소리를 들으려고 귀를 기울이며 기다리고 있었다. 자연은 자연으로 다가가서 결합되고, 그리고 그 결합에서 사랑이 태어난다. 악은 아직도 존재하고 있었는가? 심판은 이미 내려졌는가? 그와 더불어 악은 제거되고 말았는가? 만유에 용해된 목소리는 아무런 대답도 하지 않았다. 마치 대답은 밤이 지샌 뒤에 비로소 내려지는 듯, 지금은 모든 것이 태양을 기다리는 기대인 듯, 그 기대 외에는 지금은 아무것도 허용될 수 없다는 듯, 밤은 그 종착점의 주위에 응집되어 있었다.

*그리스 신화의 바다의 신. 포세이돈의 아들이다.

오로지 종착점을 지향하면서 그 밤의 컴컴함은 유연한 감촉을 상실해갔다. 창 저쪽의 별빛도 녹색으로 물들기 시작했다. 공기의 빛깔은 암흑 속에서 꼼짝도 하지 않았으나, 꼼짝도 하지 않는 채 그림자 속에서 갖가지 사물을 차례로 찾아내고 있었다. 창문 쪽에서부터 한 치 또 한 치, 방은 방이 되기 시작했고, 벽은 다시 벽이 되기 시작했다. 창밖에 남은 별빛을 받아 그 앞의 촛대가 마치 잎이 떨어진 나무처럼 그 가지에 여전히 밤의 흔적을 남긴 채 우뚝 서 있었다. 그리고 들창가의 안락의자 위에는 아직도 희미한 대로 그 형체를 알 수 있을 만큼은 분명히, 앉은 채 잠이 들어 있는 소년의 모습이 보였다! 의자 위에 다리를 끌어 올려 얼굴을 손에 묻은 채 그는 잠들어 있었다. 검은 머리칼이 그림자를 만들고, 감은 눈꺼풀 그늘에 숨어 그 밝은 눈은 보이지 않았다. 그러나 그가 귀를 기울이고 있는 모습, 잠 속에서 스스로에게 이르는 그 말에 귀를 기울이고 있는 모습은 역력히 알아볼 수 있었다. 스스로 고뇌하면서 고뇌로부터 풀려나고, 스스로는 의지할 곳도 없으면서 조력의 손을 뻗치고, 욕구하면서 무욕의 경지로 들어가는 갈망을 모르는 사랑, 지상에 태어난 인간에게 깃든 아직 태어나지 않은 천사, 잠을 자고 있는 인간, 오오, 임종의 시간에 이르기까지 잠 속에 있는 자를 저쪽으로 싣고 가면서 사라져가는 밤이여. 아득히 먼 곳으로, 한없는 그 가지에 싣고, 깃털로 감싸고, 한없는 그 팔에 가슴에 품으면서, 잠자는 자를 싣고 가는 밤이여. 밤의 거대한 궁륭은 다시 한 번 그의 앞에 걸쳐져 있었다. 붉은빛을 띤 지옥의 독기와 시끄러움과 함께 창문 앞에 응고하고, 우뚝 솟아서 일체의 죽음의 분화구로 변하고, 일체의 죽음의 찡그린 얼굴과 죽음의 울부짖음과 더불어 참혹하기 그지없는 허무의 공간으로 전락하고, 그러면서도 일러주는 목소리의 부드럽게 명령하는 듯한 부름 소리에 다시 건져진다. 이윽고 종소리처럼 희미하게 사라지면서 은밀히 스며드는 아침의 빛 속에서 방울지고, 빛에 스며들면서 빛과 함께 용해되어 어스름이 되고, 어스름 속에서 아련하게 흐려져갔다. 이 창문은 아까 그 행위를 지켜보던 그것과 동일한 창문인가? 무상한 존재는 울려 퍼지다가는 울림을 그치고, 펼쳐지다가는 다시 뒤집혀서 항구적인 존재로 변하고 있었다. 그의 앞에 피어오르는 한낮의 무상, 그는 이미 기대의 눈을 아득히 던지지는 않았다. 그의 눈은 열린 채 막막하게 흐려져 있었다. 눈물 아닌 눈물에 가려서 흐려져 있었다. 이 몽롱한 안개를 통해서 그는 생소한 시선 속에서 태어나는 하루를 포착했다. 어스름의 그 빛깔 아닌 빛깔이 창밖 집들의 지붕에 차츰 두텁게 겹쳐지는 모습을 이상한 감동을 받으면서 바라보고 있었다. 바라보고 있었다고는 하지만 그것은 이미 바라보고 있는 것은 아니었다. 본다기보다는 더듬는 것이었다. 그리고 이 더듬음 속에서 더듬음과 함께 하루가 태어나면서 그 새로운 빛이 고스란히 그의 소유로 돌아오고 있었다. 이른 새벽의 기운이 고조되면서 그것은 점점 더 순수해지는 향기와 함께 더할 수 없이 선명하고 맑은 회색빛과 함께 그를 향해서 떠돌며 밀려왔다. 그 빛을 꿰뚫고, 그러나 그것과 하나로 용해되지는 않으면서, 아침의 첫 아궁이 불에서 실처럼 가늘고 매운 연기가 피어오르고 있었다―그것은 이른 새벽녘의 싱그러운 날카로움 속에 바다의 은빛 숨결과 함께 밀려왔다. 은빛 술렁임 속에 변덕스럽게 솟아오르고, 싸늘하게 젖은 기슭의 최초의 반짝임에서 피어오르는 소금기를 품은 바다의 숨결, 해변은 모래도 바위도 빛을 발산하면서 아침의 은빛 파도에 씻겨 제물을 맞을 준비를 갖추고 있었다. 이른 새벽녘의 기운이 그에게로 밀려와서 펼쳐지면서, 스스로를 펼치고, 자연으로 변하고, 다시 시작되는 창조로 변하고 있었다. 그리고 이 펼쳐지는 힘을 받아들여 그 속에 안기면서, 그는 자신이 차분하게 흘러가는 이 전개의 도도한 조수에 떠받들린 것처럼 멀리멀리 실려 가는 것을 느꼈다. 술렁이는 영위의 숨결에 감싸여 있음은 마치 차가운 날개 위에 있는 듯했고, 하나의 거대한 호흡 속에 숨어 있는 듯했고, 그러면서도 지상의 안식에 파묻혀서 월계수 수풀의 그늘 짙은 입김 속에서 쉬고 있는 듯했고, 어두운 비와 밝은 이슬로 가득 찬 상쾌한 비가 한차례 지나간 뒤 숨 쉬고 있는 듯했다. 이리하여 그는 아주 멀리로 실려 갔다. 그리고 여로가 끝나는 곳, 황금의 들판의 결실이 물결치는 온화한 상륙지, 보리 이삭이 바람에 나부끼고, 덤불숲에 포도송이가 주렁거리고, 사자와 소가 함께 어울려서 쉬는 곳, 그곳에 한 천사가 그의 앞에 서 있었다. 천사라기보다는 오히려 한 소년, 그럼에도 불구하고 역시 9월 아침의 차가운 날개로 몸을 감싸고, 검은 머리칼을 말아서 늘어뜨리고, 귀여운 눈동자를 빛내고 있는 한 천사였다. 그 목소리는 알려주는 영위로서 상징적으로 만유를 넘치게 하는 목소리와는 달랐다. 아니 그것은 오히려 그 알려주는 영위 위에 떠도는 상징적인 원래 모습의 아득하기 그지없는 반향이었다. 천사가 말하는 목소리는 한없이 희미했고, 그러면서도 청동처럼 단단하고 엄격한 영겁의 그림자였다. "한때 존재했고, 지금 다시 찾아온 창조 속으로 들어서라. 그러나 그대는 베르길리우스라고 불리는 것이 좋다. 그대의 시대가 도래했도다!" 부드러움 속에서도 두려움을 띠고, 슬픔 속에서도 위안을 띠고, 동경 속에서도 근접할 수 없는 위엄을 띠고 천사가 그에게 말했다. 이러한 말을 그는 천사의 입으로부터 들었다. 그 지상적인 소박함에도 불구하고 말 속에 있는 말로서 그것을 들었다. 그리고 이 말을 들으면서 이름을 불리우고, 그 이름을 스스로의 것으로 만들면서, 그는 다시 한 번 기슭에서 기슭으로 펼쳐지며 물결치는 들판을 보았다. 끝없는 결실의 물결, 끝없는 해원의 물결, 그 모두가, 비스듬히 내리쬐는 이른 아침의 차가운 빛을 받아 가까운 주변이나 아득한 저쪽까지 차가운 광채에 휩싸였다—그는 이런 풍경을 보았다. 그러자 거기에 이어 모든 것을 인식하면서 아무것도 인식하지 못하고, 모든 것을 알고 있으면서 무엇 한 가지도 모르고, 모든 것을 느끼면서 아무것도 느끼지 못하는 상태의 감미로움이 찾아들고, 일체의 망각의 감미로움이 찾아들었다. 그리고 꿈도 없이 잠이 찾아들었다.

3부 흙―기대

잠에서 깨어났을 때는, 할 일을 게을리했다는 느낌을 떨칠 수가 없었다. 잠에 빠졌을 때와 마찬가지로 이 감정도 물론 매우 갑작스러운 것이었지만 일종의 느낌에 지나지 않았다. 누군가가 침대 곁에 있음을 느끼면서, 동시에 그 때문에 무엇인가가 이루어지지 않고 끝나버린 듯한 느낌이 들었다. 그 느낌이 한 걸음 더 전진하면서 그는 의식의 경계를 넘어섰다. 서둘러 새벽 해변에 나가 《아이네이스》를 불사르지 않으면 안 되었다. 이제는 이미 늦었다는 생각이 머리에 떠올랐다. 천사를 다시 만나게 되기를 바라면서 그는 잠 속으로 도망쳤다. 아까부터 줄곧 자신에게 쏟아지고 있는 누군가의 시선이, 사라진 천사의 시선은 아닌가 하는 그런 희망 비슷한 덧없는 생각에 사로잡혀 있었는지도 모른다. 물론 그런 일이 있을 까닭이 없었다. 자기 곁에 서 있는 존재의 생소함이 뼈저릴 만큼 생생하게 느껴졌다. 그리고 천사가 나타나리라는 한 가닥 희망을 아직 붙들고는 있었으나, 실은 그 존재를 쫓아낼 속셈으로 그는 반쯤 잠에 취한 척 물었다. "리사니아스인가?"

 대답은 왠지 분명하게 들리지 않았다. 그러나 리사니아스의 목소리와는 딴판이었다.

 가슴 속에서 한숨이 흘러나왔다. "리사니아스가 아니로군……. 나가주게."

 "베르길리우스님……." 주뼛거리는, 거의 애원하는 듯한 목소리가 들렸다.

 "나중에 보세……." 밤은 끝나서는 안 되는 것이었다. 그는 빛을 보고 싶지가 않았다.

 "친구 분들이 와 계십니다……. 다들 기다리고 계십니다……."
 어쩔 수가 없었다. 빛은 고통스러웠다. 가슴 속에서 기침이 금방이라도 터져 나올 듯했다. 따라서 입을 연다는 것은 위험했다.

 "내 친구들……? 누군데……?"

 "프로티우스 투카님과 루키우스 바리우스님이 로마로부터 문안을 드리러 오셨습니다……. 폐하를 뵙기 전에 베르길리우스님을 만나 뵈었으면 하십니다……."

 빛은 따가웠다. 남쪽 하늘에서 9월의 햇살이 강렬하게 쏟아져 내려 들창 구석을 온기로 가득 채우고 있었다. 9월의 아침 햇살과 따뜻함, 실내는 아직 빛이 스머들지 않음에도 불구하고 그 영향을 받고 있었다. 하지만 햇빛과 온기에도 멋쩍게 휑한 느낌이 들어 보기가 흉했다. 어두운 거울 같은 모자이크 문양의 바닥은 더러웠고, 꽃은 시들어 있었다. 어쩔 수 없는 필연이며 유혹이었다. 모든 것이 고통스러웠다. 고통스러워지기 시작했다. 친구들은 기다리게 할 수밖에 없었다. "다른 것은 몰라도 우선 몸을 깨끗이 해야지……. 좀 도와주게."
 그는 두 다리를 돌려 침대 아래로 늘어뜨린 채 등을 구부려 만 자세로 기침 발작과 싸우며 앉아 있었다. 발작이 또다시 고통스러울 만큼 격렬하게 엄습해왔다. 발열로 인한 피로감도 새로이 찾아왔다. 아래에 늘어뜨린 다리로부터 희미하게 밀려와 물결치는 띠처럼 전신으로 번지더니 마침내는 머리까지 올라와 현기증을 느끼게 했다. 나른한 피곤함 속에서 그는 느긋하고 지속적인 주의력으로 시선을 발가락 끝에 집중하고 있었다. 거기에서 열의 출처를 발견해내겠다는 듯이 물건을 붙들어 쥐는 듯한 발가락의 기계적인 움직임은 멈출 기색이 아니었다 ― 아아, 그렇다면 이것은 육체의 기관과 감각이 자유롭게 되었다는 뜻인가? 노예로부터 은밀한 암시를 받을 수는 없었지만, 그럼에도 그의 시선은 설명을 구하듯이 서 있는 노예 쪽을 헤매고 있었다. 거의 무의식적인, 아니 거의 자신의 뜻과는 상반된 시선의 물음은 말할 것도 없이 당장에 환멸을 맛보지 않으면 안 되었다. 동양인답게 좀 오만하고 속을 헤아릴 수 없는 가면과도 같은, 나이조차 불분명한 하인의 얼굴에는 답변이라고 할 만한 것은 아무것도 없었기 때문이다. 거기에 보이는 것은 다만 엄숙한 공손과 공손에 찬 엄숙함뿐이었다. 초조한 기색은 없었지만 서먹서먹한 태도로 주인이 자리에서 일어나 명령을 내리기를 이제나저제나 하고 기다리고 있었다. 그러나 그의 육체뿐 아니라 도처에 부조화가 드러난 지금, 일어서는 것은 그야말로 불가능했다. 세계의 부조화, 그것이 제거되기 전에는 손가락 하나도 움직일 수가 없었다. 부조화와 분열 상태 속에서 그는 일어나서도, 자신의 원고를 제물로 바치기 위해

해변으로 가서도 안 되었다. 제물이 충분한 권위를 가지려면 제물을 바치는 자도, 바쳐지는 제물도, 똑같이 완전무결한 것이 되지 않으면 안 된다. 게다가 초고의 두루마리가 아직도 고리짝 속에 그대로 있는지, 따라서 작품 전체가 소각의 운명을 기다리고 있는지, 아니면 밤사이 그 일부가 어딘가로 사라지지는 않았는지도 분명히 알 수가 없었다. 누가 그에 대해 대답할 수 있을 것인가? 고리짝의 뚜껑은 분명, 빈틈없이 견고하게 자물쇠로 잠겨 있었다. 한 번도 열린 일이 없다고 밖에 생각할 수 없었다. 그렇다면 누가 이 희생물에 감히 손을 대어 가죽끈을 풀려고 할 것인가? 조화를 잃은 육체, 그 사지, 조화를 잃은 세계—다시 한 번 통일을 희구할 수 있을 것인가? 그는 기다리고 있었다. 그리고 노예도 그와 더불어 기다리고 있었다. 두 사람 모두 초조한 기색은 보이지 않았다. 그러나 이윽고 꽤 거칠게 방문이 열리며 프로티우스 투카와 루키우스 바리우스가 성큼성큼 방 안으로 들어섰다. 기다리다 지쳤기 때문일까? 아마도 밖에서 그가 깨어난 기색을 엿들었으리라. 그는 다리를 침대 속으로 끌어들였다.

 방 안으로 들어서자마자 프로티우스는 언제나처럼 큰소리로 떠들썩하게 친밀감을 쏟아놓기 시작했다. "자네가 이곳에 누워 있다는 말을 듣고 밤을 새워서 마차를 타고 달려왔지. 그리고 마침 자네가 몰래 침대에서 도망치려는 참에 때맞춰 들어선 셈이군. 어쨌든 자네를 붙잡을 수가 있어서 천만다행이야. 도대체가 자네가 하는 일은 언제나……. 그건 그렇다 치고 몸은 좀 어떤가? 다행히도 꽤 기운이 있어 보이는군그래. 10년 전과 별로 변함이 없어. 자넨 정말 튼튼한 가죽 같은 인간이야……. 물론 아직 기침 발작이 일어나고 열도 날 테지, 그건 알고 있어……. 자네가 친구들하고 의논만 했더라면 누구도 자네가 이런 미치광이 같은 여행을 하도록 내버려두지 않았을 거야! 우리는 자네가 떠난 뒤에야 호라티우스한테서 얘기를 들었지. 자네도 그한테만은 여행 이야기를 고백했더군. 말하자면 그 친구라면 여행을 방해하지 않을 거라고 생각했겠지. 호라티우스는 자신의 시 외에는 아무것도 생각하지 않는 놈이야! 도대체 아테네에 무슨 볼일이 있었나? 물론 자네한테도 말하고 싶지 않은 일이 있을 테지. 어쨌든 늦기 전에 폐하가 자네를 붙잡아서 이곳에 데리고 오신 것은 실로 다행한 일일세……. 아우구스투스님은 언제나 변함없이 현명하셔. 그리고 자네는…… 그래, 자네는, 언제나 변함없이 무모하고……. 자네를 다시 높은 곳으로 끌어올리는 것이 우리 친구들의 의무일세!" 요란스러운 소리를 내면서 그는 커다란 몸뚱이를 안락의자 속에 쑤셔 박았다. 팔을 구부리고 주먹을 불끈 쥐어 마치 뱃사공이나 마부 같은 모습을 하고 앉아 있었다. 우락부락하고 기름진, 주근깨투성이 이중 턱의 불그레한 얼굴은 우정으로 빛나고 있었다.

한편 루키우스 바리우스는 미끈하게 흐르는 토가의 아름다운 주름이 구겨질까봐 절대로 의자에 앉지 않는 사람이었다. 지금도 여느 때와 마찬가지로 한쪽 손을 허리에 대고 다른 한쪽 손은 어떤 지시라도 내릴 듯이 직각으로 들어 올린 채 위용에 넘치는 그 야윈 몸을 곧추세우고 있었다. "우리들은 자네를 몹시 걱정하고 있었네, 베르길리우스."

아무리 죽음의 각오가 되어 있다고 하더라도 누구도 모면할 수 없는 병자의 불안이 눈을 떴다. "대체 내가 어떤 상태라고 들었나?" 그러고는 대답을 기다릴 새도 없이 오랫동안 두려워하던 기침 발작이 느닷없이 격렬하게 그를 뒤흔들었다.

"기침 할 만큼 하게나" 하고, 프로티우스가 기운을 돋우려는 듯 말하며 밤을 새운 여행으로 충혈된 눈을 비볐다. "아침에는 기침이 나게 마련이야."

루키우스의 말은 마음을 가라앉히기보다는 정직한 말이었다. "우리가 자네에 대해서 들은 최근의 정보는, 실은 일주일이나 전에 들은 것이지만…… 아우구스투스님이 마에케나스에게 보내신 편지를 통해서였네. 병중에 있는 자네를 만났으며, 자네를 고향으로 데리고 오시겠다고 적혀 있었어. 원로원에서는 오늘 생신 축전을 논의하기 위한 회의가 열려서 마에케나스가 마중을 나올 수가 없었네. 그래서 우리가 대신 그의 용건을 아우구스투스님에게 전하고 아울러 자네도 만나려고 생각했지……. 말하자면 대충 이렇게 된 곡절일세."

정직하기도 하고 그럴듯하기도 한 말이었다. 그러나 프로티우스가 말한 대로 '기침을 할 만큼 하는 것'이 마음을 가라앉히는 데는 더 효과가 있었다. "푸우" 하고 프로티우스가 숨을 토해냈다. "밤새 마차를 몰고 와 변변히 잠도 못 잤지. 말을 바꿀 때마다 깨어나야 했으니까……. 우리 일행만 해도 줄잡아 마차 40대였어. 하지만 그것뿐이라면 또 괜찮지. 어제부터 이곳에 온 마차의 수가 그야말로 100대도 넘는 것 같아……."

프로티우스는 농부의 짐수레를 타고 온 것일까? 그는 늙은 농부처럼 다부지고 인상 좋은 얼굴을 갖고 있었다. 그런 얼굴이 짐수레 위에 앉아 있는 모습을 상상하기는 쉬웠다. 아니, 상상하지 않을 수가 없었다. 고개를 건들거리며 턱을 가슴에 파묻고 끊임없이 코를 골고 있는 그의 모습을.

"그러고 보니 자네들 마차 소리가 들렸어……."

"그래서 겨우 이렇게 당도한 걸세" 하고 프로티우스는 대답하고 다시 배를 젓는 듯한 시늉을 했다.

"많은 마차가 지나가더군…… 굉장히 많은……."

"기침이 날 때는 말을 해서는 안 돼." 루키우스가 여행 때문에 구겨진 토가의 주름을 바로잡으면서 말했다. "말을 해서는 안 돼……. 언제나 의사가 주의시키던 것을 잊었나?"

아, 그렇지, 하긴 잊고 있지는 않았다. 확실히 루키우스의 의견은 거드름을 피우는 몸가짐에도 불구하고 성실하고 선의에 넘쳐 있었다. 하지만 그 몸짓을 보고 있노라면 언제나 그랬지만 거부감을 느끼지 않고서는 견딜 수가 없었다. "아무렇지도 않아. 폐하를 따라서 메가라*에 가지만 않았던들 병에 걸리지는 않았을 거야……. 제전이 벌어지는 동안 햇볕을 쬔 탓이지, 다만 그것뿐이야……."

이 긴 이야기에 대한 보답은 새로운 기침의 발작이었다. 입 속에서 피 맛이 느껴졌다.

"잠자코 있으래도" 하고 프로티우스가 만류했다.

그러나 그는 잠자코 있으려 하지 않았다. 프로티우스가 앉아 있는 데가 조금 전까지 소년이 자고 있던 안락의자라는 사실을 깨닫고부터는 더욱 그랬다. 당돌한 질문이 그의 입에서 튀어나왔다. "리사니아스는 어디에 있지?"

*그리스 아테네 서부의 작은 도시 이름.

"그리스식 이름이로군" 하면서 루키우스가 생각에 잠겼다. "누구 얘기지? 이 사내 말인가?" 하고 그는 문간으로 물러서서 여전히 꼼짝도 않고 그곳에서 기다리고 있는 노예를 가리켰다.

"아니⋯⋯ 그 사내가 아냐⋯⋯ 소년이야⋯⋯."

프로티우스가 귀를 기울였다. "자네가 그리스 소년을 데리고 왔다는 얘기로군⋯⋯. 그럼 정말로 대단한 병은 아니로군 그래⋯⋯. 놀랐는걸, 그리스 소년이라니!"

소년은, 소년은 사라지고 없었다. 그러나 술잔은 아직도 탁상에 있었다. 조각을 한 상아에 은을 입힌 술잔, 그 속에는 마시다가 남긴 술까지도 들어 있었다. "소년⋯⋯이 이곳에 있었는데."

"그럼 돌아오게 해야지⋯⋯. 부르면 될 테지, 이리로 오라고 하면 될 것 아냐!"

자취를 감춘 사람을 어떻게 부를 수가 있단 말인가? 또한 그는 지금 소년을 이곳에 오게 할 생각은 털끝만치도 없었다. "나는 그를 데리고 해변에 가지 않으면 안 돼⋯⋯."

"건조한 바닷가 모래 위에 몸을 던지고 나는 육체의 피로를 푼다네, 그때 잠은 사지를 노곤하게 흘러간다네" 하고 루키우스가 읊었는데, 물론 다음과 같은 말을 계속하기 위해서였다. "하지만 오늘은 안 돼, 베르길리우스. 그 즐거움은 완쾌한 날을 위해서 유보해 둬야 해⋯⋯."

"그렇고말고" 하고 들창께에서 프로티우스가 맞장구를 쳤다.

두 사람은 무슨 소리를 하고 있는 건가? 도무지 앞뒤가 안 맞는 소리뿐이었다. 그는 둘의 말을 거의 듣고 있지 않았다. "리사니아스는 어디에 있지?"

노예 쪽을 보면서 프로티우스가 명령했다. "소년을 데리고 오게."

"이곳 어디에도 소년은 없습니다."

지난밤, 그 문께에서 소년의 목소리가 그에게 말을 걸고 그에게 속삭였다. 그런데 지금은 노예가 그곳에 서 있었다. 가깝고도 아득한 소년의 목소리를 물리치기 위해 그는 노예가 보여준 조력에 감사하면서 그를 가까이에 불렀다. "이리 오게나. 일어나고 싶으니까."

"그대로 있어." 프로티우스가 단호하게 만류했다. "의사가 곧 올 걸세. 그러면 자네를 침대에 누워 있게 할 것이 틀림없어. 무리를 하면 몸에 해로울 뿐이야…… 우리에게 소년을 보이지 않으려고 나갈 일이 있는 듯이 꾸며봤자 소용없어."

이 노예는 어쩌면 소년의 대리인이 아닐까? 제물로 바칠 물건을 해변으로 운반하기에 알맞은 억센 동료를 소년이 이곳으로 보낸 것이 아닐까? "고리짝을 들어주게" 하고 말하는 자신의 목소리를 그는 들었다. 스스로의 목소리에 놀라면서, 순간 친구들 쪽을 슬쩍 돌아보며 이 말이 어떤 충격을 주었는지 확인하고자 했다.

확실히 충격은 있었다. 저 둔한 프로티우스가 문자 그대로 의자에서 튕기듯 일어났고, 침대에 좀 더 가까이 있던 루키우스는 바로 곁에까지 다가와서는 마치 의사처럼 맥을 짚으려 했다. "자네는 열이 있어, 베르길리우스. 가만히 누워 있게나."

프로티우스가 노예에게 지시했다. "의사는 어떻게 됐는지 알아봐…… 빨리……."

"의사는 필요 없어." 이 말 또한 자신의 의지와는 상관없이 입에서 튀어나왔다.
 "필요한지 어떤지 그건 자네가 정할 일이 아니야."
 "나는 이제 얼마 못 살아."
 침묵이 흘렀다. 자기가 진실을 얘기했다는 사실을 그도 알고 있었다. 그러나 기묘할 만큼 평온한 기분이었다. 어쩌면 오늘 밤도 넘기지 못하리라는 사실을 스스로도 알고 있었다. 그러면서도 무한히 풍부한 시간을 눈앞에 두고 있는 것처럼 느긋하고 차분한 기분이었다. 진실을 말해버렸다는 데에 그는 만족했다.
 이제야 두 사람도 사태가 심상치 않음을 깨달은 모양이었다. 그러한 기색이 느껴졌다. 꽤 시간이 흐른 뒤, 프로티우스가 간신히 다시 입을 열었다. "경솔한 말은 하지 말게, 베르길리우스. 자네는 우리 두 사람과 마찬가지로 아직 죽음 따위와는 인연이 없어……. 자네가 그런다면 대체 나는 뭐라고 해야 좋지? 자네보다 열 살이나 연상이고, 게다가 뇌졸증의 기미까지 있는 나는 말이야……."
 루키우스는 아무 말도 하지 않았다. 그는 침대 곁 의자에 앉아서 잠자코 있었다. 의자에 앉을 때 평소처럼 토가의 주름을 손가락으로 펴지 않은 것이 몹시 마음에 걸렸다.
 "나는 죽을 거야, 어쩌면 오늘 안으로라도……. 하지만 그 전에 《아이네이스》를 불태우고 싶네……."
 "당치도 않은 소리!" 뱃속에서부터 치밀어 오르는 고함 소리, 그 목소리의 주인은 루키우스였다.
 그리고 다시 침묵이 흘렀다. 실내에는 9월의 고요와 밝음이 넘쳤다. 한 사람의 기수(騎手)가, 어쩌면 황제의 사자인 듯한 사람이 바깥 거리를 말을 타고 달려갔다. 말발굽 소리가 포석 위로 높이 울렸으나, 이윽고 그 네 박자는 아득한 거리의 술렁임 속으로 사라져갔다. 어디에선가 뭐라고 외치는 여자의 목소리가 들렸다. 어린애의 이름을 부르고 있는 것 같았다.

프로티우스는 토가 자락을 끌면서 육중하게 성큼성큼 방 안을 왔다 갔다 하기 시작했다. 갑자기 그는 둑이 무너진 듯이 큰소리를 질렀다. "죽고 싶다면 그건 자네의 자유야. 우리로서는 어떻게도 할 수가 없어. 하지만 《아이네이스》는 이제 와서는 절대 자네 개인만의 문제가 아니야. 어리석은 생각은 버려……." 불룩 솟은 비곗살 때문에 작아진 눈 속에는 거친 빛이 번뜩이고 있었다.

프로티우스가 이처럼 사나운 태도를 취한 것은 묘한 일이었다. 왜냐하면 예전부터 그와는 설사 두 사람 다 전폭적으로 신뢰하고 있지는 않았다 하더라도 어쨌든 어떤 종류의 묵계가 성립되어 있었기 때문이다. 몇 시간 동안이나 그와 단둘이서 나누는 수확이나 가축에 대한 이야기 쪽이, 예술이나 학문을 화제로 삼는 모든 대화—그것은 루키우스나 마에케나스, 그 밖의 많은 동료와 나눌 때의 화제였지만—보다도 훨씬 더 소중하다는 묵계가 성립되어 있었다. 프로티우스가 지금 《아이네이스》를 불태울 것인가 어쩔 것인가 하는 문제를 이렇게까지 중요시하는 것은 분명히 그 묵계에 어긋나는 행동이었다. 부농(富農) 프로티우스 투카라는 한 인물로서 상징되는 한 조각 양심에 어긋나는 행위였다. 이 사실을 잠자코 지나칠 수는 없었다. "세계는 몇 조각의 시에 의해서 부유해지는 것도 아니고 가난해지는 것도 아니야. 그 점에 대해서 우리는 언제나 같은 의견을 가지고 있었을 텐데. 안 그래, 프로티우스?"

루키우스는 엄숙한 표정으로 고개를 흔들었다. "《아이네이스》를 몇 조각의 시라고 부를 수는 없어."

"그럼 뭘까?"

그러자 프로티우스가 웃었다. 그야말로 꾸민 웃음이었지만 어쨌든 웃음임에는 틀림없었다. "겸손의 미덕으로 찬양을 우려내려는 행위는 예로부터 시인의 악습이야, 베르길리우스. 예로부터의 악습에 빠져 있는 한, 시인에게는 아무것도 무서운 것이 없겠지."

루키우스가 말을 덧붙였다. "자네 진정으로 한 번 더 듣고 싶은가? 자기 자신이 가장 잘 알고 있을 게 아닌가? 로마의 위대함은 자네 시의 위대함과 이미 끊으려야 끊을 수 없게 되었다는 사실을 말야."

불만 비슷한 감정이 솟구치더니 점점 더 강해졌다. 한 소년이 이해한 사실을 이 두 사람은 전혀 이해하지 못하고 있다. 그러나 그렇게 하리라고 작정한 결심을 바꿀 수 없는 이상, 이것을 그들에게 분명히 깨우쳐줄 수밖에는 없었다. "비현실적인 것은 뒤에 남겨져서는 안 돼."

침착하게 가라앉은 목소리로 씹어 삼키듯이 그는 이렇게 말했다. 그러자 루키우스도 무엇이 문제인지 깨달은 듯했다. "그렇다면, 자네 생각에는 《일리아스》나 《오디세이아》도 비현실적이라는 얘기가 되는 건가? 오오, 신과도 같은 호메로스여! 그리고 아이스킬로스는 어때? 에우리피데스는? 이 모든 것이 현실이 아니란 말인가? 영원한 현실성을 갖춘 이름과 작품을 얼마나 더 열거하면 자네의 마음이 개운하겠나?"

"가령 루키우스 바리우스라는 분의 작품인 〈티에스테스〉*라든가 〈카이사르 이야기〉라든가 말일세." 프로티우스도 한마디 하지 않고는 배길 수가 없었다. 그의 웃음은 다시 풍채 좋은 호인의 웃음으로 되돌아가 있었다.

아픈 데를 찔린 루키우스는 하는 수 없다는 듯이 쓴웃음을 지었다. "〈티에스테스〉가 17회나 상연되었다고 해서 그것이 작품의 영원성을 보증하는 것은 아닐지도 몰라, 하지만……."

"……하지만 〈트로이의 여자〉**보다는 수명이 길거야……. 자네도 그렇게 생각하지 않나, 베르길리우스? ……아아 웃고 있군, 자네가 아직도 웃을 수 있다니 기쁘네."

그렇다, 그는 웃고 있었다. 물론 제대로 웃을 수는 없었다. 그러기에는 가슴의 통증이 너무 심했다. 뿐만 아니라 이 웃음이 루키우스의 곤혹에 편승한 것이라는 것, 루키우스가 《아이네이스》의 영원성을 옹호하려 하고 있었는데도 그것을 생각지 못하고 터져 나온 웃음이라는 데에 그는 쑥스러움조차 느꼈다. 그런 이유에서 진지한 이야기로 되돌아갈 필요가 있었다. "호메로스는 신들의 고지자였어. 그는 신들과 더불어 결코 현실성을 잃는 일은 없을 걸세."

자기에게 향해졌던 웃음에도 언짢아하는 기색 없이 루키우스가 대답했다. "그리고 자네는 로마의 고지자야. 로마와 더불어 자네 역시 현실성을 잃는 일이 없을 거야. 자네는 로마가 있는 한…… 영원할 거야."

---

*기원전 20년 악티움의 승리 기념일에 초연된 루키우스의 대표적 비극.
**에우리피데스의 비극.

영원? 그는 손가락에서 반지를 느꼈고, 스스로의 육체를 느꼈고, 과거를 느꼈다. "아니" 하고 그가 대답했다. "지상의 것은 어느 것 하나 영원하지 못해. 설사 로마라 하더라도."

"자네 자신이 로마를 신과 같은 존재로 높이지 않았나."

그렇게 말할 수도 있겠지만 그러나 그것은 잘못이었다. 루키우스는 무슨 말을 하고 있는가? 이것은 마에케나스의 저택 연회석상에서 오가는 대화와 마찬가지가 아닌가? 현실 위를 미끄러져 가면서도 결코 현실을 건드리지 못하는 말이 아닌가? 주변이 어두워지는 것을 느끼면서 그는 말했다. "지상에 있어서는 그 무엇도 신과 같을 수는 없어. 나는 로마를 장식했어. 그러나 그러한 내 작업은 마에케나스의 정원에 서 있는 조각 이상의 가치를 지니지는 못해……. 로마는 예술가의 은혜로 살아가는 것이 아니야……. 조각은 언젠가는 무너질 거야. 그리고 《아이네이스》는 불 속에 내던져질 것이고……."

아직도 흥에 겨워 웃음을 거두지 못하던 프로티우스가 서성거리던 동작을 멈추었다. "예술가 제군들이 최근에 얼마나 많은 예술 작품을 날조해왔는가를 생각해보면 자네는 앞으로 몇 년이나 걸릴지 모를 멋진 대청소를 준비한 셈이네……. 불태우거나 뒤집어엎어야 할 것이 정말 얼마나 많은지……. 자네가 계획하고 있는 일은 그야말로 헤라클레스적인 대사업이야……."

대청소라는 이미지가 문득 루키우스를 유쾌하게 만들었다. 위엄을 간직한 문인의 얼굴이 무너지면서 즐거운 주름이 만면에 번졌다. 당장에는 대화를 계속해나가기 어려울 만큼, 모든 서적을 불태워버린다는 상상이 그를 유쾌하게 만든 것이었다.

"소시우스 형제가 호라티우스로부터 《세기의 노래》의 출판권을 얻었어. 만일 자네가 호라티우스의 작품도 불태워버릴 생각이라면 소시우스는 막대한 손해를 보게 되네……. 물론 호라티우스도 예외라고 할 수는 없을 테니까 말일세……."

"내가 아테네로 여행을 떠날 때 호라티우스는 고별의 시를 배에까지 보내주었어."

"바로 그거야" 하고 프로티우스가 아주 기분이 좋아져서 루키우스에게 동조했다. 그렇게 해서 죽음의 목소리를 지워버리기라도 하려는 듯했다. "바로 그거야, 그것이 그의 죄야. 그렇기 때문에 그의 약강격(弱强格) 시편이나 송시나 지금까지 써댄 모든 것이 어쩔 수 없는 운명에 따를 수밖에 없는 거야……."

대체 어쩌자고 호라티우스는 저 아름다운 축복의 시를 배에까지 보내주었던 것일까? 《아이네이스》에 대한 질투를 그것으로 가라앉히려 했던 것일까? 질투심 많은 친구, 그러나 친구임에는 틀림이 없었다.

루키우스가 말했다. "선집(選集)의 편찬을 나한테 맡겨주게. 그러면 호라티우스는 화형에서 면제해주지. 그는 정말 재능이 있으니까 말야……. 하지만 평범한 것은 일체 용납 안 할 생각일세. 별로 재능도 없으면서 출세해 가지고 제 세상 만난 듯이 우쭐대는 것은 모조리…… 아아, 이 무슨 퇴폐인가, 이 무슨 말세인가! 웅변도 없고, 극장도 없고, 예술도 없고……. 확실히 우리는 말세의 인간들이야, 뒤를 따를 자는 이제 아무도 없어……. 그러니까 대청소가 필요한 거야, 무서운 일이 벌어지겠는걸!" 새삼스러운 홍소가 그를 사로잡았다.

"죽음의 궁륭에 메아리치는 웃음이여, 그때 죽음은 바위로 변하여 번쩍이는 바다로 내려가도다."

루키우스는 깜짝 놀랐다. "멋진 구절이야, 베르길리우스. 계속해서 읊어줘, 아니 그보다도 적어주게, 제발."

어떤 헤아릴 수 없는 심연에서 이 한 구절은 떠올랐는가? 어디에서 태어났는가? 그러나 어쨌든 그 구절은 그 자신의 마음에도 들었다. 루키우스가 인정해준 사실은 기뻤다. 물론 시의 아름다움이 찬미를 받는 것은 허용될 수 없는 일이었지만. 그렇다, 중요한 것은 아름다움 그 자체가 아니었다. 뭔가 전혀 다른 것, 보다 큰 것, 바로 그것이 참으로 찬양받을 만하고 찬양을 바라고 있다. 오오, 이제야말로 그는 알았다, 이제 비로소 안 것이다! 진정으로 공감할 수 있는 것은 언제나 다만 시가 뜻하는 것, 시의 배후에 고조되는 도달하기 힘든 완전한 현실뿐이다. 하나의 말이 그 핵심에 접근하고, 그 돌처럼 매끄러운 표면에서 튕겨 나오지 않을 때에만 현실은 그 귀중한 속을 열어 보인다. 시를 다만 시 그 자체로서, 그것이 뜻하는 현실은 거들떠보지도 않고 찬양하는 자는, 낳는 힘을 태어난 결과와 혼동하고 있는 셈이다. 의식을 했든 못했든 간에 그는 현실을 부인하고 현실을 파멸시키는 서약을 위반한 죄를 함께 지게 되어 모든 파약자와 공범자가 된다. 오오, 무서운 현실의 바위산, 어떤 침략도 시도도 완강하게 거부하고, 고작 손으로 쓰다듬는 정도만 허용할 뿐인 난공불락의 바위산이여. 오오, 가공할 현실의 바위여, 길도 없는 그 매끄러운 표면에 달라붙어 끊임없이 전락의 위험에 위협받으면서, 인간은 다만 거기를 기어서 지나갈 수밖에 없다. 루키우스는 전락이 무엇인지를 전혀 몰랐다. 그에게 있어서는 표면이 이미 현실이었다. 오오, 무섭게 깎

아지른 듯이 솟아 있고, 그러면서도 한없이 깊이 함몰하여 꿰뚫을 수 없이 매끄럽고, 그러면서도 그 본질을 열어 보이고 있는 현실의 바위산이여. 전락하는 자는 넙죽 입을 벌린 나락의 밑바닥으로 빠져 들어가게 된다.

프로티우스는 휴식하고 있는 사공처럼 팔을 흔들었다. "좋아, 그렇다면 호라티우스의 작품은 화형에서 면제시키고 시작(詩作)을 계속하도록 허용하지……. 그런데 이것 봐, 설사 작품 모두가 태워져도 자네는 여전히 작업을 하겠지? 시작을 계속하겠지?"

호라티우스! 그렇다, 그는 병사로서 로마를 위해 싸웠다. 로마의 현실을 위해서 스스로를 희생했다. 바로 그렇기 때문에 그의 시에서는 놀라운 솔직성이 끊임없이 발현된다. 프로티우스조차도 그 사실을 몰랐다. 그마저도 시인은 결코 봉사의 영위에서 벗어날 수 없다는 사실을 몰랐다.

"오오, 프로티우스. 봉사의 작업이야, 그 현실성이야……. 그것 없이는 시도 존재할 수가 없네."

"《아이네이스》가 존재하지." 확증한다는 듯이 루키우스가 말했다. 프로티우스는 그 말에 다만 끄덕거렸을 뿐이다.

아이스킬로스는 중장병(重裝兵)으로서 마라톤과 살라미스에서 싸웠다. 푸블리우스 베르길리우스 마로는 그 무엇을 위해서도 싸우지 않았다.

그러나 따뜻이 기운을 돋워주려는 듯 프로티우스는 자신의 의견을 계속 늘어놓았다. "게다가 자네가 시작을 계속하지 않으면 안 될 이유가 있어. 《아이네이스》를 불태우기 전에 우선 완성시킬 필요가 있으니까……. 미완성의 것을 불사르는 법은 없네. 이삼 개월, 아니 이삼 주만 있으면 자네는 그 일을 간단하게 끝낼 수 있을 터야……. 죽음을 서두르고 있는지는 모르겠지만 어쨌든 그때까지는 살아 있지 않으면 안 돼."

완성시켜? 완성? 그가 진실로 완성했다고 할 수 있는 것은 하나도 없었다. 살루스티우스가 쓴 참된 로마의 역사에 비하면 《아이네이스》에 어느 정도의 의미가 있는가? 하물며 리비우스가 바야흐로 그 집필에 착수한 거대한 로마사와는 비교조차 할 수 없다. 모든 학자 중에서도 가장 박식한, 존경할 만한 테렌티우스 바로가 로마의 농업에 가져다준 참된 지식에 비하면 자신의 《농경시》에 어느 정도의 의미가 있을까? 그런 진정한 업적에 비하면 그가 무슨 완성을 이루겠는가. 그가 지금까지 무엇을 썼다 하더라도, 또 앞으로 무엇을 쓴다 하더라도, 모든 것은 미완의 운명을 짊어지고 있는 것이다! 말할 것도 없이 테렌티우스 바로는, 가이우스 살루스티우스는 일체의 가혹한 현실 속에서 로마제국에 참된 봉사를 해왔다. 푸블리우스 베르길리우스 마로는 일찍이 누구에게도 봉사한 일이 없다.

이야기의 결말을 지으려는 듯이 프로티우스가 딱 부러지게 말했다. "오오, 베르길리우스, 자네는 《아이네이스》를 가까스로 쓸 수는 있었어. 이럭저럭 그것을 해낼 만한 힘이 자네에게 있었어. 하지만 자네가 이 작품의 뜻을 이해한다고 생각하면 그건 잘못이야. 자네는 이 시의 현실에 대해서, 베르길리우스라는 사내의 현실에 대해서 아무것도 몰라. 어느 쪽이건, 자네는 사람들을 통해서 듣고 알 뿐이야." 두 손을 배 위에서 깍지 끼고, 그는 또다시 창을 바라보며 안락의자에 주저앉았다.

베르길리우스라는 사내! 그렇다, 그 사내가 여기에 누워 있었다. 그것이 그의 현실이며 다른 것은 아무것도 없었다. 또한 마에케나스나 아시니우스 폴리오나 아우구스투스로부터 선물을 받고 녹을 받으며 부양되어온 것이 지금까지의 그의 현실이었다. 로마를 위해서 싸운 그들, 로마에 봉사하고, 스스로의 존재와 스스로가 맡은 일에 의해서 로마의 현실을 구축했고, 현재도 구축하고 있는 그들이 그 작업을 단장하는 겉치레일 뿐인 장식을 위해서 그에게 보수를 주었다. 그러면서도 자기들이 사들이고 있는 것이 단순한 잡동사니에 지나지 않는다는 사실조차 모르고 있다. 푸블리우스 베르길리우스 마로의 현실은 이러한 모습이었다. 그가 말했다. "나는 《아이네이스》를 완성하지 않을 걸세."

그러자 루키우스가 미소를 지었다. "누구 다른 사람이 자네를 대신해서 완성해주었으면, 하는 생각이라도 갖고 있는 건가?"

"아니!" 하고 그가 외쳤다. 루키우스가 그 일을 자청하고 나서지는 않을까 하는 불안에 거의 마음이 혼란해지면서.

루키우스의 미소가 점점 더 짙어졌다. "나도 그러리라고 생각했어……. 그렇기 때문에 자네는, 자네가 우리에 대해, 예술에 대해, 어떤 부채를 짊어지고 있는지 스스로도 잘 알고 있을 게 아닌가."

부채를 짊어져? 그래! 그는 부채를 짊어지고 있었다. 부채를 모면할 수는 없었다. 저 길 아래 빈민가를 지날 때 마주친 여자들까지도 그의 부채에 대해 알고 있었다. 그렇다, 그는 삶에 대해서 자신의 육신을 대가로 바치지 않으면 안 되었다. 그럼에도 불구하고 이제는 이미 그 대가의 지불조차 불가능하게 되었다. 시선이 미치지 못하는 막막한 저쪽 바다를 바라보았다. 바다는 아득히 하늘까지 뻗치며 파랗게 빛나 마치 태양을 이고 있는 용해된 바위와도 같았다. 골고루 빛으로 가득 찬 그 거대한 심연의 바다는 산에 뚫린 궁륭과 흡사했다. 일체의 현실을 삼키고 뱉는 수용과 생산의 궁륭, 밤낮을 가리지 않고 청동의 함성으로 가득 찬 궁륭, 그 함성 속에서 울려 퍼져 메아리치는 상징을 그는 들었다. 메아리쳐 울려 퍼지는 일체의 현실의 상징을 들었다. "내가 쓴 것은 현실의 불에 태워버리지 않으면 안 돼." 그가 말했다.

"언제부터 자네는 현실과 진실 사이에 선을 긋게 되었나?" 하고 루키우스가 끼어들더니 언제나처럼 토론을 벌이려는 자세를 취하면서, 조금 자세를 가다듬고 다시 설교를 시작하려고 했다. "에피쿠로스는 이렇게 말하고 있네……."

프로티우스가 가로막았다. "에피쿠로스는 하고 싶은 말을 하게 내버려둬. 우리 두 사람의 관심사는 《아이네이스》가 현실에서 불태워져서는 안 된다는 사실이야."

하지만 루키우스는 깨끗이 물러서려고 하지 않았다. "아름다움과 진실은 어디까지나 현실과 일체거든……."

"바로 그렇기 때문이야." 프로티우스가 부드럽게 장단을 맞추었다.

오전의 광선은 강해지고, 창문에서 보이는 하늘은 감청색의 빛을 더하고, 창문 앞 촛대의 가지는 점점 더 새카매졌다. 프로티우스는 일어서지 않고 의자에 앉은 채로 몇 번인가 몸을 추슬러서 햇볕이 쏟아지는 들창을 피해 그늘진 서늘한 실내의 한쪽 구석으로 몸을 비꼈다. 어째서 두 사람은 참된 현실을 이해하려 하지 않는 건가? 30년 전부터 깊은 우정을 맺어온 이 두 사람은 그에게 서먹서먹한 인상을 주기 위해 일부러 여기까지 찾아온 것인가? 마치 날카로운 빛이 점점 날카로움을 더하면서 존재의 여러 영역을 꿰뚫고 지나가는 듯, 존재의 표면과 존재의 현실이 점점 더 뚜렷이 격리되는 것 같았다. 누구도 참된 현실을 찾고 있지 않다는 사실은 그야말로 불가해하기 짝이 없는 노릇이었다. 프로티우스는 이 물음에 대답하지 않으면 안 된다. 세상에 참여하여 유능한 활동을 보였고 그 속에서 높은 비중을 차지한 프로티우스의 성숙한 성격, 그것은 벌써부터 매우 믿음직한 위압감을 주고 있어서 그 그늘에 있노라면 마치 갓난아기 때부터 지금까지 계속되는 무한한 안식 같은 것이 느껴질 정도였다. 프로티우스의 무뚝뚝하면서도 다정한, 은밀한 따뜻함은 사람을 거역할 수 없게 지상의 사물에다 연결시키고, 압도적인 쾌유에의 용기를 불어넣는 안식과도 같았다. 그렇다, 프로티우스는 대답하지 않으면 안 된다. 하지만 그 자신은 그렇게 생각하지 않는 듯했다. 어느 정도 마음에 걸리는 표정이기는 했으나 느긋하게 앉은 자세 그대로였다. 엄지손가락과 엄지손가락을 깍지 끼고 때때로 걱정스러운 시선을 보내고 있을 뿐이었다. 그리고—오래전부터의 일이었지만—밀려드는 나이의 물결에 따라 불룩하게 부풀어 오른 선량한 그의 얼굴에서 옛 청년의 면모를 찾아내는 일은 거의 불가능했다.

한편 루키우스는 계속 열변을 토하고 있었다. "루크레티우스는 자네도 우리와 마찬가지로 존경하는 시인이었지? 베르길리우스, 자네 못지않게 위대한, 그래, 자네보다 위대하다고는 할 수 없지만, 이 루크레티우스는 현실의 법칙을 포착했어. 그리고 그 법칙을 노래한 그의 시 〈만물의 본성에 대하여〉는 바로 그 때문에 진실이 되고 미(美)가 되었어. 미가 현실에 부딪쳐서 부서지는 일은 없네. 미가 현실의 불에 불살라지는 일은 있을 수가 없어. 오히려 그 반대의 일이 일어나지. 왜냐하면 현실 세계의 무상성(無常性)은 현실의 법칙이 인식되고 미의 형태로 시현(示現)되자마자 당장 소멸해버리니까. 영원히 무너지지 않는 것은 미뿐일세. 유일무이한 현실이 되어서 영원히 남는 것은."

아아, 이 표현에는 연상되는 것이 있었다. 애매한 문학과 철학의 몽상적인 말, 죽음 이전의 죽음에 사로잡힌, 아직 태어나지 않은 경직된 말의 표현법이었다. 한때는 그도 그런 말을 좋아해 그것이 의미하는 바를 확고하게 믿었다. 혹은 믿고 있다고 생각했다. 하지만 지금은 생소하고 거의 이해할 수 없는 울림처럼 들렸다. 법칙? 법칙은 다만 하나밖에 존재하지 않는다. 마음의 법칙밖에 존재하지 않는다! 현실이란 사랑의 현실 외에는 존재하지 않는다! 이런 사실을 지금 그는 큰소리로 외쳐야 옳지 않을까? 외치지 않은 것이 옳은 일일까? 사실을 분명히 밝혀 그들에게 이해시켜야 하지 않을까? 아아, 설사 이야기를 하더라도 그들은 이해할 수 없으리라. 이해하려는 의욕조차도 가지지 않으리라. 그래서 그는 다만 이렇게 말했다. "미는 찬양 없이는 존재 불가능하지만, 진실은 찬양을 거부하는 거라네."

"수백 년, 수천 년에 걸친 찬양은 어제나 오늘의 찬양과는 달라. 값싸게 열광하는 대중의 일시적인 갈채와는 의미가 다르지……. 불멸의 존재로 변하면서, 아니 불멸의 존재로 변해버렸을 때 예술 작품은 진실한 인식이 되는 거야." 루키우스는 신바람이 나서 대답하면서 다음과 같이 결론지었다. "불멸 속에서 진실은 미와 하나가 된다네. 자네의 작품도 바로 그런 합일의 상태에 있는 것일세, 베르길리우스."

　루키우스가 여기서 만들어낸 불멸은 지상의 것이었다. 지상의 것, 따라서 시간을 초월했다고는 할 수가 없고, 고작 영원에 걸쳐서 무너지지 않는다는 것 정도였다. 아니, 무너지지 않는다고도 할 수가 없었다. 한없이 펼쳐진 사투르누스의 옥토가 영원히 지속되는 것은 다만 영원의 회귀가 일으키는 신성한 망각 속에서이지만, 지금 여기에서 문제가 되는 것은 명예이기 때문이다. 그것은 예컨대 불멸의 인간에 대한, 가혹하기 이를 데 없는 죽음의 불가능성을 뜻하는 것 아닐까? 그것은 저주가 아닐까? 진실을 영원히 지속하는 미와 한자리에 앉는 자는 살아 있는 무시간성을 폐기해버린다! 목소리가 가져다주는 구원과 은총을 폐기해버린다! 그렇게 되면 호메로스도 아이스킬로스도 소포클레스도 에우리피데스도, 이들 위력 있는 노장들은 모두 보기에도 비참한 존재가 되고 말 것이다. 때 아니게 영원히 잠든 저 루크레티우스*까지도 포함하여, 그들 모두 보기에도 끔찍한 영원한 지상의 죽음 속에서 살아가게 될 것이다. 그 죽음은 그들 시의 마지막 한 구절마저 인간의 기억 속에서 말살되는 날까지, 어떤 인간의 입도 그들의 시구를 외지 않고, 어떤 무대도 그들의 작품을 상연하지 않는 날까지 계속될 것이다. 수백, 아니 수천의 죽음이 그들에게 주어질 것이다. 영원히 되풀이하여, 그들은 하계로부터 불려 깨워지고, 지상에서의 불멸이라는 기괴하고도 우스꽝스러운 중간 영역으로 불려 들어가게 될 것이다. 사정이 그렇게 되면—있을 수 없는 일은 아니

---

*44세의 나이로 자살했다고 전해진다.

다―그들 역시, 끝없는 불멸 속에 있는 그들 역시, 다른 누구보다 먼저 스스로의 노작(勞作)을 파기하지 않을까? 복된 옥토에 살기 위해 그렇게 하지 않을까? 오오, 에우리디케여! 오오, 플로티아여! 그렇다, 사실 이 말이 옳았다. "아폴로의 화살은 죽음에 이르는 상처를 입힌다. 하지만 그것은 죽음을 주지는 않는다."

"그렇고말고." 프로티우스가 말했다. "만일 매달 거르지 않고 나쁜 피를 뽑아내지 않았다면 나는 벌써 옛날에 지하의 조상님들 곁에 가 있을 걸세."

루키우스가 그렇겠다는 듯이 끄덕거렸다. "아폴로 때문에 영겁의 상처를 입고…… 그래서 불멸인 채 상처를 짊어지고 가지 않으면 안 되는 자가 위대한 에피쿠로스를 본떠서 살아가려고 한다면, 그는 다만 균형을 갖춘 품위 있는 태도를 택하지 않으면 안 되는 거지." 루키우스는 더할 나위 없이 순수한 태도를 취하고 있었다. 즉 다리를 꼬고, 위에 얹은 한쪽 다리에 팔꿈치를 괴고, 손바닥이 위를 향하게 손을 치켜들면서 이 강의를 계속하고 있었다. "대체 고귀하고 순수한 형식의 미와 균형을 무엇과 바꿀 수 있다는 걸까? 인간의 생활은 시각이나 청각, 그 밖의 감각 이상의 것은 아닌데 말야. 아름다운 것을 보거나 듣는 것은 아폴로에게 허용된 최고의 행복이야. 그리고 그러한 신의 선물을 받을 수 있도록 선택된 예술가는, 그렇지, 예술가는 스스로의 운명을 이겨내지 않으면 안 된다네……."

"자네는 이겨나가기가 힘든가, 루키우스?" 하고 프로티우스가 물었다.

"나는 내 얘기를 하고 있는 것이 아니야. 예술가 전반, 특히 우리의 베르길리우스 얘기를 하고 있는 거야……. 그도 인정하리라고 생각하지만 이것은 에피쿠로스의 가르침의 필연적인 귀결이야. 플라톤의 미에 대한 생각과도 아주 가까운 거고. 뿐만 아니라, 내 생각으로는 에피쿠로스의 생각은 플라톤의 생각보다도 철저해서 반박하는 일이 거의 불가능할 걸세……."

"그것은 인정하지. 틀림없이 그럴 걸세." 루키우스의 말이 어쩌면 옳을는지도 모른다. 그러나 그건 아무래도 좋은 일이었다.

그러나 아직은 비록 인간의 삶이 시각과 청각을 초월하는 것이 아니라 해도, 비록 심장이 그 고동 이상으로 계속 울릴 수 없다 해도, 그 때문에 균형이 마치 운명에 의해서 정해진 궁극적인 품위와 가치의 순수한 형식처럼 인간 앞에 나타난다 해도, 여전히 단순히 미를 위해서만 존재하는 일체는 부질없는 허무에 사로잡힌 채 무거운 저주를 짊어지고 가야 할 것이다. 균형의 냉정함 속에 있어도 그것은 도취의 포로이자 역전을 뜻하는 표상에 지나지 않으며, 끝내 신들의 유일한 거처인 인식을 지향하지 않기 때문이다. 오오, 금빛으로 빛나는 존재의 아름다움을 포착하는 슬픈 눈이여, 그것은 납처럼 무거운 맹목 속에 유폐되어 있을 뿐이다! 오오, 아름다움에 넘치고 아름다움으로 장식된 세계여! 그 세계 속에 로마는 구축되어 있었다. 수없이 많은 뜰, 수없이 많은 궁전으로 이루어진 도시의 영상, 우뚝 솟은 영상, 그것이 가까이 다가왔다. 자신 속으로 사라지면서 그러나 가까이, 검푸른 하늘 가득히 넘쳐흐르고 있었다. 아우구스투스의 궁전, 마에케나스의 저택, 거기에서 멀지 않은 에스퀼리노 언덕 위의 자신의 집, 도로 양옆에는 열주(列柱)가 늘어서고, 궁전과 뜰은 조상(彫像)으로 장식되어 있었다. 그리고 그의 눈에는 거친 오르간 소리가 울려 퍼지기 전에 들끓는 원형의 투기장과 극장이, 미를 위해서 투사들이 목구멍을 걸걸거리면서 숨을 거두고 야수들이 인간에게 내몰리고 있는 꼴이 비치고, 열광한 군중이 환호하며 십자가 주위에 밀려드는 모습이 비쳤다. 그 십자가에는 주인의 명령을 거역한 한 노예가 못 박힌 채 고통에 신음하며 흐느껴 울고 있었다—피의 도취, 죽음의 도취, 그것마저도 미의 도취인 것이다. 또한 그는 보았다. 십자가의 수가 점점 늘어나는 광경을. 횃불에 둘러싸이고 불길에 집어삼켜진 십자가가 여러 겹으로 겹쳐지는 광경을. 탁탁 튀는 장작더미에서, 군중의 포효에서 피어오르는 불길, 로마를 온통 뒤덮는 불길의 바다. 그 바다가 밀려간 뒤에는 다만 검게 변색된 폐허와 부서진 기둥, 쓰러진 자취와 황야로 변한 대지가 있을 뿐이었다. 그는 보았다. 보면서 깨달았다. 이 환상이 이윽고 실현되리라는 사실을. 모든 미의 실현보다 위대한 현실의 참된 법도가 미와 혼동되어 모욕되고 무시당하고 따라서 경멸을 받는다면 반드시 인간에게 보복할 것이기 때문이다. 미의 법도보다도 훨씬 높은 곳에, 공감만을 추구하는 예술가의 법도보다 훨씬 높은 곳에 현실의 법도가 존재하고 있다. 존재의 변화를 다스리는 에로스가—오오, 신을 방불케 하는 플라톤의 예지여—마음의 법도가 존재하고 있다. 이 궁극적인 현실을 망각한 세계의 재앙은 어떤 것일까? 어째서 그만이 이것을 알지 않으면 안 되는가? 다른 사람들은 그보다도 더 눈이 멀었다는 말인가? 친구들에게조차 그것이 보이지 않고 이해되지 않는 것은 어째서인가? 어째서 그는 그것을 친구들에게 이해시킬 수도 없을 만큼 쇠약해지고 말할 재주 마저 잃고 말았는가? 아니면 그 자신이 눈 멀었기 때문인가? 눈앞에 피가 보이고 입속에서는 피 맛이 났다. 울렁거리는 한숨이 가슴에서 치받쳐 올라 목구멍을 울렸다. 그는 머리를 베개에 파묻지 않으면 안 되었다.

그는 눈을 감고서 불멸하는 것은 다만 진실, 진실 속에 깃든 죽음뿐이라는 것을 예감하고, 운명의 초극을 예감했다.

왜냐하면 비록 법도는 다만 운명에 의해 정해진 영원히 변하지 않는 형식으로만 포착되는 것이지만, 그리고 이 형식은 사투르누스가 지배하는 싸늘한 세계에 영원히 갇히게 된 것을 탄식하고 있지만, 프로메테우스는 오로지, 끊임없이 심연에서 타오르는 불을 지향하기 때문이다. 공허한 형식의 감옥, 회귀의 감옥을 찌르고 뚫으면서 프로메테우스는 운명을 넘고 형식을 넘어 가장 깊은 곳에 군림하는 먼 조상에게까지 육박해 간다. 그 조상의 손안에 법도의 현실성이, 법도의 궁극의 진실이 깃들어 있다.

바로 그렇기 때문에 현실의 가장 바깥쪽인 죽음과 친숙해진 홍소가, 일체의 암흑과 일체의 심연 위쪽에 두려운 모습으로 걸려 있다. 삶과 적멸(寂滅)에의 소원 사이에서 무서운 균형을 유지하면서 화산처럼 포효할 때는 현세에 접하고, 황혼의 바다에서는 피안을 깃들게 하는 웃음, 세계에 걸쳐지고 세계를 부서뜨리는 웃음. 하지만 지금은 그 웃음소리가 들리지 않았다. 미소도 엿볼 수 없었다. 프로티우스가 진지한 얼굴로 말했다. "의사가 벌써 왔어야 하는데……. 아우구스투스님을 뵙는 길에 우리가 데려오도록 하지." 두 사람은 일어섰다.

그러나 그는 아직 두 사람을 떠나 보내고 싶지 않았다. 그럴

수 없었다. 아무것도 보지 못하는 그들의 맹목을 그대로 두어서
는 안 되었다. 아무것도 보지 못하고 있음을 그들에게 일러주지
않으면 안 된다. 그들과의 관계가 소원해지지 않기 위해서라도
그것을 이해시키지 않으면 안 된다는 욕구가 걷잡을 수 없이 고
조되었다. 그들에게 말해주자, 그들이 이해하지 못하고 이해하
려조차 하지 않았음을 말해주자. 그러자 스스로도 그 뜻을 헤아
릴 수 없는 말이 입을 뚫고 나왔다. "현실이란 사랑이야."

 내뱉어지자마자 이 말은 당장 이해할 수 있는 말이 되었다.
헛된 욕망의 아픔을 진정시키기 위해 신들이 인간에게 베푼 선
물이 사랑이고, 이 선물을 받은 자에게는 현실이 보이기 때문이
다. 그는 이미 스스로의 의식 속에 갇힌 쓸쓸한 손님이 아니었
다. 다시 한 번 그 말이 입을 뚫고 나왔다. "현실이란 사랑이야."

 "옳거니" 하고 루키우스가 맞장구를 쳤지만, 감동했다거나
놀라움을 느낀 기색은 아니었다. "확실히 그것은 자네가 우리
에게 가르쳐준 일이야. 그런데 티불루스라든가 프로페르티우
스라든가 예의 무서울 만큼 취미가 나쁜 애송이인 오비디우스*
라든가 하는 작자들을 바라보노라면, 자네가 그것을 너무 열을
올려서 역설하지 않았나 싶을 정도야. 왜라니? 자네를 도저히
따라잡을 수 없는 그 애송이들이, 그 점에서라면 어떻게 따라
붙을 수 있지 않을까 해서 악착같이 자네의 솜씨를 흉내 내며
사랑이라는 주제 외에는 아무것도 보려 하지 않게 되었으니까
말이지. 솔직히 말해서 나는 적잖이 지겨움을 느끼고 있어. 사
랑 그 자체에 싫증이 난 것은 결코 아니지만……. 그건 그렇고,

---

*베르길리우스가 죽은 해에 오비디우스는 스물네 살이었다.

자네가 아까 말한 그리스 소년은 대체 어디로 가버린 걸까?"

실패였다. 또다시 현실의 표면을 스쳐서 천박한 문학의 세계로 굴러떨어지고 말았다. 그것은 마치 그 자신도 한 구덩이 속의 너구리에 지나지 않는다는 것, 문학의 무하유지향(無何有之鄕)에 몸을 두고 있음을 깨우쳐주려는 듯했다. 그 무엇과도 경계를 이루지 않고 있는 표층, 하늘의 깊이와도 땅의 깊이와도 이어지지 않고 고작 미의 공동(空洞)과 경계를 이루고 있을 뿐인 표층. 문학의 무하유지향이란 그 표층의 최상층조차도 아니었다. 재앙에 찬 역전의 길을 더듬으며 끊임없이 다만 아름다움에만 취해서 열광해온 그, 마음이 현혹되는 대로 스스로의 무력을 위대한 외계에 의해 덮어씌우려고 해온 그, 불변의 존재를 인간의 마음속에서 구할 수도 없어서 그 대신 성신이나 태고의 시간이나 온갖 신들의 영위를 불러 모으지 않으면 안 되었던 그, 그러한 그는 일찍이 단 한 번도 사랑한 적이 없었다. 그가 사랑이라고 생각했던 것은 단순한 동경에 지나지 않았다. 상실된 풍토에의 향수에 지나지 않았다. 먼 옛날, 오오, 먼 옛날에는 그 풍토 한가운데를 정처도 없이 헤매면서 어떤 시절도 잊고 피안도 잊고 있던 그, 그러한 그를 위해서도 사랑은 존재하고 있었다. 그의 시작(詩作)은 다만 이러한 풍토에만 바쳐지고 있었다. 플로티아를 위한 노래가 그의 입에 오른 일은 일찍이 없었고, 아시니우스의 은총으로 알렉시스가 그의 총아가 되고, 이 소년의 아름다움에 매혹되어 송가를 읊었다고 생각했을 때조차도 사랑의 노래가 생겨난 적은 없었다. 그것은 아시니우스 폴리오에게 바치는 감사의 노래, 거의 이야깃거리도 되지 않을 만큼 희미한, 동경의 땅에서의 사랑과 관련되어 있는 감사의 노래가 되어버리고 말았다. 일찍이 한 번도 사랑한 적이 없는 그가, 따라서 진실한 사랑의 노래를 한 번도 부를 수 없었던 그가, 젊은 연애 시인들에게 어떤 영향을 미쳤다고 생각하는 것은 잘못이었다. 하물며 그러한 젊은 시인들의 정신적인 시조가 될 까닭이 없었다. 그들은 그에게서 출발한 것이 아니었다. 그들은 그보다도 정직했다. "오오, 루키우스, 그 사람들에게는 나보다는 더 훌륭한 선인(先人)이 있네. 카툴루스라는 선인이 말야. 그들은 내 흉내를 낸 적도 없고, 또한 그건 할 일도 아니지."

"그들을 돌보는 것이 싫어졌다고 해서 그렇게 깨끗이 떨쳐버릴 수는 없을 걸세. 그야말로 자네의 《전원시》의 한 구절처럼—이제 나는 노래하지 않으리, 이제 나는 그대들의 목자가 아니라네—자네는 그 친구들을 단념하고 말았지만 말야. 베르길리우스, 자네가 그들의 시조라는 사실은 움직일 수가 없네. 물론 자네는 그들이 물구나무서기를 한다 해도 따라올 수 없는 존재이지만."

"나는 몹시 쇠약해 있어, 루키우스. 생각해보면 지금까지도 기운이 발랄했던 적은 별로 없었어. 이 허약하다는 점에 한해서라면 그 사람들의 시조라고 불려도 좋을는지 모르지. 그 사람들도 어쨌든 이 점에 관해서는 나와 마찬가지니까……. 단명하는 것이 우리의 유일한 공통점이야……."

"내가 아는 한 카툴루스와 티불루스는 30대에 죽었어. 하지만 자네는 이미 쉰의 문턱을 넘겼지 않나." 프로티우스가 힘주어 확인하듯이 말했다.

아아, 설사 문인이 허약함 때문에 자기기만에 빠진다 해도,

아련한 동경의 표적인 어린 시절의 풍토를 끝없는 사투르누스의 옥토라고 생각하고, 거기에서 하늘과 땅의 깊이를 엿볼 수 있는 듯 스스로를 현혹하더라도 그의 참된 고향은 철두철미하게 경박한 지배 아래 있는 세계이다. 그들로서는 아무것도 엿볼 수가 없다. 죽음을 엿본다는 것은 애당초 당치도 않은 일이다.

"티불루스가 죽은 것이 언제였지, 프로티우스? 아직 몇 주일도 안 된 것 같은데……. 프로페르티우스는 나와 마찬가지로 사경을 헤매고 있을 거고. 우리의 허약함이 분명 이제는 신들의 마음에 들지 않을 것이네. 그래서 신들이 우리를 이제야말로 뿌리를 뽑으려고 작정하신 것 같아……."

"친절하고 조용한 우리의 프로페르티우스는 아직도 살아 있다네. 그에게나 우리에게나 반가운 일이지. 하물며 자네의 건강은 그를 훨씬 웃돌고 있어……. 앞으로 20년이 지나면 그는 쉰, 자네는 일흔인데, 아무리 병이 오래간다고 해도 지금과 조금도 다름없이, 젊은 친구들이 무더기로 덤벼들어도 끄떡없을 걸세. 상대가 오비디우스든 누구든……."

"그리고 지금 《전원시》와 《농경시》를 빼놓고 그들의 존재를 생각할 수 없듯이" 하고 루키우스가 말을 받았다. 그에게 있어서는 문학상의 엄밀한 규정이 더 중요한 것이었다. "지금 자네가 그들에게 길을 가리킨 것처럼, 목가에의 길, 전원 세계에의 길, 테오크리토스에의 길을 가르쳐준 것처럼 20년 후에도 자네는 그들 앞에 서서 새로운 길을 열어 나갈 것일세……."

"나는 테오크리토스를 흉내 낸 것은 아니야. 그것은 오히려 카툴루스 쪽이지. 물론 그 점에 대해서는 여러 가지로 논란이 있을 수 있겠지만……."*

루키우스는 미래 문학의 예상도를 축소하는 일에는 마음이 내키지 않았다. "그러나 어쨌든 카툴루스는 자네와 동향인이야, 베르길리우스. 공통의 풍토가 공통의 입장, 공통의 기호를 낳는 일은 흔히 있는 일이야……."

"카툴루스든 누구든" 하고 프로티우스가 소리를 질렀다. "테오크리토스든 누구든, 또는 그 후계자들이 어떻든 간에 베르길리우스, 자네는 자네야. 20년이 지난다 해도 나에게 있어서 자네는, 물론 내가 그때까지 살아 있는 경우의 얘기지만, 그들 누구보다도 내게 가까운 인간임에 틀림없어. 실상 그들 누구라 할 것도 없이 모두 합쳐봐야 자네 한 사람에게 미치지 못해. 나에게 있어서는 그들과 자네는 아무런 관계도 없어."

그를 과대평가하고 젊은 시인들을 과소평가함으로써 프로티우스는 무조건 명확한 선을 양쪽 사이에 그었다. 프로티우스가 그를 한 사람의 독자적인 인간으로 대접해준 것은, 요절할 우려가 없는 건강한 인간 속에 포함시켜준 것은 고마운 일이었다. 그러나 평가의 착오는 시정되지 않으면 안 되었다.

"젊은 사람들을 불공정하게 평가해서는 안 돼, 프로티우스. 그들은 그들 나름대로 성실하단 말일세. 나 같은 사람은 일찍이 그래 보지 못했을 만큼 성실할는지도 몰라."

또다시 루키우스가 끼어들었다. "예술에 있어서의 성실이라는 논의에는 언제나 어딘가 이상한 데가 있어. 선인으로부터 전해진 예술의 영원한 법칙을 충실하게 지키고 있는 예술가가 성실하다고 일컬어지는 수도 있지만, 다름 아닌 이 태도가

---

*베르길리우스의 《전원시》는 그리스 시인 테오크리토스를 모방한 것으로 알려져 있다.

전통의 그늘에 본래의 자기를 감추는 불성실한 태도라고 일컬어지는 수도 있어. 호메로스의 형식을 자기 것으로 했다면 불성실한 것일까? 베르길리우스를 열심히 모방하는 젊은 시인은 불성실한 것일까? 또는 악취미를 마구 구사하면 성실한 것이 되는 것일까?"

"루키우스, 성실과 불성실의 문제는, 실은 이미 예술의 문제가 아니야. 그것은 인생에 있어서의 가장 본질적인 것을 지향하고 있어. 이 경우 예술은 거의 부수적인 것이 되어버리고 말아. 비록 그것이 언제나 변함없이 인간성을 표현하고 있다고 하더라도 말일세."

"대체 자네들은 무슨 말을 하고 있는 건가?" 프로티우스가 물었다. "알고들 있겠지만 그런 그럴싸한 이야기에 끼는 것은 질색이야."

"베르길리우스는 젊은 작자들 쪽이 자기보다도 성실하다는 거야. 그런 의견을 듣고 그냥 잠자코 넘길 수만은 없잖아."

"아무래도 좋은 일이야." 프로티우스는 친구를 생각하는 따뜻한 정 때문에 여전히 문제를 확실히 규명하려고 하지 않았다. "나에게 있어서 베르길리우스는 더할 나위 없이 성실한 인간이야."

"고맙군, 프로티우스……."

"그야 자네가 좋기 때문이지, 베르길리우스……. 하지만 이왕 고마워하는 김에 루키우스의 기분을 맞춰주면 어때? 젊은 작가들보다 자네가 더 성실하다는 것을 인정하게나."

"그렇게 돌아가면 그야말로 점점 더 불성실한 것이 되어버려……. 내가 볼 때는 그 젊은 사람들은 그 사랑의 노래로, 나로서는 도저히 도달할 수 없었던 근원의 깊이까지 뚫고 들어갔어……. 루키우스는 인정하려 하지 않지만 모든 현실은 사랑에 바탕을 두고 있는 것이고, 그가 좋아하지 않는 저 사람들의 사랑 노래 이면에는 거대하고도 근원적인 현실이 숨어 있는 거야……. 현실이란 곧 성실을 뜻하지……."

루키우스는 좀 화가 난 모양이었다. 반발하듯이 손가락이 까딱거렸다. "예술에 있어서 그런 값싼 성실성은 아무런 도움도 안 돼, 베르길리우스. 자네가 구축한 숭고한 사랑, 디도와 아이네이아스 사이에서 교환된 모범적인 사랑, 다만 그러한 사랑만이, 젊은 사람들이 열심히 시 속에 담는 하찮은 정사(情事)와는 달리 예술의 세계에서 시민권을 획득할 수 있는 거야."

그러자 프로티우스가 히죽이 웃었다. "그들의 연가 따위는 아무래도 좋지만 그러나 읽어보면 제법 재미가 있다네."

"루키우스, 자네의 과장 벽은 잘 알고 있네. 하지만 자네가 우리와 마찬가지로 카툴루스의 시재(詩才)를 의심하지 않고 있다는 점도 알고 있어……. 아니면, 오비디우스만 하더라도 진정한 시인이 아닌가. 그 사실을 굳이 자네한테 증명해보여야 하겠는가?"

"진정한 시인?" 루키우스는 엄숙한 표정을 지었다. "진정한 시인이란 어떤 걸까? 재능만으로는 안 돼. 재능을 가진 사람은 어디에나 있어. 재능 따위는 값싼 거야. 사랑은 더더욱 값싼 거고. 그들이 아무리 자기 시를 갈고닦아도 사랑이란 십중팔구 지극히 값싼 헛소리밖에 안 되는 거야……. 물론 사람들 앞에서 공공연히 이런 선고를 내리지는 않아. 싫든 좋든 우리 문필에 종사하는 사람들은 다 한 굴 속 식구들이니까. 하지만 여기에서라면, 아무 스스럼없는 우리 사이에서라면 터놓고 얘기를 해도 괜찮을 테지……. 어쨌든 나는 개방적인 음란성이 진정한 예술과 진정한 시를 결정하는 저 정직성과 동일한 것이라고는 아무래도 생각할 수가 없어……."

루키우스가 옳은 것일까? 그가 옳을 까닭이 없었다. 그의 말은 확실히 그럴듯했다. 그야말로 전문가의 말답게 지당했다. 그러나 바로 그렇기 때문에 그 의견은 전문가의 영역을 한 걸음도 벗어나지 못했고, 그 영역을 돌파하려는 노력조차 이해할 수 없었다. 카툴루스는 돌파를 시도하고 있었다. 그는 새로운 길을 연 최초의 인간이었다. 그것을 인정하지 않음은 불공평한 처사였다. "순수한 예술이란 경계선을 돌파하는 것일세. 경계선을 돌파해서 미지의 새로운 영혼이나 관점이나 표현의 영역으로 들어가는 것이지. 근원적인, 직접적인 현실 속으로 돌진하는 것 말이야……."

"그렇다면, 자네는 진정 지금 자네가 말한 그런 특성이, 예의, 얼핏 보기에 무척이나 정직해 보이는 사랑 노래에 갖추어져 있다고 생각하고 싶단 말이지……. 그건 마치 《아이네이스》의 어느 한 구절에서도 그 이상의 참된 현실성을 발견하기는 어렵다는 꼴이 아닌가?" 루키우스를 가르친다는 것은 어려운 일이었다.

"자네하고 말다툼을 할 생각은 없네, 루키우스. 내 시를 칭송해줄 때 자네는 어떤 의미에서는 자네 자신의 시에 대한 변호도 겸하고 있으니까……. 나 자신으로 말하자면 확실히 나는 자네보다는 받은 타격이 약간 가벼울 테지. 따라서 내가, 새로운 예술은 이미 우리의 궤도를 계속해서 달릴 수는 없다든가,

그것은 보다 직접적인, 보다 근원적인 존재를 발견하도록 명령 받고 있다든가 하고 주장하는 것은, 전적으로 나 자신과 《아이네이스》에 관계된 일이라고 생각해주어도 괜찮네. 지금 말한 명령이란 현실의 궁극적인 기반을 가리키고 있는 것이지만······ 그래, 바로 그거야. 이 명령에 따르는 자는 궁극적인 기반으로 돌아가지 않으면 안 돼. 현실의 근원으로 돌아가지 않으면 안 돼. 그리고 다시 사랑의 영위에 들어가지 않으면 안 된다는 말일세······."

이 말 끝에 프로티우스가 루키우스에게 가담했다. "진지한 것이면 뭐든지 나는 기꺼이 읽고 있는데, 하지만 자네가 지금 말하고 있는 듯한 근원성은 저 무력한 애송이들로서는 힘에 겨운 일일 거야. 진실로 살고 있는 인간만이 진실로 사랑할 수가 있을 테니까 말야. 건성으로 어물어물 넘어간다고 뭐가 되는 노릇은 아니니까."

"힘에 겹다고? 무력하다고? 비옥한 목장에서 자라는 싱싱한 풀과 바위틈에서 자라지 않으면 안 되는 초라한 줄기, 어느 쪽이 여분의 성장력을 필요로 한다는 거지? 바위틈의 줄기는 보기에는 힘이 없을 것 같지만 그럼에도 불구하고 싹트는 힘이고, 그것 역시 풀인 거야······. 로마는 돌이야, 우리의 도시는 돌이야. 그럼에도 불구하고 근원적인 것이 거기에서 싹튼다는 것은 진정 기적이라고 불러도 좋은 것이 아닐까? 확실히 보기에는 연약해 보이지만 그러나 근원성이고 현실이고 시인 거야······."

프로티우스는 웃었다. "내가 아는 한, 풀이 자신이 자랄 장소를 스스로 선택한 일은 없어. 설사 그것이 아름다운 목장에서 암소에게 먹히기를 바라고 있다고 하더라도 말일세. 바위에 돋아난 풀은 바위에 달라붙어 있을 수밖에 없지. 하지만 저 젊은 친구들은 그야말로 아무런 장애도 없이 근원적인 것이 성장할 장소를, 인간이 근원을 키울 장소를 찾아갈 수가 있는 거야. 실상 누구도 그들에게 도시의 돌 사이에서 살아달라고 부탁한 것은 아니거든. 그 친구들을 도시에 붙들어 매는 것은 그들 자신의 욕망이나 취미 외에는 아무것도 없어. 즉, 말할 것도 없이 그들로서는 로마 시내를 배회하며 시내의 이곳저곳에서 밤을 보내고, 주고받은 하찮은 입맞춤을 하찮은 운문으로 고쳐 만드는 쪽이 훨씬 편하다는 얘기지. 우선, 그들은 소의 젖을 짜는 방법과 말을 빗질해주는 방법, 그리고 낫 사용법부터 배워야 해."

도시에서 자란 루키우스는 화살이 자신한테 돌아옴을 느꼈다. "위대하든 안 하든 어쨌든 예술가로서의 천부적인 자질을 부여받은 자는 태어날 때부터 농부와는 다른 법이야. 자네의 논법은 모든 것을 하나로 몰아치는 폭론(暴論)이야, 프로티우스."

"나는 다만 잡초들의 비실거리는 사랑이라는 것을 베르길리우스의 주장처럼 생명이 있는 것으로 인정하지는 않는다는 것뿐이야. 풀이라든가 그런 것에 대해서는 나도 어느 정도 알고 있으니까 말일세……. 힘이 없는 것은 없다고 할 수밖에."

"내가 이의를 제기하는 이유는 자네들이 저 젊은 시인들을 그들에게 어울리는 공정성을 가지고 처우하지 않는다는 점이야."

루키우스는 격렬하게 손을 흔들어대며 프로티우스의 갈파에 동의를 나타냈다. "그래, 그들은 무력해. 그렇기 때문에 선인들의 모방 이상은 할 수가 없어……. 어째서 이것이 불공평한 의견이란 말인가? 테오크리토스를 모방하고, 카툴루스를 배우고, 우리의 베르길리우스에게서도 취할 만한 것은 거리낌 없이 취하고 있지!"

아아, 두 사람 모두 설득을 받아들일 여지가 없었다. 두 사람 모두 저마다의 생각과 언어권 속에 틀어박힌 채 어스름에 젖어서, 이 영역을 찢고 나올 힘도 없거니와 오래 익숙해진 언어의 세계에서 벗어날 수도 없었다. 한 사람은 그것을 풀들의 사랑이라고 부르며 무력하다고 힐난하고, 다른 한 사람은 모방이라고 불렀다. 어느 주장에도 이유는 있었으나, 양쪽 모두 깨닫지 못하고 있었다. 아니, 깨달으려고 하지 않는 점은 이런 것이었다. 예컨대, 대도시의 벽과 돌 사이에서 쇠약해져가는 이 무력한 사랑, 옹졸하고 초라하고 인간의 지상적인 운명에 사로잡혀 때로는 음탕할 만큼 노골적인 이 사랑마저도 인간의 존재를 다스리는 거대하고 불가사의한 법도에 싸여서 신의 그림자에 스쳐지는 수가 있는 것이다. 단, 그것은 이 사랑이 스스로의 자아를 다른 자아로 확대시키고, 애인에게서 스스로를 느끼고, 자신 속에서 애인을 예감하고, 애인과의 결합에 있어서 무상성을 초탈하는 데에 성공한 경우에 한한 것이기는 하다. 그렇다, 이것이, 다름 아닌 이 사실이, 젊은 시인들의 시구에서 느껴지는 것이었다. 이것이야말로 때때로 그들의 시에서 풍기는 새로운 인간적이고 참된 현실이었다. 만일 그들이 진실로 그의 제자였다면 이 현실에의 길을 발견할 수 있을 까닭이 없었다. 왜냐하면 이 사랑의 현실, 죽음을 자신 속에 감싸면서 그것을 지양하고 참된 불멸로 변해버리고 마는 이 현실이야말로, 그가 보기에는 부당하게 높은 평가를 받고 있는 시인 베르길리우스로서는 도저히 도달할 수 없는 세계였기 때문이다. 그가 노래한 일체는 공허였다. 《아이네이스》조차도 공허였다. 시도 시인도 모두 스스로의 싸늘한 영역 속에 틀어박혀 있었다. 그러한 그에게는 아무것도 가르칠 힘이 없었다. 케베스에게조차도, 더할 수 없이 착하고 충실하게 그의 제자가 되기를 원했던 케베스에게조차도. 그가 마음이 끌린 것은 다만 이 젊은이에게 옮겨진 스스로의 그림자를 아쉬워한 것에 지나지 않았다. 그리고 그 결과는—아아, 그것은 마치 마령의 명령에 의해 이루어진 것 같았다—그를 꼭 닮은, 미에 신들린 듯한 냉정한 문사의 탄생이었다. 카툴루스, 티불루스, 프로페르티우스, 그들은 모두 사랑하는 방법을 알고 있었다. 그리고 그 사랑에서는 지상을 초월한 세계로 인도하는 현실, 어떤 미의 조화보다도 강력한 현실의 예감이 생겨났다. 그러한 예감에서 생기는 것만이 어스름 속에 가라앉는 인간의 마음을 울릴 수가 있다. 울리면서 준비를 갖추게 할 수가 있다. 다가올 목소리를 알리기 위한 준비, 이윽고 불어올 바람에 닿아서 노래할 하프와도 같은 준비를. 프로티우스에게 참된 현실을 인식하라고 다시 한 번 촉구하듯이, 프로티우스의 무작정 헌신적인 우정에 대한 감사의 표시이기라도 하듯이, 이야기에 지친 호흡은 또다시 말을 이어보려고 애를 썼다. "마음의 순결성, 그것만이 불멸이라고 할 수 있네."

이해는 하지 못했으나 어쨌든 넘치는 호의를 보이며 프로티우스는 지금 들은 말이 옳다는 사실을 보증했다. "정말 동감이야, 베르길리우스. 불멸하는 것은 자네의 순결성뿐일 거야."

"만일 그렇지 않았다면" 하고 루키우스가 말을 덧붙였다. "저 친구들은 지금처럼 열광적으로 자네 뒤를 따르지는 않을 걸세. 자네의 마음에 떠오르는 근원적인 것, 직접적인 것, 새로운 것이란 항상 진실된 순수한 균형이지. 자네는 그 진실성을 지금의 세상뿐 아니라 후세의 눈에게도 생생하게 비쳐 보인 거야. 이 진실을 지향하면서 노력하는 자는 자네를 따르기를 원하지. '새로운 세상의 위대한 질서, 이제야말로 일어나라.' 자네는 이렇게 들려주고 있는데, 이 새로운 세상의 목자가 바로 자네란 말일세."

사랑의 현실과 죽음의 현실, 그것은 동일한 것이다. 젊은 시인들은 그것을 알고 있다. 그런데도 여기에 있는 두 사람은 죽음이 이미 이 방 안에, 그들 바로 곁에 서성이고 있는 것도 깨닫지 못하고 있다. 그들을 깨우쳐서 그러한 현실에 대한 인식으로 인도한다는 일이 아직 가능한 것일까? 그들을 제정신으로 돌아가게 할 필요는 있었으나 그것은 거의 불가능한 일이었다. 다만 이렇게 대답해둘 수밖에 없었다. "그래, 루키우스. 예전에 나는 그렇게 썼어……. 하지만 나는 아무것도 알지 못하고 말았어. 다만 바위를 손으로 더듬은 정도였다고 생각해……. 아마도 나는 내동댕이쳐졌을 거야……. 잘은 모르겠지만."

"자네는 자네 스스로를 괴롭히고 있어. 그리고 수수께끼의 그늘에 몸을 숨기려 하고 있어. 그런 일은 인간에게 있어서는 좋지 않은 일이야." 프로티우스가 말했다. "어둠은 좋지 않아." 오한이라도 나는 듯 그는 토가를 단단히 여미며 휘감았다.

"말하기 힘든 일이야, 프로티우스. 내가 제대로 말을 할 수 없기 때문만은 아니야. 어쩌면 궁극적인 현실을 나타내는 말은 아예 존재하지 않는지도 몰라……. 나는 시를 썼어, 경솔한 말들을……. 나는 그 말이 현실이라고 생각하고 있었으나 사실 그것은 미였어……. 시는 어스름에서 태어나지……. 우리가 영위하고 만들어내는 일체는 어스름에서 태어난단 말일세……. 하지만 현실을 알리는 목소리는 더욱 깊은 맹목을 필요로 하지. 마치 싸늘한 그림자 세계의 목소리인 듯…… 더욱 깊고, 더욱 높고, 그렇지, 더욱 어둡고, 그러면서도 더욱 밝은 것이 진실이란 말일세."

루키우스가 말했다. "진실만이 문제라고는 할 수가 없어. 미친 사람도 진실을 말하지, 적나라한 진실을 알릴 수가 있어……. 진실이 힘을 갖기 위해서는 제어되지 않으면 안 돼. 제어되어야만 진실의 균형이 생기는 거지. 시인의 광기라는 말이 그래서 곧잘 이야기되는 거고." 이 대목에서 그는 득의만면한 얼굴로 끄덕이고 있는 프로티우스를 바라보았다. "그러나 시인이란 스스로의 광기를 제어하고 관리하는 힘을 갖춘 인간을 일컫는 것에 지나지 않아."

"진실…… 그 무서운 광기…… 진실에 담긴 재앙." 여자들의 목소리, 그것은 적나라했었다. 그들만이 알려야 할 진실처럼 적나라했다. 그렇기는 하나 그것은 재앙이었다.

"당치도 않은 소리." 루키우스가 자기 고집을 내세웠다. "제어된 진실은 광기가 아니야. 하물며 재앙일 까닭이 없어."

맹목 속의 진실, 선도 악도 모르고 깊이도 높이도 갖지 않은 순수한 진실, 사투르누스가 지배하는 세계로 영원히 회귀하는 적나라한 진실, 그렇지만 이 진실은 현실성이 결여되어 있다. "오오, 루키우스. 확실히 그래……. 하지만 끝없이 순수한 현실적인 진실을 알릴 수 있는 것은 시가 아니네……. 시에는 심판을 할 힘이 없어……. 물론 나한테도……. 나는 다만 손으로 더듬었을 뿐이야, 입속에서 중얼거렸을 뿐이야……." 열이 오르기 시작했다. 가슴까지 열이 치받혀 목소리는 목소리가 되지 못하고 숨 막힐 지경의 헐떡임밖에 되지 않았다. "처음의 한 걸음도 내디디지 못하고…… 더듬거리며 손으로 어루만지면서, 그러나 이 일조차 생각대로는 안 되고…… 순결성은커녕……."

"설사 자네가 그것을 더듬거렸다고 하든 어루만졌다고 하든, 언제나 변함없이 그것은 균형 속에 있었어. 그리고 바로 그렇기 때문에 끝없이 순수한 알림이었던 거야." 루키우스의 목소리는 매우 낮고 예사롭지 않은 따뜻함에 넘쳐 있었다.

"어쨌든 자네한테 지금 당장 필요한 건 의사야." 프로티우스가 단호하게 말했다. "자, 이젠 가야겠어. 잠깐 갔다가 곧 다시 돌아오겠네."

어둡고 무겁게, 소리 아닌 소리가 술렁거리기 시작했다. 다시 불안이 엄습해왔다. 결국 이해하지 못한 채 그들은 떠나려 하고 있다. 다시 돌아오겠다고는 하지만―그때는 이미 너무 늦는 것이 아닐까? 그 전에 납득시키지 않으면 안 되었다. 이제는 진정 이해되지 않으면 안 된다―오오, 깨어나라는 소리도 듣지 못하고 어스름 속에서 졸고 있는 인간의 영혼, 그 어스름의 잠 속에야말로 영혼의 모든 재앙이 숨어 있다. 기침과 싸우면서 거의 알아들을 수도 없는 잠긴 목소리로 간신히, 그는 이렇게 말했다. "자네들은 내 친구야……. 나는 손을 깨끗이 하지 않으면 안 돼……. 처음과 마지막은 깨끗하지 않으면 안 돼……. 《아이네이스》는 가치가 없는 거야……. 진실이 결여된…… 단순한 아름다움에 지나지 않아……. 자네들은 내 친구니까…… 불태워주겠지? 나를 위해서 《아이네이스》를 불태워줄 테지? ……약속해주게…….”

그러면서 그는 프로티우스의 얼굴을 뚫어지게 쳐다보았으나 그 얼굴은 무겁게 침묵한 채였다. 거기에는 사랑과, 동시에 분노가 넘쳐 있었다. 주근깨투성이의 불그레한 피부, 검푸른 수염이 돋아난 얼굴 한가운데 표정이 역력히 엿보였다. 눈 속에 넘치는 사랑은 마치 희망 같았지만 입술은 완강하게 닫혀 있었다.

"프로티우스…… 약속해주게…….”

프로티우스는 다시 방 안을 서성거리기 시작했다. 큰 걸음으로 육중하게 바닥을 밟으면서 왔다 갔다 하는 바람에 배는 앞으로 불룩 솟아서 장의의 주름이 활짝 펴지고 둥근 뒷머리의 밋밋한 언저리를 감싼 백발은 약간 곤두서 있었다. 몸집이 다 부진 사람들이 흔히 그렇듯 그도 팔을 가볍게 구부리고 가볍게 주먹을 쥐고 있었다. 예순이라는 나이로는 보이지 않는 분노에 찬 생생한 형상이었다.

서둘러 대답할 필요는 없음을 보여주려는 듯 성난 사내는 여전히 꽤 오랜 동안을 서성이더니, 이윽고 발을 멈추고는 그야말로 내키지 않는 표정으로 대답에 들어갔다. "잘 듣게, 베르길리우스." 그는 성숙한 인간의 확고한 어조로 말을 꺼냈다. 명령을 내리지 않으면 안 될 때, 흔히 그는 그런 어조가 되었다. "잘 들어보게, 자네에게는 아직도 넘치고 남을 정도의 충분한 시간이 있어……. 당장 서둘러야 할 일은 아무것도 없다고 생각해…….”

서두를 필요가 없다는 이 확고한 단언에는 거역하지 못할 힘이 담겨 있었다. 지금까지와 마찬가지로 프로티우스의 위압적인 확고함은 오히려 안도감을 느끼게 해서, 쾌유에의 용기를 가지라고 명령하는 듯한 그 어조를 고분고분하게 받아들일 수가 있었다. 그런 명령에 복종하는 일은 기분이 좋았다. 물론 다른 도리도 없었다. 마음이 가라앉았기 때문에 이야기를 하는 쪽도 다시 편해지고 부드러워졌다. "이것은 내 유언이야. 프로티우스 자네와 루키우스가 한순간도 지체하지 말고 《아이네이스》를 불태워주기 바라네. 제발…… 매정하게 거절하지 말게나……."

"오오, 베르길리우스. 몇 번씩 얘기를 해야 알겠나. 자네나 우리나 설사 무슨 일을 작정한다 해도 아직 시간은 충분히 있단 말일세! 즉, 자네는 충분한 시간을 들여서 그러한 자네의 계획을 천천히 검토할 수가 있어……. 다만 이것만은 말해두고 싶네." 여느 때 같으면 다른 사람에게 서둘지 말라고 타이르던 그가 지금은 초조의 빛을 감추지 못하면서 이렇게 말문을 연 채 어느새 문손잡이에 손을 대고 있었다. "씨앗으로 쓸 곡식까지 먹어버리는 농부를 밥벌레라고 한다네."

수다스러운 사내는 이렇게 말하는가 싶더니, 베르길리우스 못지않게 위압되어 항변도 이의도 제기할 여유가 없었던 루키우스를 끌고 방에서 나가버리고 말았다. 약간 거칠게 문이 닫히고 문밖에서 발소리가 차츰 멀어져갔다.

옮긴이 김주연

서울대학교 독문과와 동 대학원을 졸업하고, 미국 버클리 대학과 독일 프라이부르크 대학에서 수학했다. 1978년부터 29년간 숙명여자대학교 교수로 재직했으며, 독일 뒤셀도르프 대학 객원교수, 한국독어독문학회 회장, 한국문학번역원 원장 등을 역임했다. 2004년에는 보관문화훈장을 받았다. 현재 숙명여자대학교 석좌교수이자, 대한민국예술원 회원이다. 지은 책으로 《독일비평사》, 《근대논의 이후의 문학》, 《문학, 영상을 만나다》 등이 있고, 옮긴 책으로는 《페터 카멘진트》, 《이별 없는 세대》, 《문학과 종교》 등이 있다.

옮긴이 신혜양

숙명여자대학교 독문과와 동 대학원을 졸업하고, 독일 뮌헨 대학교에서 수학했다. 헤르만 브로흐 연구로 박사학위를 받았으며, 주한독일문화원 어학부 전임강사, 미국 워싱턴 주립대학교 객원교수를 역임했다. 1991년부터 현재까지 숙명여자대학교 독일언어문화학과 교수로 재직 중이다. 지은 책으로 《한독 여성문학론》 《독일어권 문화 새롭게 읽기》(공저) 등이 있고, 옮긴 책으로 《제국의 종말 지성의 탄생》(공역)이 있다.

세계문학의 숲 021

베르길리우스의 죽음 1

2012년 6월 14일 초판 1쇄 인쇄
2012년 6월 20일 초판 1쇄 발행

지은이 | 헤르만 브로흐
옮긴이 | 김주연 · 신혜양
발행인 | 전재국

발행처 | (주)시공사
출판등록 | 1989년 5월 10일(제3-248호)

주소 | 서울 서초구 서초동 1628-1(우편번호 137-879)
전화 | 편집 (02)2046-2851 · 영업 (02)2046-2800
팩스 | 편집 (02)585-1755 · 영업 (02)588-0835
홈페이지 | www.sigongsa.com
세계문학의 숲 홈페이지 | www.sigongclassic.com

ISBN 978-89-527-6349-5(04850)
       978-89-527-5961-0(set)

본서의 내용을 무단 복제하는 것은 저작권법에 의해 금지되어 있습니다.
파본이나 잘못된 책은 구입하신 서점에서 교환하여 드립니다.